被弃的意象

中世纪与文艺复兴文学入门

〔英〕C.S.路易斯 著

叶丽贤 译

C. S. Lewis

人民东方出版传媒

东方出版社

图书在版编目（CIP）数据

被弃的意象：中世纪与文艺复兴文学入门 /（英）C. S.路易斯 著；叶丽贤 译. — 北京：东方出版社，2019.11

书名原文：The Discarded Image: an Introduction to Medieval and Renaissance Literature

ISBN 978-7-5207-0775-6

Ⅰ.①被⋯　Ⅱ.①C⋯②叶⋯　Ⅲ.①英国文学－文学研究－中世纪　Ⅳ.①I561.063

中国版本图书馆 CIP 数据核字（2019）第 176330 号

被弃的意象：中世纪与文艺复兴文学入门

（BEIQI DE YIXIANG：ZHONGSHIJI YU WENYI FUXING WENXUE RUMEN）

作　　者：[英] C. S. 路易斯

译　　者：叶丽贤

策　　划：陈　卓

责任编辑：王金伟

责任审校：金学勇　赵鹏丽

出　　版：东方出版社

发　　行：人民东方出版传媒有限公司

地　　址：北京市朝阳区西坝河北里 51 号

邮　　编：100028

印　　刷：北京联兴盛业印刷股份有限公司

版　　次：2019 年 11 月第 1 版

印　　次：2020 年 7 月第 2 次印刷

开　　本：880 毫米 ×1230 毫米　1/32

印　　张：11.5

字　　数：326 千字

书　　号：ISBN 978-7-5207-0775-6

定　　价：68.00 元

发行电话：（010）85924663　85924644　85924641

丛书序 / 何光沪

信仰与文明有何关系？

为何要研究这种关系？

一

首先，人与禽兽有别，就在于有文明。

禽兽的生活，靠的是天生的手段和技能；各有所长，各有所短，物竞天择，循规蹈矩。所谓"予其齿者去其角，予其翼者去其足"是也，所谓遵循自然规律，服从自然法则是也。当然，现在尤应注意，动物所循之规、所蹈之矩，乃是自然的规矩；它们天然遵循的，乃是自然之律，不是人定之法，它们应该服从的，乃是天命，不是人意。

人类也要生活，却没有动物的那些天生的手段和技能，没有利齿犄角，没有轻翅捷足；但是，人类拥有选择的自由和创造的智慧。人有自由选择超越，又有智慧实现超越：一是超越自然——对自然物进行加工，即把自然人化；二是超越自我——投身于社会，而过群体的生活。

我们不难设想，人若不选择这两种超越，生活会不如禽兽；我们已经看到，当人实现了这两种超越，也就创造了文化。

数千年前，随着农业、定居、社会管理（政治）和记事符号（文字）等等的出现，人类进入了所谓"文明时代"。从此，人才完全脱离了禽兽、脱离了野蛮，而进入了完全有别于其他动物的生活。从此，每一个人就都生活在文明中，所有的人都依靠文明而生活。因此，所谓文明，就是人类不同于其他动物的生活方式；文明使人能活，使人能作为人而活！

但是，人类脱离禽兽创造文化，脱离野蛮进入文明，所依靠的，正是上面所说的超越精神。

超越精神的指向，有近有远（近可超越自我指向氏族，远可超越民族指向人类），可低可高（低可超越数量指向质量，高可超越人间指向天国），而其最远与最高者，自古至今，即使并非全部，也是常常蕴含在带有宗教形式（例如宗教学家研究的原始宗教或史前宗教）的信仰之中。

所以可以说，没有信仰，就没有文明。

二

文明的产生同信仰密不可分，文明的发展也同信仰密不可分。

在进入"文明时代"之前，早在"野蛮时代"或原始社会里，各种前宗教形式的信念，例如万物有灵论、天体崇拜、图腾崇拜等等，就在原始人类的生活之中发挥着基础信仰的作用。那些巫术式或迷信似的信念，在今人看来当然是荒诞无稽,却体现了原始人对宇宙本原或世界秩序的探索精神。如前所述,与之相关的超越自然和超越自我的精神,直接导致了与自然相区别的"文化"的诞生,并且促成了人类与动物不同的生活方式即"文明"的产生。

众所周知,人类文明产生之后,其发展犹如生机勃勃的大树,经历了长时间分叉生长的过程,由于地理环境、文化历史等等的不同,长出了许多不同的枝丫。这些文明枝丫相互之间区别之大,使得历史学家们不得不称之为不同的各个文明,例如 20 世纪的大历史学家汤因比(A.Toynbee)就总结出了二十多个文明。

在这个过程中,以各种不同宗教为主要表现形式的信仰,对于文明的发展及其各种特点的形成,继续发挥着巨大的影响。各个文明的特色与其宗教信仰的关系密切到了这样的程度,以致东亚文明被称为"儒教文明",南亚文明被称为"印度教文明",西亚、北非和中东文明被称为"伊斯兰文明",欧洲自中世纪开始的文明被称为"基督教文明"。这些文明的物质层面、制度层面、精神层面,以及它们同生态环境的关系,都与它们以宗教为主要形态的信仰密切相关,或者因之而具有了自己的特征。例如各个文明圈内的饮食、服装、居室等物质文化,婚姻、法律、政治等制度文化,文学、艺术、道德等精神文化,无不与该文明的主导宗教或基本信仰密切相关。

只需略窥当代世界主要地区的文明,例如东亚、南亚、西亚,例如欧洲、北美、澳洲,例如南美中美、例如南非北非,以及其中不同信仰的国家,看一看它们的相互异同、各自的古今纠结,甚至它们对内对外的不同态度和行为方式,我们就不难发现,其中有多少的忧喜和悲欢、多少的长短和优劣、多少的无奈和期待、多少的绝望和追求,都同它们古老的和现今的信仰密切相关!

在所谓全球化的时代，人类文明似乎已经走上了逐步趋同的道路——物质文明几乎已无二致，趋同似已完成；制度文明不时龃龉摩擦，但是共识明显；精神文明表面分歧多多，实则深切相通。这种趋同的主要方向，就是虽然不时出现曲折波折甚至倒退，却都在走向现代化，逐步转化为现代文明。近年来，有越来越丰富、越来越深入的研究表明，现代文明表面上同宗教信仰愈行愈远，但在历史上，工业革命以来的现代文明是脱胎于欧洲基督教文明的，其兴起的四大动因即文艺复兴、宗教改革、科学革命和启蒙运动，以及英国革命和美国革命，都与基督教信仰有密切的关系。另一方面，各个不同学科的学者也观察到，在现实中，现代文明实际上还在同宗教形式的，以及伪宗教的、准宗教的、非宗教的信仰发生着密切的关联，不可避免地受其影响，又不可避免地影响它们。举目四望，信仰与文明相互关联，绵绵不绝，永无穷期!

众所周知，万物关联；那么，信仰与文明，人间万物中的这两个庞然大物，如何可能不关联? 个人的生活、人类的生活，均仰赖于此二者，那么，对二者之关联，如何能够不重视? 总而言之，整个人类与动物界相区别的生活方式整体，即文明，从产生到发展以至其未来前景，都同人类的信仰密切关联，因此，研究二者本身及其关联，其重要性也就不言而喻了。

三

信仰与文明，这两个庞然大物既有关系，就值得研究，就必须研究；

二者既有密切的关系，就值得认真地研究，就值得周全地研究。

这就要求我们努力认真地、尽量周全地了解这方面研究的现有成果，以便加以借鉴。

出版这套丛书，就是为了将国内外的已有成果向国人进行介绍，使国人得以全面了解，以期有助于国内学者在前人研究基础上的创新、进步，以期促进中国学术在这个重要方面的积累、发展。

本丛书将逐步搜集海内外已有译作、组织翻译新的著作，鼓励此一领域新的研究和新的创作；并逐步把内容扩展到信仰与文明一些重要侧面的关系之研究，例如信仰与科学、信仰与生态、信仰与法律、信仰与政治、信仰与经济、信仰与哲学、信仰与道德、信仰与文学、信仰与艺术等等之关系的研究著作。

总之，这套丛书的宗旨，最终是要有助于国内学术在这个重要方面的发展，有助于扩展和提高国人在这个重要方面的认识。我们相信，这会有助于我们建设自己的精神文明，有助于中华文明在精神层面的复兴！

2018 年春—2019 年夏

目　录

中译本导言

在《坎特伯雷故事集》之《律师的故事》里，有几行控诉原动天的著名诗句：

> 噢，先万类而动，残暴的天穹！
> 你总是日复一日逼迫着万物众生，
> 将它们从东推向西，不可自控；
> 依照禀性，它们本应反向而行！（B，295-298）

《律师的故事》的主人公是罗马帝国公主康丝坦斯，叙利亚的苏丹爱慕其美貌贤德，漂洋过海来罗马迎娶这位皇室女子，甚至愿为她放弃信仰，皈依基督教。康丝坦斯不得不遵从父皇的旨意，但仍心有不甘，觉得自己和天底下普通女子一样，无法主宰自己的命运，所以在登上前往异国的婚船之前，她挥泪仰对苍天，发出了胸中的不平之声。乔叟这里借用了中世纪宇宙观中关于原动天的说法：居于天府的上帝是宇宙运行的根本动力，正是祂将力量传导给最高重天，即原动天；原动天自东向西旋转（每 24 小时绕转一周），将推动力层层传递给其他八重天，带动它们运转；其他八重天在原动天产生的冲击力拖拽下，被迫做着由东向西的运动，但它们仍试图遵循本性向相反的方向运行，所以自东而西的速度远不及原动天，需要三万六千年才能完成一次循环。乔叟以原动天与其他诸天（包括其间万物）的关系来说明命运的残酷和个人的无奈；此外，他将康丝坦斯的悲剧放置在整个宇宙的背景中，也给这个人间故事增添了不少崇高色彩和形而上意味。阅读中世纪文学，常会遇到类似的关于天上人间及其间万物的知识，需要对此有所了解，才能更好地理解作品的意旨或作者的情感态度，体味中世纪文学的魅力。英国学者 C.S. 路易斯（1898—1963 年）的《被弃的意象：中世纪与文艺复兴文学入门》（以下简称《被弃的意象》）正是一部为普通读者提供中世纪文学知识背景的学术著作。实际上，前面那个诗歌片段以及关于原动天的解说就是出自该书第五章《诸天》的第二节《诸天的运转》[①]。

一、路易斯的"宇宙模型"说

《被弃的意象》是路易斯写的最后一本书，发表于他逝世后的一年，即 1964 年。该书的前身是路易斯在"二战"前后为牛津大学学生开设的课程《中世纪和文艺复兴诗歌导论》的讲稿。路易斯在剑桥大学准备将其出版时，删去了原稿中的不少内容，以简练的文字将中世纪人对宇宙的认识

---

① 　下文凡引自《被弃的意象》的文字，译者皆在正文中标出本中文版的页码，不再一一注明。

和想象浓缩在了这本六万字左右的小书里。简单地说,《被弃的意象》是一部以英国中世纪与文艺复兴时期文学为主要样本,旨在勾勒其背后的思想文化形态,阐释中世纪人的宇宙观与其文学魅力之间关系的"通俗类"学术著作。这本书的特别之处就在于路易斯从现代物理学那里借来"模型"这个术语,将其引入对中世纪思想观念的考察中,试图从海量的哲学、神学、自然科学文本中构建和还原中世纪人心目中的宇宙图景,探寻这种宇宙观在中世纪、文艺复兴或更晚时期的文学创作中留下的印迹。《被弃的意象》不是一部中世纪文学百科全书,它所关注的宇宙模式和文学风景是经过聚焦的,各章各节并非松散的条目,而是有机相连、互为呼应;《被弃的意象》也有别于一般的观念史或文学史著作,路易斯除了在回顾某个概念的生成和演变时遵循时间顺序之外,主要是围绕主题分门别类地展开论述。这样的写作手法与作者使用"模型"(the Model)这个带有空间结构特点的概念是分不开的。

路易斯所谓的"模型"(the Model)或"宇宙模型"(the Model of the Universe)指的是存在于人的心智或想象中,包含天上、地下以及各类栖居者的基本构架。他认为在每个时代的人类认知活动里,都会有一个主导的、大体稳定的宇宙模型;当然,不可否认的是,这个模型中的细节会时刻面临着新发现的自然现象的挑战,不断受到科学家或哲学家的质疑和修正。路易斯由此区分了两种意义的模型。其中一种为处于知识发展前沿的人群所有:这个人群包括科学工作者和思想巨匠,与同时代人相比,他们更有意识地将模型看成临时可替代之物。这个意义上的模型与科学或思想潮流的联系更紧密,内部"零件"常会因此被及时调整或取代。另一种模型指的是文学艺术家关注并运用于创作中的宇宙观,即创作的"背景幕"。它是前一种模型的简化版,即删除了前一版本中过于晦涩艰深的理论学说,保留了那些更能打动普通人情感或想象、相对通俗易解的要素。除了有所选择之外，这类模型对最新科学或思想动向作出的反应相对缓慢，所以，能在很长时间里保持稳定的形态。路易斯在《被弃的意象》中所考察的主要是第二种意义上的模型，具体地说，是中世纪文学作家笔下的宇宙模型。它包含诸天结构、星辰秩序、星效应等元素；比如，在前面的诗例中，乔叟就用了原动天的推力说来解释人物的境遇。但是，这种意义上的模型却不大可能包含"本轮""偏心轨道""黄道""十二宫"等学说，因为这些理论对中世纪作家的情感和想象触动不大，几乎未曾在他们的文学作品里留下什么印迹（第42—48页）。

　　不管是哪种意义上的模型，新旧世界观的更替终究是不可避免的，因为每个时期的模型都只是对其所能含纳的已知现象的假设，绝不是对外部现实的终极描述。正如中世纪模型曾被今人的模型取代一样，今人的模型将来有一天也会遭到淘汰。至于新模型如何取代旧模型而建立起来，路易斯猜想最根本的动因不是新发现的事实，而是人类精神气质所发生的根本变化；只有当内心对新模型产生了足够强大的需求时，人们才会去主动寻找大量新证据来摧毁旧模型（第295—296页）。这个猜想是路易斯依据亚瑟·O.洛弗乔伊的研究发现[①]所作的进一步推论，但他的表述似乎过于强调精神动力在新旧模型交替中所起的作用，让人不由得想追问一下：是什么让某个时代的人在精神气质上发生根本变化？根源依然在于新事实的日积月累及其潜移默化的影响。以上就是路易斯在《被弃的意象》的开篇和末尾对"模型说"作出的一些重要假设。

---

① 　参见 Arthur O. Lovejoy, "The Temporalization of the Chain of Being," *The Great Chain of Being: A Study of the History of Idea* (Boston: Harvard University Press, 1936), pp. 242-287.

在路易斯之前，也有个别学者对蕴含在某个时期文学中的宇宙观做过系统勾勒。美国学者提奥多·斯宾塞在 1943 年发表的《莎士比亚与人的属性》开篇中围绕人在宇宙中的核心地位简要勾画了 16 世纪英国人对谐调、统一的宇宙秩序的想象（其中很多内容都属于中世纪人的思想遗产）[①]。英国学者 E.M.W. 蒂利亚德在 1942 年发表的小书《伊丽莎白时代的世界图景》中更细致地描绘了文艺复兴时期英国人对井然有序的宇宙的构想[②]。尽管这个构想受到 16 世纪新发现、新学说的冲击，但它仍然保留了中世纪人所描述的宇宙图景的主体轮廓，并将伊丽莎白时代的英国人嵌入这幅巨影里。如果说蒂利亚德把整个宇宙剖成了不同的截面来观察[③]，路易斯则将整个宇宙分成了几个立体板块，逐一检视。与"世界图景"这个平面概念相比，路易斯的"宇宙模型"有更浓厚的立体空间的意味[④]。此外，"模型"这个概念借用自其他学科，与科学发展史关系紧密（类似于托马斯·库恩的"范式"），路易斯能顺理成章地用它追溯中世纪世界观的源头和发展，推想它被替代的原因。路易斯对概念的处理比蒂利亚德更微妙的地方还在于他界定了两种意义上的"模型"，指出文学家接受和化用的模型只是一块更大的"背景幕"的一部分。可以说，路易斯是第一位将"模型"概念引入中世纪

① Theodore Spencer, *Shakespeare and the Nature of Man* (Cambridge: Cambridge University Press, 1943), pp. 1-20.

② E. M. W. Tillyard, *The Elizabethan World Picture*: *A Study of the Idea of Order in the Age of Shakespeare, Donne and Milton* (London: Chatto & Windus, 1952).

③ 即竖截面和横截面。前者的形象是"存在的巨链"，后者指的是横向切开的几个相互平行的截面。

④ 路易斯常用动词"build"（建构或建造）与"模型"一词搭配，这里暗含常见的建筑隐喻。可参见《被弃的意象》第 11、12、19、46、100、103、218、220 页。他有时会直接把中世纪宇宙比作一座立体建筑；如第 96 页的"格局"（architecture）和第 99 页的"大厦"（building）都表明了这一点。

思想和文学的研究中，提出"中世纪宇宙模型"这个说法并对其来源、总体结构和细部作过系统概述的专业学者。

二、"中世纪宇宙模型"的特征、结构及组织原则

　　路易斯认为中世纪人能建构出一个"辉煌壮丽、节制稳重、条理连贯"的宇宙模型，要归因于他们的文化气质：书卷气浓厚且热衷于体系的构设。正是在这种气质推动下，中世纪人"将自己的神学、科学和历史整合成一个关于宇宙的复杂却又和谐的思想模型"，即"中世纪宇宙模型"。路易斯很多时候会将它简称为"中世纪模型"（the Medieval Model）或"模型"（the Model）。这个模型萌生自古希腊罗马哲学家和文学家的著述，在公元4—5世纪期间逐渐酝酿成熟，其影响持续千年，到文艺复兴时期，依然主导着文化人的想象，甚至在18世纪英国作家的文字里留下了自己的回响[①]。这个模型能吸收且调和各派各脉的思想，异教观念和基督教信仰在其中和谐共处，相互渗透，万事万物按照等级排列，"各得其所，各归其位"。在设计风格上，中世纪模型显然具有整齐明晰、严谨庄重的古典主义色彩。

　　路易斯在描绘这个模型时，把它分成了三大板块。第一个板块与诸天相关，包含诸天的构架、运转和栖居者（如天球中的"灵智"或天使）。第二个板块涉及栖息于大气中的精灵，即"仙灵"（faeries）或者第六章标题所示的"长生灵"（longaevi）。路易斯认为在中世纪人的想象中，"仙灵"

---

① 路易斯的《被弃的意象》很少论及"中世纪宇宙模型"对18世纪文学作家的影响。详细的相关论述可参见洛弗乔伊的《存在的巨链》第六、七、八讲（第183—241页）。

究竟栖居在空气与地面之间哪个位置，是不确定的。中世纪模型有过于清晰、严密、板正的危险，但"仙灵"的存在恰恰给这个模型带来了一点模糊、不规则的可爱色彩。位于第三个板块的是地球及其栖居者（包含动物和人类）。在这部分中，路易斯除了对中世纪人的地理观和动物学加以概述外，还以丰富的释例描述了世间万物的灵魂种类、人类"理性魂"（Rational Soul）的结构、体液与气质的关系、灵魂与肉身的联系，对中世纪模型中"人"的形象作了较全面的扫描。

除此以外，第三大板块还包括历史观和"博雅七艺"（liberal arts）。路易斯把二者纳入中世纪宇宙模型的范畴，似乎有点难以理解。其实，二者与中世纪人对物理宇宙的观照都有对应之处。人类对历史的想象常会涉及对自己所处位置的看法。路易斯指出，中世纪人对自己的历史定位与对自己的空间定位是相吻合的，即都将自己放置在时空阶梯的底层，而这构成了这个时代的人谦卑而乐观的精神面貌的基础。此外，中世纪历史学家中有一些人属于"历史天定论者"。他们将人类历史看成一条由创世、堕落、救赎和审判等环节构成的走向清晰的脉络；蕴含于其中的神圣安排与造物主对整个宇宙的设计确实也有相通之处。作为教育科目的"博雅七艺"，与历史观一样，乍看之下，与外部宇宙似乎无甚关联，但其实并非如此。"七艺"中的天文学就涵盖了宇宙的构造、天体的性质和运行规律等研究内容。算术和几何学都是研究天体运动必不可少的工具。更重要的是，在中世纪人的想象中，人间"七艺"的作用与天上七行星的特质或效应是遥相对应的：

　　语法——月亮
　　逻辑学——水星

修辞术——金星

算术——太阳

音乐——火星

几何学——木星

天文学——土星（第 254 页）

路易斯主要在这个意义上将"博雅七艺"视为构成中世纪宇宙模型的有机成分。他在第七章第九节中详谈了"三艺"，即语法、逻辑学和修辞术，与中世纪文学创作的关系。与语法和逻辑学科有关的词，比如"拉丁语"（leden）、"语法"（grammar）、"入门书"（Donat 或 Donet）、"经验"（preve），经常出现在当时的虚构文学里。修辞术对中世纪文学的叙述形式或谋篇布局的影响最为深刻。修辞术里的推延法，尤其是"离题旁涉"（Diversio）这种手法，成为很多中世纪文学作品共有的标志。如果说在康丝坦斯控诉原动天里的诗句里，天文知识与故事情境是紧密结合的，但很多时候，中世纪诗人并没有让这类知识服从于预示未来、塑造人物或深化寓意的目的，比如在他们作品里随处可见的清单。《国王之书》里的动物清单（第 155—157 节）是一大典型，这份单子出现在"我"从天上下到人间寻找"时运女神"的路途中，与情节或主题的关联都不甚明显。在中世纪英国诗歌中，有一些设计方法或者创作套路尤其适合将尽可能多的清单都收罗其中：比如，当诗人为梦中的自己安排一场宫殿（这类宫殿多以神秘力量或抽象品质为主题）之旅时，他就可以极尽铺陈罗列之能事。乔叟的《流芳之殿》（*The Hous of Fame*）、利盖特的《玻璃之殿》（*The Temple of Glass*）、无名氏的《智慧之宫》（*The Court of Sapience*）、高文·道格拉斯（Gavin Douglas）的《荣誉之宫》（*The Palice of Honour*）（第 273 页）这类梦幻诗以游览所见为线索，便于诗人将有关中世纪宇宙的各种知识收罗其中，可以说是"离题旁涉"运用到极致的结果。

路易斯所呈现的中世纪宇宙模型，作为有机整体，是由若干主次不同、轻重有别的法则来维系的。其中有一些原则，如"三合一"（the Triad）和"充实性"（Plenitude），是作者在书中明确强调和反复解释的。"三合一"原则指的是任何两个极端的事物，都必须以第三方事物为媒介，才能构成统一整体。神与人不能直接往来，需靠精灵搭桥牵线，这是该原理最早的雏形；它源自柏拉图的《蒂迈欧篇》和《会饮篇》，被古罗马作家阿普列乌斯所继承（第73—77页）。公元4世纪的卡尔齐地乌斯（Chalcidius）将由神、天使和人类构成的宇宙视为三联体，并依据柏拉图的提示加以引申，指出在理想的政体和人类身体里也存在这种模式：发号施令的君王和遵从号令的平民之间必须有个执行命令的武士群体，才能保证政体的有效运行；位于头部的理智和藏于腹部的欲望必须以胸膛中的激情为过渡，才能确保健康的人格（第93页）。伪狄奥尼修斯（pseudo-Dionysius）在设计天使等级制时，也遵循了"三合一"模式：天使群体分为三大等，分别承担统领、协调和服从的角色；而每一等天使又可下分为三级，也各自扮演着这样的角色（第111—114页）。伪狄奥尼修斯所提出的天使"三等九级说"后来被中世纪人广泛接受，但丁就曾在《天国篇》中采纳了他的构想（第28章）。中世纪人在处理灵魂与身体的关系问题上，也体现出对"三合一"原则的偏爱。不含有物质成分的灵魂如何作用于纯物质的肉身，是一个颇为棘手的问题。智慧的中世纪人为二者提供了"精气"（spirits）这种钩子，用它来钩住两种属性截然不同的事物。即使在"精气"内部，中世纪人也能设计出三位一体结构，只不过对其中各要素的命名和功能的划分不尽相同（第231—233页）。路易斯强调的另一原则是关于"充实性"的假说。这条假说出自阿普列乌斯的著作，经卡尔齐地乌斯的阐发，而流传到中世纪和文艺复兴时期。依据这条假设，神所创造的宇宙是完美圆满的，任何区域都有自己存在的理由，没有所谓虚空的地带；既然地面是人类的居所，以太是天使的家园，地面与以太之间的地带也必然有生灵栖身其中。土、水、火、空气这四种元素中都会栖息着相应的生灵。这类生灵属于中世纪人常说的"仙灵"，只不过中世纪人没有在月亮下面的世界中给"仙灵"安排明确的位置。

　　"三合一"和"充实性"是路易斯有意突显的两条中世纪模型的组织法则。其中，"充实性"之说参考自洛弗乔伊的《存在的巨链》。在这部哲学著作中，洛弗乔伊详论过"充实性"原则在不同时代思想流派中的含义或体现；它的内涵和适用范围要广于路易斯对它的阐释。在《存在的巨链》中，"充实性"与"连续性"（continuity）以及"等级制"（gradation）共同构成了"宇宙是一条存在的巨链"这个信条的基础。这些基本原理最早源自柏拉图和亚里士多德的著述，后来被新柏拉图主义哲学家融合，成为"存在的巨链"最根本的、不可分割的组织法则。在蒂利亚德笔下，这条巨链变成了伊丽莎白时代人们眼中最重要的"世界图景"。《伊丽莎白时代的世界图景》正是透过诗歌和戏剧来解释那个时代的文人对"存在的巨链"的认识。路易斯曾与蒂利亚德合著过《个人谬说》（发表于1939年），对他那本解说英国文艺复兴时期世界观的小册子应该不陌生。很可能因为有蒂利亚德的"珠玉在前"，路易斯在《被弃的意象》中尽量淡化了"存在的巨链"这个意象，而使用了包容性更大的"模型"概念，将历史观和"博雅七艺"也作为考察对象揉入他的中世纪模型中。路易斯保留了洛弗乔伊书中的"充实性"之说并加以简化，还增添了"三合一"原则。不过，"三合一"结构本身就是"存在的巨链"的组成单位之一；也就是说，这个链条上的很多环节都能构成三联体。比如，上帝、天使与人类，天使、精灵与人类，人类、动物与植物，都可以在某种意义上视为"三合一"结构。

《被弃的意象》明确提到的一个动态法则是"所有完善的事物要先于所有不完善的事物出现"。波埃修斯在《哲学的慰藉》中论述神的至善至全时说到了这条法则（第 131 页）。此外，它还暗含在马克罗比乌斯（Macrobius）对创世所作的新柏拉图式描述中："至高神"（God）生出了"天智"(Mind)，"天智"继而生出了"天灵"（Soul），"天灵"继而创造了"自然"（Nature）；这是一个神性被损耗、不断衰减的过程，越晚被创造出来的事物就越不完满（第 105—106 页）。很多中世纪和文艺复兴时期的哲学家认为人类的灵魂先于肉身而被造出来（第 216—218 页）；这与路易斯提到的顺序法则依然是相符应的。这条法则还影响了中世纪人对人类历史的总体观感：他们倾向于相信曾经的时代要好于自己所处的时代。他们常会在各类作品中歌颂"原初时代"的辉煌和美好，控诉自己时代的堕落和衰败；乔叟的《先前时代》（*The Former Age*）就是诗歌中的代表作（第127 页）。中世纪人所认同的蜕化模式迥别于现代人的进化论思维；依据路易斯的说法，当中世纪人透过这样的模式来打量自己所处的低下地位时，反而会因为自己能得到高高在上的先人的庇护、教导和鼓励，而变得更知足，更乐观（第 253 页）。

虽然路易斯没有着意突出"连续性"或"渐变性"的原则，但相关的暗示依然散落在《被弃的意象》中的各处。"存在的巨链"上的事物并不总能组成"三合一"结构，但处于相邻位置的事物在属性上的差异往往十分细微。某个属类的事物需要靠一个或多个媒介才能逐渐过渡（不管是朝上，还是向下）到另一属类的事物。天使充当了上帝与人之间的媒介，但中世纪人仍然觉得天使与人之间的缝隙过大，又在他们之间安插了精灵或仙灵这样的"第三理性物种"（第191—192页）。根据某些流传于中世纪的理论，仙灵与天使一样，都是长生不老的，但他们像人类一样，虽有理性，却常受七情六欲左右。这样仙灵就成为介于天使与人类之间的物种，弥补了二者之间的鸿沟。即使在仙灵之间，中世纪人也划分出了不同的档次。《南英格兰圣徒传》的作者认为仙灵是一群被降级的特殊天使。他依据天使犯错的程度把仙灵分成下界仙灵和上界仙灵：下界气流激荡混乱，居住着虽曾站在路西弗一边，可实际上并未参与叛乱的仙灵；而上界相对和平安宁，栖息着只是陷入思想迷途，但算不上犯有叛乱之罪的仙灵（第192页）。中世纪人还试图从"理性魂"（Rational Soul）的角度呈现从人类到天使的渐变。在他们看来，人类的"理性魂"具有两种能力；其中之一是"理智"（Intellectus），层次较高，人类凭借它能迅速领悟和完整把握思想的真理；居于"理智"之下的是"理性"（Ratio），人类需要借助它展开渐进式推理，才能获得真知。在"理性魂"里，"理智"是最近似天使的"知性"（Intelligentia）的官能，人类的精神活动离不开"理智"给予的启示，一个人的"理智"越强大，就越近似天使（第219页）。中世纪人通过这样的解析，既规定了人与天使之间的差距，又指出了人通往天使的途径，让人得以窥见两种受造物之间的连续性。

在路易斯引述的材料里，还可以见到支撑中世纪模型的一个原则，即"对应"原则。蒂利亚德专门论述过伊丽莎白时代文学所呈现的各种对应关系，如天国的受造物（如天使、星辰）与其他受造物、宏观宇宙与群体政治、宏观宇宙与微观宇宙（即人的身体）、微观宇宙与群体政治之间的对应[①]。

---

① 提奥多·斯宾塞在《莎士比亚与人的属性》中也论及宏观宇宙、微观宇宙和人类政体之间的平行关系（第17—20页）。

所以，伊丽莎白时代人眼中的宇宙不仅是一个垂直链条，还是无数面相互映照的"镜子"的集合。路易斯在《被弃的意象》中避开了"对应"法则，没有对此专门展开论述，更没有论及政治秩序与宇宙秩序之间的关联。但是，至少天地人之间的对应关系依然隐含在路易斯构建的中世纪模型中。他在书中两处引用格列高里一世的陈述来说明每个人其实都是一个小宇宙，是大宇宙的一张截面图，因为他身上集合了石头的物质实体性、植物的生长力、动物的感觉和天使的理智（第 141、213 页）。除此以外，路易斯声称还可以从另一个角度来理解"人可以称作小宇宙"这个论断，那就是宏观宇宙的四大元素和人的四大体液之间的对应。它们都是宇宙的四种"基质"两两结合生成的：火和胆汁是由热与燥结合而成的，气和血液是由热与湿结合而成的，水和黏液是由冷与湿结合而成的，土和忧郁质是由冷与燥结合而成的（第 143、235 页）。从中世纪文学家笔下，我们可以看到胆汁质的人脾气如火般暴烈，而黏液质的人肤色苍白，行动迟缓滞重，脑袋愚钝，常会梦见鱼类生物，不由让人联想到"水"的意象（第 237—239 页）。《被弃的意象》里另一组突出的平行关系是七行星与"博雅七艺"之间的对应，如上所言，这是路易斯将人类的教育科目嵌入中世纪宇宙模型的主要理据。

在上一段所举的例子里，处于对应关系的两方并无绝对的主从关系；很难判断究竟哪一方是本体，哪一方是影像，哪一方支配着另一方的生成。在《被弃的意象》里，还有一种特殊的对应关系，即不平等意义上的对应；换言之，处于这种关系中的两方有一方位于天上，一方位于尘世，前者是后者的本源和主宰，后者是前者在人间的镜像，是它在时空网络中的蜕变形式。"神意"（Providence）与"命运"或"时运"（Destiny）就处于这样的关联里："神意"是至善、公正、永恒的，高居于"神圣纯质的城堡"中，而"命运"则是以多样的、运动的形式来反映"神意"，它是"神意"在人间事态中的复杂映射；人类只有贴近"神意"，才能少受"命运"的牵制或摆布（第133—134页）。波埃修斯在《哲学的慰藉》中论述了二者的关系，并将他的理念传送到了中世纪和文艺复兴时期。在《哲学的慰藉》里，还有一组不平等对应的观念，即"永恒"（eternity）和"永久"（perpetuity）。"永恒"是神真实完满地享有的永无止境的生命，不受时间序列所限，所以，在"永恒"之中，没有过去、现在、未来之分。而在"永久"状态里，每个瞬间消逝后，就一去不返，再难以追回，无数瞬间会因此出现来弥补无限的失去，但这终究只是徒劳，人世的"时间"永远只是对"永恒"的粗劣模仿（第136—137页）。马克罗比乌斯对"四枢德"的诠释也遵循了这种不平等的对应关系，只是层次更复杂一些。他宣称"四枢德"的本源是在"天智"（Mind）之中，或者更准确地说，"天智"本身就是"明智""节制""坚毅"或"公正"。这些超验的理念成为人世间三个不同层次的"四枢德"的范本。这三个层次分别是公共政治层、净化层和澄明层（第107—108页）。"四枢德"的内涵在这三个层面上各不相同，呈现由低到高的境界转变，而这其实也代表着一个人道德提升的路径。还有一个例子涉及"知性"与"理智"的关系。前面说过，与"理性"相比，人的"理智"与天使的"知性"更接近；中世纪人将"理智"称作"知性的投影"，即天使的本质投射在人身上的影子（第224页）。从这个角度来看，"知性"和"理智"又构成了一组不平等的对应关系。

在中世纪模型中，还有一条关乎事物运动的重要法则：每个事物在未受外力干预时，都会在"自然禀性"（kindly enclyning）或本能推动下趋向本属于自己的位置，即"自然位置"（kindly stede）。每个事物都有"自然位置"，都有自己要归返的家园。石头之所以坠落到地上，是因为它有返回自己的家园（即大地）的冲动或倾向。火焰之所以向上燃烧，是因为它试图回到围绕地球大气的天火层中（天火层是人间火焰的家园，那里的火无形无色，极为纯粹）。在自然空间里，土、水、空气和火之所以由下而上依次排列，是因为在创世之时，混乱无序的四大元素曾自发整顿，根据轻重不同，找到了自己的位置并安顿了下来（第 143—144 页）。所以，"自然禀性"的力量保证了中世纪人所想象的宇宙是一个万物各就其位、各安其分的动态和谐的整体。从路易斯援引的《国王之书》片段中，我们还知道诸天是灵魂的家园（第 142—143 页）。不过，路易斯并没有对这个观点加以引申和扩展。但丁曾在《天堂篇》第 1 章中以优美的笔调阐发了这个论断：如果人的灵魂沉迷于尘世享乐，无意观仰天道，不思"归天"，那无异于违背了灵魂的"自然禀性"，扰乱了宇宙秩序，意味着人自身的堕落沉沦。遗憾的是，"罪"的观念和中世纪模型的关系并不在《被弃的意象》的论述范围里[1]。

三、中世纪模型与中世纪文学特质

路易斯笔下的中世纪宇宙虽然极其浩瀚广阔但并非广无止境，它由如上几大原则共同支撑而起。对这些或明显或含蓄的原则，路易斯都给了丰富的文学例证，从中可以直观地感受到中世纪宇宙模型如何渗透到文学的方方面面。路易斯认为中世纪作家喜欢一遍遍重复读者早已铭记于心的观

---

[1]　蒂利亚德在《伊丽莎白时代的世界图景》中提到在中世纪人看来，失序的状态是罪的产物，罪人要获得拯救，除了靠上帝的恩典和耶稣的赎罪外，还有一条途径，那就是观照神所创造的宇宙，发现蕴含于其中的神圣秩序，从中认识自我（第 18 页）。

念，并不是因为那时书籍数量很少，人们求知若渴，乐于温习出现在任何语境里的知识，也不是因为修辞术在其中起作用，毕竟修辞术只能决定用什么形式（而不是用什么内容）推延叙事的进度（第274—275页）。路易斯猜想真正的原因在于中世纪人对"如此易于想象、如此能满足人的想象"的宇宙模型的喜爱。所以，他们在讲述故事的过程中，不断插入关于宇宙的点滴知识，将读者的目光拉回到宇宙模型本身（第277页）。中世纪宇宙模型对作家创作产生的更重要的影响是其作品普遍缺乏"独创性"（originality）。在中世纪人眼中，宇宙形式精妙，蕴含着造物主的智慧和善，有其内在的意义，作家只要凝视、描摹、欣赏和感应它，就已足够，无须多余的雕饰、剪裁或改造；他们在处理创作题材时的心态，就像面对眼前这个世界时一样：如果故事题材本身能揳入这个宇宙模型，他们应该做的是只需专注于题材本身，让题材自然呈现出来，不用肆意发挥或作个性化加工。路易斯认为这样的心态既造就了中世纪文学最典型的缺陷（偏爱复述知识，表述枯燥乏味），也成就了中世纪文学最突出的优点，即没有费力经营的痕迹，如路易斯所说，"清澈透明，不着气力"，犹如妙手天成（第279—282页）。也就是说，"独创性"的缺乏有时反倒成为中世纪文学的一大优势。当中世纪作家放弃了对现代人所看重的"独创性"的诉求后，反而表现出了另一种意义上的"独创性"，即对前人之作所做的极具创意的增补或润色（第285—286页）。他们作品中大量真实生动的细节就属于这个范畴。

路易斯认为中世纪人的作品以"具有真实感的想象"（realising imagination）（第280页）胜出。尽管中世纪作家的想象不具有时代感（第251—252页），其文学多与幻想题材有关，有更浓厚的梦幻色彩，其气质与18世纪英国小说的"现实主义"（Realism）相去甚远，但路易斯赋予了中世纪文学另一种现实感，或者更准确地说，看似真实的感觉，比如中世纪诗歌里栩栩如生的细节特写。路易斯特意提到了托马斯·马洛里（Thomas Malory）的《亚瑟之死》中桂薇妮亚那"易于辨认的咳嗽声"（第282页）。兰斯洛特被布莱森夫人诱引至伊莲的房间，错把她当作王后桂薇妮亚，与她合欢而眠。兰斯洛特有大声说梦话的习惯，躺在隔壁卧室的桂薇妮亚听到了情人的梦话，发现他背叛了自己，既气愤，又难过，忍不住咳嗽了起来。兰斯洛特被她的咳嗽声吵醒，才发现躺在同一张床上的并不是自己心爱的女人。有了辨认咳嗽声这个细节，兰斯洛特对桂薇妮亚的深情更显得真实可感，整个小插曲也因此平添了几分趣味。像《亚瑟王之死》这样的中世纪传奇也许并不总是基于现实生活的故事而作，却不乏桂薇妮亚的咳嗽这样绘声绘色、宛在目前的特写。这类真实生动的细节可以说是中世纪作家专注于写作对象本身、淡化自我表达的努力的结果。总体而言，中世纪作家更在意的是如何更好地把已有的故事、榜样或道理传给后人，而不是在这上面显示自己的文学绝技。这就是一代代中世纪作家紧盯着同一个题材（比如亚瑟王的故事），小心翼翼地复述、扩充、引申、润饰前人作品的缘故。

以上大致勾勒了路易斯如何从中世纪人对宇宙模型的态度推导出中世纪文学创作的特点。他的论说触及"文学"或"文学阅读"在中世纪社会所扮演的角色。特雷弗·罗斯在《从中世纪到18世纪后期英国文学经典的建构》中的论说有助于进一步解释这个问题。在现代文化中，文学作品常被看成是独立自存、具有内在价值的实体，能够对个体的自我塑造产生影响，却无法承担在宏观层面上构塑社会道德形态的功能。在这样偏重个体审美体验的文化里，原创性自然被提到了更重要的位置，剽窃成为题材的移植和改编中不可触犯的禁忌，文学技巧或表达是否有独特个性、耐人寻味、经受得住批评的解剖，成为评判作品价值的一大标准。不过，在中世纪，文学写作的地位附属于承载"客观价值"的宇宙宏图；文学阅读的"公共性"在某种意义上更甚于今日；文学作品的价值取决于是否有利于其所处时代的精神气质的塑造，有利于同时代共同价值观的传播和文化记忆的传承①。所以，路易斯才宣称中世纪文学艺术的姿态是"谦卑"的（第289页）。在他笔下，中世纪文学家有着基督徒必须具备的品质，有着他心目中理想读者和批评家对待作品的伦理态度："跳脱自我，进入他者。"②

四、《被弃的意象》写作特点和学术价值

路易斯强调现代人阅读中世纪文学作品，应该暂时悬置现代人的信念或思维方式，把自己放入先人的视角，透过他们的眼睛来观察天地间的万物。为了让读者更好地理解旧时代的宇宙观，他不止一次劝他们放下书本，去星空下感受一下世界观的变化带给人的新奇体验：

　　不管现代人在眺望夜空时有其他什么感受，最起码他能感受到自己是在向外眺望——就像从轮船的大社交厅入口远眺黑暗的大西洋，或者从明亮的门廊处远眺黑暗而凄凉的荒野。但如果你接受了中世纪

---

① Trevor Ross, *The Making of the English Literary Canon: from the Middle Ages to the Late Eighteenth Century* (Montreal: McGill-Queen's University Press, 1998), p. 14 & p. 211.
② 具体论述参见苏欲晓，《论 C.S. 路易斯的中世纪模型》，《外国文学评论》2013 年第 1 期，第 200—202 页。苏欲晓，《自我与他者：C.S. 路易斯的文学批评述评》，《外国文学评论》2010 年第 4 期，第 128—142 页。

模型，你会觉得自己是在向内窥探。地球处于"城墙之外"。太阳升上天空时，光芒耀眼，我们无法看清里头的景象。黑暗，也就是地上的黑暗，将帘幕拉起，我们可以窥见幕后豪华而盛大的景象：在这凹向地球的广阔空间里，灯火通明，乐声四溢，处处充满着活力。我们向内窥视……见到的是……是无餍之爱的狂欢。我们见到的是一群生灵的动息……他们总能毫无阻碍地将最高级的灵能运用于最崇高的对象；他们无法餍足，因为他们无法彻底将祂的完美变为自身所有，但不会受挫，因为他们无时无刻不在尽自己的本性，最大可能地趋近于祂（第 171—172 页）。

在中世纪宇宙图景里，地球之外的世界其实是一片光明，乐声缭绕，充满了爱和活力。我们在白日里看不到这个景象，因为太阳耀眼的光芒犹如一道帘幕，遮去了那里的一切。但是，黑夜降临之后，天空里的幽暗（其实是地球投在空中的黑影）反而像一只伸来的巨手，掀开了这道帘幕，让地球上的居民得以窥视天堂中的温暖和美好。在《被弃的意象》里，有不少这样富有诗情画意，读后令人豁然开朗的描写，从中可以窥见路易斯对他所研究的中世纪宇宙的真心喜爱和同情。总体而言，《被弃的意象》的文字浅近明晰，语气平易亲和，有时略带口语风格，但即使在上述这样的文学描述中，也能见到作者试图把读者拉近自己的语言策略（句子人称从"他"到"你"再到"我们"的过渡）。这样的文字风格是与《被弃的意象》的雏形（文学讲稿）分不开的。

时至今日，有些学者可能会觉得路易斯在描述中世纪思想文化时，过于强调同质性，而掩盖了内部逐渐扩大的裂痕。他们会认为路易斯在考察观念的流动或变迁时，直接从一座文本的孤岛跳到另一座文本的孤岛，想当然地认为二者存在延续关系，并忽略了观念迁移所牵涉的具体历史语境。他们甚至会批评路易斯把文学文本当成是对宇宙观的简单反映，而没有意识到文学文本也曾参与到宇宙模型的构建历史中 ①。这样的批评意见有一定道理，却超越了路易斯撰写《被弃的意象》一书的意图：为即将踏上中世纪文学之旅的普通读者或学者准备一本介绍沿途景点奥秘的手册。既然作者要揭开的奥秘是蕴含在文学风景中的宇宙概貌，他就只能偏向于强调中世纪思想的同质性和稳定性，将文学作品视为接受宇宙图像投射的平台；这意味着遵循观念史研究的常见做法，聚焦于各类文本之间的思想脉络，是更为便宜的写作策略。路易斯重在呈现中世纪人在宇宙观上的同质性更是无可厚非，毕竟只有先对某个研究领域的概貌或总纲有所把握后，学人才能更便利地进入这个领域，展开由显至隐，由浅及深，由"同"到"异"的探索。倘若评论者没有跳脱目前文学研究的范式（比如更强调声音多元化和思想异质性的新历史主义方法），融入路易斯的意图和视野里，可能会无法领略《被弃的意象》真正的学术价值和魅力所在。

　　《被弃的意象》对中世纪文学研究的一大贡献，如前所述，是提出了包容性更大的"模型"概念；这个概念有助于把宇宙观的问题谈论得更严谨和透彻，而且可引申或延展开去，便于现代人在古今对照中反思自己的宇宙观和精神境遇。路易斯还为这个宇宙的内部结构和运转方式概括出了一些精密法则，它们虽有重合之处，却各有侧重，可将尽可能多的事实都网罗其中。作者学识渊博，贯通古今是《被弃的意象》另一个令人惊叹之处。书中很多知识如今都可以在维基百科中找到，在搜索引擎发达的时代，一

①　这些观点都在 1994 年一篇《被弃的意象》书评中得到了体现。参见 Vidya Das Arora, "C. S. Lewis's Model of the Universe," *Social Scientist*, Vol. 22, No. 4, pp. 167-174.

位学者能在书中旁征博引，并不见得有多奇怪，但在六七十年前或更早之前，学术著作里的引述和求考部分也许更能说明作者博闻强识的程度。而且，难能可贵的是，路易斯善于以平易近人的方式向普通读者讲解那些他们不易接触到或读懂的古代和中世纪经典片段。《被弃的意象》不只是一部学术专著，更是一部智慧之书；它记载了西方人在大约两千年的时间里构想和谐的世界秩序，为自己的灵魂寻找精神依归的历程，它也蕴含了作者关于宇宙、文学、人生、时代、思维方式的洞见和领悟。例如，在《被弃的意象》里，就有多处关于今人与前人的思维模式的对比，而且它们常以令人难忘的警句形式来表述："在进化思维里，人类位于梯子的顶端，梯子的底部消失在黑暗中；在中世纪思维里，人类处于梯子的底部，梯子的顶端隐没在神光里"（第 115 页）；"如今的人不便说自己不擅长虚构，全是别人的过错"，"而中世纪人不便说自己善于虚构，全是靠自己的本事"（第 287 页）。这样闪耀着真知灼见的机智表述时常从作者的笔端流淌出来，是追随这位向导欣赏中世纪文艺复兴文学风景的路途中常能遇见的惊喜。

《被弃的意象》如今已成为有意探索英国中世纪和文艺复兴时期文学的读者所无法避绕的一部学术经典。它不仅曾为刚进入这个领域的学人打开了一个不一样的世界，为其日后深入钻研作了基本铺垫，甚至在一些具体议题的讨论上，也曾对英美学术界的研究转向产生过一定影响。比如，第六章对仙灵类型的划分及其形象的描画就曾为英美学界的仙灵研究指出了一条真正的"文学"路径。20 世纪的仙灵研究主要关注决定或塑造了文学作品中仙灵形象的社会历史条件（包括民间文化信仰）。奠定这个思路的是露西·艾伦·帕顿（Lucy Allen Paton）发表于 1903 年的专著《亚瑟传奇中的仙灵神话研究》。这部著作影响深远，引领了后来数十年里出现的一系列成果，比如罗杰·夏尔曼·卢密斯（Roger Sherman Loomis）1927 年的《凯

尔特神话和亚瑟传奇》，J.A. 麦库洛克（J. A. MacCulloch）1932 年的《中世
纪信仰和传说》，约翰·瑞威尔·莱因哈德（John Revell Reinhard）1933 年
的《中世纪传奇里"誓约"的遗留》。这些著述的共同特点是采用路易斯所
说的"人类学思路"，即考察文学作品中仙灵主题的根本目的是将其追溯到
凯尔特或日耳曼文化中的"原型"，或是反过来，以假设的凯尔特或日耳曼
"原型"为参照来阅读中世纪文学作品。路易斯在《被弃的意象》中指出这
类研究"几乎全是关于信仰的起源"，但追本溯源并不总是有意义，因为作
家有时自己也不清楚他关于仙灵的信念源自何处。路易斯更想探究的是仙
灵在中世纪宇宙观中的位置，在中世纪文学里的不同形象特点、地位及其
对读者的情感影响。他将仙灵分为三类，即"邪恶仙灵""小仙灵"和"高
贵仙灵"（the High Fairies），并结合歌谣和传奇来解说他们的外形、性格气
质、神秘力量、与人类的关系、在文学史上的地位及形象变迁等①。路易斯
的思路被弃置多年以后，英美学界才有人把它捡了起来，出现了一些较有
分量的学术著作，比如，海伦·库柏（Helen Cooper）2004 年的《时间中
的英国传奇》，柯琳·桑德斯（Corinne Sanders）2010 年的《中世纪英国传
奇中的魔法和超自然力量》，詹姆斯·韦德（James Wade）2011 年的《中世
纪传奇中的仙灵》。这些著作沿着路易斯指示的路径来研究中世纪传奇文学
中的仙灵主题，虽然它们也论及作为创作背景的民间信仰或思想资源，但
更突出的是创作者对仙灵、仙境、仙法的文学演绎以及产生的美学效果，
更偏重的是创作主体的动机、采用的策略和想象力等因素。这与路易斯
《长生灵》这一章所采取的思路是一脉相承的②。

---

① 这再一次说明路易斯撰写《被弃的意象》的最终目的是让读者通过了解中世纪人的宇宙
观更好地理解和欣赏他们的文学，而不只是让读者通过中世纪人的文学来了解他们的宇宙观。
② 参见 James Wade, *Faeries in Medieval Romance* (London: Palgrave Macmillan, 2011), pp. 6-7.

五、《被弃的意象》与路易斯的文学创作

路易斯目前在中国最广为读者所知的身份是奇幻七部曲《纳尼亚传奇》的作者。他这七部作品一直因为缺乏统一连贯的设计而让人觉得神秘难解。路易斯的朋友托尔金就曾认为《纳尼亚传奇》是由不相容的神话故事随意拼贴而成的①。不少学者都曾撰文立说，试图赋予这七部作品统一的结构、共同的核心或者贯通整体的筋络②。其中视角比较独特的是英国学者迈克尔·沃德的《行星纳尼亚：C.S. 路易斯想象中的七重天》一书。沃德试图从中世纪宇宙学的角度来探寻隐藏在《纳尼亚传奇》七部曲中的线索，由此证明路易斯的文学想象并不是散漫零乱的。沃德发现这七部作品其实是围绕中世纪宇宙观中的七大行星特质设计的，每个作品的情节、（某些）人物品质、象征体系和氛围都与某颗行星的主导气质相对应：

金星（维纳斯）——《魔法师的外甥》

木星（朱庇特）——《狮子、女巫与魔衣橱》

火星（玛尔斯）——《凯斯宾王子》

水星（墨丘利）——《能言马与男孩》

太阳（索尔）——《黎明踏浪号》

月亮（卢纳）——《银椅》

土星（萨特恩）——《最后一战》

① 参见 Michael Ward, *Planet Narnia: the Seven Heavens in the Imagination of C. S. Lewis* (Oxford: Oxford University Press, 2008), pp. 8-9.

② 同上书，pp. 10-11.

比如,《黎明踏浪号》中的不少"屠龙"细节与太阳神阿波罗射杀妖蟒皮同(Python)的英雄事迹有对应之处①。《能言马与男孩》的故事情节围绕一对双胞胎(克尔与克任)的相认展开,而在占星术里,水星(墨丘利)所主管的星座正是双子座②。《狮子、女巫与魔衣橱》令人想到木星(朱庇特)的王者气质:木星是王者之星,作品中几位孩子争夺的正是纳尼亚世界的统治权;木星意味着冬日的消逝和对罪的宽恕,这一点也暗含在白女巫的挫败和爱德蒙最后的重生里③。尽管沃德在解释某些细节时不免有牵强附会的嫌疑,但相比于之前的学者,他所打造的这把钥匙能更方便、更利索地打开纳尼亚世界的七座大门。在路易斯纷繁而又连贯的文学想象背后的,是他作为中世纪文学专家的身影,是他对具有同样特质的中世纪宇宙形象的真心喜爱、持久观照和别具匠心的化用。

六、译者的补充说明

尽管路易斯的文字简洁平实,写法循序渐进,深入浅出,尽量贴近读者,但如果读者对西方人文经典(尤其中世纪文学作品)没有基本了解,阅读《被弃的意象》恐怕还是有点困难,见到一个个陌生的人名和书名,一处处"不明所以"的引言,只会觉得眼前满是难以跨越的高壁深堑,想寻找更多背景资料作为后援,却无现成中译本可用。有鉴于此,译者为此

---

① 参见 Michael Ward, *Planet Narnia: the Seven Heavens in the Imagination of C. S. Lewis* (Oxford: Oxford University Press, 2008), p. 113.
② 同上书, p. 153.
③ 同上书, pp. 42-76.

书配了较详细的注解，以脚注的形式附在每页正文的下端。路易斯原文的注释也都保留了下来，但会在末尾加上"原注"两字以示区别。如果译者认为有必要以更浅白的语言解释路易斯引述的材料，会在"原注"后附上自己的补充说明（原注和译注中间空上一格）。这些注释的字数约为正文的一半，大体可分为几类：（1）简要说明路易斯提及的作家和作品，对国内读者普遍觉得陌生的著作，以一两句话概括其主旨；（2）解释文学、哲学、神学、神话等领域某些关键术语的含义；（3）为路易斯针对某部作品或某个细节所作的简要论断提供具体释例和解说；（4）为路易斯提到出处但没有展开的文本证据提供原文，或对原文加以改述；（5）对路易斯引述的材料作更详细、更直白的解释，恢复路易斯引用的词句或段落在原文所处的语境（本书很大一部分注释属于这一类型）；（6）对路易斯的论说难解之处或言外之意加以说明；（7）指出路易斯立论有所偏颇，对原典细节理解失当，引述与原文有出入，注释出错的地方。当然，读者如果觉得不必参考脚注，也能毫无障碍地将正文读下来，不妨忽略这些绊脚的注释，或者等有空时再回头检阅。如果读者把中译本导言从头到尾扫视了一遍，也可以直接跳到第五章《诸天》，从那里读起，等读出兴味了，再回到前面翻阅路易斯关于"模型"的理论陈述和对中世纪模型源头的梳理。译者还在书末附上了路易斯于 1956 年给剑桥大学一群动物学家所作讲座的讲稿。该文可以视为《被弃的意象》的减缩版，读者不妨将二者对照阅读，相互参照，以便于加深印象。总之，希望译者的努力能帮助《被弃的意象》走进中国人的阅读世界，让我们与如今的西方人一起分享他们前人的思想财富和文化记忆，从中寻找到安慰、启示和似曾相识的感觉。希望路易斯的《被弃的意象》也能成为中国读者书单上一部不被弃的经典。

序言

　　这本书的前身是我在牛津作过多次的系列讲座。一些听课的学生希望我能将讲座的内容刊印成书，便于更长久地保存。

　　我要承认的是，书中很多内容，读者从别处是搜索得到的；当然，前提是读者每碰到古书中的一处疑难点，都会停下来，去翻阅他人的评论、史书、大百科等参考资料。我之所以认为作这些讲座、写这本书不无价值，是因为这样的搜索方法，对曾经的我和现今的一些人来说，是不尽如人意的。首先，我们一般是遇到某些明显难懂的文字，才会去翻阅资料。可是有一些文字，颇能迷惑人，不会自动带我们去寻找注解。这些文字看似简单，其实不然。而且，专为疑难点频繁查阅资料会妨碍接受性阅读（receptive reading），一些反应过激的人甚至将学术评注视为祸害，认为它常要将你"带离"文学本身。所以，我以前一直希望能事先弄到一套尚过得去的装备（尽管并非十分完备）并随身携行，这样，它就可以把我"带入"文学里。美景当前，却要不时翻看地图，这只会破坏欣赏风景应有的心态，即"智慧的消纳"①。但是动身之前查阅地图，却不会有这样的害处。其实，地图能把我们引向各色的风景，包括那些我们仅靠直觉从不会发现的景致。

我知道，有一些人阅读古老的作品时，带着纯粹的现代人的感受、现代人的观念，他们不愿意跳出由此而形成的印象（不管是多么随意形成的）；就像有些人在欧洲大陆旅游，一路上都是坚定不渝地带着英国人的做派，只愿意与其他英国游客往来，喜欢眼前的事物只因它们"奇异古怪"，他们从不想弄清楚那些生活方式、那些教堂、那些葡萄园对当地人意味着什么。这当然也有它的好处。我无意与以这样的态度对待历史的人争吵。我希望他们也不要向我寻衅滋事。这本书是为其他读者而作。

C. S. L.

剑桥大学麦格达伦学院

1962 年 7 月

---

① 原文为"wise passiveness"，出自华兹华斯 1798 年的诗歌《规劝与回应》（第 24 行）。

第一章　中世纪概况

不相似事物的相似性

——穆尔卡斯特 [1]

中世纪人与野蛮人 [2] 在很多方面都是同样无知，他的某些信念，在人类学家眼中，就像野蛮族类的翻版。但是，他获得这些信念的途径，通常有别于野蛮人。

野蛮人的信念可以认为是人类群体对周围环境所作的自发反应，想象是这种反应的主要推动力。野蛮人的信念体现了一些作者所说的"前逻辑思考"。这种信念与野蛮人的社群生活紧密相连，难以割裂。我们如今所说的政治、军事或农事行动，在当时与仪式很难分开；仪式与信念互为因果，

---

① 理查德·穆尔卡斯特（Richard Mulcaster，约 1531—1611 年），英国教育家。

② 路易斯这里所说的"野蛮人"指的是人类总体文明进入较发达阶段后那些还处于原始阶段的野蛮族类。

互相支撑。而最具典型性的中世纪思想却不是如此产生的。

　　一个社群可能会在很长一段时间里保持相对纯粹、不受外扰的状态，即使它的物质文化发展程度早已超越蒙昧阶段，它原有的信仰体系有时仍会延续下去，当然，可能还会有新的发展。这个体系开始转变成更接近伦理、更哲理化，甚至更科学的思想系统；但这个阶段与其蒙昧的发端之间还是存在着某种未曾中断的连续性。埃及的情况大概比较接近这一点[①]。但是，这也仍然不符合中世纪思想的历史。

　　中世纪的特殊性可以用两个例子来说明。

　　大约在 1160 年到 1207 年间，一位叫莱耶曼[②]的英国神甫写了一部叫《布鲁特》的长诗[③]。他在这部诗中（第 2 卷第 1 节第 5775 行起）告诉我们，空气中栖居着很多生灵，有些是善的，有些是恶的，它们一直栖息在那里，直到世界的末了。这一信条与蒙昧之人的想法并无不同。相信自然界，尤其是自然界中相对不易触及的区域住满了友善和有害的精灵，这是典型的野蛮人的反应。但是莱耶曼这么写，倒不是因为他认同自己所属的社会群体所作出的那种集体性的、自发的反应。这段文字的真正历史并不是这样的。莱耶曼对大气精灵的记述取自诺曼底诗人韦斯的作品[④]（大约作于 1155 年）。

---

①　参见 *Before Philosophy*, J. A. Wilson, etc. (1949).——原注
②　莱耶曼（Laȝamon），早期中古英语诗人，生平不详。《布鲁特》是他利用前人的材料所撰写的一部关于不列颠民族的起源和历史的史诗作品。主人公布鲁特是埃涅阿斯的曾孙，因打猎时误杀父亲遭族人流放，历经千难万险来到一座叫阿尔比恩的岛屿并定居下来，依照自己的名字将岛屿重新命名为"不列颠岛"。布鲁特以及手下的特洛伊人就成了不列颠人的先祖。莱耶曼和其他早期中古英语诗人一样，试图将不列颠人的由来与维吉尔的史诗《埃涅阿斯纪》联系起来。
③　Ed. F. Madden, 3 vols. (1847).——原注
④　即《布鲁特传奇》。韦斯（Wace，出生于 1110 年前后，逝世于 1174 年之后）的这部作品奠定了莱耶曼的《布鲁特》的创作基础。不过，后者增添了大量前者所没有的细节，这些细节体现了凯尔特人的文化影响。

韦斯的相关记述则是取自蒙默思的杰弗里[①]的《不列颠诸王纪》[②]（作于1139年以前）。杰弗里的相关记述则是取自公元2世纪阿普列乌斯[③]的《论苏格拉底之神》[④]。阿普列乌斯的相关文字则是对柏拉图"灵物学"（pneumatology）的复述。柏拉图则把从前人那里传承的神话体系加以修改，以服务于自己的伦理学和一神论。如果你一代又一代往前追溯，最后，就会发现或者至少可以推断得出，前人的神话体系究竟在何时开始逐渐形成，并呈现我们所说的野蛮特征。但是，莱耶曼这位英国诗人对此一无所知。先人的神话体系距离他的年代，比他距离我们的年代，还要久远。他相信这些精灵的存在，是因为他在一本书中读到过，就像我们大多数人相信太阳系的存在或相信人类学家关于早期人类的记述一样。文字教育以及与其他文化的互动足以让野蛮人的信念瓦解消散，但促使莱耶曼的信念形成的，却恰恰是这些因素。

第二个例子可能更有意思一些。在14世纪诗人纪尧姆·德·迪古尔

---

① 蒙默思的杰弗里（Geoffrey of Monmouth，约1100—1155年），威尔士的一位神职人员，民族历史的杜撰者。《不列颠诸王纪》对亚瑟王的故事作了大量戏剧性虚构，成为欧洲中古最重要的骑士文学——亚瑟王传奇的滥觞。
② 国王沃蒂根召集工匠建造一座塔楼，作为将来的庇护所。可是塔楼屡造屡塌，国王身边的法师声称要找一位无生父的少年，将他的血洒在泥灰和石头上，能保塔楼永固不倒。后来，预言师梅林的母亲被召到国王跟前，讲述了自己与精灵交合而诞下梅林的经历。一位大臣援引阿普列乌斯的《论苏格拉底之神》里的说法，确证了梅林母亲的故事：在月亮和地球之间生活着一些可以被称为梦淫魔的精灵，他们介于人与天使之间，只要愿意，就可以幻化成人类的模样，与妇女交媾，有一些孩子就是这样降临人世的。
③ 阿普列乌斯（Apuleius，约124—170年），拉丁散文作家，《金驴记》的作者。《论苏格拉底之神》是一部探讨神、人、精灵的存在与属性的作品。
④ 参见本书第三章第四节。

维 ① 所著的《人的生命历程》中，"自然"（被拟人化）对一个叫"格雷斯杜"的角色说：他们所管辖的领域是以月球的轨道为界的 ②。我们会想当然地认为这直接承袭了野蛮人编造的神话。野蛮人把天空分成高级精灵栖居的高层天和低级精灵栖居的低层天。而月亮则是立于二者之间的宏伟界碑。可事实上，这段文字的来历与野蛮人的宗教，甚至与文明人的宗教，几乎没什么关联。诗人把最高的神灵称作"格雷斯杜" ③，似乎带有基督教色彩；但这只是抹在一张画布表面的"涂层"，那张画布的材质其实不是基督教教义，而是亚里士多德学说。

亚里士多德对生物学和天文学都有兴趣，他发现两者的研究对象具有鲜明的反差。我们人类所居住的世界，是由出生、成长、生殖、死亡、腐朽所构成的无尽变化。亚里士多德那个时代所掌握的实验方法只能揭示：世间万物的运行是不完全统一的。也就是说，事物并不以完全相同或永远相同的方式发生，而只是"整体如此"或"大体如此" ④。但是，作为天文学研究对象的那个世界似乎大不一样。那时还观测不到新星 ⑤。依据亚里士多德的观察所得，所有天体都处于永恒不灭的状态；它们既不生成，也不陨

① 纪尧姆·德·迪古尔维（Guillaume de Deguileville，出生于 1295 年，逝世于 1358 年之前），法国西多会士，诗人。寓言诗《人的生命历程》讲述的是一位朝圣者在梦境中看到耶路撒冷的异象，由此迈向通往天城之路的故事。朝圣者的旅行象征着他的生命历程。
② 参见 Lydgate's trans. (E. E. T. S. ed. F. J. Furnivall, 1899), 第 3415 行起。——原注 "自然女神"向"格雷斯杜"抗议，重新申明他们的疆界，希望"格雷斯杜"不要干涉自己对月亮之下的世界的统治权。
③ "格雷斯杜"（Grâcedieu）的字面意思是"神之恩典"。这个角色是《人的生命历程》中那位朝圣者的向导。
④ De Gen. *Animalium*, 7782; *polit.* 1255b. ——原注
⑤ 据传喜帕恰斯（于公元前 150 年）发现过一颗新星（参见 Pliny, *Nat. Hist.* II, xxiv）。仙后座一颗超新星于 1572 年 11 月被人发现，这对思想史来说是一个重要事件（参见 F. R. Johnson, *Astronomical Thought in Renaissance England*, Baltimore, 1937, p. 154）。——原注

灭。你对它们观测得越仔细，它们的运动看起来就越合乎规律。显然，宇宙就这样被分成了两大区域。亚里士多德把那充满变化、不规律的下区域叫作"自然"（φύσις）。而上区域，他则称为"苍穹"（ούρανός）。所以，他把"自然"与"苍穹"说成两个不同的东西①。但是，天气这个善变的现象却昭示世人，变幻无常的"自然"可以从地球表面向上延伸一定的距离。"苍穹"应该从更高的地方开始。由此可以合理地推断，这两个在各方面明显不同的世界，也是由不同的元素构成。"自然"是由土、水、火与空气这四种元素构成。空气的尽头（也就意味着"自然"和"无常"的结束）就是"苍穹"开始的地方。在空气的上头，在真正的"苍穹"中，充满了另一种物质，即亚里士多德所说的"以太"。因此，"裹绕着神圣天体的是以太，但在这弥漫着以太的'神圣自然'的下方，就是那易感的、善变的、不经久的、必死的自然"②。亚里士多德用"神圣"一词，意味着他引入了宗教元素；他将月亮的轨道定为天与自然、以太与空气之间的重要分界线，这只是他学说中的一个小细节。这个界限观的出现，似乎更多是出于科学的需要，而非宗教的需要。这就是迪古尔维那段文字最初的源头。

　　这两个例子说明中世纪文化带有十分强烈的书卷或学究色彩。当我们把中世纪称作权威时代的时候，通常想到的是教会的权威。但是，中世纪是众多权威主导的时代，它的权威不止教会一家。如果中世纪文化可以看成是对外部环境的回应，那么，它回应最有力的环境要素就是那些手抄本。

---

①　*Metaphys.* 1072b. 参看 Dante, *Par.* xxviii, 42.——原注 在《天国篇》中，贝雅特丽齐引领但丁飞上第九重天，即原动天后，指着天府中那束极其纯粹的明光说，那就是神，诸天（heavens）与自然（nature）都维系在那个光点上。

②　*De Mundo*, 392a. 这篇文章究竟是亚里士多德所著，还是亚里士多德学派所著，与此处关系不大。——原注

每位作家，在有可能的情况下，都会以更早的作家作为个人创作的基石，都有自己追随的"前辈作家"[1]：最理想的是拉丁文作家。这是中世纪有别于野蛮状态以及现代文明的一个方面。在野蛮人的社群中，成员吸收文化的途径，部分是无意识的，即通过参与某种古老的行为模式，部分是通过部落老人的口头传授。在我们现代社会里，大多数知识归根结底是通过观察得到的。但中世纪主要依靠的是书本。当然，那个时候识字率比现在要低很多，但从某个意义上说，阅读在整个文化中扮演的角色比现在更重要。

不过，对这个论断还有必要加以限定。中世纪文化不仅根植于古希腊罗马传统（主要通过书本来传承），也植根于属于"蛮夷"（barbarian）的北欧和西欧。我给"蛮夷"一词加引号，是因为不这么做，可能会误导读者。这个词意味着罗马公民与紧挨着罗马帝国边境的那些民族在人种、技艺和资质诸多方面相差悬殊，可事实并非如此。早在帝国陷落之前，罗马公民身份已经与种族不再有任何关联。在历史上，毗邻罗马的日耳曼人和（更甚者）凯尔特人一旦被罗马人征服或与其结盟，都会毫不犹豫且毫无难度地吸收罗马文明。你给他们穿上托加袍以后，几乎可以马上派他们去学习修辞术了。他们迥然有别于那些戴着圆顶硬礼帽、硬装成欧洲人的霍屯督族人[2]。同化的过程是实实在在的，也很少间断过。只需几代人的时间，在他们中间就能涌现出罗马诗人、法学家和将军。他们在头颅形状、面相、肤色和智力各方面与古希腊罗马世界更早的成员之间已经差别不大，就像这些成员之间并无多大差别一样。

如何评价"蛮夷"（我们不妨就这样理解这个词）对中世纪的贡献，因

---

[1]　路易斯用的是"author"的中古形式"auctour"。译者结合语境将其译为"前辈作家"。这个词会在后文中多次出现。

[2]　南非洲的土著。

研究的角度不同而有所不同。就律法、习俗和社会概貌而言，蛮夷元素的作用可能是举足轻重的。从某种意义上说，在某些民族国家，蛮夷元素对具体艺术的作用也可能是举足轻重的。一个民族的文学最基本的构成大概就是它所用的语言。每一门语言都有自己的特质；它暗含一种视角，揭示一种精神活动，能引起某种共鸣，在这些方面有别于其他任何一门语言。不仅词汇——"heaven"这个词的意味与"ciel"①就大不相同——连句法形式，也是自成一格的。因此，在日耳曼国家（包括英格兰在内），中世纪（和近代）文学在各个层面都受到其蛮夷源头的泽润。在其他一些国家，凯尔特人和日耳曼入侵者的语言几乎被拉丁语消抹干净，这些国家的文学就颇为不同。中世纪的英语文学受法语和拉丁语影响很深，这一点要予以充分承认，但它每个句子的音调、节奏或"质感"都带有"蛮夷"（我们就按照现有的方式来理解这个词）的血统特征。有些人将英语与盎格鲁-撒克逊的联系仅仅看成是一种与文学无关的"纯语文现象"，说明他们对文学的存在方式缺乏最基本的感受力。

对研究狭义上的文化——即思想、情感和想象——的学者而言，蛮夷要素并不是那么重要。不过，即使对他们而言，这类要素也是绝对无法忽略的。在英国，非古典式的异教信仰②是以古冰岛语、盎格鲁-撒克逊语、爱尔兰语、威尔士语的文字片段的形式保留下来的；大多数学者认为这些片段构成了亚瑟王传奇中很多故事的基础。中世纪爱情诗在一定程度上也受

---

① 法语中的"天"。
② "非古典式的异教信仰"（non-classical paganism）指的是不属于古希腊罗马这一思想传统的异教信仰。路易斯在本书中所用的"paganism"一词（译为"异教思想""异教信仰"或"异教主义"），若未加特殊限定（比如这里的"non-classical"），多是指诞生于古希腊罗马文明、以多神论为基础的宗教信仰或思想。它并不包括犹太教、伊斯兰教或"非正统"基督教派的信仰或思想。

过蛮夷风情的影响。民歌俗谣也暗含一些史前民间传说的片段（可能没有永世流传的），一直到中世纪晚期还是如此。但是，我们必须恰如其分地看待这些问题。古冰岛语和凯尔特语的文本只在很有限的范围内流传，直至近代，也依然如此。盎格鲁–撒克逊语很快就变成一门甚至在英格兰也无人能解的语言。来自古日耳曼和古凯尔特世界的元素确实保留在后来各民族国家的语言中，但是，寻找这样的线索，何其费力！我们每碰到五十处提及赫克托、埃涅阿斯、亚历山大或恺撒的诗文，也许才能碰到一处提及维德[①]或维兰德[②]的段落。我们为了从一本中世纪的书中挖出凯尔特宗教的一点遗留，要遇到二十处清晰醒目地提及玛尔斯、维纳斯和狄安娜的文字。爱情诗人受蛮夷影响所留下的印迹是模糊不明的，只能大体推测；他们受古典诗人，甚至现如今看来，受阿拉伯人影响所留下的印迹，却要明确很多。

　　也许可以认为，蛮夷所留下的遗产并不见得稀少，只是不那么张扬，不那么明显而已；甚至还可以说，这份遗产因为隐秘而力量更加强大。就传奇和叙事歌谣而言，这么说是恰当的。所以，我们必须问一问：在多大程度上或在什么意义上，这些传奇和叙事歌谣是典型的中世纪产物？在18、19世纪关于中世纪的想象中，它们确实占据了比实际更为广阔的空间。这里头是有原因的。阿里奥斯托[③]、塔索[④]和斯宾塞都是中世纪传奇作家的直

---

① 　Wade，日耳曼神话中的一位神祇，乔叟的《坎特伯雷故事集》提及过这位传说中的人物。

② 　Weland（或Wayland），斯堪的纳维亚和日耳曼神话中的一位神奇铁匠。在《贝奥武甫》中，他制作了一副胸甲送给贝奥武甫。

③ 　阿里奥斯托（Ariosto，1474—1533年），意大利文艺复兴时期的诗人，著有长篇传奇叙事诗《疯狂的奥兰多》。

④ 　塔索（Tasso，1544—1595年），意大利诗人，著有叙事长诗《被解放的耶路撒冷》。

系后裔，一直到赫德 ① 与沃顿 ② 的时代，他们的作品还被视为"风雅学识"（polite literature）的一部分。人们对这类虚构作品的喜爱，一直没有消退，贯穿"玄学派"和"奥古斯都" ③ 这两个时代。在这两个时代里，叙事歌谣的创作也依然保持活跃，只是诗歌的形式发生了一点蜕变。孩子从保姆嘴里能听到这种歌谣，它时而也受到知名批评家的称赞。所以，18 世纪的"中世纪复兴"所复兴的并不是已经作古僵死之物。以前我们正是沿着这条线去追溯中世纪文学的，就好比是沿着一条从门前经过的溪水去寻找它的源头。因此，在人们对中世纪的认知中，传奇和叙事歌谣的色彩过于浓重。现今依然如此，当然，除了在学者中间。通俗插画家——比如海报作者或《潘趣》④上的漫画家——要是想唤起人们心中的"中世纪"观念，只要画一位游侠骑士，在背景处添几座城堡、悲愁的少女和毒龙就已足够。

　　这种关于中世纪的流行印象也不是毫无道理。从某种意义上说，传奇和叙事歌谣确实应当列为中世纪的"典型"或"独特"产物。历史证明，在中世纪留给我们的众多遗产中，它们最能给我们带来普遍而持久的乐趣。尽管从其他时期也能找到与它们在不同程度上相似的文学类型，但就总体效果而言，它们是独一无二、无可取代的。不过，如果我们想用"典型"来表示这类文学所蕴含的想象是中世纪人最主要甚至最

① 即理查德·赫德（Richard Hurd, 1720—1808 年），著有《论骑士精神与传奇》（1762 年）。

② 即托马斯·沃顿（Thomas Warton, 1728—1790 年），著有《英国诗歌史》（1774—1781 年）。

③ 路易斯所说的"玄学派"时代大体是在 17 世纪（可算到 17 世纪末，也可算到 17 世纪 60 年代末，当时"玄学派"中名望最高的诗人亚伯拉罕·考利于 1667 年逝世）。"奥古斯都"时代一般以安妮女王登基的 1702 年为起点，以 18 世纪 40 年代蒲柏和斯威夫特的逝世为结束的标志。

④ 英国一家配有讽刺漫画的幽默杂志，周刊，创建于 1841 年。

频繁的精神活动，那就失之偏颇了。有一些叙事歌谣具有神秘怪异的特点，有一些歌谣中的诗句简洁紧凑、哀婉动人；当时写得最好的传奇作品有一种神秘感、无限感、难以捕捉的含蓄内敛感——这些品质与中世纪的日常品味是大相径庭的。一些最伟大的中世纪文学，比如赞美诗、乔叟和维庸①的诗作，是完全没有这种品质的。但丁带我们到死人的世界里走了一遭，却没有让我们感受到《厄舍尔井的妇人》②和"惊危的教堂"③带给我们的那种惊颤感④。在中世纪，传奇和这样的叙事歌谣似乎更像是——过了中世纪，也依然如此——忙碌中的偷闲、正餐间的点心，它们只寓居于心智的边缘，它们的魅力取决于它们不处于"中心"位置（马

① 维庸（Villon，1431—1463 年），法国抒情诗人。
② 一首苏格兰民间歌谣，现在只有一些片段残存下来。故事大意是一位住在厄舍尔井的妇人送三个孩子去学校，不久孩子意外丧生的消息传来，母亲悲痛欲绝，日日诅咒"自然"，要它把儿子归还给自己。中世纪有一些地方的人相信对死者的悼念最长不能超过一年零一天，否则会导致死者返还阳间。圣马丁节那天晚上，三个孩子头戴白桦帽（可保护他们免受阳气的伤害）回到家中，与母亲相聚，母亲喜极而泣，要为他们准备盛宴。他们告诉母亲，自己已不是活人，不能吃，也不能睡，破晓前必须离开家。这首歌谣在惆怅惜别中结束。
③ "惊危的教堂"（The Chapel Perilous）这个短语最早出现在托马斯·马洛里爵士所著的传奇作品《亚瑟王之死》中。在以寻找遗失的圣杯为主题的传奇作品中，一座危险而神秘的教堂经常会出现在骑士的冒险途中。骑士走进教堂遭遇邪恶力量几乎是必不可少的插曲。有时他会看到一具死尸躺在圣坛上，有时一只黑手会伸出来熄灭了教堂的烛火，有时会传来一道威吓他的奇怪声音。
④ 路易斯的阅读印象有一定道理，不过，要指出的是，在但丁《地狱篇》里也有大量惊悚的画面或插曲，其恐怖效果不亚于他所说的《厄舍尔井的妇人》和"惊危的教堂"插曲。比如第 24 章，在世犯过偷盗重罪的一些人要承受被蛇咬的惩罚。他们绕着一块大石转圈，石旁会时不时蹿出一条巨蛇，在肩颈处咬上一口，被咬的人会突然化作一堆尘土落在地上，继而尘土又慢慢聚拢，升起，变成人样，眨着眼睛四处观望，还未从刚才的瞬间剧痛中恢复知觉。在第 28 章中，有一位罪人在世时让父子反目成仇，骨肉相残，下了地狱以后，也必须承受相似的痛苦。他只能提着自己那颗与躯干分离的脑袋在谷底转悠，到处哭诉自己所受的重罚与苦痛。

修·阿诺德 ① 可能过于看重"中心"位置的价值）。

最典型的中世纪人并不耽于梦幻或漫游。他是个组织者、整理者、体系构建者。他想要"万物各得其所，各归其位"。区分、下定义、列表格是中世纪人的最爱。尽管卷入各种纷乱的活动，中世纪人依然不乏赋予它们稳定形式的冲动。他（有意识地）通过纹章术和骑士规章来确立战争的形式，（有意识地）通过一套复杂的求爱法则来规范情欲的表现。高度原创、天马行空的哲学思考被硬生生地纳入到模仿亚里士多德的严格逻辑论证模式中。像法律和道德神学这类要求对形形色色的要素加以整合的研究在当时尤其兴盛。诗人所能尝试的各种写作技巧（包括那些最好不去尝试的）都被归入修辞艺术的范畴。中世纪人最喜欢或最擅长的事，莫过于整理分类。我想在所有现代发明中，中世纪人最欣赏的，可能要属卡片索引。

在我们看来最可笑的学究做派和最卓越的成就中，都同样能见到这种冲动在发挥作用。从他们的成就里，我们看到他们对体系怀有热烈的激情，他们的心智能激发出一股稳定、不懈且欢腾的活力，从而把一大堆异质的材料化合成一个整体。最好的例子就是阿奎那的《神学大全》和但丁的《神曲》；它们统一有序，就如帕特农神庙或《俄狄浦斯王》②，密集纷纭，就如"银行假日"③的伦敦终点站。

不过，我想，还有一类成果可以与这二者相提并论。这是中世纪人自

---

① 马修·阿诺德（Matthew Arnold, 1822—1888 年），英国诗人，评论家。阿诺德认为诗歌应当是对生活的批评，在宗教式微的年代，只有诗歌才能成为人类的精神支柱。
② 《俄狄浦斯王》在情节的整一、结构的严密、布局的巧妙等方面堪称古希腊悲剧的典范。
③ 英国的一个公共假日，当天银行停业，非零售公司关门放假。路易斯以"银行假日"作喻，有点突兀，可能是为了调节课堂气氛。

己的合成：他们将自己的神学、科学和历史整合成一个关于宇宙的复杂却又和谐的思想模型。这个模型的建构取决于前面提到的两大因素：中世纪文化本质上具有书卷气浓厚的特点；中世纪人热衷于体系的构建。

中世纪人有点像书呆子。他们非常相信书本里的内容。他们很难相信一位古老的"前辈作家"所说的话竟是一派胡言。他们从前人那里继承了一批纷繁驳杂的书籍，包括犹太教、异教、柏拉图学派、亚里士多德学派、斯多葛学派、原始基督教教会、早期教父的著作。这些书籍又可分为编年史、史诗、布道、宗教启示、哲学论述、讽刺诗文。很显然，这些"前辈作家"的观点经常互相抵牾。如果忽略诗人和哲学家本质上的不同，不偏不倚地从他们那里获取知识，你会发现他们的观点更是经常抵牾；尽管理论上中世纪人完全能够指出诗人"造假"之处，但他们在汲取知识时依然保持着兼收并蓄的态度。在这种情况下，如果一个人仍然愿意相信书中所有的内容，那么，他就急需对这些内容作整理分类，当然，对他而言，这也是个良好的契机。他必须调和所有明显自相矛盾的地方。他必须建立起一个能含纳和协调一切的模型；唯一的途径就是使这个模型变得错综复杂，将它的统一性蕴含在丰富而有序的多样性中。我相信中世纪人不管如何都会承担起这个任务。但是促使他们这么做的，还有一个因素，那就是，当时这项工作已经开始，而且有了相当大的进展。在古典时期的末段，很多作家——其中一些将在后头的章节中与我们见面——可能已经在有意无意地收集和协调那些来源截然不同的观点：他们要建立一套万宗归一的模型，不仅调和柏拉图学派、亚里士多德学派和斯多葛学派的学说，也要调和异教与基督教的元素。这个模型被中世纪人采纳，并得以完善。

我在前文里说这个得以完善的模型可以与《神学大全》和《神曲》相提并论，我的意思是它能够带给心灵相似的满足感，而且某些原因是相同的。跟《神学大全》和《神曲》一样，这个模型尽管规模宏大，却还是有限且可知的。它的崇高性并不是基于任何模糊不明的特质[①]。它的崇高性，如后文所示，是古典式的，而不是哥特式的。它的内容，不管多么丰富多样，却是和谐融洽的。我们看到各个元素如何紧密联系在一起；这种谐调关系并不是简单的平等，而是阶梯式的等级关系。也许有人会认为多半只有我们这些人才能看到这个模式的美，因为我们不再把它当作真知来接受，而是有意识地把它看作——或者不自觉地把它看作——一件艺术品。但是，我相信事实并非如此。我认为有大量证据表明当时的人们既信奉这个模型，又从中获得由衷的满足。我希望能说服读者，让他们相信这个宇宙模型不仅是中世纪一项卓越的艺术工程，而且从某种意义上说，是它的核心工程；大多数具体的作品都被嵌置其中，它们不断指向这个大框架，并从中汲取了无数的能量。

---

① 关于崇高与模糊的关系，可参见埃德蒙·伯克《关于崇高与优美观念之根源的哲学探讨》第二部分第三节。

第二章　补充说明

重大和测不透的事，

我也不敢行。

——《诗篇》第 131 首 [1]

　　描述那个存在于中世纪文学艺术中的想象的宇宙，并不等同于撰写回顾中世纪科学和哲学历史的著作。

　　中世纪，像大多数时代一样，充满了更替与争议。思想流派一个个涌现，争强斗胜，而后逐渐衰落。但这并不属于我对所谓"中世纪模型"（the Medieval Model）的描述范畴；我甚至没有论及从以柏拉图为主导的世界观

---

[1]　此处引文出自《旧约》中的《诗篇》第 131 首第 1 节。路易斯的引文是："I do not exercise myself in great matters:/ which are too high for me." 估计路易斯是按当时记忆写出，该引文与原英文版略有出入："neither do I exercise myself in great matters,/ or in things too high for me."

到以亚里士多德[①]为主导的世界观的转变，以及唯名论和唯实论之间的正面交锋。这是因为这些要素，不管对思想史家如何重要，对文学领域的影响却微乎其微。但这个模型中有些要素是诗人和艺术家可以借鉴使用的，就此方面而言，这个模型能长久保持稳定的形态。

另一方面，读者会发觉，我对这个模型的特点解释得有点随意，我称其为"中世纪模型"，但很多例子却是取自中世纪之后的作家，如斯宾塞、多恩和弥尔顿。我之所以这么做，是因为在很多方面，他们的作品仍然是以这个古老模型为基础。直到17世纪末，人们才自信地全盘抛弃这个模型。

在每个时期，主要思想家所接受的模型可以为艺术提供一个我们所谓的"背景幕"（backcloth）。但这块幕布有很强的选择性。它只从整个模型中挑选出普通人能够理解的、诉诸想象和情感的元素。因此，我们当代文化的"背景幕"包含了大量弗洛伊德学说，却甚少包括爱因斯坦理论。中世纪的"背景幕"包含行星的排列秩序和效应（influence），却不怎么包括"本轮"[②]和"偏心轨道"[③]。而且，这块幕布并不总是能快速回应科学和哲学领域的重大变化。

这个幕布版的模型明确删去了原模型的一些内容；除此以外，它与原模型还有一点差别。我们可以称之为地位的差别。无论是看待什么模型，那些思想巨匠都不如我们这些人那么慎重。他们知道这毕竟只是一个模型，有可能被其他模型所取代。

自然哲学家的要务就是构建能"含纳外象"（save appearances）的理

---

① 亚里士多德作品的拉丁语译本（通常是从阿拉伯语翻译过来的）到12世纪时才开始为人所知。——原注

② 托勒密宇宙论中的一个术语。

③ 最早也是托勒密天文学中的一个术语，指的是不以地球为中心的圆圈或轨道。

论。我们大多数人是在《失乐园》中碰到这个短语的（第 8 卷第 82 行）[①]，也许大多数人刚开始时都误解了它的意思。弥尔顿这个短语是从 σώζειν τὰ φαινόμενα 翻译过来的，据我们所知，后者最早是辛普利修斯[②] 评注亚里士多德《论天》时使用的。一个科学理论必须"含纳"或"含藏"它所涉及的表象或现象，将它们都囊括进去，并以适当的方法对它们加以处理。假设我们这里说的现象指的是夜空中发亮的星星；它们展示了相互之间这样或那样的运动关系，以及这些运动与地表上位于某个或者某几个选择点的观察者之间的关系。倘若你的天文学理论是对的，天体距离某个或某几个观测点所作的"视运动"[③]，即是你实际观察到的运动。这样，你的理论就"囊括"或"含纳"了这些现象。

但是，如果我们对理论的要求只有这一条，科学就不可能成立，因为人的心智富有活力，善于创造，可以提出很多同样都能含纳现象的不同假设。因此，我们必须使用另一条标准来补充"含纳现象"这条标准——最早充分阐明这条补充标准的，大概要算奥卡姆[④]。根据这第二条标准，我们应该（暂时）接受的，不是所有"含纳现象"的理论，而是那些用尽可能

① 天使拉斐尔在伊甸园中向亚当介绍天体运行原理时，说到（未来的）人类试图模拟宇宙诸天的构架来测算星宿，他们不断地构建，拆毁，想尽办法要用理论模型来"含纳外象"。
② 辛普利修斯（Simplicius，约 490—560 年），新柏拉图主义者。他的著述几乎全是对亚里士多德等哲学家著作的评注，但蕴含在其中的思想和学识足以使他成为古代世界最后一位伟大的异教哲学家。辛普利修斯在《〈论天〉注疏集》中指出，柏拉图曾向人们提出过这个重要问题：如何通过假设一种有规则的、统一的运动理论把所有观察所见的看似毫无规律、千差万别的天体运动都含括其中？依据辛普利修斯所言，欧多克索斯（Eudoxus）是最早致力于解决这个问题的希腊天文学家（《〈论天〉注疏集》，488.7—24）。
③ 视运动主要是由地球自转所引起的、呈现在地面观察者眼中的天体运动。
④ 即奥卡姆的威廉（William of Occam），14 世纪的逻辑学家、经院哲学家、圣方济各会修士。

少的前提假设来"含纳现象"的理论。比如,这里有两条理论:(a)莎士比亚戏剧中的蹩脚片段都是改编者加进去的;(b)莎士比亚在创作这些段子时,并未处于最佳状态。这两条理论都同样能"含纳"现象,但是,我们早已知道有一个叫莎士比亚的人,也知道作家并不总是处在最佳的创作状态。如果学术想要取得自然科学那样持续的进步,我们就必须(暂时)接受第二条理论。如果我们无须假设改编者的存在就能解释得了这些蹩脚片段,我们就应该这么做。

无论在哪个时代,任何思维严密的思想者都不会认为由前文所描述的方式得来的科学理论可以等同于事实陈述本身。天上的星星在人眼中做这样或那样的运动,实验室里物质产生这样或那样的反应——这些就是事实陈述。天文学或化学理论从来都只是暂时成立的。如果一个更聪明的人想到了一个能以更少的前提假设来"含纳"现象的理论,或者我们发现了无法被"含纳"的新现象,那么旧有的理论就不得不被抛弃掉。

我相信如今所有深思细辨的科学家都会承认这一点。就像有人说的那样,如果牛顿所用的表述不是"引力的大小与距离的平方成反比",而是"所有的现象似乎都表明引力的大小与距离的平方成反比",那他也算是承认了这一点。中世纪人当然也承认这一点。"在天文学中,"阿奎那说,"偏心圆和本轮的理论被认为是成立的,就在于这个理论能够含纳那些可感知的天体运动现象。但是,这不是充分理由,因为我们都知道,其他理论假设也可以含纳这些现象。"[1]哥白尼没有引发轰动而伽利略掀起轩然大波的真实原因,可能就在于前者提出了一条关于天体运动的新假设,而后者则坚持将这条假设当作事实来看待。所以,真正的革命并不在于提出了全新的

---

① 参见 Ia XXXII, Art. I, *ad secundum.*——原注

天体理论，而在于提出了一条"关于理论本质的新理论"①。

就是说，在高智识的人群中间，中世纪模式被谨慎地认为是临时性的、可替代的。但是我们想要知道的是，这个谨慎的看法可以沿着智识的阶梯向下延伸多远。在我们这个时代，科学理论在一些人眼中往往如事实般高高在上，不可商榷；一个人所受的科学教育程度越低，这种倾向就越明显。在与完全没受过教育的听众交谈过程中，我时常发现他们对那些在真正的科学家看来具有高度推测性的结论往往坚信不疑，深信的程度远超过我们知识范围内的很多事物；史前穴居人的流行形象被确认为硬事实，而恺撒或拿破仑的生平则沦为可疑的谣言。不过，我们不应该草率地认为中世纪也是基本如此。我们这个时代的大众媒体催生了一整套通俗的科学观，这套观念是对真科学的失真再现，但中世纪并不存在这样的媒介。那时无知的人比现在更能意识到自己的无知。但是，我有个印象，那时的诗人与阿奎那不同，在使用来自中世纪模型的主题元素时，他们并没有意识到这个模型在认识论上并不占有很高的地位。我的意思倒不是说，这些诗人提出了阿奎那所提出的问题，而且用不同的方式来回答。更可能的是，这样的问题从来没有在他们脑海中浮现过。他们很可能会觉得缔造宇宙学说、历史观念或宗教信仰这样的责任是落在别人头上的。他们只要追寻出色的"前辈作家"、了不起的教士、"那些古老的智者"②，就已足够。

这个模型对于大思想家的意义不如对于诗人的意义，这不仅体现在认识论方面，还体现在情感态度上。我相信所有时代都是这样。以几近虔诚

---

①　A. O. Barfield, *Saving the Appearances* (1957), p. 51. ——原注

②　"那些古老的智者"（thise olde wise）出自《坎特伯雷故事集》之《梅勒比的故事》（第17段）。这个故事是用散文体写的。

的态度对经过抽象化和沉淀的"生命"作出回应，这只有在萧①或威尔斯②
或者有高度诗意的哲学家（如柏格森③）的著述中，而不是在生物学家的论
文和演讲中，才能找得到。曾表达过对中世纪模型的喜爱的作家是但丁和
让·德·梅恩④，而不是艾尔伯图斯⑤和阿奎那。毫无疑问，这某种程度上是
因为情感的表达，不管是涉及何种情感，都并非哲学家的要务。但我想原
因并不只在于此。期待大思想家会对模型深感兴趣，这是不合事理的。他
们手上有更难于应付、更有争议的议题需要解决。每个模型都是对已有答
案的问题的组构。专家或是致力于提出新的问题，或是致力于为老问题提
供新答案。如果他致力于前者，那说明他对人人承认的旧模型失去了兴趣；
如果他致力于后者，他则开启了一项最终彻底毁灭旧模型的行动。

　　还有一类专业学者，即重要的灵修作家，也几乎完全忽略这个中世纪
模型。如果我们想读懂乔叟的作品，就得对这个模型有所了解；不过，当
我们读的是圣贝尔纳⑥的作品或《灵程进阶》⑦或《效法基督》⑧的时候，我们
可以不用理会这个模型。其中一个原因是灵修著作与医疗著作一样，是完
全讲求实效的。思考天球和原子结构，对一个关注自身灵魂状态的人，通
常不会有太大的助益。不过，除此以外，还有一个因素在中世纪发挥作用。

---

① 即英国剧作家萧伯纳（1856—1950 年）。
② 即赫伯特·乔治·威尔斯（Herbert George Wells，1866—1946 年），英国科幻小说家。
③ 即法国哲学家亨利·柏格森（Henri Bergson，1859—1941 年）。
④ 让·德·梅恩（Jean de Meung），法国 13 世纪诗人，续写过《玫瑰传奇》。
⑤ 艾尔伯图斯·麦格努斯（Albertus Magnus，约 1200—1280 年），德国天主教多明我会主
教和哲学家，阿奎那为其门徒。其名也常被译为"大艾尔伯特"。
⑥ 圣贝尔纳（St Bernard，1090—1153 年），法国教士、学者。
⑦ 《灵程进阶》（*The Scale of Perfection*）是英国 14 世纪神秘主义作家沃尔特·希尔顿
（Walter Hilton）的著作。
⑧ 《效法基督》是 15 世纪的一本灵修名著，为托马斯·厄·肯培（Thomas à Kempis）所作。

中世纪的宇宙学和宗教观并不像以前我们假定的那样，属于关系融洽的床伴。我们以前没有注意到这一点，是因为中世纪宇宙观以有神论为坚实基础，乐于接纳超自然元素，在我们眼里，宗教色彩自然就突出一些。在某种意义上，确实是如此。但基督教并不是它最突出的颜色。嵌置在这个模型里的异教元素在看待神的属性以及人的宇宙地位方面有一套自己的观念；也许这类观念与基督教并无逻辑矛盾，但二者确实存在难以调和的微妙关系。它们之间也许并没有 19 世纪宗教与科学所面临的直接冲突，但确实在气质上无法兼容。对中世纪模型的欢喜观照与明确带有基督教色彩的强烈情感很少能被融为一体，除了在但丁的作品里。

　　在前一章里，我无意中解释了描述中世纪模型和撰写思想史的一大区别。我当时举了柏拉图和亚里士多德作为例子；但是，我赋予他们的角色无疑贬低了他们的哲学地位——其中一人被称作零碎"神灵学"（daemonology）的见证者，另一人则是被推翻的物理学代表。当然，我并没有暗示说这些学说奠定了他们在西方思想史上实质性的、永恒的地位。他们与我们有关联，主要不是因为他们是伟大的思想家，而是因为他们对中世纪模型作出了贡献，只不过他们的贡献是间接的，无意识的，几乎偶然发生的。思想史主要考察重要的专业学者对彼此的影响；比如说，思想史不考察亚里士多德物理学的影响，而是考察他的伦理学和辩证法对阿奎那的影响。但是，中世纪模型是在所有古代作家的共识（不管是真实的还是假想的）之上建立起来的——这些作家，优异也好，差劲也罢，哲学家也好，诗人也罢，被人理解也好，遭人误解也罢，不管是什么原因，作品都恰好能进入中世纪人的阅读书单。

　　这些解释或许可以消除或转移读者将来走马观花、蜻蜓点水翻看这本书时不免会产生的疑惑。可以想见，浮光掠影地翻阅此书必然会引出一个问题："你这个模型究竟可以沿着智识的阶梯向下延伸多长？难道你介绍的文学背景不是一些只有少数专家才能理解的东西吗？"我希望读者这时候能看得出来，这个模型的真实效力究竟可以"向上延伸多长"，与它可以"向下延伸多长"都是同样相关的问题。

毫无疑问，这个模型的影响力确实有它无法向下延伸的阶层。挖沟工和酒馆老板娘没有听说过"原动天"，也不知道地球是圆的；这倒不是因为他们认为地球是平的，而是因为他们从来没思考过这个问题。不过，中世纪模型里的一些要素仍然出现在像《南英格兰圣徒传》① 这种简单而粗朴的文献汇编中。但另一方面，如前文所示，当人的智识和灵性到了一定层次，他们在某种意义上就超越了中世纪模型能充分影响的范围。

我说"在某种意义上"，是因为不这么说的话，"上层"或"下层"这些隐喻会传达一种错误的暗示。有些人可能会认为在我看来，科学和哲学似乎本质上就比文学和艺术具有更高的价值。我没有这样的意思。我们说智识的层级更高一点，仅仅是依据某一特定标准；依据另一标准，诗歌的层级就会更高了。对本质上不同的优秀事物作评估和比较，在我看来是没有意义的 ②。外科医师比小提琴家更擅长动手术，而小提琴家比外科医师更擅长演奏小提琴。我也没有暗示说，诗人或艺术家从"背景幕"上删除了很多专业学者视为重要的东西，是一种错误或愚蠢的行为。艺术家需要懂一点解剖学；但他不用继续去学生理学，更不用去学生物化学。如果后两种科学发生了比解剖学更大的变化，他的作品是不会反映这种进步的。

---

① 公元 13 世纪到 14 世纪一本用中古英语写的圣人列传。
② 参见柯勒律治在《沉思之助》这本书里引用过的一句话 heterogenea non comparari possunt（异质之物不具有可比性）。——原注

第三章　古典时期文献精选

人的才力所赢得的虚荣啊！

多像那枝头的绿色，转瞬即褪。

——但丁 [①]

在转向中世纪模型之前，最好要对它的一部分源头作一点说明。因篇幅有限，我无法对所有源头都作介绍，而且关于其中某些领域，是不难找到更好的阅读指南的。研究中世纪文学的人最有必要了解的源头，也许莫过于《圣经》、维吉尔和奥维德，但本章的内容不涉及这三者。我的很多读者已经对这三者有所了解；不了解的人至少也意识到了解的必要。另外，尽管本书很大一部分篇幅要用来介绍古代天文学，但托勒密的《天文学大成》并不在论述范围内。《天文学大成》原著及其法语译本 [②] 都是能借

---

① 出自但丁《神曲》之《炼狱篇》第 11 章（第 91—92 行）。

② *Mathematikes Suntaxeos*, Greek text and French trans. M. Halma (Paris, 1913). ——原注

到的，而且很多科学史方面的书籍也已问世。（不从事科学史研究的现代科学家评论前哥白尼时代的天文学，往往很随意，所以不大可信。）我着重突显的这些源头是受过教育的人最不易接触、最难全面了解的，最能说明中世纪模型如何吸收其思想原料这个奇特的过程。在我看来，最重要的思想源头是在公元 3 世纪、4 世纪和 5 世纪，这将是下一章论述的主题。在本章里，我将转向介绍我们学校的"古典"教育不太重视的一些更早的作品。

第一节　《西庇阿之梦》[①]

我们都知道，柏拉图《理想国》的结尾有一段关于人死后灵魂存在的叙述；讲述人就是从死亡世界回来的阿尔米纽斯之子厄尔（Er）。西塞罗在公元前 50 年左右撰写《论共和国》时，为了不输于柏拉图，也以类似的幻象来收尾。"非洲的征服者"小西庇阿[②]，作为西塞罗对话中的一个角色，在第六卷，即最后一卷中讲述了一个奇特的梦。西塞罗的《论共和国》传到现在，大部分已经残缺不齐。但由于某种原因（后文将会论及），《西庇阿之梦》这部分完好无缺地保留了下来。

---

① Cicero, *De Republica, De Legibus,* text and trans. by C. W. Keyes (Loeb Library, 1928). ——原注

② 小西庇阿是古罗马共和国时期的将军（公元前 185—前 129 年），曾两次当选执政官。他率军攻陷迦太基城，结束了罗马与迦太基的百年争霸。

　　西庇阿刚开始时告诉我们，他做梦前一天晚上，一直在谈论自己的（养）祖父，"非洲的征服者"大西庇阿①。他说，这无疑是大西庇阿出现在自己梦里的原因，因为我们的梦通常是由近日清醒时的思维活动所引发的（VI，x）。为虚构的梦寻找心理动因，使其显得更加可信，这种小技法常被中世纪的梦幻诗所效仿。在《公爵夫人之书》的序言中，乔叟在梦见那对阴阳相隔的情侣②之前，读的正是他们的故事；在《百鸟议会》中，他读的是《西庇阿之梦》，由此可知他为何会在梦里见到西庇阿（106—108）③。

　　大西庇阿把小西庇阿带到了一个高处，从这"繁星满空，熠熠生辉的高处"（xi）他俯瞰下界的迦太基。其实，两人此时正处于最高层的天宇，即"恒星天"（stellatum）④。这是后世文学中很多人升上天堂的原型，包括但

---

①　大西庇阿（公元前236—前183年），古罗马统帅和政治家。

②　即诗中的国王科宇克斯（Ceyx）与王后阿尔库雅娥涅（Alcyone）。两人本为恩爱夫妻，生活和睦幸福，后来科宇克斯在海上罹难，王后哀痛欲绝，祈求神让自己与亡夫在梦中相会。乔叟不久合上书本，沉入梦乡，在梦里他见到一位黑衣骑士在林中哭悼自己的爱妻，这位骑士就是科宇克斯。梦境与现实恰好颠倒过来。

③　这里的"西庇阿"指的是"大西庇阿"。他见乔叟在睡前读西塞罗的《西庇阿之梦》，读得极为认真，作为回报，他带诗人去了一座神秘的园子。在那里，他们听到了众多禽鸟为寻求配偶所引发的一番议论。

④　这是亚里士多德宇宙模型中的最高层天，即第八层。在第八层天外，是统率一切天体和整个宇宙的原动天，即"不动的推动者"栖居之所。在这个模型中，人的灵魂所能飞临的最高处就是"恒星天"。在《天国篇》中，但丁则跟随贝雅特丽齐到达了第九重天，即"原动天"，在那里眺望"天府"中的神光和飞旋的天使环，接着他们继续往上飞升，抵达"天府"或"净火天"。

丁、乔叟（参见《流芳之殿》）①、特罗伊拉斯的魂灵②、《国王之书》③中的情人。堂吉诃德和桑丘有一回也相信自己飞上了天宇④。

"非洲的征服者"对孙子将来的政治事业作了预言（正如卡洽瓜达在《天国篇》第17章中预言但丁的未来⑤一样），对他解释说，"所有那些曾拯救或捍卫过自己国家或扩展过它版图的人在天上都有指定的位置"（xiii）。这是后来的"调和主义者"所必须面对的典型的棘手材料。西塞罗为公共人物，为政治家和将军留出了一层天。无论异教圣贤（比如毕达哥拉斯）还是基督教圣徒，都无法进入其中。这与某些异教权威和所有基督教权威都有相左之处。但是，正如接下来我们会看到的，在中世纪开始之前，就已经有人试图以调和的方式来解释这种矛盾了。

小西庇阿被自己的人生前景激起了满腔热情，他问自己为何不能马上

---

① 在《流芳之殿》中，乔叟进入梦乡后，先去了维纳斯神庙，瞻仰了墙上所挂的历史画作后，从一道门出去，这时一只巨大的神鹰从天而降，将他带上了天。原来这只神鹰受朱庇特指派，要带他去游览位于天、地、海之间的"流芳之殿"（The House of Fame），以此来奖赏他这么多年来对维纳斯和丘比特的忠心侍奉。在飞升的过程中，神鹰提到，虽然当年小西庇阿抵临之处能一览三界（地狱、人间和天堂），但仍然不如他们飞得这般高远（参见全诗第914—916行）。
② 这是乔叟诗作《特罗伊拉斯和克芮丝德》末尾的情节。特罗伊拉斯战死沙场，灵魂升上天宇，待飞抵第八重天时，他回望人间，不禁感叹芸芸众生不思天上乐事，却为人间浮躁之欲所羁绊，何其不幸、可悲。
③ 苏格兰15世纪的讽喻诗歌，据说出自苏格兰国王詹姆斯一世之手。乔叟对此诗影响颇深。诗中的情人（也是叙述者）升天拜谒女神维纳斯和密涅瓦，向其求教爱情问题，与《流芳之殿》有较多相似之处。
④ 参见《堂吉诃德》下卷第41章。堂吉诃德和桑丘并未真的上天，而是受公爵夫妇戏弄，误以为自己乘木马飞上了高天，前去与魔法师作战。
⑤ 参见《天国篇》第17章第37—99行，卡洽瓜达是但丁的高祖父。其中有几句最为有名，非常凝练地概述了但丁未来颠沛流离、寄人篱下的艰苦生活："你将舍弃一切最珍爱的事物，/这是放逐之弓射出的第一箭。/你将尝到别人家的面包，那味道多么咸苦，/在别人家的楼梯上上下下，/是多么艰难的一条路。"

加入这幸福的人群中。"不能"，大西庇阿①回答道（xv），"要不是那个以你眼中所见的整个宇宙作为自己圣宇的神将你从肉体的桎梏中解脱出来，通往这里的道路是不会向你打开的。因为人降生于世，就是要驻守在那个你看见的处于这座圣宇的中心、一个被称作地球的星球上……因此，你，普布利乌斯，还有所有虔诚的人，都应该让灵魂留驻在肉体的桎梏中，没有那个给了你们灵魂的人的命令，就不应该离开人类的生命；要不然，你就可以被认为是背弃了神明指派给你的责任"。这条关于自杀的禁令带有柏拉图色彩。我认为西塞罗这里模仿的是柏拉图《斐多篇》中的一段话；在这段文字，苏格拉底是这么说自杀的："他们说它是不正当的行为"（61c），甚至是无论何时何地都不正当的少数行为之一（62a）。对此，他继续作出解释。不管我们是否接受这种神秘的义理（肉身是一座牢狱，我们不应擅自冲破牢狱），至少我们人类都是神的所有物（κτήματα），所有物是不应自毁的（62b-c）。毋庸置疑，这条禁令构成了基督教伦理的一部分，但很多人，包括不乏学识之人，说不清这是何时或如何才得以形成。我们正在讨论的这段话很可能产生过一些影响。后来的作家在论及自杀或置生命于不顾的不正当行为时，似乎头脑中想的都是"非洲的征服者"这段话，因为这些作家抽取了暗含在其中的军事隐喻来使用。当"绝望"引诱斯宾塞的"红十字骑士"去自杀时，这位骑士是这么回答的：

---

① 说这段话的角色应当是小西庇阿的生父卢基乌斯·艾弥利乌斯·鲍鲁斯。小西庇阿在天上问大西庇阿，他的父亲鲍鲁斯是否还"活着"。大西庇阿指着前面说，你的父亲不正向你走来吗？小西庇阿与父亲相拥而泣，泪水止住以后，他问父亲为何自己不能马上离开人世，与他们相聚。由此来看，回答小西庇阿这个问题的，更可能是鲍鲁斯。从接下来一段中的一句话（"西庇阿，你要像在这里的你的祖父那样，要像生了你的我那样，尊重正义和虔诚"）来推断，劝诫世人不应自杀的应当是鲍鲁斯。

　　士兵不应擅自离开他所站的哨口，

　　在指挥就寝前，他绝不能弃离职守。

　　而"绝望"试图将结论反转过来，如此回应道：

　　既然他为哨兵指明了休息的营房，

　　就有权命他晨鼓一响，立即退离哨岗。（《仙后》，I，ix，第
41节）

　　多恩用类似的比喻来批判人们以言辞作为对决的武器（《讽刺诗三》，
29—31）：

　　哦，莽撞的懦夫，你当真显得英勇豪壮？

　　就这样向你的敌人和祂的敌人屈膝投降？

　　祂可是命你在"人世"的要塞放哨站岗……

　　西庇阿此时注意到，天上的星辰是圆球状的，要比地球大很多。相形
之下，地球显得如此微小，即使罗马帝国看起来也不过是小平面上的一个
点，这让西庇阿心生不屑（xvi）。这个段落反复出现在后世作家的脑海中。
地球的微小（依据宇宙的标准）对中世纪思想者而言，就像对现代思想者
一样，都是不必多言的；它成了道德学家的惯用工具，西塞罗就曾用它来
羞辱人类的雄心抱负（xix）①。

————————————

① 　桑丘随主人乘坐木马"升上"高天以后，曾偷偷扒开蒙眼的手绢，俯瞰人间，发现地球
还不如芥子那么大，上面来来往往的都是些榛子大小的人。但有意思的是，桑丘反而更不满
足做一座海岛的总督，他请求公爵划出一小半块天让他管辖（《堂吉诃德》下卷第41至42
章）。

　　《西庇阿之梦》的其他细节也会在后世的文学中与我们相遇；当然，这个片段也许不是所有这些细节传到后世的唯一渠道。《西庇阿之梦》第18小节有关于天体音乐的细节：第26小节有某些灵魂无法从地球挣脱的说法①。在第17小节中（如果这个细节并非不值一提的话），我们还会注意到太阳是"世界的心灵"（mens mundi）。奥维德（《变形记》，IV，228）把它变成"世界的眼睛"（mundi oculus）②。老普林尼（《自然史》，II，iv）以细微的改动，即"世界的灵魂"（mundi animus），来呼应西塞罗③。伯纳德斯·希尔韦斯特瑞斯④曾使用过这两个尊称——"世界的心灵"（mens mundi）和"世界的眼睛"⑤。弥尔顿可能没读过伯纳德斯，但肯定读过《西庇阿之梦》和奥维德，可能读过老普林尼；他也是这么使用的："太阳，你这大世界的眼睛和灵魂啊！"（《失乐园》，V，171）⑥雪莱，大概心里只装了弥尔顿，对眼睛意象作了进一步提升："宇宙用这眼睛观照和认识其神圣的自身。"（《阿波罗礼赞》⑦，31）

　　不过，比这些典故远为重要的是《西庇阿之梦》这个文本的总体特

① 这些人死后灵魂之所以仍在地球周围飘荡而无法上天，是因为他们在世的时候，如同仆人一般屈从于肉体的快乐，他们受欲望的刺激侵犯神明，触犯人间法规。
② 这是太阳神赫利俄斯向其恋人琉科托厄（Leucothoë）显身时以称呼自己的话。奥维德说太阳是"世界的眼睛"，能洞悉最隐秘的私情，就连美神维纳斯和战神玛尔斯偷情也逃不过他的明眼，按理说他应窥视万物，可他为情所困，只垂青于琉科托厄。
③ 老普林尼在《自然史》第2卷第4节中称太阳控制时序和土地，支配星辰，主宰苍穹，可以说"他是世界的灵魂或心灵，代表了自然的最高统治法则和神性"。
④ 伯纳德斯·希尔韦斯特瑞斯（Bernardus Silvestris），12世纪柏拉图学派哲学家和诗人。
⑤ *De Mundi Universitate*, II, *Pros*. V, p. 44, ed. Barach and Wrobel (Innsbruck, 1876). ——原注希尔韦斯特瑞斯说在"永恒的智慧"派去装点和管理宇宙的所有神灵中，太阳是最明耀、最威严、最强大的。
⑥ 这句诗出自亚当与夏娃赞美上帝的诗篇中。
⑦ 《阿波罗礼赞》是雪莱以阿波罗的口吻所写的一首短诗。

征：它具有中世纪人从古人那里继承来的大量材料的典型特点。从表面上看，似乎只要稍加几笔修饰，就可以让它与基督教信仰同归一脉；但从根本上说，它是以十足的异教伦理学和形而上学为前提的。我们已经知道，有一重天是专门留给政治家的。小西庇阿被告诫（xxiii）要往天上看，鄙视人间；但他所鄙视的主要是"下民的闲话"，他往天上寻求的是"个人成就"的回报。这个回报就是美名或"荣耀"，但这里的"荣耀"与基督教的大不相同。最能迷惑人的是第 24 小节；在这一节里，小西庇阿被劝告要记住：将来会死的不是他这个人，而是他的身体。所有基督徒都会在一定意义上认同这个观点。但几乎紧跟其后的是这样的表述："因此要知道你是神。"在西塞罗看来，这是显而易见的；如凡·于格尔①所说，"在希腊人中间"——他甚至可以说，"在所有古典思想中"——"说一人'不死'即意味着他是'神'。这两个概念可以相互替换"②。一个人可以上天，是因为他是从那儿来的；他的升天即是一种"回归"（xxvi）。这就是肉身被称作"桎梏"的原因；我们因"堕落"而陷入"桎梏"中。肉身与我们的本质无关；"心灵才是人的本质"（xxiv）。所有这些观念所属的思想体系与包括人的创造、堕落、救赎与复活在内的基督教教义完全不同。这个体系所包含的肉身观，对中世纪的基督教世界而言，是一份难以接受的遗产。

除此以外，西塞罗留给后人的一条学说很可能对后来千百年里的地理探险造成了不利影响。在西塞罗眼中，地球（当然）是球状的。它分为五个带，其中两个带，即北极带和南极带，因过于寒冷而不宜居住。夹在两个适宜居住的温带之间的是广袤的热带，因过于炎热而不宜居住。这就是

---

① 凡·于格尔（Friedrich von Hügel，1852—1925 年），奥地利神学家。

② *Eternal Life*, I, iii. ——原注

"对跖人"（the Antipodes）[1]，即那些"脚步落下的方向恰好与你相反"、住在南温带地区的"反脚"（contrariwise-footed）之人与我们没什么关联的缘故。我们永远无法与他们相见；在我们与他们之间隔着一个热气足以致命的地带（xx）。乔治·贝斯特[2]的著述里恰好有一章针对这个理论；这章的标题就叫"关于环球旅行的经历和推论，旨在证明世界各地都适宜居住，以此反驳'五带说'"（《真实记录》，1578 年）。

西塞罗和所有继承他学说的人一样，将月亮设定为永恒与易朽之物的界限，并认为星体会对我们的命途造成影响——不过，他的观点常有模棱两可、不够全面的地方，而且他不像中世纪神学家那样，会对自己的理论体系加以各种限定（xvii）。

第二节　卢坎

　　卢坎生于公元 34 年，卒于公元 65 年。塞内加[3]和迦流[4]——后者就是

---

①　"Antipodes"原意是指地球同一直径的两个端点，这里是指站在南半球对跖点上的人。词缀"anti"有"相对""反向"之意，后缀"pode"则表示"足""似足的部位"。

②　乔治·贝斯特（George Best），16 世纪航海记录者，参加过英国探险家马丁·弗罗比舍（Martin Frobisher）寻找西北航道的探险旅行（第二、三次），著有《关于最近探索旅行的真实记录》（1578 年）。

③　即斯多葛派哲学家小塞内加（约公元前 4 年—公元 65 年）。

④　元老院议员，曾作为地方总督公正地审判过与保罗有关的一个案件。

那位"对这些事一律不管"的方伯 ①——是他的伯父。他最后死得极其惨烈，以内战为题的史诗《法撒利亚战纪》的创作也因此中断；他密谋反对尼禄，被捕后为求得赦免，检举其他案犯，在被举报的多位共犯中就有自己的母亲，但最后他还是被处以死刑。在我看来，他的史诗如今被人低估；这部作品的确充满了阴谋和暴力，但就这点而言，至少不会比韦伯斯特②和图尔纳③的戏剧更糟糕。卢坎的风格和杨格④相近，是个"气质阴郁的警句诗人"，他和塞内加一样，擅长文字风格的突变。

据我所知，中世纪的人并没有模仿这种风格，但对卢坎倒是很重视的。但丁在《论俗语》中提到了卢坎，把他连同维吉尔、奥维德和斯塔提乌斯并称为四位"典范诗人"（II，vi，7）。在地狱边境那座高贵的城堡里⑤，卢坎与荷马、贺拉斯、奥维德、维吉尔，还有但丁自己，并肩齐行，不分轩轾⑥。乔叟把《特罗伊拉斯和克芮丝德》一诗送往人世时，吩咐它要亲吻"维吉尔、奥维德、荷马、卢坎和斯塔提乌斯"的足迹（V，1791）。

---

① 迦流任亚该亚方伯时，犹太人拉保罗到公堂，告他不按照律法敬神。"对这些事一律不管"就是迦流在审判时说的一句话。

② 即英国戏剧家约翰·韦伯斯特（John Webster，约1580—1634年），作品基调黑暗，著有《白魔》《马尔菲公爵夫人》等。

③ 即英国戏剧家西里尔·图尔纳（Cyril Tourneur，约1575—1626年），著有寓意剧《无神论者的悲剧》。

④ 即英国诗人爱德华·杨格（Edward Young，1683—1765年），因思考死亡、命运、永生问题的哲理长诗《夜思》出名。"气质阴郁的警句诗人"是浪漫主义时期诗评家威廉·黑兹利特在《英国诗人讲义》（第六讲）中给予杨格的评价。《夜思》用素体诗写成，但借鉴了英雄双韵体的特点，全诗布满了警策动人的凝练对句。

⑤ 住在这座城堡里的，多是对人类文明贡献卓著的异教文学家、哲学家、科学家、道德学家等。

⑥ *Inferno*, IV, 88.——原注

卢坎塑造的最受欢迎的一位人物是阿密克拉（Amyclas）①，就是这位贫穷的渔夫将恺撒从帕莱斯特拉②渡运到意大利。卢坎以这个人物为例来歌颂"清贫"。他说，恺撒敲响阿密克拉的家门的时候，他一点也不慌乱：何处的神殿，何处的城墙，能比它更牢靠（Ⅴ，第527行起）？但丁以热情的诗笔将这节诗歌移用到了《筵席》中（Ⅳ，xiii，12）③。在《天国篇》中，他以更优美的诗笔再现了这节诗歌：他借托马斯·阿奎那之口说，圣·方济各的新娘④一直没有追求者，虽然那位举世皆惧之人⑤曾发现她在阿密克拉的家中，对自己的来访不惊不惧（ⅩⅠ，第67行起），但这对她来说仍然没有多大用处⑥。卢坎笔下两位伟大的女性，茱莉亚⑦（出自《法撒利亚战纪》，Ⅰ，111）和马西娅（Ⅱ，326）⑧，也出现在《地狱篇》中那群高贵、有德的异教徒中间（Ⅳ，128）。与她们在一起的柯尼格莉娅经常被认为是格拉古兄弟⑨

---

① 参见 E. R. Curtius, *European Literature and the Late Middle Ages*, Trans. W. R. Trask (London, 1953). 遗憾的是，这个英译本中拉丁引文的翻译不大可靠。——原注

② 阿尔巴尼亚的一处村庄，今名为"帕拉色"（Palasë）。

③ 但丁想用这节诗歌来说明财富往往是罪恶和不幸的起因：它可让财富的拥有者惶恐不安或遭人嫉恨。相反，贫穷却让人有安全的保障。

④ 即"清贫"。圣·方济各（1182—1226年）出生于富裕之家，却抛家舍业，过隐修生活，与"清贫"为伴，故有娶"清贫"为妻之说。

⑤ 即恺撒。

⑥ 言外之意是对传扬她的名声、吸引世人追求她仍然没有多大用处。

⑦ 茱莉亚（Julia）为庞培之妻，恺撒之女。

⑧ 马西娅（Marcia）为小卡托的妻子。

⑨ 格拉古兄弟，即提比略·格拉古（前168年—前133年）和盖约·格拉古（前154年—前121年），是公元前2世纪罗马共和国著名的改革家，平民派领袖。他们的母亲柯尼格莉娅（Corniglia）是大西庇阿之女，丈夫死后静居守寡，甚至拒绝埃及法老托勒密的求婚，悉心教子，终将两位儿子培养成才。她后来成为贞洁有德的古罗马女人的典范。

的母亲，但在我看来，她更可能是庞贝之妻柯尼莉娅[①]，曾以理想伴侣的形象出现在卢坎史诗中（V，第 722 行起）。

不过，这些借用卢坎诗句的例子，除了说明他深得人心之外，似乎与我们关系不大。但丁作品中另外两段话反倒更能说明本章的目的，因为它们展示了中世纪人处理古代文本的某些独特方法。

卢坎在第二卷（第 325 行起）中讲述了这么一个故事：卡托的妻子马西娅在丈夫的命令下嫁给了霍腾修斯，霍腾修斯死了以后，她前夫的人生和罗马正处于最黑暗的时期，她却又毅然回到老头子身边，并要求与他复婚，最后遂心所愿。这个故事虽然不乏修辞加工，但所展示的终究还是一个令人感动的人世景象。不过，但丁却把它完全当作寓言来解读[②]。马西娅在他看来，代表了"高贵的灵魂"。作为贞女，她象征着"青春"；作为卡托的妻子，她象征着"成熟"。她与卡托所生的孩子象征着"成熟"人生当有的美德。她与霍腾修斯的婚姻象征着"年老"，与他所生的孩子象征着年长者应有的美德。霍腾修斯死后马西娅守寡，意味着她已步入更深的暮年。她回到卡托的身边，意味着高贵的灵魂对上帝的皈依。接着，但丁又说道："尘世中的人还有谁比卡托更有资格作为上帝的象征？确实没有人。"但丁对这位自杀的老人评价高得出奇，这倒能解释为何他日后会在《神曲》里

---

① 柯尼莉娅（Cornelia）是茱莉亚死后庞培再娶的女子，是庞培的忠诚追随者。与恺撒决战在即，庞培欲把柯尼莉娅送往莱斯博斯岛躲避战祸，柯尼莉娅不愿离去，但无可奈何，临走前说了一番悲愤之话，大意是：没想到将她与庞培分开的，不是死亡，也不是葬礼的火炬，而是丈夫的离弃！丈夫成败未定，生死难料，自己却独自偷生，违背婚礼之约，这让她情何以堪！来日万一他兵败身死，难道自己要在孤岛上苦等，直至败亡的消息传到岛上，才能了断自己，随他而去？

② *Convivio*, IV, xxviii, 13 sq. ——原注

成为炼狱山的引路人 ①。

在《筵席》（III，v，12）中，但丁也声称"对跖人"是存在的，很自然他引用了艾尔伯图斯·麦格努斯的论断来证明自己的观点，这是他当时能借靠的最好的科学权威了。不过，有意思的是，但丁并不满足于此，接着又引用了卢坎的说法。《法撒利亚战纪》第九卷，在荒漠中行军的时候，一位士兵抱怨军队不知道走到了地球什么地方，他说"说不准罗马现在已经在我们脚底下了"（877）。这里，但丁将诗人视为与科学家相当的权威，用以支撑一个纯粹的科学命题。每当我们要估量一个古代文本对中世纪读者的整体影响时，我们都必须注意这个令人吃惊的事实：中世纪人在实践中对不同类别的书籍不作区分，也拒绝这么做——当然，在观念上，他们也许并不总是这样。这个习惯，就像很多中世纪习惯一样，一直延续到中世纪结束很长时间以后。伯顿②是个有名的惯犯。他把赫利奥多罗斯③的《埃塞俄比亚故事》当作史书，而非传奇来看待，用它来阐释想象对生理的作用④；他把俄耳甫斯的神话当作野兽懂得欣赏音乐的明证⑤。在论述性变态那

---

① 在《神曲》中，自杀而亡的卡托并没有被但丁安置在地狱第七层第二环，化为灌木，承受被鸟身女妖虐食之苦。末世审判那天，他的遗体无须像其他自杀者那样，取回挂在地狱的林子中，而是与众圣徒一道大放光明。那时炼狱山不复存在，卡托的职务结束，灵魂将直接升入天国。

② 即罗伯特·伯顿（Robert Burton），《忧郁的解剖》的作者。

③ 赫利奥多罗斯（Heliodorus），公元 5 世纪的希腊传奇作家。

④ Pt. I, 2, M. 3, subs. 2. ——原注 黑皮肤的埃塞俄比亚王后佩西纳在怀孕期间常凝目欣赏安德洛墨达公主的裸体画，后来生下白皮肤的女儿，即《埃塞俄比亚故事》的女主人公查黎克莉（Chariclea）。

⑤ Pt. II, 2, M. 6, subs. 3. ——原注 伯顿说音乐不仅能影响人类的心情，治好他们的阴郁，还能感染野兽。据说俄耳甫斯在演奏音乐的时候，森林里的动物就曾听得入迷，全都张大了嘴巴。

一段拉丁长文中①，他把皮格马利翁②和帕西法厄③与古代以及近代史上的真实人物相提并论。因此，卢坎关于艾里克索④行神憎人厌之事⑤的长篇叙述对后世产生的影响很可能是灾难性的，绝不止于文学领域。后世的猎巫审理团大概是不会忘记这个片段的。但是，由于大规模猎巫行动发生在中世纪之后，我这里就不再详谈其中可能存在的关系。

卢坎对中世纪模型最大的贡献大概是在第九卷开头：庞培的灵魂从葬礼的火堆那里升上高天。这是对西塞罗的《西庇阿之梦》中升天片段的部分重复，只不过新添了一些细节。庞培升到了"昏黑的夜空与负载星辰的转轮相连之处"⑥，那"转轮"即为九重天（5）。也就是说，他抵达了空气与以太、亚里士多德的"自然"与"苍穹"相接的边界。既然空气"位于地球表面区域与月球运转轨道之间"（6）⑦，那条分界线显而易见就在月球轨道上。空气中居住着"半神半人"（7），即已经成为半神的善良的灵魂。很显然，他们所居之处是空气的最表层，几乎到了以太之境，卢坎曾说他们"忍受（或者说呼吸）得了最底层的以太"（8），言外之意是在以太与空气相接的地方，以太变得像空气，而空气变得像以太。这里庞培第一次让"真纯的光"⑧（Ⅱ，12）充盈自身，并沉醉于其中，他看到了"我们所谓的

---

① Pt. III, 2, M.1, subs. 2. ——原注
② 皮格马利翁靠神奇的技艺雕刻了一座美丽的象牙少女像，在与其日夜相对的过程中，他深深爱上了这尊雕塑，对现实中的女人失去了兴趣。
③ 帕西法厄，米诺斯之妻，因恋上一头公牛，生下一个半人半牛的怪物米诺陶洛斯。
④ *Pharsalia*, VI, 507 sq. ——原注
⑤ 艾里克索（Erictho）是《法撒利亚战纪》中的巫婆，曾召唤幽灵向庞培的儿子昭示法撒利亚战役的结局。
⑥ Qua niger astriferis cotnnectitur axibus aer. ——原注
⑦ Quodque patet terras inter lunaeque meatus. ——原注
⑧ Se lumine vero Implevit. ——原注

白昼是在何其浩瀚的黑夜包裹下"（13）①。最后，他俯瞰人间，看到了世人如何玩弄他的尸身：那里正乱哄哄地上演着可怕的葬礼（14）。他不禁放声大笑。

这个片段里的所有细节在后世的作家的作品中还会时不时与我们相遇；如我们所知，这段文字对英国人来说，还有一层更具体的关联。薄伽丘在《苔塞伊达》（XI，第 1 行起）中借用这个片段来描写阿赛特的魂游经历②。阿赛特死后，魂灵升上第八重天或者说恒星天的凹面，把（其他）"诸原天"（elementi）③的凸面抛在了后面——此处"诸原天"指的不是"原素"，而是环绕地球的诸重天。阿赛特自下而上飞向某重天时，它自然就呈凹状，而当他站在高处俯瞰这重天时，它则呈凸状。"恒星天"未由凹状转呈为凸状，是因为阿赛特并未穿越这重天，更上一层（不过，他登临之处也在庞培之上）。像西庇阿一样，他发现地球变得微若芥子；像庞培一样，他也放声大笑，这倒不是因为他的葬礼像庞培那样，是偷偷摸摸进行的，他笑的是世人对他的悲悼。乔叟借鉴《苔塞伊达》创作《骑士的故事》④ 时忽视了这个片段，而把它用于描写特罗伊拉斯的魂游（V，从第 1807 行起）。有些人认为特罗伊拉斯的笑声充满了愤恨、反讽的意味。我却不以为然；这段文字的传承历史，如前面所回顾的那样，恰好能说明这种理解很难站得住脚。

---

① Quanta sub nocte iaceret Nostra dies. 这句话的意思可能是"我们地球上的白昼，与以太相比，是多么的黑暗"，也可能是"我们的白昼是在多么深邃的夜象（即星星，参见 11，12，13）之周而复始的"。前者更有可能。参见下文第 163 页。——原注

② 《苔塞伊达》是薄伽丘写于 1340 年至 1341 年间的史诗，涉及两位骑士帕拉蒙（Palemone）与阿赛特（Arcita）为争夺艾美莉亚（Emilia）之爱而相互决斗的故事。

③ "elementi"是意大利语"elemento"的复数形式，相当于英语里的"elements"。

④ 《骑士的故事》是对《苔塞伊达》的改编。它是《坎特伯雷故事集》中的第一篇故事，也是最长的一篇。

在我看来，庞培、阿赛特和特罗伊拉斯这三人的魂灵都出于同样的原因而放声大笑，他们笑如今看来无足轻重的东西在生前却是何等重要，就像我们睡醒的时候，笑那些荒唐无谓之物在梦里竟变得如此大而骇人。

第三节　斯塔提乌斯、克劳迪乌斯和"自然女神"

斯塔提乌斯的《底比斯战纪》①出现在公元1世纪的90年代；在中世纪，他与维吉尔、荷马和卢坎平起平坐，不分伯仲（就像前面所说的那样）。他和卢坎一样，殚心竭虑想语出惊人，却不像卢坎那样老练有成，也不如他那样一以贯之。与卢坎相比，他的心智更宽博，态度更真诚严肃，怜悯心更强大，想象更灵活多变；与《法撒利亚战纪》相比，这部诗包罗更广，常读不易生厌。中世纪人将《底比斯战纪》视为一部崇高的"历史"传奇，是有一定道理的。在很多方面，它很符合中世纪人的口味。与中世纪人知道的异教诗中的其他神祇相比，它的朱庇特更像是一神教中的上帝②。它的

---

① 《底比斯战纪》讲述的是阿尔戈斯（Argos）七雄远征底比斯的故事，情节的核心是俄狄浦斯王的两个儿子波吕涅克斯和厄特克勒斯为争夺王位而手足相残。

② 与《埃涅阿斯纪》相比，《底比斯战纪》中的朱庇特更加威严凌厉：他很少以商量的语气与众神交谈，对于朱诺和巴克斯等人的请求，他常常直截了当地拒绝；关于人间事务，他一旦有了安排，就不容更改；他下达的命令必须雷厉风行地执行；他甚至要让命运三女神对自己起誓（见第3卷）。在《埃涅阿斯纪》中，我们至少还能看到朱庇特在回应女儿维纳斯的抗议时语气平和，娓娓道来；他跟朱诺谈条件来平息她心中的不满；他承认命运安排的事，就是连自己也无权改变。

恶魔（还有一些神灵）与其他异教神魔相比，更像是中世纪宗教中的魔鬼[①]。它对童贞抱有崇高的敬意——它甚至还奇怪地暗示，性行为，哪怕得到婚姻的允准，也是一种需要宽宥的"罪"（culpa）（II，233，256）[②]——这也与中世纪神学中的苦行主义气质相吻合。最后，拟人手法（如诗中的"英勇""仁慈""虔诚""自然"）[③]的生动使用和所占比重使这部作品在很多方面接近于中世纪人所喜爱的纯寓言诗。不过，我已经在别处竭尽所能详谈过这些问题[④]，现在就专门说一说"自然"（Natura）这个寓言形象。

　　我们如果读过文艺复兴和中世纪时期文学，很可能曾隔三岔五遇到这位女士或女神。我们也许会想起斯宾塞那位蒙着面纱的神秘"自然"[⑤]（《仙后》，*Mutabilitie*[⑥]，vii）；从她那里往源头走，我们会遇到乔叟《百鸟议会》

[①]　复仇女神提西弗涅（Tisiphone）是推动战争局势、促成神谕应验的最重要角色之一。斯塔提乌斯的刻画着重突出了她善于引诱的本领。比如，诗人在写提西弗涅对人类心灵的干预和操纵时，不仅描绘了她所施的魔法，还具体记述了她极其诡诈、蛊惑人心的说辞。参见第9卷关于提西弗涅怂恿希波墨东（Hippomedon）发动士兵抢回提丢斯（Tydeus）尸体那一部分。

[②]　斯塔提乌斯是在描绘波吕涅克斯和提丢斯两位英雄的婚礼时发表了这些与童贞有关的评论。斯塔提乌斯说阿德剌斯托斯（阿尔戈斯王）的两位女儿身着盛装来到宾客面前，不禁害羞得低下了头；她们为自己将不再是处女而感到羞耻和愧疚。

[③]　"英勇女神"（Virtus）劝说底比斯的勇士美诺克斯（Menoeceus）离开人世，与她一同升上天国是这部史诗最精彩的寓言片段之一（第10卷第650—782行）。美诺克斯遵从神的旨意自杀身亡，以自己的鲜血为祭挽救了他的族人；他的行为是"勇气"和"虔诚"的最高表现，有别于无视神的指令强行攻城、挑战宙斯权威的蛮勇之士卡帕纽斯（Capaneus）。

[④]　*The Allegory of Love*, pp. 49 sq.; "Dante's Statius", *Medium Aevum*, xxv, 3. ——原注

[⑤]　在斯宾塞笔下，"自然女神"的身材要比诸神更高大；她举止端庄，气质高雅，在宝座上稳然不动，却能推动人间万物的运行；她不用察看，就已看清世间的一切；她富有古老的智慧，却永远年轻。代表"变化无常"的"女提坦"飞到她跟前，长篇大论地陈述自己为何应享有对人间天上的统治权，令在座的诸神哑口无言，各个都望着"自然女神"，等待她的判决。这位万物之祖母最后三言两语驳回了"女提坦"的诉求。

[⑥]　"Mutabilitie"（变化无常）是斯宾塞死后才发表的组诗的总标题。这组诗由三个诗章组成，第三诗章不全，只留有片段。这三章通常被认定是未写成的《仙后》第七卷的内容。

中那位更和颜悦色，却同样不乏威严气度的"自然"①。在迪古尔维《人的生命历程》中，我们会惊讶地见到比她们两位更刚毅、更狂暴的"自然"；她身上有的可不只是巴斯婆娘那点泼辣劲儿，为维护自身的正当权利，她敢于双手叉腰，直面那高于自己的力量②。再往上游回溯，我们将遇到那位在《玫瑰传奇》中占据数千行诗（15893—19438）③的"自然"；她与迪古尔维的"自然"一样生动，与乔叟的"自然"一样和蔼，与斯宾塞的"自然"几乎同等神圣，却远比她们果敢和忙碌；她与"死亡"作着不懈的斗争④；她不断地哭泣、痛悔、怨诉、告解，并接受补赎和赦免⑤；她的美，诗人难以形诸笔墨，因为上帝使她成为世间所有美的不竭源泉（16232）⑥；她的形

---

① "自然女神"是百鸟议会的主持人，她给予百鸟自主选择配偶的权利。乔叟并未从装束打扮来形容她的美（斯宾塞在《变化无常》第7章第9节中提到了这一点），只笼统说她的容貌犹若太阳，令其他女子的"星光"黯然失色。

② 利盖特的译本第3344行起。——原注

③ 这数千行关于"自然女神"的诗出现在《玫瑰传奇》第9、10章中。在第8章末尾，该传奇的主人公"爱人"（the Lover）在维纳斯的帮助下，召集军队，准备攻打"嫉妒"的城堡，解救"承迎"（Fair Welcome）。"自然女神"没有直接参战，而是回到自己的作坊，向"元灵"（Genius）告解。

④ "自然女神"在自己的作坊日夜冶炼和锻造新的生命体，让"死亡"无法摧毁世间所有生命。尽管所有个体最终都不免一死，但由于"自然女神"的辛勤劳作，新的生命源源不断地降临世间，物种或族群才不至于灭绝。

⑤ "自然女神"这番告解包罗万象，涉及宇宙的秩序、世间万物的法则、人性、自由意志、人与神的关系等。值得一提的是，她的告解很少涉及检讨自身罪过的内容（即路易斯正文中所说的"痛悔"）。这段长诗的一个重要主题是对人类的控诉。"自然女神"列举了人类违反自然的各种罪恶，声称自己受至高神委托来照看人类，却因此蒙受羞辱，面对这样败坏的族类，不知道自己是否该继续爱和尊重他们。"元灵"（代表再生的力量）听完"自然女神"的告解后，为她定了补赎的方法，并赦免了她。最后，"自然女神"仍要继续待在作坊里，行使自己的职责，直到那位全能之神有朝一日对她抱怨的问题实施补救。

⑥ 让·德·梅恩说"自然女神"之美是由至高神赋予的。她的美就像一条永远高涨、永远流淌的溪流，深不可测，宽不可量，是所有美的源泉。

象富有活力和生命，时常令人心醉神迷（让·德·梅恩此处离题离得一塌糊涂[①]）。从她这里再往回走一步，就能看到阿兰努斯[②]引荐的"自然"，她身上生硬地披着修辞、巧喻和象征的外衣，她也是在"哀诉"中为生命或生殖辩护（并痛斥"鸡奸者"[③]）；从那里再往前，就能遇见"物理"（physis）与"自然"（natura）这两位人物，她们是伯纳德斯[④]《论寰宇》这部更为冷静节制的作品中的女主人公[⑤]。尽管如此，研究者还是不免会将源头追溯到古典时期。这么做，当然不无道理。他们转向中世纪人知道的古典作家，就能找到想要的线索。但他们不会有很多收获。中世纪人所作的演绎，就规模而言，更重要的是，就生命力而言，已远非古典作家提供的那点种子可比。

　　研究者或许希望从柏拉图的《蒂迈欧篇》中会有所发现，但恐怕还是一无所获。马可·奥勒留在一些篇章中称"自然"为神[⑥]，但这些篇章无

---

①　在《玫瑰传奇》第 9 章中，梅恩用了八十多行的篇幅来谈论"自然女神"之美是无法描摹的，无论是前贤还是自己，都不具备承担这一任务的才情。

②　阿兰努斯（Alanus）又称利勒的阿兰（Alain De Lille），法国 12 世纪神学家和诗人，其拉丁文诗《"自然"的哀诉》旨在讽刺人类的各种罪恶。

③　阿兰努斯在《诗一》中哀叹男人的性别属性本该是主动的，而非被动的，但在自己所处的时代，男人偏偏爱作女人，扮演双重角色，着实玷污了男性的荣誉。诗人以语法作喻，说如今的男人既是"主语"，也是"谓语"，有两种"变格"，严重扭曲了"语法规则"。《"自然"的怨诉》不乏这种不着边际的生硬"巧智"。

④　即前文提到过的伯纳德斯·希尔韦斯特瑞斯。

⑤　在哲学寓言诗《论寰宇》中，"physis"（物理）代表创造宇宙所需的物质法则，而"urania"（天理）代表创造宇宙所需的精神或理念法则；在造人过程中，"urania"负责提供灵魂，"physis"负责提供肉身，而"natura"则把肉身与灵魂结合起来。

⑥　马可·奥勒留是古罗马帝国的皇帝，斯多葛派哲学家，代表作《沉思录》。他在该书第 9 卷开头提到，"宇宙自然"（universal Nature）对苦痛与享乐、死亡与生命、美德与诽谤都同等看待，如果不是一视同仁，就不会将它们成双成对地创造出来。《沉思录》第 7 卷如此形容"自然"使用宇宙的质料创造万物：她抟弄手里的蜡，捏出一个形象后，马上又将其熔化，继而造出新的形象。在这两个片段中，"自然"都被视作神或造物主。

甚用处，因为中世纪人对他的著作几无所知①。与中世纪相关的材料，归结起来，不外乎斯塔提乌斯和克劳迪乌斯的著述②。斯塔提乌斯很少提及"自然"，不过，但凡提及她的诗节都令人印象深刻。在第 11 卷（第 465 行起）中，"自然"是（依我看来）万物的"本源"和"母体"，毫无疑问，也是那反抗她的激情（即"虔诚"③）的"本源"和"母体"。在第 12 卷第 645 行，她是向丑恶和"反自然"事物发起圣战的那些人的"向导"④。在克劳迪乌斯⑤的书中，我们所获更多。她是把原始的混沌变为宇宙的"德穆革"（demiurge）（《普罗塞皮娜被劫记》，第 1 卷第 249 行）⑥；她安排诸神来侍奉朱庇特⑦（《恭贺霍诺里乌斯皇帝第四次任执政官》第 198 行起）；不过，

---

① 《沉思录》第一次出版是在 1558 年。

② 从西塞罗、卡尔齐地乌斯（Chalcidius），无疑还有很多人的著述中，都可以找到将"自然"拟人化的文字，但这些拟人手法只是权宜之计，用之即弃（所以，是隐喻性的，而非寓言性的）——任何稍微重要的抽象名词都有可能被用作这样的拟人手法。——原注

③ 在第 11 卷中，"虔诚"（Pietas）质问"自然"为何要将她创造出来，让她与这兄弟阋墙、手足相残的世道格格不入。她哀叹无论天神还是凡人都在做冒犯自己的事。值得一提的是，与现代英语中的"piety"（虔诚）相比，拉丁语"pietas"的含义更广。它包含了对家国的忠诚，对神的虔敬，对父母的孝顺以及与他人的友爱等。所以，"虔诚女神"才会对人与人相互仇恨和厮杀如此不满。

④ 波吕涅克斯和厄特克勒斯两兄弟同归于尽后，克瑞翁成为底比斯的新王。他颁布新令，不允许阿尔戈斯的妇女为战死沙场的家人举行葬礼。阿尔戈斯的女人无奈前往雅典，向忒修斯寻求帮助。忒修斯召集军队，临行前对他手下的勇士发表演说，声称所有的神都与雅典人同在，"自然"是他们此行的向导，而支持底比斯的只是那几位蛇发飘舞的"复仇女神"。路易斯所说的"丑陋"事物指的就是"复仇女神"，而"反自然"事物可能指的是克瑞翁禁止敌方将士的尸体入土为安的法令。

⑤ 克劳迪乌斯（英国人常称其为克劳迪安，大约生于 370 年，卒于 404 年），古罗马诗人。

⑥ 普罗塞皮娜擅长女红，她用神奇绣针再现了"自然母亲"创世的情景。

⑦ 朱庇特成为神界主宰之后，站在他征服的天空的高处，接受诸神的朝拜。而安排诸神来拜见和侍奉宙斯的，就是"自然女神"。

更令人难忘的是，在《祝贺斯提里科①任执政官》中，她正坐在"时间"的洞口前②，虽然已经老去，却依然美丽动人（第 2 卷第 424 行起）。

为何古人如此轻视"自然"，而中世纪人如此看重"自然"，对"自然"的历史作一番回顾，就不难理解了。

"自然"可能是万物中最古老的，而"自然女神"则是诸神中最年轻的。古代神话里头确实没有"自然女神"的身影。这个人物，在我看来，是不大可能出现在那个名副其实的神话年代的；在我们所谓的"自然崇拜"中，从未听过这里所说的"自然女神"。"自然之母"是个有意提炼的隐喻。"大地之母"则有所不同。人类凭靠直觉能够而且必定会将上下相对的大地和天空看成一个整体。"苍天之父"（或称"特尤斯"③）与"大地之母"的关系自然让人产生媾合的联想。天父居上，地母处下。天父与地母行房（阳光和更重要的雨露降洒在她身上，或者说射入她体内）；于是，从她的身体里孕育出庄稼——就如同母牛生下牛犊，孕妇诞下婴儿一般。总而言之，天父行事，地母育孕。这一切仿佛真的在眼前发生。这才是名副其实的神话。如果人类的心智还只是处在这个水平，那到底什么是"自然"？她身在何处？谁曾见过她？她究竟是做什么的？

发明"自然"的是前苏格拉底时代的希腊哲学家。他们最先有了这个想法（这个想法由来已久，我们已经谙悉其理，反倒不觉得有何怪异之处）：我们周围的森罗万象都可以归在一个名目下，被当作一个整体来讨

---

① 斯提里科（约 359—408 年）是古罗马帝国末期蛮族出身的统帅。

② 这个"时间"之洞十分古老，它既是时光的摇篮，也是它的坟墓。在"时间"之洞中隐居着一群人，他们身穿不同金属材质制成的衣服，有铁衣、铜衣、银衣、金衣等，分别代表不同的"时代"。克劳迪乌斯预言斯提里科当政的时代将是个"黄金时代"。

③ 原为梵语，完整写作"特尤斯·辟塔"（Dyaus Pita），早期印度神话中的天神和主神。

论。后来的思想家接受了这个名目以及它（就像所有的名目一样）所暗含的"整体"之意。但有时候，他们并没有用它来指涉森罗万象；亚里士多德的"自然"就只涵盖尘世部分。出乎意料的是，这样一来，"自然"这个概念反倒可能使"超自然"这个观念显得更明晰（亚里士多德的神就极具超自然的意味）。这个被称作"自然"的实物（如果它确实是一个实物的话）可以拟化为人。这一拟人形象或是被认为带有几分修辞意味，或是被严肃地当作女神来对待。这就是为什么"自然女神"出现得那么晚，在人类心智早已摆脱纯神话模式之后才姗姗来迟。得先有了"自然"这个观念，才会出现"自然女神"；而要有"自然"这个观念，就先得懂得抽象化。

但是，只要"自然"这个观念包罗万象，"自然女神"（她是这个观念的拟人化）就必然是一位沉闷乏味的神灵，这是因为关于"万有"这个话题是说不出有多大意思的东西的。"自然女神"所有宗教活力和诗性活力都取决于她无法包罗万象。如果说她在马可·奥勒留笔下时不时成为真实的宗教情感的投射对象的话，那是因为奥勒留将"自然女神"与有限的个体——与其叛逆的、执拗的自我——相对照或者对立。如果说在斯塔提乌斯的著述中她时不时被赋予诗性的生命，那是因为她既与那些高于自身的事物（如"虔诚"）相对峙，也与那些劣于自身的事物（即反自然的事物，比如乱伦、手足相残等）相对峙。当然，要将"自然女神"与"自然"观念理应包含的诸多事物对峙起来，是有一些学理问题需要解决的。要想走出这个困局，我们只能交给斯多葛派和其他泛神论者来处理了。关键是中世纪诗人并没有陷于这样的困境中。他们从一开始就相信"自然"并不代表一切。她是受造物。她并非上帝所造的最高物种，更不用说是祂唯一的造物。她有属于自己的位置，就在月亮之下。上帝委派给她的职责，就是代为掌管月亮之下的世界。她有一群守法的臣民，但受反叛天使的唆使，他们有可能违抗她，而沦为"非自然"之物。受造物中有比她高级的，也有比她低级的。正是"自然"这种受限制的、臣属于他者的属性使她能放开手脚，在诗歌道路上高歌猛进。她交出了成为"万有"这一无趣的权利，反倒获得了更重要的身份。不过，对中世纪人而言，她始终只是观念的拟人化。一个具备这些属性且形象突出的角色，与一位被人类真心信奉、因为包罗万象而几乎空无所有的神灵相比，显然是更具活力的。

　　离开斯塔提乌斯之前，我忍不住想再添一段话（不感兴趣的读者可以跳过）来谈一个老问题。在《底比斯战纪》第四卷中，他提到了一位自己叫不出名字的神灵——"三重世界的主宰"（516）[1]。《法撒利亚战纪》（VI，第 744 行起）中，有一位巫婆不顾鬼魂的意愿，将它召回躯壳中，还提及一位大神来威胁它[2]；卢坎没有透露这位神灵的名字，他很可能就是斯塔提乌斯的"三重世界的主宰"：

　　　　一有人说起他的大名，大地都会抖颤，
　　　　只有他才敢一睹戈耳工摘去面纱的脸。

　　拉克坦提乌斯[3]在《底比斯战纪》的评注中说，这里的神，斯塔提乌斯其实"指的是 δημιουργόν，即其名不该为人所知的神"。很显然，这

---

① 这个短语出自盲人先知忒瑞西阿斯（Tiresias）之口。
② 这位巫婆就是艾里克索（Erictho），她施展魔法让一位已死的士兵还魂，向活人预言内战结局和罗马前景。艾里克索其实威胁的不是这位士兵的亡魂，而是地狱里的邪灵，包括复仇女神等。她要她们出手相助，让士兵的灵魂进入躯壳，不然的话，她会请地狱最深处一位大神出马。这位大神将让她们所有人都闻风丧胆。
③ 拉克坦提乌斯·普拉西笃斯（Lactantius Placidus，约公元 350—400 年），《底比斯战纪》的评注者。

位神就是"德穆革"（"巨匠"之意），即《蒂迈欧篇》中的造物主①。不过，在《蒂迈欧篇》的手稿中，"德穆革"有两种变异形式，一种是"demogorgona"，另一种是"demogorgon"。从第二种讹误后世逐渐衍生出一位全新的神"Demogorgon"（狄魔高根）②；这位大神在个人的文学事业上风头很盛，从薄伽丘的《异教神谱》③、斯宾塞④、弥尔顿⑤和雪莱⑥的诗歌中都可以见到他的身影。抄写的笔误被神圣化，这或许是古往今来唯一的一次。

第四节　阿普列乌斯的《论苏格拉底之神》

阿普列乌斯，公元 125 年左右出生于努米底亚，现在常被人记住的，

---

① "德穆革"是柏拉图专门在《蒂迈欧篇》使用的词语。"德穆革"本身是善的，他以永恒不变的存在为模型来创造宇宙，希望这个宇宙尽可能完美。他在创世时，利用的是已有的原始混沌的物质，是他将秩序引入混乱无序之中。

② 狄魔高根指的是冥府中的魔王或恶神。

③ 薄伽丘的《异教神谱》将狄魔高根视为所有异教神的祖先。

④ 在《仙后》中，狄魔高根被描述为黑暗与深夜之主，地狱的冥河流到他面前，都会剧烈震颤或逃之夭夭（第 1 卷第 1 章第 37 节）。他被限制在地狱深处，看管那里的"混沌"（第 4 卷第 2 章第 47 节）。

⑤ 弥尔顿的狄魔高根处在"混沌"之中，撒旦要穿越地球与地狱之间的"混沌"时，见到他正站在"混沌王"及其妻"黑夜"的身旁（《失乐园》第 2 卷第 961—965 行）。

⑥ 狄魔高根是雪莱抒情戏剧诗《解放了的普罗米修斯》中的人物。他是面目模糊、无形无状的神灵，正是他靠着普罗米修斯的爱、谦顺和自我牺牲推翻了朱庇特的暴政。

也值得被人记住的，是他那部神妙的传奇《变形记》或《金驴记》。但对中世纪而言，他的文章《论苏格拉底之神》是更重要的。

这篇文章的基础是柏拉图的两段话。其中一段出自《申辩篇》（31c-d）；苏格拉底在《申辩篇》中解释了他为何不参与政治生活。他说："此事的原因，就是你经常听我说到的。我常能听到一道天神的、精灵的（Θεῖόν τι καὶ δαιμόνιον）声音……自从孩提时代起，就是如此。每当这道声音传来的时候，它总是阻止我去做正要做的事，却从来没有命令我去做什么。"[①]

"天神"与"精灵"（daemon）——柏拉图这里用的是形容词"天神的"（divine）与"精灵的"（daemoniac）——也许就是一对同义词；据我所知，其他希腊作家，不管是在散文还是在诗歌中，也大都将它们当同义词来使用。不过，在另一段话里（《会饮篇》202e—203e），柏拉图对二者作了清楚的区分，并影响了成百上千年。"精灵"是一种属性介于诸神与人类的生灵——就像弥尔顿所说的"居间的灵体——介于天使与人类之间"[②]。正是通过这些中间媒介，也只有通过他们，我们凡人才能与诸神交流[③]。正如阿普列乌斯所翻译的那样，这是因为"诸神不与凡人直接往来"。所以，那个对苏格拉底说话的声音来自精灵，而不是来自天神。

---

① 试比较《裴德罗篇》，242b-c。——原注　《会饮篇》里的这句话其实是在说苏格拉底曾得到精灵的指导与守护。在《裴德罗篇》中，苏格拉底也提到自己每当决定要去做什么事的时候，总会出现神圣的迹象，阻止他去做这件事。苏格拉底向裴德罗举了一个例子：他此刻本来是要蹚过这条溪流的，但忽然一道声音传来，告诉自己他犯了渎神的罪（指的是他发表的那篇演说），先得洗清自己的罪过，才能到对岸去。

② *P. L.* III, 461.——原注　弥尔顿所说的"居间的灵体"（"middle spirits"，又译为"中性的精灵"）居住在月球上。

③ 柏拉图在《会饮篇》（202e）中称"精灵是人和神之间的传语者和翻译者，把祈祷祭礼由下界传给神，把意旨报应由上界传给人"；精灵填补了人与神之间的虚空，将宇宙连成了一个整体。

关于这些"居间的灵体"或精灵，阿普列乌斯有很多东西要告诉我们。不用说，他们生活在地球与以太之间，也就是生活在空气中——空气向上一直延伸到月球的轨道为止。万物都被安排得井然有序，"自然每个部分都有适合居于其中的动物"。他承认，乍看之下，我们也许会认为鸟儿是"适合"居于空气的"动物"。但其实鸟儿不是完全适合的：它们无法飞上较高的山顶。"天理"（Ratio）规定，必须有一个物种真正以空气为家，正如诸神以以太为家，人类以地表为家一样。我很难挑选一个英文单词来准确翻译这个语境里的"Ratio"。"天理"（Reason）、"天道"（Method）、"天宜"（Fitness）和"天均"（Proportion）均可以作为备选项①。

精灵具有比云朵更精纯、更细密的身体，肉眼通常是看不到的。正是因为精灵有身体，所以阿普列乌斯称其为动物②；很显然，他并没有将精灵视为兽类的意思。精灵是理性的（空气）动物，正如人类是理性的（地表）动物，诸神是理性的（以太）动物一样。即使最高级的受造灵体——即诸神（有别于造物主）——也有属于自己的化身，也有某种物质的"载体"；这个观点可以追溯至柏拉图。柏拉图曾把诸神以及有神格的星体称作"动物"③。经院哲学把"天使"（诸神或以太之灵，用基督教语言表达，就是"天使"）视为纯粹或无肉身的灵体④，具有革命性。佛罗伦萨派的柏拉图主义者⑤则重拾经院哲学之前的观点。

精灵不仅在所处的空间、构成的材料方面，甚至在本质上，也都是介

---

① 译者取用古汉语中的现成词"天理""天道""天宜""天均"来翻译"Reason""Method""Fitness""Proportion"，仅为权宜之计。
② 精灵的身体不是"肉身"，而是"气身"，是由最纯粹、最清亮、最明澈的空气构成。
③ *Timaeus*, 38e.——原注
④ 可参见阿奎那《神学大全》第 1 集第 2 册《论天主创造万物》第 50、51 题。
⑤ 即公元 15 世纪佛罗伦萨柏拉图学园的成员，其活动受到梅第奇家族的赞助。

于人类与诸神之间。就像超然的诸神一样，他们是永生不灭的；像世间的凡人一样，他们是有七情六欲的（xiii）。他们当中有一些在化作精灵之前，曾栖居于人世的肉身里，与人无异。这就是庞培在茫茫大气中见到"半神半人"的缘故。但并非所有的精灵都是如此。有一些，如"睡眠"与"爱"，就从不曾作为人存在过。所有人身边都配有这样一个精灵，作为他一生的"见证与守护"（xvi）；这个精灵又称"元灵"（genius），是希腊语"daemon"的标准拉丁文译法。"元灵"（genius）最早表示无形无影、紧跟在身侧的随从，后来指一个人的真实本质，再后来指一个人的心灵特质，最后（在浪漫主义者手里）转变成一个人的文学或艺术才华；要对这个演变过程详加追溯，恐怕会耽搁太长的时间。要充分理解这一过程，就得把握它总体趋于内化的态势，由此趋势而来的是人的壮大和外部宇宙的萎缩；这很大程度上可以说是整个西方的心灵史①。

《论苏格拉底之神》这篇小文除了对中世纪模型有直接的贡献以外，对着手研究中世纪的人来说，还有两方面的价值。

首先，它揭示了柏拉图的片言只语——这些片言只语在柏拉图著作中只占据了边缘或次要的位置——通过何种渠道点点滴滴地渗透到中世纪。中世纪人手上有的柏拉图著作，最多不过是一个对话集，即《蒂迈欧篇》的拉丁文译本，还是不完整的。单靠这本书也许不足以造就一个"柏拉图哲学的盛期"。中世纪人是通过阿普列乌斯以及下一章我们要考察的作家来间接地接受柏拉图哲学的，所以，他们继承的是经过扩散传播的柏拉图主

---

① "Genius"还有一个与这些大不相同的含义，参见本人的《爱的寓言》，附录一。——原注 "Genius"还可以指代表生育力或生命力的宇宙之神。路易斯在《爱的寓言》附录一里将此意标为"Genius A"。这个意义上的"Genius"在全宇宙只有一个，而表示守护神或守护天使的"Genius"则有无数个。

义，与新柏拉图主义的思想要素纠葛难分。所有这些，加上圣·奥古斯丁读过的"柏拉图学派"[①]（其实是新柏拉图哲学的拉丁文译者）著作，为新基督教文化的成长提供了思想氛围。因此，早期的"柏拉图主义"迥然有别于文艺复兴时期和 19 世纪的"柏拉图主义"。

另外，阿普列乌斯向我们介绍了两条原则——当然，说它们是一条原则并无不可——这两条原则在我们后头的讨论中，还会不断遇到。

其中一条我称之为"三合一原则"（the Principle of the Triad）。柏拉图对此最清晰的声明来自《蒂迈欧篇》："两样事物，如果不靠第三样事物，很难被接合起来。中间必须有什么可以黏合二者。"（31b-c）《会饮篇》里有一个神人无法相会的说法[②]，这里也暗含了这样一条原则。神与人只能间接地相会；必须有某种丝线、媒介、引导者、桥梁——某个第三者介入到他们中间。精灵弥补了神人之间的空缺。我们会发现柏拉图本人，还有中世纪人总是按照这一原则来行事；他们为理性与欲望、灵魂与肉身、国王与平民提供过渡的桥梁，即所谓"第三方事物"。

另一条是"充实性"原则（the Principle of Plenitude）。如果在以太与地球之间环绕着一条空气带，那么，照阿普列乌斯看来，天理规定这个地带必须有栖居者，宇宙必须被充分利用，无论什么都不应该白白浪费掉[③]。

---

①　*Confessions*, VII, ix. ——原注 奥古斯丁在《忏悔录》第 7 卷第 9 节中摘选了一些与"柏拉图学派"著述相映证、相吻合的新约《圣经》章节。

②　柏拉图借第俄提玛之口说："神不与人混杂，但是由于这些精灵做媒介，人与神才有来往交际。"（《会饮篇》203a）

③　关于这一点，参见 A. O. Lovejoy, *The Great Chain of Being* (Havard, 1957). ——原注

第四章　酝酿时期文献精选

> 如人们所说，从古老的野地里
>
> 将生出新的谷物。
>
> ——乔叟[1]

　　我们迄今检视过的所有文本，毫无疑问，都属于古代世界，属于古老的异教传统。我们现在转向过渡阶段，这个阶段可以粗略以普罗提诺出生的公元205年为开端，以首次提到伪狄奥尼修斯[2]的文献时间，即公元533年为终点。在这个时期，典型的中世纪心智架构开始形成。这个时期也见证了异教思想的最后一次抵抗，以及罗马教会的最终胜利。这个过程中有几个重要日期：公元324年，君士坦丁大帝奉劝臣民信仰基督教；公元361

---

[1]　乔叟《百鸟议会》第22、23行，路易斯引用时有所省略。
[2]　伪狄奥尼修斯，公元5世纪末到6世纪的叙利亚修士，假托狄奥尼修斯（大法官）的笔名撰写了一系列论文，将新柏拉图主义哲学与神秘主义经验相结合。

年至363年①，尤利安在位，意图恢复异教信仰；公元384年，老辛马库斯②请求将胜利女神祭台③重新安放回元老院，但没有成功；公元390年，皇帝狄奥多西下令禁止所有异教崇拜。

如果作战的两方陷入持久战，很可能会效仿敌军的战术，也可能会感染敌军的疫病；偶尔，两方也会友善往来。这个时期亦是如此。新旧宗教之间的冲突往往十分激烈，双方都壮足了胆，随时想让对方屈服。但与此同时，也不可小觑他们彼此间的影响。在这数百年里，很多属于异教源头的元素都被不可逆地纳入到中世纪模型中。我接下来要论及的作品当中，不止一部会让我们产生这样的疑惑：这本书的作者究竟是异教徒还是基督教徒？这就是这个时期的一个典型特点。

这两种宗教之间的鸿沟属于什么性质，从某些角度看究竟有多宽？如果只是从政治史和教会史汲取思想，我们在这些问题上很容易犯错；如果完全从通俗的文化资源获取观念，我们犯错的可能性就更大。这两大宗教都有自己的文化人，他们接受相同的教育，阅读相同的诗作，学习相同的修辞术。正如六十年前有人证明的那样④，他们的社会关系有时是十分友好的。

在我读过的一本小说里，那时所有异教徒都被描绘成无忧无虑的享乐

---

① 路易斯原文为"331-3"，有误。331为尤利安出生之年，而非登基之年。

② 老辛马库斯（the elder Symmachus，约345—402年），古罗马时期的政治家、文人、雄辩家，多神教信仰的拥护者。

③ 公元前29年，屋大维为了纪念亚克兴角战役大捷，在元老院内安置了从塔兰托城（今意大利 Taranto）夺来的一尊胜利女神雕像，并在雕像面前设置祭坛。这就是历史上著名的"胜利女神祭台"。公元382年，皇帝格拉提安（Gratianus）从元老院撤除了这座被视为古罗马尚武精神与传统的祭台。383年格拉提安遇刺身亡，叛军作乱，饥荒席卷意大利。384年老辛马库斯借机向皇帝进言，请求将祭台安放回元老院中。

④ S. Dill., *Roman Society in the Last Century of the Western Empire* (1898), cap. 1. ——原注

主义者，而所有基督徒都被刻画成粗鄙野蛮的苦行主义者，这就大错特错了。在某些方面，他们之间的共同点远甚于他们与现代人的相似性。双方的领袖都是一神论者，都承认在至高神与人类之间有近于无穷多的超自然生命。他们身上不乏高度的智性和（依照今人的标准）高度的迷信。那些仅剩的异教信仰的斗士并不是史文朋①或现代"人文主义者"所希望的那样。他们并不是爱交际、好玩乐的人，不会因为那位"脸色苍白的加利利人"吹出的气息使这个世界"变得灰暗"②就害怕或鄙夷地往后直退。他们要是想恢复"月桂枝、棕榈叶、对阿波罗的谢恩歌"，那一定是出于极为严肃、与信仰攸关的原因。即使他们渴望看到"荆棘丛中小仙女的酥胸"，这还是有别于塞特③的欲望的；他们的渴求更像是通神灵者的渴求。弃绝人世、苦行勤修、神秘莫测这些特征不仅属于反对异教信仰的基督徒，也同样属于最为杰出的异教徒。这就是那个时代的氛围。无论身在何处，两方的人都厌恶公民美德和感官享乐，而去寻求心灵净化或者超自然目标。不喜欢基督教早期教父的现代人同样不会喜欢异教哲学家，原因是大抵相似的。这两派都会搬出各种各样让现代人不舒服的关于异象、灵魂出窍、幽灵的故事。这些都属于这两派宗教中比较低级和极端的显灵故事，现代人说不清楚自己会更喜欢哪一派。用现代人的眼睛去看（或用现代人的鼻子去闻），留着长指甲和浓密胡须的尤利安皇帝④与刚从埃及沙漠走出来、浑

---

①　史文朋（Swinburne，1837—1909年），英国诗人、评论家。

②　"脸色苍白的加利利人""变得灰暗"语出史文朋的《致冥后的赞美诗》（1866年）第35行。"脸色苍白的加利利人"指的是耶稣基督。后两句话中"月桂枝、棕榈叶、对阿波罗的谢恩歌""荆棘丛中小仙女的酥胸"也同样出自《致冥后的赞美诗》这首诗（第24行）。

③　原文为"Satyr"，即半人半羊的森林之神（多象征淫逸放纵）。

④　尤利安在位时宣布宗教信仰自由，大力扶持多神教和传统罗马信仰，意欲改变自君士坦丁大帝以来，基督教在罗马帝国的独尊地位。

身邋遢的僧侣似乎没什么区别。

　　所有人都不免会这么想：在一个存在对立冲突的年代，那些立场不太明确的作家很可能出于慎重考虑，故意让自己的立场显得模棱两可。这种假设是有可能的，但并不必然如此。既然新旧宗教有如此多——至少看起来有如此多——共通之处，一位作家完全能按自己的心意写出一部很多基督教和异教读者都共同接受的著作，当然前提是它与神学内容不是直接相关。普通读者并不总是能抓住哲学立场背后隐秘的宗教意味。因此，如果我们认为一部明显体现基督教信仰的著作与可能属于异教信仰的著作存在差别的话，这种差别大概就像提交给哲学系和神学系的学位论文之间的不同。在我看来，这就好比是波埃修斯的《哲学的慰藉》与他谈论宗教教义的著述（这些著述被认为出自他笔下，在我看来，是有道理的）之间的不同。

　　异教徒的抵抗有不同层次，新柏拉图学派可以说是其最高表现形式。在这个学派里，最伟大的名字有普罗提诺（Plotinus，205—270 年）、波尔菲里（Porphyry，大约 233—304 年）、扬布里库斯（Iamblicus，330 年逝世）、普罗克鲁斯（Proclus，485 年逝世）。普罗提诺可以跻身顶级天才之列，但对西方产生最主要影响的是波尔菲里，这种影响经常是间接实现的。整个学派，尽管从某种意义上说，是对希腊精神的自发的演绎，但在我看来，它也是对来自基督教的挑战的慎重回应，就这一点而言，它也受惠于基督教。这些最后的异教徒小心翼翼地与通俗多神论撇开关系，这等于表明："我们也有对整个宇宙的解释。我们也有一个体系完整的神学。我们和你们一样，有生命的法则——有圣人、神迹、灵修、与至高神合而为一的希望。"

　　不过，本书主要不是关注新宗教对旧宗教的短暂冲击，而是旧宗教对新宗教的永久影响。异教信仰的最后一波，即新柏拉图主义，是由之前众多的浪潮，如亚里士多德、柏拉图、斯多葛等思想汇聚而成，并向内陆挺进，造就了一滩滩的咸湖，直至如今，这些湖水也没有干涸。并不是所有时代所有基督徒都会发现或承认它们的存在；在发现或承认它们存在的基督徒中间，常有两种态度。不管是那时，还是现在，都有一个基督教"左派"，它急于发现，急于扫清每个异教元素；还有一个是"右派"（圣·奥古斯丁就属于这一派），它能从柏拉图学派的著述中发现三位一体理论的前兆①，或者像殉道士查士丁②那样得意地说："举凡表述得好的东西，不管出自何人之口，都是属于我们基督徒的。"③

第一节　卡尔齐地乌斯

卡尔齐地乌斯（Chalcidius）④翻译过柏拉图的《蒂迈欧篇》，但没有译

---

① *Confessions*, VII, ix. ——原注 圣·奥古斯丁从新柏拉图学派的著述中读到这些句子："在元始已有道，道与天主同在，道就是天主；这道于元始即与天主同在"；"圣子本有圣父的形象，并不以自己与天主同等为僭越"（因为他的本体就是如此）。这些论断含有基督教三位一体论的雏形。

② 查士丁（Justin，约公元100—165年），基督教第二代护教士。

③ *Apology*, II, xiii. ——原注 查士丁（Justin，约100—165年）是古代基督教早期教父和护教士，最早将基督教与希腊哲学结合起来为基督教辩护，被认为是基督教哲学的真正开端。路易斯引用的这句话出自《辩道二》第八章。查士丁说每位作家，不管属于什么哲学派别，心中都有神种下的"道"（Word），他们依据自己分有的"道"以及自己与"道"的关系来言说，所以，只要他们说得好、说得对的东西，都是属于基督徒的财产。

④ *Platonis Timaeus Interprete Chalcidio*, ed. Z. Wrobel (Lipsiae, 1876) ——原注

全，在 53b 处就打住了（大概译了一半的篇幅）；同时，他写了一篇要比译文长很多的评论。这并不像我们常说的"评论"，因为它忽略了很多难点，并在柏拉图言之甚少或闭口不言的问题上有太多自由的发挥。

卡尔齐地乌斯这部书是献给一个叫奥修斯或贺修斯的人，这个人常被认为（尽管不是没有其他可能）与出席过尼西亚大公会议（公元 325 年）①的科尔多瓦②主教是同一人。即使奥修斯的真实身份确是如此，我们也无法准确判定这部书的写作时间，因为伊西多尔③告诉我们这位主教活到了一百多岁。

卡尔齐地乌斯的宗教观曾受到质疑。他的基督教信仰体现在如下几处：

（1）致奥修斯的献词（假设奥修斯确实就是那位主教）；

（2）他将《圣经》中关于神造亚当的记述④称作一个"更神圣的教派的教义"⑤。

（3）他简要提及荷马一条所谓的占星法⑥之后，就转去谈论星辰对降生

---

①　公元 325 年召开的这次尼西亚大公会议是基督教教会史上第一次世界性主教会议。

②　科尔多瓦是现今西班牙南部的一个省，其省会也叫科尔多瓦。

③　伊西多尔（Isidore，约 560—636 年），圣人，学者，曾任塞维亚的大主教三十余年。

④　卡尔齐地乌斯提到上帝如何创造亚当，是为了证明人的灵魂由"自然灵魂"与"理性灵魂"构成。前者是上帝用地表的材料制造出来的，而后者是上帝将苍穹的神圣元素吹入人体后形成的。

⑤　*Op. cit.* LV, p. 122. ——原注 卡尔齐地乌斯认为这个教派在理解神性方面更为明智。

⑥　荷马这条占星法最早源自埃及。埃及的先知害怕一颗叫"阿喀"（Ach）的星星，它升起时会降祸于世间，夺走无数平民和贵族的性命。《伊利亚特》中的英雄阿喀琉斯（Achilles）与"阿喀"不仅名字相似，所起的作用也一样：由于阿喀琉斯的愤怒，疾病和死亡不仅会降临到英雄豪杰头上，也会摧毁世间其他生命。在卡尔齐地乌斯看来，荷马编构的阿喀琉斯参加特洛伊战争的故事正是基于古埃及人的占星术。

的预示，并声称"一个更神圣、更庄严的故事"[①]可以证实这一点。

（4）他称自己是从"神启之法"推导出众多真理（truths），而柏拉图则是在"'真理'（truth）自身推动下"[②]才找到众多真理。

但另一方面，

（1）在使用《旧约》材料的时候，他并没有称其为"神圣典籍"，通常只是说他遵照的是"希伯来人"之书[③]。

（2）他号召"全体希腊人，所有拉丁人，所有野蛮人"[④]一起来作证：我们人类一直受惠于善良的精灵（daemons）[⑤]。这与圣·奥古斯丁的观点[⑥]形成鲜明反差；奥古斯丁认为异教徒信奉的所有精灵都是邪恶的，属于"demons"（即邪魔，这个含义是后来产生的）。

（3）在某个地方他认为摩西获得的神圣灵感是值得怀疑的[⑦]。

[①]　CXXVI, p. 191. ——原注　这个更神圣、更庄严的故事就是耶稣的诞生。星辰不仅能预示疾病和死亡的降临，也能预示救世主的到来。

[②]　CLXXVI, p. 225. ——原注　卡尔齐地乌斯试图从"神启之法"推导出何为"命运"（Fate）。他的推导过程是这样的：主宰宇宙及其所有事物的是代表至善和完美的"至高神"；在"至高神"之下是"天意"（Providence），它从"至高神"那里获得善，并传给其他存在物，它也是整个宇宙的主宰和守护者；而"命运"则是"天意"用以管控宇宙万物（包括天界的生灵和自然界的一切存在）的神圣之法。

[③]　CXXXII, p. 195; CCC, p. 329. ——原注

[④]　CXXXII, p. 195. ——原注

[⑤]　卡尔齐地乌斯将希伯来人《圣经》中的"天使"也归入"精灵"的范畴。他声称精灵承担着将人类的祈祷传达给神，为人类解说的使命，也承担着将神的旨意传达给人类，替神解说的使命；精灵向神报告人类的需求，并将神的帮助带给人类。

[⑥]　*De Civitate*, VIII, 14-X, 32. ——原注　奥古斯丁认为"精灵"确实具有"气身"（aerial body）而非人类的肉身，且栖居的空间在人类之上，但不见得他们是比人类更高贵、更善良的生灵。人类和上帝的沟通并不需要以"精灵"为中介。

[⑦]　Chalcidius, CCLXXVI, p. 306. ——原注　卡尔齐地乌斯在提及摩西的神圣灵感时，加了个插入语，"ut ferunt"，即"据别人所说"或"据说"之意，说明作者对此持保留态度。

（4）他引用荷马、赫西奥德、恩培多克勒①的作品，似乎这些作家应该与蒙受神启的作家平起平坐，受到同等对待。

（5）他将"天意"（Providence）称为"奴斯"（Nous，即"天智"②），其地位仅次于"至高神"；"奴斯"因其而得以完全，其他所有事物因"奴斯"而得以完全③。这更像是新柏拉图而非基督教的三位一体论。

（6）他详细探讨了"物质"的内在本质是否是恶的④，却一次也没提及基督教的教义：上帝创造了万物，并称它们是善的。

（7）《创世记》的宇宙学以人类为中心，天体被创造出来，是"为地球提供光明"，而卡尔齐地乌斯全盘否定了这一点。有些人认为月球上空那些"神圣与永恒"之物呈有序排列，不过是为了地上那些易朽之物，但在他看来，这样的观点着实荒谬⑤。

乍看之下，似乎最后两条并不足以构成论据。尽管基督徒在逻辑上必然得承认物质本身是善的，但他们并没有衷心接受这条教义；在后来数百年里，某些属灵作家的说法就一直很难与这条教义相调和。我认为在中世纪有一个矛盾一直没得到解决；那就是基督教信仰中有一些要素倾向于人类中心观，而中世纪模型中却有一些要素将人变成远离中心的——正如我

---

① 公元前5世纪的希腊哲学家和政治家。

② "天智"原文为"Mind"。新柏拉图哲学中的至高存在之一"Mind"常译为"理智"或"精神"，但中文措辞表述无法体现大写字母"M"所代表的神圣性，所以译者在用"智"字来翻译"Mind"的同时，添上"天"字作前置修饰，凸显其作为万物源头之一的崇高地位。为了将新柏拉图哲学与基督教相近术语区分开来，译者避免将"Mind"翻译为"圣灵"。下文相关术语仍采取这种处理方式。

③ CLXXVI, p. 226. ——原注

④ CCLXXXVIII-CCXCVIII, pp. 319-27. ——原注 卡尔齐地乌斯在这部分较详细地引述了毕达哥拉斯、柏拉图、亚里士多德、斯多葛派等关于物质属性的讨论。

⑤ LXXVI, p. 144. ——原注

们将看到的，几乎位处边缘的——生灵。

　　另外要补充的一点是，在我看来，卡尔齐地乌斯是一个致力于哲学写作的基督徒。他作为信仰来接受的那部分思想并没有进入他的著述中，正是因为那些内容关乎信仰。因此，在他的著述中，撰写《圣经》的那些作者是以非凡作家的身份出现的，与其他伟大作家受到同等对待，却没有被视为"传神谕者"。这很可能与他的写作法则相抵触：我们后面将会看到，卡尔齐地乌斯在章法上可以说是"纯粹主义者"①。关于他的新柏拉图三位一体论与最彻底的基督教教义之间的深层矛盾，我相信他自己是意识不到的。

　　卡尔齐地乌斯翻译了《蒂迈欧篇》很大一部分，并传诸后世，成为数百年里人们了解柏拉图几乎唯一的渠道，卡尔齐地乌斯决定了柏拉图之名在整个中世纪主要意味着什么。《蒂迈欧篇》没有我们在《会饮篇》或《斐多篇》中所见到的那种色情神秘主义，也几乎没有涉及与政治相关的内容。尽管柏拉图提到了"理念"（或"理式"），它在柏拉图知识学说中的真正地位却没有显示出来。在卡尔齐地乌斯笔下，"理念"这个词几乎具有了现代意义，即表示至高神心智中的观念②。这样一来，在中世纪人眼中，柏拉图就不是什么逻辑学家，也不是爱的哲学家，或者《理想国》的作者。他成为仅次于摩西的伟大的一神论天地演化学家或者创世哲学家；因此，颇具矛盾意味的是，他变成了那个经常被真柏拉图鄙视的、关注"自然"的哲学家。正是在这个意义上，卡尔齐地乌斯不自觉地为那同样存在于新柏

---

①　即卡尔齐地乌斯处理文本的方式，即尽量淡化或掩饰文本中显得突兀、自相矛盾之处，以自己所认可的原则或理念来阐释那些文字。

②　CCCIV, p. 333.——原注 卡尔齐地乌斯称至高神为匠人，祂按照心中的"理念"来塑造"物质"，祂的"理念"构成了自然现实的"范本"。

拉图主义和早期基督教深处的 "蔑视尘世" ① 心理提供了纠正的良方。这后来被证明是富有成效的。

卡尔齐地乌斯选择《蒂迈欧篇》产生了深远的意义，他处理这个文本的方式也是如此。一位作家受尊敬的程度越高，就越容易被他所认可的阐释原则所曲解。在深晦难解的地方，卡尔齐地乌斯认为，不管是什么意思，只要看起来与 "如此伟大的权威智慧最相匹配的" ②，都必须认定是柏拉图的本意；这必然意味着从柏拉图身上可以读出注疏者所处时代的所有主导观念。

柏拉图曾明确地说过（42b），邪恶之人的灵魂会转世为女人，如果这没起到矫治的效果，他们最终会转世为畜生③。但是，卡尔齐地乌斯说，我们不应从字面上理解这里的意思。柏拉图只是想说，如果一个人放纵自己的激情，在此生之中，会变得越来越像畜生④。

在《蒂迈欧篇》40d-41a 部分，柏拉图描述了 "造物主" 如何创造 "诸神"（柏拉图所说的 "诸神" 并不是神话人物，而是他真正相信的诸神，即有生命、能运动的天体）；接着，他便问应该怎么看待平民所信奉的 "诸神"。首先，柏拉图将他们从天神降到精灵的位置。接着，他用几乎可确定是嘲讽的语气说，他不再对此作进一步讨论。他说："这项任务超出了我的

---

① "蔑视尘世"（contemptus mundi）是古典主义异教观和早期基督教教义中的一个重要思想。对尘世的轻蔑意味着要舍弃短暂的世俗欢乐，克制个人的物质欲望，拥抱那更永恒的沉思或精神生活。

② CCCII, p. 330.——原注

③ 依据柏拉图的宇宙论，人的灵魂来自天上的星辰，如果一个人在尘世时生活得体，符合神的旨意，他死后，灵魂会返回到指定的星辰中去，过上幸福的生活。

④ CXCVIII, p. 240. ——原注 卡尔齐地乌斯认为没有理智的生物是不会思考、忏悔和自我改正的。所以，人类的 "理性魂" 绝不会进入动物的身体。

能力。我们必须相信我们的祖先关于诸神的论说；据他们所说，他们的的确确就是诸神的后裔。他们肯定对自己祖辈的事知道得不少！谁会不相信诸神的孩子呢？"卡尔齐地乌斯完全从字面来理解这些话的意思：柏拉图告诉我们要相信先祖，是想提醒我们，人须以置信为前提才能受教。照卡尔齐地乌斯的观点，柏拉图拒绝继续讨论精灵的属性，并非因为他觉得这个话题与哲学家不大相关。从卡尔齐地乌斯所给出的真实原因中，可以见到他在章法上的学究做派，我之前就说过这一点。卡尔齐地乌斯说，柏拉图这里是以自然哲学家的身份来写作的，再对精灵问题多费口舌，必定有失分寸，不合情理。"精灵学"属于被称作"神秘术"[①]的更高级的学科（"入秘者"[②]指的是那些被引入玄奥秘术的人）[③]。

　　卡尔齐地乌斯在简要提及原书（45e）关于梦的论说[④]之后，花了七章的篇幅来评说"梦"这个话题。这些章节很重要，有两方面的原因。首先，它们包含了《理想国》571c[⑤]的译文，因此，卡尔齐地乌斯比弗洛伊德早无数个世纪，将柏拉图"梦是被掩盖的欲望的表达"这条弗洛伊德教义

---

①　原文为"epoptica"，源自古希腊语。

②　原文为"epoptes"，也出自古希腊语。

③　CXXVII, p. 191. ——原注 在卡尔齐地乌斯看来，"神秘术"要高于"自然哲学"，是最高级的沉思或凝想所应关注的对象。

④　柏拉图认为"梦"是视觉运动的残余。依据他的"流射"理论，视觉形象的形成是内在之火和外在之火整合的结果。当人闭眼睡觉时，眼里的火流会被限于体内，并渐趋平静。不过，有时火流仍会处于活跃的运动状态，这会导致梦的形成。

⑤　柏拉图在571c-571d这部分借苏格拉底之口说道，人们在睡眠时，灵魂中比较理性、受过教化的部分会失去控制作用，而野性或兽性部分则会活跃起来，力图满足自己的本性要求。失去了羞耻心和理性之后，人会梦见自己在做各种平里不敢想的坏事，如乱伦、兽交、谋杀等。

的雏形传递给了后人。班柯①就知道这一点。其次，这些章节有助于理解乔叟的一段诗。卡尔齐地乌斯在评注里罗列了不同类型的梦，马克罗比乌斯②也曾对梦作了分类，且更为人熟知，不过两人的分法并不完全对应。卡尔齐地乌斯的单子里多了一项，即"启示"，一种可以由希伯来智慧确证的"梦"③。我们还记得，乔叟在《流芳之殿》中就曾重现了马克罗比乌斯的分类法④，不过他还另添了一种"梦"，即"启示"（revelacioun）。乔叟无疑是从卡尔齐地乌斯那里得知这一点，当然，也可能是通过间接的渠道。

卡尔齐地乌斯的天文学还未转化成中世纪模式，并固定下来。和其他人一样，他坚称地球若以宇宙为标准来衡量，可以说是无限渺小⑤。不过，行星的秩序尚未最终确立⑥，名字也可以随时更改。他有时（与亚里士多德的《论灵魂》一样）会将"法厄农"（Phaenon）用作"萨图恩"（Saturn）的别称，将"法厄同"（Phaethon）用作"朱庇特"（Jupiter）的别称，将

---

① *Macbeth*, II, i, 7. ——原注 班柯（麦克白的同僚）被杀害的当晚，对儿子弗里安斯说了这样两句话："极度的困倦像铅块一样压在我的身上，然而我却不想睡。仁慈的众神哪，千万不要让那些该死的想法在睡梦中潜入我的头脑！"

② 马克罗比乌斯（Macrobius）公元 4 世纪到 5 世纪的拉丁语法学家和哲学家，曾对西塞罗《论共和国》中的"西庇阿之梦"这个部分做过注释。关于马克罗比乌斯的清单，参见本章第二节。

③ CCLVI, p. 289. ——原注 卡尔齐地乌斯所说的"启示"是指未来的事或秘密向不知情者显示的梦。

④ 参见《流芳之殿》第 1 卷第 1—11 行。乔叟一开篇就感叹梦的神秘：为何有些梦发生在夜晚，有些发生在清晨？为何有些梦能应验，有些不能？为何梦可以分为各种类型？关于乔叟提及的梦的类型与马克罗比乌斯的体系的对应，参见本章第二节。

⑤ LIX, p. 127. ——原注 卡尔齐地乌斯认同柏拉图的说法：地球若是与宇宙的大小相比，仅相当于一个点。

⑥ LXXIII, p. 141. ——原注 卡尔齐地乌斯所说的"行星的秩序"指的是诸行星离地球远近的顺序。当时有些天文学家认为月亮离地球最近，接下来是水星，不过也有人将其他行星放在离月球最近的位置。

"皮洛伊斯"（Pyrois）① 用作 "玛尔斯"（Mars） 的别称，将 "斯提尔本"
（Stilbon） 用作 "墨丘利"（Mercury） 的别称，将 "路西弗"（Lucifer） 或
"赫斯珀洛斯"（Hesperus） 用作 "维纳斯"（Venus） 的别称。另外，他还
认为 "行星的运转方式多种多样，是人世间出现的所有效应的真正源头"②。
人类在月亮之下这个无常世界中所承受的一切都肇始于天上的行星③。不过，
卡尔齐地乌斯很小心地补充了一点：影响人类的生活，不管就什么意义而
言，都并非行星存在的目的，那只是连带的结果而已。这些行星的运转与
其所享的天福④ 是相称的，充满变数的人间事态是对它们获赐的福祉的模
仿，尽管竭尽全力，却模仿得十分蹩脚。因此，在卡尔齐地乌斯看来，宇
宙虽以地球为中心，却绝非以人类为中心。如果我们硬要问为什么地球位
于中心，他给了一个出人意料的答案。地球被放在这样的位置，是因为天
体的舞蹈就有了一个可以围绕旋转的中心——这实际上化解了关于天界诸
星的一个美学难题。也许是因为在卡尔齐地乌斯的宇宙中万物适得其所，
幸福洋溢，所以，尽管他提及毕达哥拉斯的学说（据此学说，月亮与其他
行星也住有凡人）⑤，却对此不感兴趣。

　　对现代人而言，卡尔齐地乌斯书中最为奇怪的部分似乎是标题为 "论
视觉和听觉的用处" 那几章。在他看来，视觉最主要的用处并非 "生存的
价值"。关键是视觉能催生智慧。"没有人会去追寻至高神，或者渴望虔诚，

---

① 　"皮洛伊斯"原为替太阳神拉马车的四匹天马中的一匹。
② 　LXXV, p. 143.——原注
③ 　LXXVI, p. 144.——原注
④ 　原文为 "felicitas"，路易斯直译为 "felicity"，即中文里的 "福祉"或 "福气"，也有英
译本将其意译为 "imperturbability"，即 "安然不变的状态"之意。
⑤ 　CC, p. 241.——原注　《蒂迈欧篇》42d 提到造物主造出人的灵魂后，将它们分别播撒在
地球、月亮和其他星体上。卡尔齐地乌斯指出这与毕达哥拉斯的观点是一致的。

除非他先见到天空与星辰。"①至高神给了人类眼睛，是为了让他们观测"苍穹中'天智'与'天意'的周转运行"，这样，他们心灵的运动就会尽可能模仿其间的智慧、安宁与平和②。这才是柏拉图最真实的一面（见《蒂迈欧篇》47b）③，而不是我们从现代大学里了解最多的那个柏拉图。同样，听觉主要因为音乐而存在。灵魂本有的运动与音乐的节奏、调式紧密相关。但是，由于灵魂与肉身的结合，这种关系在灵魂中淡化了，因此，大多数人的灵魂都处于失调的状态。补救的方法就是音乐；"不是那种愉悦俗众的音乐……而是那种从来不偏离知性和理性的神圣音乐"④。

尽管卡尔齐地乌斯编造了一个理由来说明为何柏拉图在精灵问题上缄默不言，他自己倒没在这个问题上效法柏拉图。他对精灵的描述在某些方面不同于阿普列乌斯。他否定毕达哥拉斯或恩培多克勒的信条，即人死后会成为精灵⑤；所有的精灵，在他看来，都属于自成一类的物种；他用"精灵"（daemons）一词来指居于空气以及以太中的生灵，而后者就是"希伯

---

① CCLXIV, p. 296. ——原注 路易斯引用时有所省略，完整的句子是这样："没有人会去追寻至高神，或者渴望虔诚（这是属于神学的任务），没有人会认为我们正在做的事是值得做的，除非他先见到天空与星辰，除非他乐于了解现有事物的原因或将要出现的事物的起因。"

② CCLXV, p. 296. ——原注 卡尔齐地乌斯指出这其实是对个人品格和生活的改造，有利于家庭事务和公共事务的管理。

③ 柏拉图在《蒂迈欧篇》47a-47c 中指出，视觉是给人类带来最大福气的通道；造物主将视觉赋予人类，是要人类能够留意天上智慧的运行，并将其运用于人类的智慧生活。

④ CCLXVII, p. 298. ——原注 柏拉图在《蒂迈欧篇》中也说，音乐的和谐可以在灵魂偏离轨道时纠正它的运行；节奏也可以帮助无序无理的人类灵魂回归秩序（47e）。

⑤ CXXXVI, p. 198. ——原注 毕达哥拉斯、恩培多克勒等人认为人死后，灵魂会离开肉体，变成精灵；精灵会活很长时间，一千年后又投胎为人。但在卡尔齐地乌斯看来，灵魂与精灵不是同一物种，在绝大多数情况下，不会相互转化；造物主创世时，其实先造了精灵，才造了人的灵魂。

来人所说的圣天使"①。但他也肯定"充实性"以及"三合一"原则，这与阿普列乌斯完全一致。以太和空气，就像地球表面一样，必须有生灵居于其中，"以免出现任何虚空的地带"②，"以免完美的宇宙在什么地方出现了短板"③。既然存在神圣的、不朽的、非凡的、与星辰同为一体④的生灵，也存在生命短暂的、必朽的、凡俗的、易感的生灵，"那就必然存在能连通这两大端的媒介，正如我们在和谐之态中所见的那样"⑤。毋庸置疑，苏格拉底听到的禁令确实是至高神传达的；但是，我们同样可以确定的是，这并非至高神自己的声音。在作为纯粹智性的至高神与俗世肉身的苏格拉底之间，应当存在某种居中调停并联结二者的力量。至高神正是通过某种"中介"、某位调解者与苏格拉底说话⑥。说到这里，好像我们一直都是在基督徒完全陌生的世界里行走，其实不然；从那些基督教信仰从未受到怀疑的作家笔下，我们将会见到与卡尔齐地乌斯颇为相似的论断。

　　这就是到目前为止卡尔齐地乌斯与阿普列乌斯相通的地方。他接下来运用"三合一"原则的方式就不大一样了。宇宙这个"三合一"结构不仅可以视为一种和谐之态，也可以视为一种政体，由主君、执事和臣民构成的"三位一体"。星辰之神发号施令，精灵执行命令，而地上的生物遵从号

---

① 　CXXXII, p. 195. ——原注

② 　CXXX, p. 193. ——原注

③ 　CXXXVII, p. 199. ——原注 卡尔齐地乌斯声称至高神让人类居住在地球表面，并将可朽、腐败的因子种于人类的灵魂中，是为了避免让整个世界都充满不朽的生灵，从而导致完美的宇宙出现缺憾。

④ 　卡尔齐地乌斯和柏拉图一样，将天上的星辰视为神灵或精灵。

⑤ 　CXXXI, p. 194. ——原注

⑥ 　CCLV, p. 288. ——原注 卡尔齐地乌斯说至高神由于与人类的肉身没有交集，在帮助人类时，常以其他神圣力量为媒介。夜晚梦中的异兆，白日里的传言，治病祛疾的神秘疗法，先知的灵感，这些都是中间力量在起作用的体现。

令①。卡尔齐地乌斯遵循《蒂迈欧篇》(69c-72d)②和《理想国》(441d-442d)③的思路，发现理想的政体和人类个体身上也都存在这种"三合一"模式。柏拉图将自己想象的城邦里最高的角色赋予了发号施令的哲学王。在他们之下，是执行统治者命令的武士群体。最后，遵守法令的是平民大众。每个个体也是如此。"理智"部分居于身体的庙堂，即头部。与城邦武士相对应的是胸部，在这个犹如营寨或壁垒的部位，驻扎着能令人斗志高昂、"与愤怒相似的激情"。"欲望"与平民大众相对应，位于腹部，即头部和胸部之下④。

我们会发现，柏拉图和卡尔齐地乌斯关于心理健康的三位一体观反映了希腊人或后来中世纪人的这点看法：自由人或骑士应该培养什么样的精神品质。"理性"与"欲望"不应隔着一片无人的地带相互对望。经后天培养形成的荣誉观或骑士精神为联结二者并为文明人塑造统一人格提供了中间桥梁。不过，这套说法之所以重要，同样也因为暗含于其中的宇宙观。几百年以后，利勒的阿兰努斯有一段十分精彩的话充分阐述了这样的宇宙观。他将整个宇宙比作一座城；在这座城的中央堡垒，即天府(the Empyrean)中，"帝君"正坐在他的宝座上。在下方数重天里，栖居着

---

① CXXXII, p. 269.——原注 路易斯标注的节数有误，相关论述在第 CCXXXII 节。

② 在《蒂迈欧篇》中，诸神造人时将灵魂分为神圣和可朽两部分，并分两处安放：神圣的灵魂置于头颅中，可朽的灵魂置于胸膛中，中间设置脖颈，使二者保持距离。诸神对人的躯干部分也作了划分，即相对高贵的胸膛和相对卑贱的腹部，中间也用隔膜隔开。神圣灵魂所代表的理性正是通过肺和肝这两种器官分别管控胸部的激情和腹部的欲望。

③ 在《理想国》中，人的灵魂被分为三部分：理智、激情和欲望。理智占据领导地位，是出谋策划者，激情则服从于它，为执行它的指令而奋勇作战，而欲望则要接受二者的支配，以免过于强大，摧毁人的整个生命。在柏拉图看来，灵魂这三大部分对应城邦居民的三重角色：谋划者、辅助者和生意人。

④ CXXXII, p. 269.——原注 路易斯标注的节数有误，相关论述在第 CCXXXII 节。

"天使骑士"这个群体。我们地球上的人类，则"位于城墙之外"①。我们会问，"天府"位于整个宇宙的边缘，甚至在边缘之外，它如何成为宇宙的中心？但丁后来比其他人都说得更清楚：这是因为空间秩序与精神秩序刚好是相反的，物质宇宙如一面镜子，在反射现实的同时，也将现实颠倒了过来，所以，真正处于边缘的事物在我们看来反倒是中心②。

　　阿兰努斯的处理手法比卡尔齐地乌斯更为微妙，他只是让人类这个族群沦为外围人，但没有驱逐我们，这样我们作为悲剧英雄的尊严也被他剥夺了。在其他方面，他也都再现了卡尔齐地乌斯的观点。我们是从宇宙的边界欣赏"天界之舞的壮观景象"③。我们享有的最大恩典是尽自己所能来模仿这种舞蹈。中世纪模型可以说是"以人类为边缘的"（anthropo-peripheral）。我们是处于外围的受造物。

　　卡尔齐地乌斯传给后人的，不仅仅是《蒂迈欧篇》。他从《克里托篇》《厄庇诺米斯》《法律篇》《巴门尼德篇》《斐多篇》《斐德罗篇》《理想国》《智者篇》《泰阿泰德篇》中旁征博引，有时引用得相当详细。他了解亚里士多德，但缺乏后人对他的敬重。除了某种类型的梦之外，亚里士多德对所有

---

① *De Planctu Naturae, Prosa*, III 108 sq. in Wright, *Angelo-Latin Satirical Poets*. ——原注
② 《天国篇》第 28 章说到为何物质宇宙与天府（或净火天，纯粹由心智之光形成的那重天）的秩序恰好相反。但丁升到原动天后，发现一个奇怪的现象：物质宇宙中的九重天离中心（地球）越远，则体积越大，旋转越快，而天府中的天使则是离中心（上帝）越远，体积越大，旋转越慢。贝雅特丽齐回答说，诸天和天使环旋转的快慢是由其所蕴含的德性（善、爱或福祉）所决定的。它们越是离上帝近，所蕴含的德性就越多，旋转就越快，所以诸天是由高向下，天使环是由内向外速度递减，最外围的天与最内层的天使环相对应，最内层的天与最外围的天使环相对应。至于体积大小的问题，贝雅特丽齐解释说，在物质宇宙中，德性越大，就需要越大的体积来承载，所以原动天要大于其他八重天。但天府是纯粹的精神世界，不受这一空间法则制约。
③ Chalcidius, LXV, p. 132. ——原注 "天界之舞的壮观景象"指的是星辰运动。

类型的梦都不大理会，"带着他常有的不以为意的轻蔑态度"①。卡尔齐地乌斯倒是在一个议题上引用并扩展了亚里士多德的观点，态度要相对恭敬一些：他声称"质料"本质上并不是恶的②，但作为所有具体物体的"潜能性"（potentiality）③，必定要面临"形式"的缺失（尽管在逻辑上"质料"并不等于"形式"的缺失）④。这也是为什么"质料"渴盼完善或修饰，就如同女人渴盼男人一样⑤。

卡尔齐地乌斯的影响力在与"沙尔特雷学校"⑥有渊源的 12 世纪拉丁语诗人身上催生了极为丰富的成果；这群诗人继而启发了让·德·梅恩和乔叟的创作。斯塔提乌斯和克劳迪乌斯诗中的"自然女神"以及卡尔齐地乌斯的天地演化学可以说孕育了伯纳德斯·希尔韦斯特瑞斯的《论寰宇》。当我们正期待着基督教三位一体中第二位格⑦来临的时候，富有女性气质的诺伊斯（Noys，相当于"νοῦς"或"Providentia"）⑧却奇怪地来到我们

---

① CCL, p. 284. ——原注
② "质料"本质上并不是恶的，也就是说"质料"的恶是偶然产生的，而非本质性的。它的恶或缺陷源自它的需求未能得到满足。真正具有恶之潜能的是"缺失"（Privation）。
③ "质料"先于物体而存在，物体由其而产生，当物体分裂或分解时，又会转变成"质料"，这就是"质料"的"潜能性"。
④ CCLXXXVI, pp. 316 sq. Cf. Aristotle, *Physics*, 192a. ——原注
⑤ Chalcidius, p. 317. ——原注"形式"本身是自足、完善的。"形式"的缺乏，即亚里士多德所说的"缺失"（Privation），寻求的是自我毁灭。与"形式"对立的，是"缺失"，而非"质料"（"质料"渴望获得"形式"）。
⑥ 由法国沙特尔大教堂所创建和掌管的学校，后来成为新柏拉图主义的思想重镇。
⑦ 第二位格即圣子。
⑧ "Noys"、"νοῦς"（Nous，前面译为"奴斯"）、"Providentia"这些词都有"心智""精神""天意""神意"的意思。

面前，并清楚地表明了她的血统①；她的性别设定很可能主要不是源于某种荣格式原型，而是基于拉丁文里"Providentia"的性别。伯纳德斯的"天理"（Urania）与"自然"②降临地球后，走进一座叫"格兰奴轩"（Granusion）的神秘园子③；关于这座园子，我们从卡尔齐地乌斯的著述中能找到较为合理的解释。卡尔齐地乌斯不仅区分了以太与空气，还区分了上方和下方的空气；下方的空气是一种含有湿气的物质，"希腊人称其为'hygran usian'"，是可以被人类呼吸的④。伯纳德斯不懂希腊语，也许是在某个书写邋遢的文本里见到了"hygranusian"（对他而言，这是一个无意义的词），将它用作花园的名称"Granusion"。从伯纳德斯的后继者，即利勒的阿兰努斯身上，我们也会发现他与卡尔齐地乌斯同样密切的关系。我们从《驳克劳狄安》⑤中得知，灵魂是"用细小的钩子"（gumphis subtilibus）钩在肉身上的。我们也许会笑这个意象很古怪（几乎有"玄学"的意味）；如果这是阿兰努斯深思熟虑才用的，那倒能体现他一贯的特点。事实上，

---

① 在《论寰宇》上半卷《大宇宙》第 2 章中，"诺伊斯"向"自然"表明自己是至高神的女儿，是祂最深邃、最完美的"理智"，由祂自身流溢而成，是祂的第二个自我。"诺伊斯"应"自然"的请求，将秩序和形式引到混沌之中（在基督教神学中，这个任务是由圣子来完成）。

② "自然女神"为"诺伊斯"的女儿。

③ II, ix, p. 52. ——原注 这座园子位于地球最东面一处与世隔绝之所。园子里一年四季都是春天，草木丰茂，永远是平和安宁的景象。园子里长满可用来治病或养生的珍贵草药。

④ Chalcidius, CXXIX, p. 193. ——原注 "hygran usian"为拉丁语转写，是"潮湿的物质"的意思。卡尔齐地乌斯将宇宙中适宜生灵居住的地带分为五层，最上方是净火层，接下来是以太层（其火不如净火层轻盈、纯粹），中间是空气层，再接下来是湿气层（其气比空气层浊重），最底下的是地表层。

⑤ Wright, op. cit. VII, ii, 4, p. 384. ——原注 道德寓言诗《驳克劳狄安》又名《完善的人》，共四千多行，是阿兰努斯的代表作之一。它讲述了"智慧"应"自然"的请求上天拜见至高神，求祂赐予灵魂，以完善"自然"所造之人的故事。故事的结局是这个被创造出来的"新人"打败了从地狱释放出来的"罪恶"大军。

他完全是在遵循卡尔齐地乌斯的用法 ①，而卡尔齐地乌斯又是完全遵循柏拉图的用法 ②；阿兰努斯甚至可能不大清楚 "gumphus" ③ 为何意。这些小细节值得一提，正是因为它们说明卡尔齐地乌斯从 "沙尔特雷" 诗人 ④ 那里收获了很多忠实的门徒。他们师从卡尔齐地乌斯之所以重要，就在于他们的回应是兴味盎然且生动有力的，而且这层关系在向俗语作家推荐某些意象和观点的过程中也起到了一定作用。

第二节　马克罗比乌斯

马克罗比乌斯生活在 4 世纪末 5 世纪初。他的宗教信仰也曾被人怀疑过，可要说他信奉的不是异教思想，似乎并没有充分可靠的理由。不过，

---

① 　CCIII, p. 243. ——原注 卡尔齐地乌斯引用狄奥多罗斯（Diodorus）、阿那克萨哥拉（Anaxagoras）、德谟克利特、恩培多克勒、斯多葛派哲学家等人的论说来解释 "gumphus"（钩子）的含义。

② 　*Timaeus*, 43a. ——原注 柏拉图说诸神在创造人类的肉身时，用了一些小得看不见的栓子来拴住灵魂，控制灵魂的进出。

③ 　gumphus：钩子，链子。中世纪拉丁语，主格。前两句话里的 "gumphis" 是其夺格形式，复数。

④ 　路易斯在这段话中谈到了两位与沙尔特雷学校有渊源的诗人，即希尔韦斯特瑞斯和阿兰努斯。前者曾将《论寰宇》献给沙尔特雷的蒂埃里（Thierry of Chartres，从 1141 年起任沙尔特雷学校的校长）；后者曾就读于沙尔特雷学校，很可能受过蒂埃里的指导。

在他所属的圈子里，基督徒和异教徒是能自由往来的。基督徒阿尔比努斯①和伟大的异教拥护者老辛马库斯都是他的朋友。在他的两部作品中，《农神节》是一部富含学识、风格优雅、洋洋洒洒的长篇对话作品，但我们在此不作讨论。与我们谈论的问题相关的，是他对《西庇阿之梦》所作的评注②。他的评注以及附在旁边的原文为我们保全了西塞罗《共和国》的一部分。如今差不多有五十份手稿留存了下来；可见这是一部名闻遐迩、影响深远的著作。

　　在地理学问题上，马克罗比乌斯重复了西塞罗的"五带说"。南温带和我们的北温带一样，是有人居住的地带，这样的推想不无道理，"不过，我们以前没什么机会发现住在那里的是什么人，将来也没有这样的可能"③。马克罗比乌斯认为当时的人错解了今人所谓的万有引力，有必要对这个幼稚的观点加以批驳（在中世纪倒无此必要）。南半球的居民并没有坠落到天空的危险；位于我们身体"下方"的是地球表面，位于他们身体"下方"的也同样是地球表面（II，v）④。海洋覆盖了热带大部分⑤；东西半球各有两条大河衍生自海洋，南北流向，最后各自在两极交汇。河水的交汇产生了地球的潮汐⑥。陆地主要分为四大区域⑦。欧洲、亚洲和非洲这一大片土地无疑就属于这四块陆地之一（II，ix）。这种布局被简化后，保留在了后

---

① 　阿尔比努斯（Albinus，约490—525年），罗马贵族政治家，被指控与拜占庭皇帝勾结，犯有背叛君主罪；学者、政治家波埃修斯因为其作辩护演说而受牵连。

② 　Trans. W. H. Stahl, *Macrobius: On the Dream of Scipio* (Columbia, 1952). ——原注

③ 　因为这两个温带之间隔着广袤的热带，使两地的居民永远没有机会交流。

④ 　"天空"对北半球和南半球的人而言，都是在头顶之上，一个人是不会"朝上"坠落的。

⑤ 　热带的海洋环绕着北半球和南半球的陆地，与赤道的走向一致。

⑥ 　马克罗比乌斯认为河水交汇时相互撞击，产生了巨大的冲力，所以才有了全球海洋的潮涨潮落。

⑦ 　南北半球各有两条河，把地球的陆地分为四大块，每一块都可以称作一座岛屿。

世的"圆轮图"① 中。正如我们在空间上与"对跖人"相隔绝一样，我们在时间上也与大部分历史相隔绝。大灾难频频降临全球，几乎毁灭了整个人类族群；说是几乎，因为每次总会有一些人幸存下来。埃及从未被毁灭过，这就是为何埃及的历史记载可以追溯至比其他地方更遥远的古代（II，x）。这个观念可以回溯到柏拉图的《蒂迈欧篇》（21e-23b）②，而给了《蒂迈欧篇》启示的，则可能是希罗多德那个有趣的故事（II，143）：历史学家海卡泰欧斯（Hecataeus）拜访埃及的底比斯城的时候，夸耀说他的一位先祖是神（自他往祖上追溯十六代）——也就是说，他的世系可以回溯到任何不中断的希腊历史记录之前。后来，埃及的祭司们将他带到一座大堂里，那里竖立着他们祖上世袭祭司职位之人的塑像；他们将自己的世系由子到父一代代向前追溯，直到追溯至第145代③ 的时候，还没有见到一位神，甚至一位半神。这反映了希腊和埃及的历史长短悬殊。

因此，尽管地球上大多数地方的文明并不是很悠久，但整个宇宙却是从古延续至今（II，x）。马克罗比乌斯用了一些暗示时间先后的表述来描绘宇宙的形成，我们只能将此视为作者为图方便所采取的语篇策略。凡是最纯粹、最清亮的物质都升到了最高处，这就是所谓的以太。不够纯粹，略

---

① "圆轮图"（wheel map）是中世纪常见的一种圆形地图，以耶路撒冷为地球中心，以直线来切割地球各大陆地，状似辐条交错的车轮，故称作"圆轮图"。

② 在《蒂迈欧篇》的故事（21e-23b）中，访问埃及的是雅典人梭伦。梭伦在塞底克城的祭司面前细数希腊传说中最受尊敬的人物，并计算他们距今的时间，就仿佛希腊人有着极为悠久的历史。埃及祭司却告诉他，希腊的历史记录常被天灾打断，时不时降临的大灾害让希腊人一次次回归野蛮状态，失去关于自己文化的记忆，所以"希腊人总是小孩"。而埃及人的历史则不同。最后，梭伦是从埃及祭司那里了解到古代先民的社会风俗和英雄伟业。

③ 希罗多德《历史》原文提到大堂上共有345尊木像，每一尊代表一代祭司，345尊意味着共有345代，埃及祭司查考了345位祭司的全部身份，都还没法将他们与神联系起来。这里"145"应为路易斯的笔误。

有重量的物质变成空气，落到了第二层。接着，那些带有一定流动性，但质地较粗糙，给人可感知的阻力的物质汇聚到一起，成为溪水河流。最后，在混沌纷乱的物质中，所有不可再用的质料都被聚拢在一起，其他元素都从中剥离和清除出去；剩下的残渣开始降落，并在最低处沉淀，无尽的寒气使其凝结，并进一步夯实（I，xxii）。地球事实上就是"创世所剩的废料"堆聚而成的，是宇宙的垃圾桶。马克罗比乌斯这段话也有助于理解弥尔顿的一节诗。在《失乐园》第 7 卷中，神子用金制的圆规画出了一个圆球的范围，即宇宙（第 225 行）。接着，上帝之灵就

> 向下倾泻
> 那如同取自鬼狱的黑冷的渣滓。（第 236—237 行）

维勒迪[①]认为这句话是说上帝之灵将"渣滓"从那个画好的圆球里清除出去，"自上而下"将其倾倒在"混沌"中——出于某些考虑，弥尔顿让他笔下的"混沌"有严格的上下方位。但"自上而下"中的"下"也可能指的是那个圆球中心；这么理解的话，弥尔顿的"渣滓"就与马克罗比乌斯的概念相吻合了[②]。

从现代读者的角度看，马克罗比乌斯关于梦的论说（I，iii）似乎并不是多重要的评论；中世纪人的看法应该不大一样，因为马克罗比乌斯能获得"*Ornicensis*"或"*Onocresius*"的称号，显然要归因于这部分的评论；在中世纪一些手稿里，它们经常跟在马克罗比乌斯的名字后面，意为"梦

---

① 即亚瑟·威尔逊·维勒迪（Arthur Wilson Verity，1863—1937 年），学者，批评家。
② 路易斯的意思是，如果按照这种方式理解，弥尔顿的"渣滓"指的就是创世剩下的废料，而不是创世前为腾出空间而清理出去的材料。

的评判者"或"梦的阐释者":这两个词可以说是对 ὀνειροκρίτης 的含混直译。马克罗比乌斯的论说框架源自阿特米多鲁斯(公元1世纪)①的《梦的解析》。根据这部书,梦可分为五种,其中三种含有真理,其余两种没有预卜的功能②。那三种含有真理的梦如下所述:

(1)幻梦(Somnium/ὄνειρος)。这种梦将真理遮盖在寓言的面纱之下③。法老关于肥瘦母牛的梦④可以说是一大典型。中世纪每一首寓言梦幻诗都记录了作者虚构的幻梦。现代心理学家几乎将所有的梦都认定为"幻梦"。"幻梦"就是乔叟的《流芳之殿》第一部分第九行中的"dreem"。

(2)异梦(Visio/ὅραμα)。这是直视未来而得见的非寓言式异象⑤。邓恩先生⑥的《时间的试验》主要与"异梦"有关。这种梦在乔叟的诗作里是用"avisioun"来表示(《流芳之殿》,I,7)的。

(3)示梦(Oraculum/χρηματισμός)。在这种梦里,做梦者的父母或"其他庄严端肃之人"⑦显现在他眼前,直言未来之事,或对他加以规劝。这

---

① 阿特米多鲁斯(Artemidorus),古希腊占卜家、释梦家。
② 接下来五种"梦"的译法,译者借用汉语里以"梦"结尾的词语来翻译,其具体含义应结合此处的语境来理解。
③ 在"幻梦"里,真理或奥义往往隐藏在奇异的表象或含混的符号之下,需要有人对此作出阐释。
④ 参见《创世记》第41章。法老有一天晚上梦见七头肥壮的母牛从河里上来,在岸边的芦荻中吃草,后来又有七头干瘦的母牛上岸,把七头肥壮的母牛吞食了。法老请约瑟释梦,约瑟说这预示着未来将有七个丰年,紧接着又有七个荒年,荒年将毁灭埃及这片土地。
⑤ "异梦"是非寓言式的,也就是说"异梦"是对未来发生之事的直接呈现。另外,"异梦"所呈现的事必然会发生。一个人有一晚梦见他在海外音讯全无的朋友突然回国,第二天他果真见到这位朋友返回家中,那晚的梦就叫"异梦"。
⑥ J.W. 邓恩(J. W. Dunne,1875—1949年),英国航空工程师,哲学家。《时间的试验》最早发表于1927年,是一部结合作者自身体验探讨预知之梦、意识和时间理论的哲学著作。
⑦ "其他庄严端肃之人"指的是德高望重之人,神职人员,甚至神自己。

样的梦就属于乔叟所说的 "oracles"（《流芳之殿》，I，11）。

那两种没有价值的梦是：

（1）寤梦（Insomnium/ἐνύπνιον）。"寤梦"所重复的只是令人梦寐难忘的工作上的事情：如乔叟所说，"马车夫梦见自己驱赶着货车"（《百鸟议会》，102）。

（2）魇梦（Visum/φάντασμα）。当我们还没有完全沉入梦乡，相信自己处于清醒状态时，我们会看到前面暗影幢幢，正向我们飞奔而来或四处飞蹿；"魇梦"往往就出现在这个时候。"噩梦"（Epialtes）属于这一范畴。乔叟的 "fantom" 显然就是"魇梦"（《流芳之殿》，I，11），他的 "sweven" 很可能属于"寤梦"。这样的对应关系比其他匹配结果（比如，将 "dreem" 与"异梦"对应，将 "sweven" 与"幻梦"对应）更有道理；原因就是母鸡帕特立特①在 B 4111-4113 这几行诗中说起 "swevenes" 时，语气充满了鄙夷；要知道，这只母鸡受到过良好的教育，懂得医药学和狄奥尼修斯·卡托的《对句》呢②。

每个梦都可能具有不止一种特点。西庇阿的梦可以认定是"示梦"，因为有个德高望重的人现身向他预言，给他警示；也可以认定是"异梦"，因为它以平实的方式揭示了与天上的世界有关的真理；也可以认定是"幻梦"，因为它最高的意涵，即 "altitudo"，是隐而未显的。我们现在就转去

----

① 帕特立特（Pertelote），《坎特伯雷故事集》之《修女院教士的故事》中的角色之一，在公鸡腔得克利的七位老婆中，最受腔得克利宠爱。帕特立特认为"魇梦"为气汁剩余所致，或系多血，或系多气。腔得克利梦到红黄毛相间的狐狸来抓捕他，帕特立特认为这样的噩梦是由红胆汁过剩导致。
② 狄奥尼修斯·卡托（Dionysius Cato），公元 3 世纪到 4 世纪的作家，生平不可考。其所著《对句》记录了大量关于道德与人生智慧的谚语或警句。该书在中世纪成为一本极受欢迎的拉丁语教材。

检视“幻梦”的意涵。

就如我们前面所见，西塞罗为政治家设计了一重天。他的目光并未超越公共生活及其要求的美德。马克罗比乌斯将一种截然不同的视角——新柏拉图主义那种神秘的、清修的、弃世的神学——带入到对西塞罗的解读中。他的兴趣焦点在于个体灵魂的净化，在于“独自一人（the alone）向独一的存在（the Alone）”①的飞升；与这一点相比，大概没有什么与西塞罗的思想更风马牛不相及了。

我们在马克罗比乌斯的评论刚开始的部分，就能感受到这种思想气质的变化。柏拉图借厄尔之口描述的幻象曾遭人诟病，而西塞罗所编造的“幻梦”也一样会受到抨击，原因相同：任何类型的杜撰与哲学家的身份都是不相匹配的。马克罗比乌斯通过区分不同类别的“虚构”（figmentum）对此作出回应：第一种虚构从头到尾、从里到外都是编造的，就比如米南德②的喜剧，没有哲学家会采用这种方式③；第二种虚构意在激发读者去观照美德（或才能）的某种形式（或表现）。第二种虚构可以进一步分为 A 型与 B 型两种。在 A 型中，整个故事都是虚构的，就比如《伊索寓言》④；但在B型中，作者的“观念基于坚实的真理之上，但

---

① “the flight of the alone to the Alone”是普罗提诺很有名的一个短语，出自《九章集》（V.6）。
② 米南德，公元前 4 世纪到前 3 世纪的希腊戏剧家，代表作有《恨世者》《萨摩斯女子》《公断》等。
③ 马克罗比乌斯认为这种虚构意在愉悦听众的耳朵，并没有严肃的道德目的，有别于旨在让读者认清美德的那些故事。
④ 路易斯这里没有说清 A 型与 B 型虚构之间究竟有何区别，事实上，马克罗比乌斯对此也语焉不详。很可能在马克罗比乌斯看来，A 型虚构虽然也蕴含真知灼见，但更偏重精致巧妙的想象（情节和故事背景都是虚构的），而 B 型故事更突出的是作为其坚实根基的真理。

真理主要通过虚构的手法来呈现"①。赫西奥德书中的诸神②和俄耳甫斯的故事（当然，马克罗比乌斯都把它们当做寓言来解读）都属于 B 型虚构。在这些故事中，关于神圣事物的知识都被掩藏在"虔诚的虚构面纱"之下。哲学所能允许使用的就只有这最后一种虚构方式。但注意：即使是这种方式，也不适用于所有议题。哲学家可以用它表现"天灵"③、栖息于空气和以太中的精灵或"其他诸神"等主题。但虚构的权限最多就只到这里了。这种方法是我们论及"至高神"或"天智"（Mind）时绝不应使用的：前者是"万物中的至高者和初始者，希腊人所说的 τἀγαθόν（大善者）和 πρῶτον αἴτιον（原动因）"；后者"即希腊人所说的 νοῦς，它源自或者说衍生自至高者；在它里面蕴藏着万物的原型，即理念"（I, ii）。于是，在所有受造生物（不管地位多高）和至高神之间就有一个需要实质性超越的天堑；这样的观点是早期异教思想的信奉者，尤其古罗马异教思想的信奉者闻所未闻的。在马克罗比乌斯的思想体系里，"诸神"（gods）并不是"至高神"（God）的复数形式。它们存在质的不同，不具可比性，这就好比俄耳甫斯或赫西奥德故事所寓示的"神灵"的"神圣性"（holiness）与马克罗比乌斯想到"原动因"时明显感受到的那种"神圣性"（Holiness）——尽管他自己没有用这个词——是根本不同的。这里，马克罗比乌斯的异教思想变成了最彻底意义上的宗教；神话和哲学都被他转化成了神学。

---

① 　马克罗比乌斯继续把 B 型虚构分为两种：一种情节中含有低级粗俗、与高贵的诸神不相匹配的要素，另一种则是以体面的方式构设合理的情节，塑造可敬的角色，由此来传达神圣真理。在马克罗比乌斯看来，这第二种方式才适合用在哲学写作中。
② 　指的是赫西奥德《神谱》这本书中的神。
③ 　路易斯的原文是"the soul"（泛指灵魂），结合语境来看，应是"the Soul"，即新柏拉图哲学中的"天灵"，地位仅次于"至高神"和"天智"的存在。

上一段话提及的"至高神"与"天智"就是新柏拉图主义的"三位一体"中第一、第二位格（又或者"位主"？"位序"？）；这种"三位一体"论与基督教既有相似也有不同之处。按照马克罗比乌斯的说法，"至高神"从自身之中创造①出了"天智"。基督徒让"创造"与"生出"②在意义上对立起来，也许并不明智。此外，"从自身之中"这些词拆解了《尼西亚信经》③对二者的区分（"受生而非受造"④）；事实上，在拉丁文里，"创造"⑤一词可以自由地用来指称有性生殖。马克罗比乌斯的"天智"相当于伯纳德斯·希尔韦斯特瑞斯的"诺伊斯"。马克罗比乌斯一开始描述"天智"，就显示出新柏拉图主义与基督教教义之间的巨大分歧。"天智在凝视她父亲时，保留了与她父亲完全相像的属性；可她回头去看身后的事物时，就从自身之中创造出了天灵（Soul）。"（I, xiv）基督教三位一体中的第二位格是创世者，是圣父在行动中所显示的先见智慧和创造意志。假如圣子因为创世而失去与圣父的相似性或者背离祂，这显然是与基督教神学相斥的。但是，创造力几乎是"天智"属性里的一种弱点。创造减弱了她与"至高神"的相似度，让她沦为受造物，只是因为她的目光转离自己的本源，回视身后。接下来的步骤也是一样。只要"天灵"目不转睛地凝视着"天智"，她也就具有了"天智"的属性；但是，随着目光转向别处，她开始逐渐蜕变，从精神的存在变为物

---

① 原文为"creavit"，拉丁语，"creo"的第三人称单数、主动完成直陈时。

② 原文为"begot"，英语，"beget"的过去时，"由父所生"之意。

③ 《尼西亚信经》是传统基督教三大信经之一，是大公会议有关基督教信仰的一项基本议决。

④ "受生而非受造"（begotten, not created）出自《尼西亚信经》，意思是圣子由圣父所生，而非受造于祂，子与父为一。《尼西亚信经》对"创造"与"生出"作了区分。

⑤ 原文为"create"，不定式，即"to create"。

质的构造 ①。"自然"（Nature）就是这样形成的。所以，与基督教对"创世"的看法不同，新柏拉图主义从一开始就将"创世"视为一个由一系列衰退和缩减构成，几乎反复无常的过程——当然，这也许并非严格意义上的"堕落"。宇宙可以说是在这些时刻（我们只能用时间的语言来谈论这个问题）——也就是当"天智"不再全神贯注侍奉"至高神"，而"天灵"也不再全神贯注侍奉"天智"的时候——从无到有地慢慢生成。不过，关于这种蜕变，我们不能夸大其词。即使在前述的种种情况下，"至高神"的荣光也依然照耀整个世界，就像"一张脸让陈列有度的诸镜映照出它的真容"。但丁在《天国篇》第 29 章第 144—145 行使用过这个意象 ②。

　　据我猜想，西塞罗对这些想法是不会太有兴趣的；马克罗比乌斯持有这些想法，自然不会对以公民生活为核心的那一套伦理学和末世论感到满意。于是，他开始发挥"调和主义"的一大绝技，决意要从所有古老文本中读出自己时代所承认的智慧。西塞罗在解释专属于政治家的那重天时说过，"没有什么——地上所发生的一切，没有什么——比公民在法的维系下组成协会和社群，即我们所说的'公民社会'，更让最高主神满意的了"（《西庇阿之梦》，xiii）。西塞罗插入的限定短语究竟是何意，我难以判定；很可能他想将人间事务与至高神无疑更看重的天体运行区别开来。但是，马克罗比乌斯（I，viii）却认为西塞罗使用这个限定短语，是想留出空间，不至于否定

---

① 马克罗比乌斯说"天灵"降生时，从"天智"那里继承了最纯粹的"理智"，同时，她靠自己的本性形成了"感知"和"生长"的能力，而这正是促使"自然"形成的力量之源。
② 在《天国篇》第 29 章末尾，但丁也用了"镜子"意象。他的"镜子"指的是天使。上帝的光普照祂所创造的天使，天使如镜子般反射祂的光；祂虽然将光分散给了诸天使，但又能保持完整如一的状态，由此可见"这永恒之善的崇高和伟大"（第 142—143 行）。

这样一套伦理学：它是关于宗教的，而非世俗的，是关于个体的，而非社会的，它关注内在而非外在的生活；可实际上，西塞罗很可能强烈反对这样的伦理学。马克罗比乌斯接受传统的四大美德："明智"（Prudence）、"节制"（Temperance）、"坚毅"（Fortitude）和"公正"（Justice）。他补充了一条，这四大美德都有四个层次，层次不同，它们的含义有所不同。在最低层次或政治层面上，它们的意思与我们所期待的并无二致①。稍高于它的是净化层②。在这个层次上，"明智"指的是"观照神圣事物，轻蔑人世以及一切尘务俗事"；"节制"指的是"在自然允许的范围内，摒弃肉身所需的一切"；"公正"指的是将践行所有的美德视为通往善的唯一道路。净化层的"坚毅"并不是那么容易把握。它传达了这样一条命令："当灵魂在哲学的引导下以某种方式超脱自己的肉身时，它不应感到惊恐，在面对眼前这一段成全自己的陡直之路时，也不应因恐惧而战栗。"这是基于《斐多篇》81a-d而写的③。在第三层，即灵魂已得净化之后④，"明智"不再指偏爱神圣的事

---

① 马克罗比乌斯认为人是社会动物，所以具有政治美德，体现为效力于共和国，保卫城邦，孝敬父母，爱护孩子，善待亲人等。在政治层面上，"明智"的内涵是以理智来规范自己的思想和行为，看重人间事务；"坚毅"的意思是不惧怕任何危险（唯独害怕耻辱），以男子汉的气概来面对顺境和逆境；"节制"指的是不逾越"适度"这条界线，不行卑贱、堕落之事，让欲望受理智支配；"公正"就是守护所有与自己相关之人，重视自身的责任。
② 净化层的美德，即"净化美德"，指的是那种能净化被肉身污染的灵魂，能让人逃离所有凡俗事物，只与神灵往来相交的美德。这类美德往往是那些不在国家机构担任公职的闲暇之士（如哲学家）才具备的。
③ 在《斐多篇》81a-d这个部分，苏格拉底宣称人在临死时，不应为灵魂即将离开肉体感到害怕或苦恼，哲学家尤其不应如此，因为他们所爱的是智慧，他们终其一生都在如何让灵魂脱离肉体，都在练习"死亡"。既然"死亡"会把人引向纯粹的智慧，哲学家临死前就不应觉得愁苦。
④ 具备第三层美德的人有着最纯净、最平和的心灵，所有此世的污染都已彻底清除干净。

物，而是指完全无视非神圣的事物①。"节制"不再指否定尘世的欲望，而是指完全忘记这种欲望。"坚毅"不再指克服人类的激情，而是指不知激情为何物；"公正"是指"紧密追随神圣的'天智'，通过模仿她而与她相契无间，再难分离"。最后就是第四层。它在"天智"之中，那里栖居着四种"美德的范本"，即超验的理念，其他三层的美德都是它们的影像②。很显然，在马克罗比乌斯看来，正是为了这些内容西塞罗才添加了"地上所发生的一切"这个表述。

像西塞罗一样，马克罗比乌斯相信灵魂可以回归天上，因为她就是从那里来的③；肉身是灵魂的坟墓④；只有灵魂才能真正代表一个人⑤；天上每一颗星辰都比地球大⑥。不过，与大多数思想权威不同，马克罗比乌斯认为尽管人类可以通过星辰的相对位置预测人间事态，但星辰却不是事态发展的动因⑦。

---

① "偏爱"暗示还有其他选择。但是，第三层的"明智"并不知道其他选择，它只知道神圣的事物，只留心于它们。

② 马克罗比乌斯说"天智"本身就是"明智"、"节制"（因为她总是在回顾或反观自身，从不懈怠）、"坚毅"（因为她永恒不变）、"公正"（她勤于做工）。

③ I, ix.——原注 马克罗比乌斯认为"认识你自己"就是认识你的灵魂曾从天上来。唯有"认识你自己"，才能寻得真智慧，才能得知你的福祉从何而来。

④ II, xii. 在希腊语里，"肉身"（σῶμα）与"灵魂"（σῆμα）是一对半双关语。——原注 路易斯注释出错，相关论述在第 2 卷第 11 章，而非第 12 章。西塞罗把肉身看成灵魂的桎梏或监狱，马克罗比乌斯从中引申出"肉身是灵魂的坟墓"之说。

⑤ II, xii.——原注 马克罗比乌斯认为肉身易朽，且受灵魂统治，所以灵魂才是一个人的"真身"（the true man）。灵魂统治身体，就像至高神统治宇宙一样，他们都是"自动者"（self-moved）。哲学家把至高神称作巨人，把人称作小宇宙，也正是这个道理。

⑥ I, xvi.——原注

⑦ 相关论说在第 1 卷第 19 章。马克罗比乌斯不承认星效应之说。他认为行星的力量对我们每个人都没有直接影响，但我们可以通过行星的位置和运转来预测自己未来的命运。

第三节 伪狄奥尼修斯

在中世纪，有四本书，即《天国品阶论》《圣统制论》《神名论》《神秘神学论》，被认为出自大法官狄奥尼修斯笔下（他因听了圣保罗对亚略巴古人的布道而皈依①）。这个看法在 16 世纪被发现是错误的。真实的作者据说生活在叙利亚一带，这些书的写作时间至少在公元 533 年以前，因为当年召开的君士坦丁堡公会议②曾引用过这些著作。约翰·斯克图斯·爱留根纳③（于 870 年左右逝世）曾将他的著述译成拉丁语。

伪狄奥尼修斯的著述通常被认为是"消极神学"④进入西方思想传统的主要渠道。信奉这种神学的人，与其他人相比，会从更严格的意义上理解"神是不可理知的"⑤，也更始终如一地强调这一点。这种神学思想扎根于柏

---

① Acts xvii. 34. ——原注 《使徒行传》第 17 章末尾提到保罗演讲结束后，有几个人信了上帝，其中就有亚略巴古的官丢尼斯。这位丢尼斯与本节讨论的伪狄奥尼修斯曾被认为是同一人。

② 这里指的是第二次君士坦丁堡公会议。

③ 约翰·斯克图斯·爱留根纳（John Scotus Eriugena），"加洛林朝文化复兴"时期最著名的学者，爱尔兰人，被称为"中世纪哲学之父"。

④ "消极神学"是以否定的方式来认识上帝，重在描述上帝不是什么，而不是直接描述上帝是什么。这种神学认为人类若是囿于语言的界定或局限于对普通事物的理解范畴，是无法真正认识上帝的。

⑤ "神是不可理知的"，原文为短语（the incomprehensibility of God），意思是人类凭借自己的逻辑或理智无法完全理解或彻底解释无限之神。这是因为人类受到了三方面的限制：其心智能力的有限，其心灵所处的有罪状态，其所受的启示的限制。"神的不可理知论"有别于理性主义归约论；后者倾向于用人类自有的范畴去建构理论并将神纳入到自己的模式里，使神变得"易于掌握""前后连贯"或"便于解释"。不过，"神的不可理知论"倒不意味着神是不可知的（unknowable）。因为神给予人类启示，所以每个人可以获得真确但有限的关于神的知识。

拉图学说深处，从《理想国》(509b)^①和《书简二》(312e-313a)^②中可见一斑；另外，它也位于普罗提诺学说的核心^③。最能代表这一思想的英语著作是《未知之云》^④。我们这个时代所谓的"日耳曼新教神学"，还有"有神存在主义论"，很可能都与"消极神学"有间接的亲缘关系。

不过，尽管伪狄奥尼修斯的"消极神学"极其重要，却跟我们关系不大。他对中世纪模型的贡献体现在天使学上，因此，我们只要关注《天国品阶论》就可以^⑤。

伪狄奥尼修斯有别于之前所有的权威和后来的一些专家，他声称天使是纯粹的精神，没有具体的形态。在艺术表现中，它们确实有可见的外形，但那只是为了迁就人类的理解力（Ⅰ）^⑥。这样一种象征法，他补充道，并不见得有损天使的高贵，"因为甚至物质的存在也是源自那真正之'美'，它

---

① 《理想国》509a-b 的一个要点是：善本身不是实在，但在地位和能力上要高于实在；善是真理和知识的源泉，但不能等同于二者，因为善要比二者高贵、可敬得多。

② 关于这封书信的真实作者仍存有争议。——原注 在《书简二》312e-313a 部分，柏拉图指出，"本原"（the First）是万物之主，万物因其而存在，因其而变得美好；但"本原"与其他事物有质的区别，人类认识那些与其灵魂相似或相近的存在相对更容易一点。

③ 普罗提诺宣称"太一"是真正独一的存在，自身浑然为一，并非由其他事物组合而成，所以，它是不可分割或肢解的。"太一"超越了所有存在和虚无的范畴，它与人类所知的一切事物、一切思想的对象，甚至包括"美"自身（"美"也是后于"太一"出现的）都是根本不同的。人类不能通过其他事物观照"太一"，否则只能看到它的影子；人类必须专注于它，但即使有所领悟，也不可能说出它的整体。参见《九章集》第 5 卷第 4—5 章。

④ 《未知之云》（The Cloud of Unknowing）是 14 世纪下半叶一部基督教神秘主义著作，作者不可考。该书的主旨是：认识上帝的唯一途径是不要专注于上帝的具体行为和属性，而应勇敢地将自己的心智和自我交给那个"未知"的领域，只有在那里，人类才可能瞥见上帝的本质。

⑤ *Sancti Dionysii...opera omni...studio Petri Lanselii...Lutetiae Parisiorum* (MDCXV). ——原注

⑥ 伪狄奥尼修斯说人类的心智只有通过神的启示，借助具体的形象才能领会那无形无状的"本原"，被引向那至为神圣的天使品级制。

的各个组成部分都保留了'美'和'高贵'的一些痕迹"（Ⅱ）①。这个论断出现在这部成为后世权威的著作中，似乎可以说明，在中世纪受过教育的人看来，绘画和雕塑中长有羽翼的人不过是些象征符号，而非真正的天使。

伪狄奥尼修斯将众天使排成斯宾塞所说的"三套三"②结构，即共有三大"等级"，每个等级包含三个类别，这个说法最终被教会所接受③。

第一等级包含三类天使："炽天使"（Seraphim）、"智天使"（Cherubim）、"座天使"（Throne）。这些生灵离上帝最近。他们面对着祂，"中间毫无隔碍"，永不停止地围着祂舞蹈。伪狄奥尼修斯将"撒拉弗"（Seraph）④与"宝座"⑤这两个名称与"热气"或"灼热"相联系；关于这个特点，广大诗人是最清楚不过的。乔叟的法庭差役就有一张"如智天使般火红的脸"⑥；蒲柏写"痴醉的撒拉弗崇拜神，热烈如火"⑦，并不只是为了押韵。

---

① 　也有一些英译本这么表述后半句话："它（物质）的各个组成部分都保留了'精神之美'的一些痕迹。"

② 　这个说法（trinall triplicities）出自《仙后》（Ⅱ，39.5），斯宾塞用它形容天使当面赞美上帝时所排的队列。

③ 　参见 Dante, *Par*. XXVIII, 133-5.——原注 教皇大格利哥里一世（公元590—604年任教皇）提出了与伪狄奥尼修斯不同的天使分级法。但丁在《天国篇》中采用的是伪狄奥尼修斯的品级制，他说这位教皇来到天国亲眼见到实情后，不禁为自己所犯的错误感到好笑。

④ 　"Seraph"为单数形式，其复数形式是"Seraphim"，意思是"生热者""导热者"。"炽天使"是九级天使中位阶最高的。相关论述参见《天国品阶论》第7章。

⑤ 　伪狄奥尼修斯在第15章解释上帝的启示偏爱"火"意象时，提到一句：座天使通体是火。路易斯在接下来那句话里偏偏没举出与座天使相关的例子，反而给的是乔叟将差役之脸比作智天使之脸的诗句。这是作者论述不严谨的地方。在第7章说明智天使的属性时，伪狄奥尼修斯其实使用的是水的隐喻：智天使体现了神的智慧的流溢。

⑥ 　*C. T.* Prol. 624.——原注

⑦ 　*Essay on Man*, I, 278.——原注 原文为"As the rapt seraph that adores and burns"，前一行是"As full, as perfect, in vile man that mourns"，两句话连起来大意是：懊悔的罪人和痴醉的撒拉弗都同样充分体现了神的旨意。路易斯指出蒲柏用"burns"这个词并不只是为了押"mourns"的韵。

　　第二大等级包括 κυριότητες，即主天使；έξουσίαι，即"力天使"（Powers）；δυνάμεις，即"能天使"（Virtues）。"Virtues"不是指"美德"，而是指"效能"；当我们说魔戒或草药具有某些"virtues"的时候，这个词就是"效能"的意思。

　　这两级天使的行动是向着上帝的；也就是说，他们站在上帝跟前，脸朝着祂，而后背则对着我们。在第三等级，也就是最低等级，我们终于见到一群与人类有联系的天使。他们是"权天使"（Princedoms）、"天使长"（Archangels）、"天使"（Angels）。"天使"一词既可以笼统指称这三级九等的天使，也可以指称最低级的天使，就像英语里"sailors"有时含括所有以航海为业的人员，有时专用来指那些在轮船前舱开锚的船员。

　　"权天使"是世间各国的守护者和庇佑者，所以在神学里，米迦勒被称作"犹太人的君主"（IX）。这种说法可以追溯至《但以理书》（12.1）[①]。如果德莱顿当时著成《亚瑟王纪》[②]，我们对这类天使也许会了解更多，因为德莱顿曾打算将他们作为自己剧中的"神机巧设"（machines）[③]。他们是弥尔

---

① 　《但以理书》第 12 章第 1 节原文："那时，保佑你本国之民的天使长（原文作"大君"）米迦勒必站起来，并且有大艰难，从有国以来直到此时，没有这样的。你本国的民中，凡名录在册上的，必得拯救。"

② 　德莱顿在《论讽刺文学的起源和演变》一文（1693 年）中提到，他有两个戏剧构思可以为英国人带来荣誉，但究竟选哪一个，自己一直拿不定主意；其中一个构思是关于亚瑟王征服撒克逊人的传说，另一个是关于黑王子爱德华远征西班牙的故事。

③ 　*Original...of Satire*, ed. W. P. Ker, Vol. II, pp. 34 sq. ——原注"神机巧设"是指神仙、天使、魔鬼在戏剧或诗中所扮演的角色，最早这些角色是靠机械装置降到舞台上，所以才用"machine"或"machinery"来指称他们。德莱顿在《论讽刺文学的起源和演变》中明确提到，全能的上帝专门指派一类天使来担任城邦、行省、王国、帝国（不管政权属于虔诚的信徒还是异教徒）的保护者和统领者。路易斯认为这类天使属于伪狄奥尼修斯九品制中的"权天使"。

顿笔下"管辖各域的天使"①，托马斯·布朗笔下"司管本地的守护神"②。另外两类天使，"天使长"和"天使"，都属于深入民间文化的"天使"类型，他们会在个人面前"显形"。

他们是唯一会在个人面前"显形"的超自然生灵，因为与柏拉图和阿普列乌斯一样，伪狄奥尼修斯相信至高神只通过"媒介"与人相会；就像卡尔齐地乌斯文随心所欲地将自己的哲学强加给《蒂迈欧篇》那样，他也会随心所欲地将自己的哲学强加给《圣经》。他承认"神显"（Theophanies）事迹，即上帝向族长和先知直接现身，看起来确实像在《旧约》中发生过。但他更为肯定的是，这样的事并没有真正发生。那些异象是通过神圣的受造物来传达的，"就仿佛神圣之法下达了这样的命令：较低级的生灵必须在较高级的生灵推动下，才能趋向于上帝"（IV）。神圣之法确实下达了这样的命令，这是伪狄奥尼修斯的重要观点之一。凡是能通过媒介来行的事，伪狄奥尼修斯的上帝绝不会亲力亲为；祂也许更想让这一条由媒介构成的链条尽可能无限延长；"下行"（devolution）或"下迁"（delegation），即力量和善渐次下移，是普遍的法则。神圣的荣光经过天使的层层渗漏，才降临到人类身上。

这就解释了为什么像"受胎告知"这样无比重要的消息竟是由天使带到的；要知道被告知这个消息的是玛丽这样地位非凡之人，但传达消息的

---

① *P. R.* I, 447. ——原注 依据《复乐园》中的神子之言，上帝要向世人表白神秘的旨意，有时会通过"管辖各域的天使"（Angels president in every province）让撒旦向世人传达神谕。撒旦一接到旨意，便会吓得浑身哆嗦，丝毫不敢违抗。

② *Urn Burial*, v. ——原注 托马斯·布朗（Thomas Browne）的《瓮葬》发表于 1658 年，是一部介绍古今殡葬习俗，反思死亡与身后名的散文著作。他在该书第 5 章中说，尸骨安置堂里有很多骨头或骨灰的主人是无法确定的，除非去请"司管本地的守护神"（provincial guardians）来解答。

只是天使长，处于天使等级秩序中的倒数第二位，"神妙的奥秘先向天使显示，接着，得知奥秘的恩典就通过天使带给我们"（IV）。数百年以后，阿奎那引用并认可了伪狄奥尼修斯的观点。"受胎告知"之所以这么安排，有几方面的原因，其中一个就是要确保"即使在这样一件大事上，以天使为媒介将神圣消息传达给人类的体系也不会被打破"①。

马克罗比乌斯曾大显绝技将西塞罗变成彻底的新柏拉图主义者，伪狄奥尼修斯也是靠此绝技来确证自己的基本理论。在《以赛亚书》（vi. 3）中，炽天使们彼此呼喊："圣哉，圣哉，圣哉。"为什么是彼此呼喊，而不是朝上帝呼喊？显然是因为每一位天使都在不停地将关于上帝的知识传递给地位仅次于他的天使。这种知识不只是玄思默想，它还能产生促变的效应。每位天使都忙着将他的同伴转变为"上帝的形象，或可鉴的明镜"（III）。

在伪狄奥尼修斯的著述中，整个宇宙成了一首赋格曲，曲子的"主题"正是由"施动方—媒介—受动方"所构成的"三元结构"。天使这个受造群体可以说是上帝与人之间的媒介，体现在两个方面。天使执行上帝的意志，所以是动态的媒介。不过，它同时也是类似于透镜那样的媒介：天使等级制之所以展示给人类，是为了让人间的神职等级制也尽可能模仿"天使的侍奉与责任"（I）。第二等级的天使无疑是第一等级和第三等级的媒介；在每个等级中，居中的天使群也扮演着媒介的角色；在每位天使身上，就像在每个人身上一样，都存在统领、调解、服从的官能。

---

① *Summa Theol*. IIIa, Qu. xxx, Art. 2. 阿奎那指出上帝派天使将受胎消息带给玛丽，还有两个原因。首先，这个方法与人类堕落的方式是相平行的：起初，魔鬼以蛇为媒介引诱夏娃偷食禁果，导致人类的堕落；上帝也采用类似的方法，以天使为媒介将受胎的消息告知玛丽，昭示人类将因神子的诞生而得到救赎。其次，圣母的童贞与天使的本性相似，让天使作信息的传递人，合情合理。

这个体系的基本精神（并不是所有细节）在中世纪模型中醒目可见。倘若我们能悬置怀疑，在模型问题上施展自己的想象，哪怕只是一小会儿，我们就会意识到，要对那些久远的诗人作出富有洞察力的解读，就需要大幅度调整自己的思维。于是，我们会发现自己对宇宙的整体态度发生了大逆转。在现代思维里，换言之，在进化思维里，人类位于梯子的顶端，梯子的底部消失在黑暗中；在中世纪思维里，人类处于梯子的底部，梯子的顶端隐没在神光里。我们还会发现，赋予但丁的天使无比庄严气度的，除了作者的独特才华外，还有其他因素。弥尔顿意欲瞄准这种气度，却未能击中箭靶。使他未能如愿的是古典主义。他的天使有太多的解剖学色彩，太喜欢执锐披坚，太像荷马与维吉尔诗中的诸神①，（也正因为如此）实在不像异教信仰发展至巅峰时期的诸神。自弥尔顿之后，天使的形象开始一路下滑，接着我们终于迎来了 19 世纪艺术中仅能抚慰情感的、阴柔如水的天使。

---

① 参见《失乐园》第 6 卷米迦勒与撒旦的对决部分（第 250—353 行）。在弥尔顿笔下，天使的身体组织是流动的，心、脑、耳、目、知觉、意识遍布全身，无处不在，活力充盈其中，一旦受伤，伤口能自动愈合或身上长出新器官或肢体。虽然天使不会受到致命创伤，但仍然会有鲜红的灵液从伤口淌出。在第 1 卷中，弥尔顿还提到天使可随心所欲变换性别或形态，因为他们身体的质素非常柔软轻纯，不必被四肢和关节牵制，也不必像笨重的肉身那样，以骨头为依托（第 423—429 行）。这就是路易斯说弥尔顿的天使有太浓的解剖学色彩的原因。弥尔顿在第 6 卷还具体描写了米迦勒的长剑和撒旦的盾牌：米迦勒的剑是从天神武库中取出来的，无比锋利刚劲，而撒旦的盾牌则是由比普通金刚石还硬十倍的钻石制成。类似提及或描写天使武器的细节散见于《失乐园》各卷中。当两位头领准备拔剑相向时，其他天使急忙退后，留出一个广阔的空间，供他们施展手脚；这样的细节令人想起异教史诗中英雄对决的场景。

第四节　波埃修斯

波埃修斯（430—524 年）[①] 是继普罗提诺之后这个过渡时期最伟大的作家，他的《哲学的慰藉》成为千百年来最有影响力的一部拉丁文著作。它曾被翻译为古高地日耳曼语、意大利语、西班牙语和希腊语；它曾被让·德·梅恩翻译成法语，被阿尔弗雷德、乔叟、伊丽莎白一世[②] 等人翻译成英语。在我看来，直至两百年前，在所有欧洲国家都很难找到一个受过教育却不喜爱此书的人。养成欣赏此书的品位，几乎就意味着成为一个地道的中世纪人。

波埃修斯是一位出身贵族的学者，曾任东哥特国王狄奥多里克的朝中大臣；狄奥多里克是意大利首位来自蛮夷的国王，信奉阿里乌斯教，却未曾迫害其他教派的信徒。"蛮夷"这个词总是会误导人。虽然狄奥多里克不识字，但他的青年时代是在拜占庭的上层社会中度过的。作为君主，他在某些方面要胜过之前的很多罗马皇帝。他对意大利的统治并不能算作暴政，假如让沙卡与丁葛恩[③] 来统治 19 世纪的英国，那很可能是另一番景象。狄奥多里克曾在法国军队服役，学到了一点风雅，学会了品尝干红葡萄酒；他君临意大利，好比是一位（倾向于天主教的）高地酋长来统治约翰逊[④]

---

① 波埃修斯出生于 480 年左右，而非 430 年，路易斯标示有误。

② 伊丽莎白女王动笔翻译《哲学的慰藉》时，人已到花甲之年。她的翻译工作从 1593 年 10 月 10 日开始到 11 月 5 日结束，前后大约共花了 24 个小时，由此可见女王的拉丁文水平以及对《哲学的慰藉》的熟悉程度。

③ 沙卡（Chaka 或 Shaka，1787—1828 年），祖鲁王国的国王，曾凭武力征服了祖鲁兰地区的众多小部落，建立了统一王国，后来被同父异母兄弟丁葛恩（Dingaan）所杀害。

④ 即塞缪尔·约翰逊（Samuel Johnson, 1709—1784 年）。

和切斯特菲尔德伯爵①所处的英国，一个新教思想和怀疑主义各占半边天的国家。不过，倒不让人意外的是，罗马贵族很快就与东罗马帝国的皇帝暗通款曲，急于摆脱这位外族人的统治。波埃修斯遭到了怀疑，但是否被冤枉，却不得而知。他被关押在帕维亚城②中。不久以后，一些人拿来绳索套在他头上，直勒得他双眼暴突，接着他们抡起大棒了结了他的性命。

现在看来，波埃修斯确实是一位基督教徒，甚至是一位神学家；除了《哲学的慰藉》以外，他的其他作品常冠以"论三位一体"或"论天主教信仰"这样的标题。但是，他临死之际想要从中觅得"安慰"的"哲学"几乎没有包含明显的基督教要素，甚至他的"哲学"能否与基督教教义兼容，也是值得怀疑的。

这种矛盾引发了很多假想，比如：

（1）波埃修斯的基督教信仰是很肤浅的；在面临考验时，他抛弃了基督教信仰，只好回头去寻求新柏拉图主义的支援。

（2）他的基督教信仰坚定如磐石，新柏拉图主义不过是他在地牢里用以消遣的游戏，就好比是处境相似的囚犯驯化蜘蛛或耗子来自娱自乐。

（3）那些冠在他名下的神学文章并不是他的手笔。

这些假说在我看来并不是必要的。

《哲学的慰藉》确实是波埃修斯在失势以后，在流亡途中，甚至可能在被捕后撰写的，但我认为它并不是在地牢中，也不是在日日等待刽子手的心境中写就的。有一回他确实说到了"恐惧"③；有一回他说自己难以逃脱

---

① 切斯特菲尔德伯爵（1694—1773 年）。

② 帕维亚城是意大利西北部的一座城市，在这里波埃修斯写下了《哲学的慰藉》一书。

③ I *Met.* i, 5; p. 128 in the Stewart and Rand's Text with I. P.'s translation (Loeb Library, 1908). ——原注 波埃修斯声言没有什么"恐惧"能让自己远离"诗歌"这位人生旅途的伴侣。

"放逐与死亡"的劫难①；有一回"哲学女神"批评他害怕"大棒和刑斧"②。但是，这些瞬间的情绪爆发与这部书的整体基调是不相符的。整部书的基调不是来自等待死刑的囚徒，而是来自哀叹自己失势的贵族和政治家：他惨遭放逐③，家财破散④，与藏书妙室相隔两地⑤，官职官品一概被剥夺，名誉受人訾议、诽谤⑥。这样的语言不大可能出自被定罪的囚犯。"哲学女神"给予的一些"安慰"，对这种处境中的人来说，无疑是一种带有滑稽感、不堪入耳的讥笑嘲讽——就比如，"哲学女神"提醒他，如今他被放逐到的这个地方，对其他人而言，却是家园⑦，他勉强保住的那点家财，对很多人而言，却是一笔巨财⑧。波埃修斯寻求慰藉，并不是为了应对死亡，而是为了应对前程毁灭。他在著述此书时，也许就已知道自己有性命之虞。但我倒不觉得他已深感绝望。实际上，他从一开始就抱怨说，"死亡"总是残忍地忽视那些准备欣然赴死的人⑨。

如果我们问波埃修斯为何他的书里只有哲学的慰藉，而没有信仰的慰藉，不用怀疑，他会这么回答："难道你没有看到我的书名吗？我是以哲学

---

① I *Pros.* iv, p. 152. ——原注 波埃修斯宣称自己是因关心元老院的安危才沦落至此。
② II *Pros.* v, p. 202. ——原注 "哲学女神"说他害怕"大棒和刑斧"，因为他是有家财的人；如果他一无所有，路上遇到强盗，只会一笑而过，何来恐惧之有？
③ I *Pros.* iii, p. 138. ——原注
④ II *Pros.* i, p. 172. ——原注
⑤ I *Pros.* iv, p. 154. ——原注
⑥ *Ibid.* ——原注 波埃修斯抱怨说，世人常以下场好坏来判断一个人的是非善恶；一个不幸的人首先失去的就是他的好名声。
⑦ II *Pros.* iv, p. 192. ——原注
⑧ *Ibid.* ——原注 "哲学女神"由此得出的结论是：不幸和幸福都取决于我们内心的感受。
⑨ I *Met.*, i, 15, p. 128. ——原注 波埃修斯说，如果一个人在年华最美好时，"死亡"没有光顾他，而是在他受痛苦重击时，才回应他的召唤，这个人是有福的。可实际情况是"死亡"常对不幸之人的呼唤充耳不闻，不愿合上他哭泣的眼睛。

的而非宗教的方式写作，因为我所选的主题是哲学的慰藉，而不是信仰的慰藉。你倒不如问，为什么教算术的书没有使用几何学方法？"亚里士多德强调每门学科都有自己的特性，研究者有必要遵从适合各自学科的方法 [①]；这样的主张对后世所有追随者都留下了深刻烙印。我们在卡尔齐地乌斯的著述中就见过这样的方法论，波埃修斯也在个人论说中提醒我们注意这一点。他称赞"哲学女神"使用了"自有的、内在的判据"，而非"从外部取来的理据" [②]。也就是说，波埃修斯遵照学术规则，从纯粹的哲学前提推导出基督教所能接受的结论，对此他颇为自得。当"哲学女神"即将论及地狱和炼狱之说的时候，波埃修斯马上让她打住了："我们现在没有必要讨论这些问题。" [③]

但是，我们也许会问，为什么一位基督教作家在这方面会这么束手束脚？波埃修斯知道自己的真正才华所在，这是一部分原因，自不用说。不过，这背后还有一个心理动因，作者很可能没有清楚意识到。那个时候，基督徒与异教徒的差异，在波埃修斯的感受中，并不如罗马人与野蛮人的差异那么鲜明，尤其当这个野蛮人 [④] 对基督教还持有非正统见解的时候。在

_____

①   Cf. *Eth. Nic.* 1094b, cap. 3.——原注 亚里士多德在《尼各马可伦理学》1094b 这部分谈到了政治科学的研究内容、目的以及所要求的结论的确切性。他指出一个受过教育的人面对不同学科（如数学和修辞学）时，对其结论的确切程度的期待是有所不同的。路易斯认为亚里士多德在 1094b 这部分说的是每个学科的方法论问题，似乎拔高了亚里士多德的原意。

②   III *Pros.* xii, p. 292.——原注 "哲学女神"如此回应波埃修斯的称赞：这并没有什么稀奇之处，他们讨论的是哲学问题，自然就应在哲学范围内寻找理据，论说所用的语言应与其话题紧密相关。

③   V *Pros.* iv, p. 328.——原注 路易斯的脚注有误，应是第 4 卷第 4 篇散文。《哲学的慰藉》中的"我"问"哲学女神"恶人的肉身死去后，灵魂是否会继续受罚。"哲学女神"给予肯定的回答，并解释道，有一些惩罚体现为痛苦的折磨，而有一些则体现为仁慈的净化。但她表示自己不打算将这些问题展开。

④   "这个野蛮人"指的是信奉阿里乌斯教的狄奥多里克。

波埃修斯的视野里，信奉天主教的基督王国与他一直忠心维护的异教文明，在狄奥多里克和他手底下那些身高体壮、皮肤白皙、喜爱饮酒和自吹自擂的武士反衬下，反而具有了某些共通的属性。不管波埃修斯与维吉尔、塞内加、柏拉图以及古代共和国英雄之间存有什么分歧，波埃修斯的时代还不到强调这一点的时候。如果波埃修斯因所选的话题而不得不指出那些古代大师的错误，他恐怕会感到困窘不安；所以，有一类话题是他更喜欢的：在这些话题上，他觉得那些大师所言大抵正确，并将他们当作"自己人"而非"他者"来看待。

因此，这部书里带有明显基督教色彩的段落不多。波埃修斯倒是明确提到了殉道士①。他认为"祈祷"可以实现人与神的直接交流②，这有悖于柏拉图的观点，即人与神只有通过"第三方"才能相会。当"哲学女神"说起"神意"时，她从《智慧篇》（8.1）中借用了"有力地"和"从容地"这样的说法；波埃修斯回应道："我很喜欢你的论点，但更喜欢你所用的语言。"③ 不过，更多的时候，波埃修斯论述的观点是会得到柏拉图或新柏拉图主义者认可的。比如，人因有理性而成为神圣的动物④；人的灵魂来自

---

① II *Pros.* iv, p. 194.——原注 路易斯的脚注似乎有误，第 2 卷第 4 篇散文主要谈论财富是否能带给人幸福，并未提及殉道精神、行为或历史上任何一位殉道士。在第 1 卷第 3 篇散文中"哲学女神"倒是列举了一些为哲学献出自己生命的历史名人，如柏拉图、尤利乌斯·卡纽斯（Julius Canius）、塞内加等。在第 4 卷第 6 篇散文中，"哲学女神"指出世上有一种人在命运指引下，以光荣之死为代价来换取被千秋万代景仰的美名。这种人就是这里所说的"殉道士"。

② V *Pros.* iii, p. 380.——原注 波埃修斯指出祈祷是人与上帝唯一的沟通渠道。

③ III *Pros.* xii, p. 290.——原注 "哲学女神"说，宇宙中有"至高的善"，它"有力地"统治着所有事物，"从容地"安排着所有事物。"有力地"和"从容地"出自天主教《圣经》中的《智慧篇》第 8 章："智慧从大地这一端有力地延伸到另一端，从容地治理万事万物。"

④ II *Pros.* v, p. 200.——原注 "哲学女神"说人类有理智的天赋，所以是神圣的，如果人类认为自己卓越的地位取决于那些没有生命的身外之物，那就属于本末倒置了。

天上①，灵魂升天是一种回归②。波埃修斯对创世的记述③，更接近于《蒂迈欧篇》，而非《圣经》。

《哲学的慰藉》除了对中世纪模型有其贡献之外，对文学形式也产生了一定影响。这部作品属于散文与诗体（相对较短）相互交替的"梅尼普斯式讽刺"④。这一形式从波埃修斯传到伯纳德斯和阿兰努斯手上，甚至影响到桑纳扎罗的《阿卡迪亚》⑤。（我常常觉得不解，为何这种形式从此没有再兴起过。我们还以为像兰多⑥、纽曼或阿诺德这样的作家会善加利用这种形式。）

在第1卷中，"哲学女神"是以一位既年老又年轻⑦的女士形象出现的，这个形象借鉴的是克劳迪乌斯《祝贺斯提里科任执政官》中的"自然女神"（第2卷第424行起）。她后来在一首法语诗中以"自然女神"的身份再次

---

① III *Met.* vi, p. 249.——原注 据波埃修斯所说，地球上的人类都来自父神；父神曾将源自高天的灵魂安置在人类的躯壳中。

② III *Pros.* xii, p. 288.——原注 路易斯的脚注有误，应是第4卷第1首诗：灵魂飞到最高天，见到至高神手执权杖坐在宝座上，掌控着宇宙的运行，她忽然忆起这里就是自己曾经的家园。

③ III *Met.* ix, p. 264.——原注 波埃修斯对创世的想象蕴含了后世新柏拉图主义宇宙生成观的基本要素：自足、永恒的造物主（即新柏拉图哲学中的"太一"或"至善"）从自己的心智（即"天智"）中创造出了完美的宇宙，接着"万物之灵"（即新柏拉图哲学中的"天灵"）被释放出来，充盈整个寰宇，推动着所有事物的运转；"万物之灵"同时作自转（渴望回到自身）和公转（造物主的心智为其核心）运动。

④ 这个类型的讽刺不是针对具体的个人，而是针对某种心智类型、人格、气质等。它因古希腊讽刺文学家梅尼普斯（Menippus，活动于公元前3世纪）而得名。路易斯强调这种讽刺是以诗文交替为形式特色，界定相对狭窄。

⑤ 桑纳扎罗（Sannazaro，1458—1530年），意大利诗人，人文主义者，其田园传奇《阿卡迪亚》创作于15世纪80年代。伯纳德斯的《论寰宇》、阿兰努斯的《"自然"的怨诉》和桑纳扎罗的《阿卡迪亚》都采用散文和诗歌交替的形式。

⑥ 沃尔特·萨维奇·兰多（Walter Savage Landor，1775—1864年），英国诗人，散文家。

⑦ I *Pros.* i, p. 130.——原注 波埃修斯形容"哲学女神"气色光鲜，好像蕴含着无限活力，但又觉得她年岁已高，不属于自己这个时代。他还发现女神的衣服质地精良，纹饰精巧，却又给人时间久远、疏于打理的感觉。

出现；这首诗就是利盖特（Lydgate）翻译的《理性与感觉》（第 334 行）①。
"哲学女神"向诗人传达的一个讯息是，我们——我们哲学家——要做好遭
人诽谤的准备，因为触怒乌合之众，就是我们存在的特殊目的②。这种高人
一等的自吹自夸，这种高扬"哲学"大旗的胆魄，这种不但不对倒脏泼污
的做法保持距离，反而主动付诸实践的风气，其实源自犬儒主义。弥尔顿的
耶稣也受了这种风气的感染，他在《复乐园》（III，54）中将凡夫俗众形容
为这样一群人："被他们损贬，反倒是不小的褒赞。"③ 不过，这样高昂的曲
调，可怜的波埃修斯还未听进耳朵里；他就像站在竖琴前的驴儿，对乐声置
若罔闻④——乔叟后来在《特罗伊拉斯和克芮丝德》（I，730）中借用了这个
意象⑤。波埃修斯说，现在所有人都在诽谤他，可事实上他在任期间的所作所
为是无可指摘的。他补充说道，他践行美德，从未想过博取他人的赞美，正
因为如此，他的美德才更值得别人赞美（颇具喜剧意味的是，这里，作家波
埃修斯无情地揭露了他笔下的波埃修斯自相矛盾之处）。波埃修斯继续说道，

---

① 《理性与感觉》是 15 世纪法国的一首梦幻诗，一首关于心灵冲突的寓言诗，全名为《众
神的集会，或者在面临死亡时理性与感觉的和解》。路易斯所说的这位"自然女神"其实是
"水果女神"（Isys），在众神的集会上，她被安排在潘神旁边。她衣服上绣有树枝和绿叶，绣
法十分精致，利盖特将衣服的颜色形容为"就像夏季的青草一样翠绿"，这也许是暗示她青春
洋溢，但似乎并未明确提及她年岁已高。
② I *Pros.* iii, p. 140. ——原注 "哲学女神"说哲学家如果在人生旅途中四处碰壁，受尽打击，
不必觉得奇怪，因为哲学家的主要职责或生存目的就是使卑鄙邪恶的俗众感到不悦。
③ 撒旦引诱神子，劝他离开荒野，去争取美名和荣誉。耶稣回应道，所谓荣誉，不过是来
自乌合之众的称赞，他们只会为粗鄙的事物喝彩，多出于高压而随意附和，却不知道这么做
的目的是什么，所以被这样一群人污蔑，反而是一种褒赞。
④ 出自《哲学的慰藉》第 1 卷第 4 章。"站在竖琴前的驴儿"来自古希腊的谚语，用于形容
有些人硬装作欣赏自己根本无法理解的事物。
⑤ 潘达洛斯（Pandarus）为安慰和开导坠入爱河的特罗伊拉斯，想从他的口中探出实情，
费了一番口舌，却无济于事，所以，他才说特罗伊拉斯就像站在竖琴前的驴儿：美妙的音乐能
进入他的耳朵，却无法进入他内心，令他欢喜。

这是因为如果一个人炫耀美德，要为它赢得荣誉，美德就受到了玷污^①。

这条箴言谦虚内敛，不符合中世纪与文艺复兴时期的英雄理想。罗兰^②毫无顾忌地想博得美誉（los），就像贝奥武甫想争取荣誉（dom），法国悲剧中的英雄想赢得荣耀（la gloire）一般^③。中世纪后期常有关于这一箴言的讨论。阿兰努斯知道这句话，但只表达了一定程度的认同。好人固然不应以美名为目标，但全然排斥美名，也未免太过严苛（《驳克劳狄安》，VII，iv，26）^④。高尔^⑤则将这一原则发挥到了严苛的极致，即使是骑士行为，也应效仿它：

> 如果一个人想立身扬名，
>
> 因个人功绩而举世蜚声，
>
> 他绝不能靠吹嘘自己的战功。^⑥
>
> （《一位情人的忏悔》，I，第 2651 行起）

---

① I *Pros.* IV, p. 150.——原注 波埃修斯坦言自己在担任公职期间，所作所为都是为了公共利益或是真相本身，并非为了个人名声。一个人如果到处宣传自己私底下所作的善事，试图赢得公众认可，以此作为奖赏，这无疑损害了良知的自足性（良知无须外界酬赏，它只需自我认可即可）。

② 即法国中世纪英雄史诗《罗兰之歌》的主人公。

③ 路易斯这里没有说清楚这些英雄究竟想通过什么手段来赢得美名，是靠英雄壮举，还是靠自我宣扬。

④ 表达这个态度的是《驳克劳狄安》第 7 卷第 4 章第 26—27 行诗。阿兰努斯认为好人尽管不应为美名所驱策，但一旦美名送到面前时，也不应该拒绝。

⑤ 即英国中世纪诗人约翰·高尔（John Gower，约 1330—1408 年）。

⑥ 试比较 *Vox Clamantis*, v. 17.——原注 高尔在 *Vox Clamantis*（《呼号者的声音》）第 5 卷第 17—18 行中说，如果一位士兵为了无用之名而攻城略地，并因此被赐予美名，这样的荣誉是不公正的（即不该受的）。这两首诗强调不要为追求虚名而上战场，有别于路易斯在正文中引用的高尔诗句。高尔在《一位情人的忏悔》第 1 卷 2651—2653 这三行诗里强调战士不应自我吹嘘。他在接下来六七行诗里还指出，不管是骑士，还是恋人，都要管住自己的舌头，不要四处吹嘘，这是守护好个人荣誉的关键。

　　接着，波埃修斯情绪激动地追问女神，为何上帝唯独让人间事务充满变数，为何祂以如此不同、如此规范有序的方式统治"自然"的其他部分？[①]不管是阿兰努斯诗中"自然女神"的"怨诉"[②]，还是让·德·梅恩诗中"自然女神"的"告解"[③]，都以此作为核心主题。再后来，弥尔顿在《力士参孙》的一段合唱（第667行起）中[④]呼应了波埃修斯的相关论说，他无疑希望我们能发现这一点。存在主义者认为人类是"一种无用的激情"[⑤]，比不上非理性生物或无机世界；倘若现代读者将这个观点与波埃修斯的观念联系起来，就不会觉得后者很陌生。

　　在《哲学的慰藉》第二卷开头，我们读到那篇为"时运女神"（Fortune）辩护的伟大演说，正是这篇演说将她的形象深深地刻印在了后世的想象中。

---

①　Boethius, I *Met.* v, pp. 154 sq. ——原注 波埃修斯将人类社会与"自然"的其他部分（包括诸天、星辰、时季、植物等）作比，感叹唯有人类社会不受古老、公正的法则约束。摆布人世的是"时运"，所以人间黑白颠倒，善恶不彰。

②　在《"自然"的怨诉》第4篇散文中，"自然女神"与"我"甫一相见，就向"我"抱怨说，正是人间管理疏忽，律法不公，导致越界犯法的行为蔓延，才逼使她从天而降，来到人世。"自然女神"声称苍穹、诸星、空气、海洋、各种动物、植物都愿意接受神律令的管控，变化有章可循，只有人类是例外。他们自甘堕落，沉浸于强大的邪恶欲望中，公然抵触"自然女神"赋予他们的"自然冲动"。

③　"自然女神"在向"元灵"告解时不断重申有哪些事物不属于自己抱怨的对象，由此逐渐缩小范围，最后将控诉的矛头指向人类。诸天、行星、空气中的基本元素、植物、动物等都不在她抱怨的"自然"范畴内，因为它们的运转或变化有规律，能听从女神的指令，唯独人类最不让她省心，最辜负她的厚爱。

④　弥尔顿在第667—704行中感慨上帝对天使和畜生要比对人类更公平，因为在人类短促的生涯中充满了各种翻来覆去、难以预料的变数。弥尔顿所说的人类不是指蝇营狗苟的普通民众，而是指有着高贵灵魂和杰出才华、承担大任的英雄。这些人类的精英在事业巅峰之际，常会时运逆转，堕入低谷之中，沦为阶下囚，甚至身首异处。弥尔顿不由得发问：人究竟是什么？

⑤　原文为法语，"passion inutile"，出自萨特《存在与虚无》第4卷第2章第3节。

无论哪个时代，都常会有人论说运道的好坏，并指出运道好坏与行为善恶明显不对应；但中世纪人论及"时运"和"时运之轮"的频率之高，态度之严肃，却是史上罕见的。《地狱篇》（VII，第73行起）中"时运女神"的威严气度①提醒我们，一种"众所周知的话语"（locus communis）能否成为我们所谓的"众所共用的话语"（commonplace），完全取决于作家的个人才华。但丁这段诗，还有千万篇逊色一点的诗文，都属于波埃修斯遗产的一部分。凡读过他笔下"时运女神"的人，脑海中时不时都会浮现出她的形象。波埃修斯的作品在这里兼具斯多葛主义和基督教精神，与《约伯记》②和耶稣的一些箴言③毫无违和之处；这是迄今为止写得最有力的一篇抗辩诗文，它针对的是信仰异教和基督教的俗众所共有的思维，即将人类的兴衰变化解释为上天的酬赏和惩罚（至少希望是这样），以此来"慰藉残忍之人"④。这样的信条就像是人类难以消灭的敌人；它潜藏在所谓"辉格党式的历史阐

---

①　造物主分派给"时运女神"的角色是掌管和操控人世的荣辱兴衰。她将浮世的财物时不时从一人转移到另一人手里，从一族转移到另一族手里，没人能阻碍她旋转的时运之轮，也没人能揣度她的意向。她像其他神一样，主宰自己的王国，裁夺国中的一切事务。

②　在《约伯记》里，上帝从未向约伯透露他遭遇灾祸的原因（那始于上帝与撒旦的一场赌约）。约伯对不明情由的灾难的忍耐和由此变得丰盛的生命才是《约伯记》强调的主旨。

③　Luke xiii. 4; John ix. 13.——原注　《路加福音》第13章第4节："从前西罗亚楼倒塌了，压死十八个人。你们以为那些人比一切住在耶路撒冷的人更有罪么？"《约翰福音》第9章第13节："他们把从前瞎眼的人，带到法利赛人那里。"这句话并非出自耶稣之口，也与"时运"无甚关系，应是路易斯注释有误。正确的引文应是《路加福音》第9章第3节："也不是这人犯了罪，也不是他父母犯了罪，是要在他身上显出神的作为来。"这两条箴言都暗含一个意思：并非所有的灾难都是惩戒性的，都可追究道德因果，有限的人类理性并不能理解所有的福祸报应。

④　"慰藉残忍之人"出自 G.K. 切斯特顿的一首赞美诗《人间与圣坛上的神》。在这首诗里，切斯特顿祈祷上帝让人类摆脱所有恐惧的滋味，所有舌头和笔尖的谎言，所有那些"慰藉残忍之人的从容演讲"。

释"中，遍布在卡莱尔的历史哲学里①。

　　我们在讨论的每个要点里都能遇见一些"老朋友"；这些意象或措辞，与我们初识之时，年岁就比我们想象的老很多。

　　《哲学的慰藉》第二卷中还有这样一位"老朋友"："最为悲惨的不幸，就是曾经幸福过。"②于是，浮现在我们脑海里的，有但丁的"没有……更大的悲愁"③（《地狱篇》，V，121）和丁尼生的"冠绝万千悲愁的悲愁"④。波埃修斯说，"没有什么能带来不幸，除非你作如是想"⑤。我们记得乔叟的《时运之歌》⑥中有一句诗，"没有什么人是不幸的，除非他这么看自己"；哈姆雷特也有一句台词，"世事并无好坏，全依个人想法而定"⑦。波埃修斯告诉我们，那些美好的身外之物，我们从未真正拥有过，所以谈何失去。野地与珠宝的美，固然是真实而美好的属性，但那只是它们的，而不是我们的；

---

①　赫伯特·巴特菲尔德（Herbert Butterfield）在 1931 年出版的《辉格党式的历史阐释》（路易斯很可能读过此书）中总结了辉格党史观的一些特征。其中一点就是把当下看成是历史发展中的巅峰，认为过去的历史就是在某种"天意"引导下向当下直线式演进的过程。这一点倒符合路易斯所说的异教和基督教俗众所共有的历史思维："将人类的兴衰变化解释为上天的酬赏和惩罚。"不可否认，卡莱尔的历史著述确实带有辉格党史观的一些印迹，比如，他将个人的哲学理念过多地强加给他所考察的历史事件；他"为了当下而研究过去"，过于理想地看待中世纪社会模式；他秉持英雄史观，更感兴趣的是伟人的主观能动因素，而非复杂的历史进程本身。但是，路易斯说在卡莱尔的作品里遍布"天意使然"这种历史思维，值得商榷。
②　II *Pros.* iv, p. 188. ——原注
③　但丁原话是："没有比在不幸中回忆曾经幸福的时光更大的悲愁。"
④　出自阿尔弗雷德·丁尼生的诗歌《洛克斯利堂》第 76 行，原句为："冠绝万千悲愁的悲愁就是回忆那些幸福的往事。"
⑤　II *Pros.* iv, p. 192. ——原注
⑥　乔叟的一首小诗，英文标题是 *The Ballade of Fortune* 或者 *Fortune*。全诗由"怨诉"与"时运"这两个寓言角色的对话构成。路易斯引用的是第 25 行，是"时运"对"怨诉"的回应。
⑦　《哈姆雷特》第 2 幕第 2 场中的台词。哈姆雷特说丹麦就是个牢狱，其大学同学罗生克兰不以为然；哈姆雷特回应道："世事并无好坏，全依个人想法而定。对我来说，丹麦就是个牢狱。"

衣服的美或属于衣服本身（即华美的衣料），或属于裁缝的手艺——但没什么可让我们将其占为己有①。这个观点后来出乎意料地出现在《约瑟夫·安德鲁传》(III, 6) 中②。波埃修斯说完这番话以后，很快我们就听他颂扬起了"原初时代"③，即斯多葛派描绘的原始天真的生活。我们阅读弥尔顿的时候，会发现他的"重价的祸根"④其实来自波埃修斯的"贵重的祸物"⑤。从波埃修斯的"原初时代"衍生出了乔叟歌谣中的"先前时代"⑥和奥西诺公爵提及的"远古时代"（《第十二夜》，II, iv, 46）⑦。波埃修斯告诉我们，有些人的心智生来卓越，但还未充分施展其潜质，除了万世之名，没有什么更能让他们孜孜以求了⑧。这是塔西佗的《阿格里柯拉传》⑨中的一句至理之

----

① II *Pros.* v, pp. 198-200. ——原注
② 《约瑟夫·安德鲁传》是英国小说家亨利·菲尔丁发表于 1742 年的作品。约瑟夫是在论及慈善行为时发表了类似的观点。他说，人们在赞赏那些华美的房屋或精巧的物件时，更愿意称赞它们的设计者，比如建筑工匠、画家、裁缝等，而不是用钱将其占为己有的人。
③ II *Met.* v. ——原注 "原初时代"（Prior Aetas）物产丰足，人类无须劳作，以自然果实为食就能饱腹，无生存之忧。那时还未兴起奢侈淫逸之风，人类尚不知如何酿酒，如何染制丝绸衣服。人们生活起居简单，以草为席，以松林之荫为幕，直接从溪中饮水，所有人和平相处，无争战之虞。
④ "重价的祸根"（precious bane）出自《失乐园》第 1 卷第 692 行，指的是地狱土壤中的黄金。
⑤ "贵重的祸物"（pretiosa pericula）出自《哲学的慰藉》第 2 卷第 5 首诗第 30 行，指的是地底下的黄金和珠宝。
⑥ "先前时代"是乔叟一首抒情歌谣的标题。乔叟的《先前时代》(*The Former Age*) 可以说是对《哲学的慰藉》第 2 卷第 5 首诗的仿写。除了呈现的古朴民风大体相似以外，某些论点也有重合之处。比如，他们都说那个时代没有战争，是因为战争没有意义，除了受伤流血外，人们无法从战争中获得奖赏或回报。
⑦ 奥西诺公爵提到"远古时代"有着纯洁的爱情。
⑧ 出自《哲学的慰藉》第 2 卷第 7 篇散文。
⑨ 《阿格里柯拉传》是古罗马历史学家塔西佗为其岳父所作的传记。在书中，塔西佗称赞阿格里柯拉从不炫耀自己的美德或使用阴谋诡计来谋求声望；他说，名望对才华卓异之人而言是一种诱惑。

言；后来，它脱胎换骨，变成弥尔顿论说"卓越灵魂的唯一通病"[1]的诗句。

　　接着，"哲学女神"就像《西庇阿之梦》里的"非洲的征服者"那样，开始羞辱波埃修斯的雄心抱负；她指出所有尘世名声都是多么狭隘，因为以整个宇宙的标准来衡量，地球无疑就像数学里的一个点[2]。这个算是老生常谈，但波埃修斯作了进一步深化，强调即使在这片弹丸之地，道德标准也是多种多样的。在一国得到好评的行为，在另一国却被视为丑行[3]。总之，所有名声都是转瞬即逝的。书籍与作者一样，都注定要消亡。现在没人知道法布里修斯[4]的尸骨藏在何处[5]。（考虑到自己的读者是英国人，阿尔弗雷德大帝很巧妙地用"维兰德的尸骨"替换这里的"法布里修斯的尸骨"[6]。）

　　困厄之境能打开我们的眼睛，让我们看清哪些是真朋友，哪些是假朋友[7]。将这个观点与樊尚[8]的论断"土狼的胆汁能让人的眼睛重见光明"（《自然之镜》，XIX，62）联系起来，就能解开乔叟一句隐晦难懂的诗：

---

① 　出自弥尔顿的悼亡诗《利西达斯》第 71 行。"卓越灵魂的唯一通病"就是追求身后之名。

② 　II *Pros.* vii, p. 212. ——原注 "哲学女神"的意思是：无论多大的名声，都是微不足道的，因为地球只是宇宙的一个点而已，再大的名声也只限于这样一片弹丸之地。

③ 　*Ibid.* p. 214. ——原注 一个人在一个国家也许声名卓著，却难以将其影响扩散至他国，因为各地风俗或道德标准是不一样的。

④ 　盖乌斯·法布里修斯·卢奇努斯（Gaius Fabricius Luscinus），公元前 3 世纪的罗马执政官，以清贫和正直著称。

⑤ 　II *Met.* vii, p. 218. ——原注 波埃修斯慨叹法布里修斯留下的是虚名。在史书或碑文上或许有关于他寥寥几笔的记载，但这就是他留给历史的全部印迹，至于他究竟是什么样的人，后人无从知晓。

⑥ 　阿尔弗雷德大帝曾译过波埃修斯的《哲学的慰藉》。关于维兰德的注释，参见第一章的译者注部分。

⑦ 　II *Pros.* viii, p. 220. ——原注

⑧ 　樊尚，又称博韦的樊尚（Vincent of Beauvais，约 1190—1264 年），修士，曾著有百科全书《大镜》，其中一部是《自然之镜》。

"你不需要任何土狼的胆汁"（《时运之歌》，35）①。

《哲学的慰藉》第三卷：所有人都知道，幸福是真正的善，所有人都追求幸福，但大多数时候，选择了错误的道路，就像一个醉酒的人，知道自己的家在哪里，却找不到回家的路②。乔叟在《骑士的故事》中再现了这个明喻（A，第1261行起）③。

但是，即使是遵循错误的路径，比如渴望财富或尊荣，也表明人类对真正的幸福是有模糊认识的；因为真正的善，应当像名望一样是光荣的，或者像财富一样是自足的。我们天生有一种强大的冲动，想奋力回到自己的出生之地，就像关在笼中的鸟儿拼命要回到林中一样④。乔叟在《扈从的故事》中借用了这个意象（F，第621行起）⑤。

在诸多虚假之善中，就有高贵的出身。但所谓的"高贵"不过是我们祖先凭其美德所享有的声望（前面波埃修斯已经将"声望"痛批了一顿）；它是一种善，属于我们的祖先，而不属于我们⑥。到中世纪的时候这

---

① 乔叟这句诗的意思是"时运"教会你识别谁是真正的朋友，谁是虚假的朋友，所以你不需要那救治你"眼疾"的土狼胆汁。

② III. *Pros.* ii, p. 230.——原注

③ 这个明喻出自阿赛特之口。沦为忒修斯俘虏的阿赛特得知自己即将被释放，无缘再见到艾美莉，不禁感叹道：世人知道幸福在哪里，却常常走错路，之前自己一心想逃出牢狱，获得自由，却没想到反而远离了曾经的幸福，无法日日在牢狱的窗边见到艾美莉在园中散步的身影。

④ 这个比喻出现在《哲学的慰藉》第3卷第2首诗中。

⑤ 在《扈从的故事》中，一只雌隼抱怨自己诚心侍奉爱人（雄隼），事事都遵从他的意愿，但他最终离自己而去。这只雌隼将她的爱人比作被人类养在笼中的鸟儿：主人没日没夜地照顾它，给它最好的吃食，让它住最舒适的笼子，可是只要笼门一打开，鸟儿就会立刻踢掉嘴边的食杯，飞回到林子中。

⑥ III *Pros.* vi. p. 248. ——原注 波埃修斯指出，高贵出身的唯一好处就是继承这种身份的人有必要、有义务将先人的美德发扬光大。

个信条衍生出了众多版本，成为深受学院辩论欢迎的一个话题。它奠定了
但丁《筵席》第四卷开头那首诗歌①和《论世界帝国》中一段话（II，3）②
的基础。《玫瑰传奇》（从 18615 行起）则超越了波埃修斯，大胆地将高
贵与美德对等起来③。英译本④就这一点对法语原文作了进一步扩充（第
2185—2202 行）。相对而言，《巴斯妇的故事》（D，第 1154 行）对
波埃修斯的观点的复述更为准确⑤。高尔，像《玫瑰传奇》的作者那样，
将贵族身份等同于"蕴含在心灵中的美德"（IV，第 2261 行起）⑥。当
一位在其他方面并不怎么无知的作者发现高尔在这段诗中表达了那个
时代"正在兴起，渐趋重要"（何时不是如此？）的中产阶级的感受的

---

①　在这首诗中，但丁否定了财富与高贵身份之间的必然联系，因为财富是不完整、不自足
的，带给人们的是无尽的痛苦，而非平和的心境。在诗人看来，是否具备美德决定了一个人
是否高贵，但高贵的身份并不必然意味着一个人是有美德的。由此观之，但丁依然没有将美
德和高贵完全对等起来。
②　在这段话里，但丁强调一个人可以靠自身美德而获得高贵的身份，也可以靠其先祖的功
德（即财富）而变得尊贵。
③　让·德·梅恩直截了当地指出，高贵源自灵魂的德性。一个人如果没有高尚的灵魂，
即使出自贵族家庭，也不是高贵之人。梅恩也认为先人的美德是属于他们自己的，他们离世
时留给后人的是财产，后人所继承的遗产除了财富，别无他，所以必须通过自己的努力，
即良好的德行，来获取高贵的身份。
④　路易斯所说的英译本指的是 14 世纪的英语译本（并非全译本）。现存的手稿中片段 A 可
以确定出自乔叟之手。第 2185—2202 行这个诗节位于手稿片段 B。译者在这段诗中否认世系
或血统是判定一个人是否高贵的标准。美好的品德和优雅的风度才是高贵的标志。当高贵之
人出现在你面前时，尽管他并没有良好的出身，但你依然能看得出来他属于绅士无疑。
⑤　在巴斯婆子所讲述的故事里，老丑婆在婚礼当晚对骑士（她的丈夫）说，我们的先人虽
将贵族头衔赐予了我们，但他们并没有把德性的生活也一并相赠。一个人是否高贵，与其拥有
的财富或地位没有关系，而与其品行休戚相关。老丑婆还声言真正的高贵是来自上帝的恩典。
⑥　高尔说"自然"（尤其人的肉身）是必朽的，"财富"是易散的，只有心中的美德是永恒
不变的，任何世俗的境况都无法夺走它，所以，它才是高贵的标志。

时候①，我们若是忍不住一笑，应该不算太过分吧。

波埃修斯的论说终于上升至此处：上帝代表了完整、完全的善，而我们平常追逐的，只是这种善的碎片或幻影。在证明这一点的过程中——尽管对柏拉图主义者或基督徒而言，这是无须重新论证的——波埃修斯突然塞进一句话，就好像这是不言自明的真理：所有完善的事物要先于所有不完善的事物出现②。这是除了伊壁鸠鲁派③以外，几乎所有古代和中世纪思想家都共同立足的基础。我已经强调过④，这一点意味着他们的思想迥然有别于我们这个时代的发展观或进化观——大概没有哪个领域，哪个层次的思想意识不会受到这种差异影响。

波埃修斯提醒那些曾升至高处，观照"神圣纯质的奇妙循环"⑤的人须

---

① 路易斯的这句话是在讽刺某些学者无论从什么时代的作品中都能读出中产阶级正在发展壮大的趋势。在他们的著述里，无论哪个时代，中产阶级都在"兴起，渐趋重要"；这俨然成了没有意义的学术套话。

② III *Pros*. x, p. 268. ——原注 波埃修斯大体按照这种逻辑来推演：上帝是最高、最全的善，若非如此，那就必然有存在物比祂更完善、更伟大，祂就不可能成为造物主或万物的主宰（因为祂也可能是受造之物）。正是在这里，波埃修斯加进了这个论断：所有完善的事物要先于所有不完善的事物出现。

③ 参见 *Lucretius*, v. ——原注 卢克莱修在《物性论》第 5 卷中揭示了地球上生物的进化过程：最早大地出产的是体态怪异的生物，它们无法适应环境而生存下来，被大自然相继淘汰，但终于有一些物种存留了下来，它们或是勇力出众，智力非凡，或是与人类关系密切，受到人类的保护。《物性论》第 5 卷还详细解释了人类社会从野蛮到文明的演化进程。这与赫西奥德《神谱》所呈现的人类社会从美好的"黄金时代"开始逐渐蜕变的过程是恰好相反的。

④ 参见前文第 115 页。——原注

⑤ III *Pros*. xii, p. 292. ——原注 在神学上，"神圣纯质"（divine simplicity）的意思是神以单一整体存在，而不是由若干部分组成；"全能""善""真""永恒"即等同于神本身，而不是构成神的"属性"。"神圣纯质"可理解为神本身，"神圣纯质的奇妙循环"指的是神在高天中首尾相连、飞快得犹若不动的旋转。在《哲学的慰藉》第 3 卷第 12 篇散文中，波埃修斯将"哲学女神"在论述"上帝"与"至善""幸福"之间关系时所用的那种循环论证逻辑比作"神圣纯质的奇妙循环"。

小心，不要回头去看俗世纷扰的物象。他用俄耳甫斯回头看了欧律狄刻一眼，致其毁灭的故事来强化这一层寓意①，他的叙述与维吉尔②一样，都产生了广泛的影响。波埃修斯这条教诲对《哲学的慰藉》的整体架构而言十分重要，因为第一卷中"哲学女神"拜访他的时候，波埃修斯自己也正回头俯视尘世的景象③。在第三卷这两行名句中，作为诗人的波埃修斯也升到了他的最高处：

> Orpheus Eurydicen suam
> Vidit, perdidit, occidit.④

在第四卷中，波埃修斯抱怨说，有个问题用"神意"（divine Providence）之说来解释，不但无法得以解决，反而会更扑朔迷离；这个问题就是：为什么正义——当然是"诗性的正义"——在现实事态发展中不易发现？"哲学女神"从两个方面作了回应。

（1）神意是完全正义的。善人总会得赏，恶人总会受惩，成为善人或

---

① 参见《哲学的慰藉》第 3 卷第 12 首诗。

② 参见维吉尔的《农事诗》第 4 卷。在维吉尔所讲述的俄耳甫斯和欧律狄刻的故事中，欧律狄刻之死是由养蜂人阿里斯泰俄斯的蜜蜂造成的。这个细节不同于之前的故事版本，维吉尔这么处理，是为了将这对恋人的爱情悲剧嵌入到以农事为主题的诗歌中。在维吉尔的叙述中，有一些关于丧痛的诗句感人至深。

③ 参见《哲学的慰藉》第 1 卷第 2 首诗。这首诗写道，波埃修斯过去常升至无边无际的苍穹，徜徉于星道之上，探寻星辰的运转规律，钻研自然界的种种奥秘，可如今他项上戴着一副沉重的枷锁，不得不低头俯视那难以忍受的坚硬的土地。

④ III *Met.* xii, p. 296 ——原注 这两行诗的意思是：回头那一眼足以看清，足以失去，足以毁灭欧律狄克。

恶人本身就是对他们的奖惩。作恶的能力与行为是对邪恶意志的惩罚①，这种谴罚永无止限，因为灵魂是永恒不灭的（哲学与神学一样，都是这么说的）。这节文字回应了维吉尔对地狱②里居民的描述，他们"都曾欲行骇人的罪，皆能恣行无阻"（《埃涅阿斯纪》，VI，624）。它预示了弥尔顿在论及颇具智慧的异教徒时所说的话："他们认为至高神将罪人驱进偏僻的幽狱而不得复出……这样的惩罚，不如以罪罚罪更合适、更相称。"（《离婚之理论与训条》，II，3）③不过，波埃修斯申辩道，看到恶人得势，善人受苦，只觉得不可思议。啊，是啊，"哲学女神"回应道，无论何事，知道了缘由，就不会觉得不可思议了④。请对照《扈从的故事》(F，第258行起)⑤。

（2）高居于"神圣纯质的城堡"中的是"神意"，而映射于具体多样的时间和空间中，可以从下界看到的，则是"命运"（Destiny）⑥。这就好比一个轮子，越接近中心的部位运动幅度就越小，每个有限的个体也是如此：越是近距离地分有"（静止不动的）神性"，就越不容易受"命运"支配。"命运"只不过是以运动的形象来昭显永恒的"神意"。"神意"完全是善的。我们常说邪恶之人得势，无罪之人受苦。可我们并不知道谁是邪恶

① IV *Pros*. iv, pp. 322, 324. ——原注 波埃修斯说作恶的意志、作恶的能力、作恶的行为都包含着对自身的惩罚。

② 确切地说，这里的"地狱"指的是冥界的塔尔塔罗斯（Tartarus）。

③ 弥尔顿接着引用了西塞罗的话说：神给人最严厉的惩罚，给人最大的痛苦，莫过于让他变得比之前更堕落、更有罪。

④ IV *Pros*. v and *Met*. v, pp. 334-8. ——原注 波埃修斯在《哲学的慰藉》第4卷第5篇散文和第5首诗歌中指出，任何奇异现象或突发事件，只要知道背后隐藏的原因或法则，就不会觉得难以置信。

⑤ 乔叟在其中几行诗中说，有些人总是对雷电、涨潮、洪水、蛛网、雾霾这些现象充满好奇，只有知道这些现象形成的原因之后，他们才不会觉得不可思议。

⑥ IV *Pros*. vi, p. 380. ——原注 也就是说，只有当"神意"与其推动和掌管的事物在具体时空中产生了具体的关联之后，它才会被称作"命运"。

的，谁是无罪的；我们更不知道他们各自需要什么。所有的运道，从位于中心的"神意"来看，都是善的，有裨益的。我们所谓的"厄运"能让善人得到历练，让恶人受到遏制。因此，只要你靠近轮毂，只要你更多地分有"神意"，让自己少受"命运"的左右，那么，"你就掌握了按自己的心意塑造人生命运的主动权"①。斯宾塞后来改写了波埃修斯的相关论说："每个人都可以为自己打造人生的命运。"（《仙后》，VI，ix，30）②

不过，从波埃修斯这段话所衍生的诸多版本中，最出众的并非文字。在佛伦罗萨的人民圣母教堂③里，奇基墓④的圆顶将波埃修斯关于轮子与轮毂、命运和神意的论说形象地展现在我们眼前。这个圆顶最外围画着一圈行星，即命运的执行者。在行星圈的内部，也就是上方，是一个稍小的推动行星运转的天使圈。在最中间端坐着"不受动的推动者"（the unmoved Mover），祂举起的双手引导着这一切⑤。

第五卷，也就是最后一卷，论证较为严密紧凑，后人无法将其中很多精彩片段分隔开，并摘取出来。但这并不意味着这卷的影响力相对较弱。它构成了后来所有人论述"自由"问题的基础。

---

① 　IV Pros. *vii*, p. 360.——原注
② 　斯宾塞这句诗并不是出现在讨论"神意"与"命运"关系的语境中。这句诗所在的诗节大意是：人的幸福或不幸由其心灵决定，有些人大富大贵，却嫌自己身家不丰，有些人虽不富裕，却知足而乐；智慧乃是最大的财富，凡被钱财（fortunes）左右之人皆是蠢人，毕竟"每个人都可以为自己打造人生的命运"（each unto himselfe his life may fortunize）。这里"fortunize"承接上一句的"fortunes"，可以理解为打造自己的财富（一个人财富的多寡取决于自己如何看待它），也可以理解为打造自己的命运。
③ 　人民圣母教堂是一座建于1099年的著名圣奥古斯丁教堂，位于意大利罗马，而非路易斯所说的佛罗伦萨。
④ 　奇基墓共有两座，位于奇基礼拜堂的左右两侧。奇基礼拜堂是由拉斐尔设计，由银行家阿格斯提诺·奇基（Agostino Chigi，1466—1520年）捐资所建。奇基兄弟死后都葬于此处。
⑤ 　J. Seznec, *The Survival of the Pagan Gods,* trans. B. F. Sessions (1953), p. 80.——原注

前一卷的结尾部分给我们留下了一个新的难题。如果像前一卷的"神意"之说暗示的那样,神能在"其心的一念之间"①看到现在、过去、将来的万事万物,并因此预知我的行为,那我怎能有不按照他的预知来行动的自由?"哲学女神"并没有采用弥尔顿在《失乐园》(III,117)中迫不得已诉诸的策略来搪塞波埃修斯:神虽能预知我的行为,但这并不构成它的原因②。"哲学女神"之所以这么做,是因为真正的问题不并在于神的先见是否必然引发我的某种行为,而在于"我的某种行为必然会发生"本身是构不成论据的。

那么,神是否能预知不确定之事?从某种意义上说,是可以的。知识的属性并不取决于被知事物的属性,而取决于认知官能的属性。我们身上的"感觉""想象""理性"都能以各自的方式来"认识"人。"感觉"将人当作一个肉身形态来认识,"想象"将人当作一个没有质料的形体来认识,而"理性"则把人当作一个概念或类型来认识③。这些认知官能丝毫无法让人类领略更高级的官能所享有的知识类型④。这种更高级的官能就是"知性"(intelligentia 或 understanding),位于"理性"(ratio 或 reason)之上⑤。(很多年以后,柯勒律治颠倒了二者的关系,将"理性"提升到了"知性"之

---

① V *Met.* ii, p. 372. ——原注
② 这是圣父向圣子解释天使与"未来"的人类背叛自己而堕落的原因时所说的那番话的重要主旨。圣父说,祂的先见并不会导致人类犯下罪错;在他们所犯的罪里,丝毫没有命运的动机或命运的影子;他们背叛神,无关祂的预知,全是出于自己的判断和选择。
③ 依据波埃修斯的分类,海底生长在石头间的动物,如贝类,只具有"感觉";而知道趋利避害、有运动能力的兽类具有"想象";"理性"为人类所独有,正如"知性"为神所独有。与"感觉"和"想象"相比,"理性"是人类身上更强大、更可靠的认知能力。
④ V *Pros.* v, p. 394. ——原注
⑤ *Ibid.* ——原注

上①。我先在此打住，到后面的部分将继续讨论这套中世纪术语。）"理性"无法以超出自身能力所允许的方式观照未来，也就是说，它只能将未来的事物视为受必然性决定的。但是，我们还是有可能上升到"知性"的层面，窥见那种不涉及必然性的知识②。

　　"永恒"（eternity）与"永久"（perpetuity）或者"时间的无限绵延"不大相同。"永久"只是循行于无数瞬间所构成的序列之中，每个瞬间一旦完成，就不可再追回。"永恒"则不受时间所限，真实完满地享有永无止境的生命③。时间，即便是无根的时间，也只是这种"丰实性"（plenitude）的镜像，几乎是对它的粗劣模仿；时间试图通过无穷尽地增加"此时"来弥补它转瞬即逝的不足，但这是无望实现的。这就是为何莎士比亚的鲁克丽丝说：时间，"你就是永久侍奉'永恒'的跟班"（《鲁克丽丝受辱记》，967）④。神是"永恒"的，而不是"永久"的。严格地说，神从不需要预见；祂只要观看就可以。你的"未来"只是祂无限"现在"里的一个场域，但只有对我们而言，那才是一个特殊场域。他看见（而不是想起）你昨日的行为，是因为昨日对祂而言，总在"那里"；他看见（而不是预见）你明

---

①　柯勒律治的"理性"是一种超感觉的官能或直观的领悟力，是超感真理的源泉和实质，它具有组织能力，靠着它，人的感觉、意志、情感以及人格才能形成一个整体。柯勒律治的"知性"是根据感觉进行判断的能力，它是关于现象的知识，代表着有限的官能（可参见柯勒律治的《沉思之助》）。

②　波埃修斯的意思是：人受囿于"理性"所能预知的事情是那些可以被严格限定在因果链条中，受相继的因素所迫而发生的事情。但很多事情未来既可能发生，也可能不发生，人是无法形成关于这类事情的确定知识的。所以，人类借助"理性"对未来所作的预想只是一种揣测，并非真知。但"知性"就不同：即使关于将来未必会发生的事情，它也能形成正确的预知（即路易斯所转述的"那种不涉及必然性的知识"）。

③　V *Pros.* vi, p. 400.——原注

④　《鲁克丽丝受辱记》是莎士比亚发表于 1594 年的长篇叙事诗，取材于真实的历史故事。鲁克丽丝希望"时间"能布下各种灾祸来惩罚强暴自己的塔昆（Tarquin）。

日的行为，是因为祂已经处于明日之中。这位人类的旁观者在注视你当前的行为时，并没有侵犯你行动的自由，所以你将来仍然可以按照自己的选择自由行动，因为上帝在将来（即祂的现在）所做的只是观察你的行为①。

无论就历史影响，还是内在本质而言，都是如此重要的论说，我却无情地浓缩成了两段话，明智的读者也许会去翻查原书，一睹全貌。还有，我不由得想到，波埃修斯在此处对柏拉图式的观念阐释得比柏拉图自己更清楚明了。

《哲学的慰藉》以"哲学女神"这番话来结尾，没有再回到波埃修斯及其处境中，就像《驯悍记》的结尾没有再回到克里斯托弗·司赖这个人一样②。我相信这是一个经过深思细想、十分成功的艺术手笔。它给我们的感觉是：一堆普通的材料在我们眼前烧了个干净，无论是灰，是烟，还是火焰都没留下，只有无形的余热还在微微抖颤。

吉本用一向优美的文字节奏来表达他不以为然的态度：这样的"哲学"怎能压制人类心灵中固有的激情？③确实没有人说过，它压制得了吉本内心

---

① V *Pros.* vi, pp. 402-10. ——原注 波埃修斯由此得出人的自由意志与神的"预知"是不矛盾的。

② 克里斯托弗·司赖是《驯悍记》序幕中穷困潦倒的酒鬼。一日他醉倒在一家小酒馆门前，当地一位爱捉弄人的贵族把他带回家中，让他相信自己是一位真贵族，只不过这些年患了健忘症，想不起自己的真正身份。后来，这家主人还请了一些演员给司赖排了一出"驯悍"的喜剧，但司赖并未加入该剧的演出，也未以观众的身份对其进行点评，直至"剧终"也未再出现过。尽管司赖这个框架故事与"驯悍"内容没有直接关联，但两者共同传达了一个主旨：一个人的自我认知或行为模式会受到周围环境或他人的塑造。

③ 爱德华·吉本在《罗马帝国衰亡史》中说《哲学的慰藉》的思想或过于明显，或过于含糊，或过于晦涩，是无法征服人类天生固有的激情的。他认为这部书的唯一作用就是让不幸之人通过运思求索而转移注意力，波埃修斯在著成此书之前必然已经找到他声称要寻求的超然平和之境。但是，这并不意味着吉本对此书评价很低。他说，《哲学的慰藉》是一部上好之书（a golden volume），值得柏拉图和西塞罗用点闲工夫来书写。

的激情。不过，它对波埃修斯似乎还是起到了一点作用。后来的历史证明，在一千多年的时间里，很多不可小觑的灵魂都发现这样的哲学是有滋养之效的。

借给本章收尾之际，我顺便提及两位生活年代要晚一点、地位要低很多的作家。他们并不像我前面概述的作家那样，对中世纪模型作过贡献，但他们对何为中世纪模型提供了最方便好用的证据。两人都是百科全书作家。

伊西多尔，公元 600 年至 636 年间任塞维亚主教，著有《词源》。如标题所示，这部书以语言为主题，但解释词语的含义与描述事物的性质这二者的界限在该书中是经常模糊的。伊西多尔没有特意固守在语言学这一侧，他的著作因此成为一本百科全书。这是一部才思非常普通的作品，但它常能提供一些我们从更出色的作家那里无法挖掘到的信息片段。另外，该书有一个不错的现代版，便于查阅，这也是它的一个很大的优势①。

樊尚（死于 1264 年）就没有这个优势了。他大部头的著作《大镜》共分为《自然之镜》《理论之镜》《历史之镜》三大卷。我们以为"理论之镜"这个标题与神学有关。可实际上，它论述的是道德、技艺和行业的问题。

---

① Ed. W. M. Lindsay, 2 vols. (1910). ——原注

第五章　诸天

人啊，从你的监狱里大胆地走出来吧。

——霍克里夫 [1]

第一节　宇宙的构成

现代科学最基本的观念是——至少不久前还是如此——自然界存在某些"法则"，所有现象都被描述为"遵从"自然法则而发生。在中世纪科学中，最基本的观念是在物质内部存在某种亲和与排斥的趋势，某种潜在的动向。

---

[1]　托马斯·霍克里夫（Thomas Hoccleve，约 1368—1426 年），英国中世纪晚期诗人。此处诗出处不详。

所有事物都有自己的位置、自己的家园、适合自己的地带，在未受外力约束时，会在返回家园的本能驱使下移至那里 ①：

> 自然中的每一种存在，
> 都有一个自然的位置，
> 它最适宜存留在那里；
> 受自然禀性所驱遣，
> 万物都朝各自的终点迁徙奔走。
>
> （乔叟《流芳之殿》，II，第 730 行起）

　　因此，所有物体的坠落在我们眼中都是万有引力"法则"的体现，然而，在中世纪人眼中，这却说明世间万物都有一种趋向其"自然位置"（kindly stede）的"自然禀性"（kindly enclyning）；这个位置就是地球，即全宇宙的中心：

> 世界上所有事物都渴望趋近于那个中心。
>
> （高尔，《一位情人的忏悔》，VII，234-245）

　　这是中世纪以及随后的时代所常用的语言。"大海天然渴望追随"月亮，

---

① 　Cf. Dante, *Par.* 1, 109 sq. ——原注　但丁在《天堂篇》第 1 章中说，在宇宙的秩序中，每个类型的自然物都有自己的倾向，因所处地位不同，离其本源的距离也远近不同；它们受本能的冲动驱使，在万有之海上向各自的港口行驶。

乔叟如是说（《平民地主的故事》，F1052）①。"铁，"培根说，"带着独有的亲和力向磁石靠拢。"（《学术的进展》）②

　　紧接着就有一个问题出现了：中世纪思想家难道真的相信今人所谓的"无生命物"是有感觉、有意图的？毋庸置疑，答案总体是否定的。我说"总体"，是因为中世纪人将生命，甚至知性赋予了某一类特殊物体，即星体（我们今人则认为星体是无机物）。不过，据我所知，至少在康帕内拉（1568—1639 年）③之前，还没有人提出体系完备的"万物有灵论"；而且，改信这种学说的人始终不多。依据中世纪人的一般看法，地球上的存在物可分为四个等级：纯粹的物质实体（如石头），会生长的实体（如草木），会生长且发展出感觉的实体（如兽类），包含前三个特点且具有理性的实体（如人类）④。石头，依据其固有属性，是不会有欲求或欲望的。

―――――――――

① 　这是奥里利乌斯向阿波罗祈祷时所说的一句话。他希望阿波罗能代自己向月亮女神求情，让高涨的潮水吞没某一处海滩的巨石，这样他就能完成所爱的女人指派给自己的任务，让她忠于誓言嫁给自己。

② 　Everyman edn., p. 156. ——原注 这句话引自《学术的进展》第 2 卷。弗朗西斯·培根认为每一样事物都存在双重善：其中一重是关于它自身的，因为每个事物都是独立自足的；另一重是关于他者的，因为每个事物都是某个更大事物的一部分。后者是更大的、更有价值的善，因为它有益于维护或保存一个更大的形体。在培根看来，铁正因为被自身之中那个更大的善驱使，才向磁石靠拢。

③ 　托马斯·康帕内拉（Thomas Campanella），意大利文艺复兴时期的神学家、哲学家、诗人。文艺复兴是"万物有灵论"发展史上的一个重要时期。当时像布鲁诺这样的哲学家都属于万物有灵论者。康帕内拉的"万物有灵论"是以自己的"三质素说"为核心。在他看来，所有事物，从最低等的石头到人类再到上帝，都具有"潜能"（指的是存在的潜能，影响其他事物的潜能，被其他事物影响的潜能）、"智慧"（包括对自我的感受和认知）和"爱"这三种基本质素。

④ 　Gregory, *Moralia*, VI, 16; Gower, *Confessio*, Prol. 945 sq. ——原注 格列高里一世在《约伯记释义》中（VI，16）指出人和石头一样，都是存在的实体，人像植物一样能生长，像动物一样有感觉，像天使一样能运用"理性"；人与其他所有事物都有共通的属性，所以人堪称"小宇宙"。高尔在《一位情人的忏悔》中（"序诗"第 945 行起）复述了格列高里一世的观点，并补充道，当人这个"小宇宙"迷失方向的时候，"大宇宙"也会出现错乱、不和谐的状况。

我们也许会问中世纪的科学家，"那么，你为什么说得好像石头有意志似的？"也许他（他总是与人论理）会用反问句来驳斥："你们说我那一套关于'自然倾向'的语言表达的无非是字面意思，难道你们也希望别人照字面理解你们那一套关于'法则'和'遵从'的语言？难道你们真心相信一块正坠落的石头意识到了某位立法者正向它传达指令，觉得自己在道德或实践智慧上有遵从指令的责任？"于是，我们不得不承认，这两种表达事实的方式都是隐喻性的。吊诡的是，两相比较，反而是我们的语言更具拟人特点。说无生命物有一种返回家园的本能，既是将它们比拟为人，也是将它们比拟为鸽子；但是说无生命物能"遵从法则"，就是把它们当成人类，甚至当成公民来看待了。

尽管这两种说法都不能照字面理解，但这并不意味着采用哪种说法是无关紧要的。是像中世纪人那样将自己的欲求或渴望投射到宇宙中，还是像现代人那样把自己的治安系统和交通法规投射到宇宙上，这在想象或情感层面上是大有所谓的。中世纪那套古老的语言不断暗示我们，在纯粹的自然现象和我们最精神化的渴求之间是存在某种连续性的。如果（不管在什么意义上）灵魂来自天上，我们对天福的渴求本身就是趋向"自然位置"的"自然禀性"的体现。如《国王之书》（第173节）所说，

> 啊，疲惫的灵魂，总是来回飘移，
> 从来没有片刻的平息或安好，
> 直至你返回自己所来的故地，

那是你最初也是最适宜的窠巢。①

在物质内部，具有亲和力和排斥力的基质共有四种，两两相对②。乔叟在某处罗列了六种："热、冷、重、轻、湿、燥。"（《百鸟议会》，379）③但这个清单通常只有四项："热、冷、湿、燥"，就如《失乐园》第二卷第898行所示④。在弥尔顿的"混沌"中，它们显得如此原始天然，是因为"混沌"并非宇宙，而是它的原材料。神从这种原材料中造出了整个世界，我们从中看到的是各种基质的组合。这些基质相互结合而构成四大元素。热与燥的结合生成了火；热与湿的结合生成了气；冷与湿的结合生成了水；冷与燥的结合生成了土。（我们在后文会看到，它们在人体内聚合产生了不同的结果。）⑤除此以外，还有第五种元素或者原质，即以太；但那只存在于月亮的上方，我们凡人是不会有相关体验的。

在月亮之下的世界，即严格意义上的"自然"中，四大元素自发整顿，

---

① 乔叟《特罗伊拉斯和克芮丝德》第4卷第302行所在的那段诗并不是这节诗的"来源"（即使最简单地理解"来源"这个词）。乔叟把这个观念扭曲成一个关于情爱的奇喻，但国王詹姆斯又把乔叟的奇喻恢复成一个全然严肃的巧思。两位诗人都清楚地知道自己在做什么。——原注 乔叟原诗是这样的："啊，疲惫的灵魂，总是坐立不定，/为何你不飞离可悲之极的身体，/随它在地上匍匐而行？/啊，灵魂！藏在这可悲的窠巢里，/赶快飞出吧，冲破我的心壳，/追随克芮丝德，你挚爱的佳人，/此处不再适合你立命安身。"
② "热、冷、湿、燥"这些物质属性在英语里常被称作"基质"（qualities）。路易斯用"Contraries"来指称它们，更强调它们是两两对立的基质。
③ 这六种属性是乔叟在介绍高贵的"自然女神"时提及的。他说"自然女神"能让这六种属性按严格的比例交融在一起。
④ 弥尔顿在描写"混沌"时提到这四种属性：它们如同四位凶猛的战士，带着未成形的原子参与夺权争霸；"混沌王"作为裁判者反而让一切更为混乱。这个"混沌"迥别于乔叟提到的有序和谐的"自然"；弥尔顿说它既是"自然"的胎盘，也是"自然"的坟墓。
⑤ 参见下文第235页。——原注

各自回到属于它们的"自然位置"上。土元素是最重的，所以在中心部位沉积下来。在土之上是比它轻的水；在水之上，是更轻的空气。火是所有元素中最轻的，一得自由，就向上飞升，直至"自然"的外围，并在月球的轨道下，形成了一重天。因此，斯宾塞的"女提坦"在飞升的过程中，最先通过"大气层"，再穿过"天火层"，才抵达"月球的环轨"（《仙后》，VII，vi，7—8）①；在多恩笔下，伊丽莎白·特鲁里的灵魂从大气飞至月球，但飞得太快，她不确定自己是否从"天火层"中穿过（《第二个忌日》，191—194）②。当堂吉诃德与桑丘想象自己升腾到"天火层"的时候，堂吉诃德害怕自己身上着火（II，xli）③。火焰总是向上燃烧，是因为火焰中的"火"正在寻找它的"自然位置"。但是，火焰是不纯粹的火，正因为不纯粹，火焰才能被肉眼所见。在月球之下形成"天火层"的"原质之火"是纯粹的，不掺杂任何杂质，所以无形无色，完全透明。这种"火元素"后来被"新哲

---

① 　这位"女提坦"就是"无常"（Mutabilitie）。最初"自然"是秩序井然，法则分明的，但"女提坦"改变了它的面貌，打破了自然界和人类社会的一切法则和标准，并将所有生命体都带向了死亡。"女提坦"主宰了月亮之下的世界以后，并不感到满足。她还要飞到月亮之上的诸天，僭取朱庇特的统治权。

② 　1610 年多恩的赞助人特鲁里爵士（Sir Robert Drury）15 岁的女儿伊丽莎白·特鲁里（Elizabeth Drury）早逝，多恩在 1611 年、1612 年分别作了两首诗《第一个忌日：世界的解剖》和《第二个忌日：灵魂的历程》来悼念她。在前一首诗里，伊丽莎白之死象征着世界的衰败；在后一首诗里，伊丽莎白的灵魂进入天堂，预示着希望的重生。

③ 　堂吉诃德坐着木马"飞过"冰雹雪花和雷电霹雳所在的那两重天以后，觉得木马即刻就要飞抵"天火层"，不由得担心地说，自己还不知道该怎么操纵木马的机关才不会飞冲到"天火层"里，引火烧身。公爵的家人一听，就烧了一小块亚麻，用竿子挑着来熏堂吉诃德和桑丘，让他们产生快飞抵"天火层"的感觉。果然，桑丘觉得自己的胡子都快被烧焦了，以为他们与"天火层"近在咫尺。

学""灭得差不多"了①。多半出于这个原因,多恩才让伊丽莎白·特鲁里快速飞升,免得在这个问题上纠缠不休。

托勒密式的宇宙格局如今已是广为人知,我在此尽可能描述得简明扼要一些。地球是圆球状的,处于宇宙的中心,包围它的是中空透明的圆球,一个套着一个,上面的圆球当然要比下面的大。这些圆球就是"天球"②,"天穹",有时又被称作"原天"(elements)。在前七重天中,每一重都有一个发光星体。从地球往外,依次是月球、水星、金星、太阳、火星、木星、土星,即"七大行星"。在"土星天"之外,是"恒星天",安置于此处的星体之所以现在仍被称作"恒星",是因为它们之间的相对位置是恒定不变的,有别于行星之间的相对位置。在"恒星天"之外,还有一重天,叫"原动天"。"原动天"并未承载发光的星体,所以无法给我们留下感官证据;中世纪人推断它存在,是为了解释其他八重天的运动。

在"原动天"之外是什么?这个问题是不可避免的,最早的一种答案是亚里士多德给的。"天之外并无空间,也无虚空或时间。因此,那里不管有什么,它都具有这样一种特点:既不占据空间,也不受时间影响。"③

----

① 这几个短语出自《第一个忌日:世界的解剖》第205—206行。这首诗从205行到215行的大意是:新哲学怀疑一切,火元素基本被扑灭,太阳不见了,地球也消失了,没有智慧可以指引人类找到它们。人们无所谓地说,这个世界已经完蛋了,在诸多行星上,在苍穹中,他们已经找到无数新世界;他们看到这个世界崩塌了,又被碾成纷乱的原子。一切都破碎了,不再相互黏合,君臣父子的关系都已遭人遗忘。多恩在这几行诗里表达的是15、16世纪的科学新发现、新理论对中世纪模型和伦理观所造成的冲击以及人处于其间的迷向感。
② 原文为"sphere",指的是中世纪模型中围绕地球运行的透明空心球。本书将其译为"天球",以区别于"天体"(bodies或heavenly bodies),后者指的是被天球包裹的、在天球中运行的星体。译者有时会根据中文的措辞习惯,将"sphere"译成"天"或"重天",比如"九重天""第一重天"或"某一重天"。
③ *De Caelo*, 279a.——原注 这句话里的"虚空"指的是不存在任何物质的空间。亚里士多德认为"虚空"本身就是不可能存在的。

即使最好的异教理论在声调上也是虚怯、低抑的。可是，一旦为基督教所用，这个理论的声音就变得高调、欢悦了。所谓的"天之外"，在另一个意义上，就是"真正的天"，如伯纳德斯所说，"为神所充盈"①。所以，当但丁穿过最后一道边界的时候，贝雅特丽齐跟他说，"我们已经离开那个最大的物质天球，进入最高天，这里只有纯粹的光，精神的光，充盈着爱的光"（《天堂篇》，XXX，38）②。换句话说，正如我们接下来会更清楚地看到的那样，整个空间式的思考方式在这条边界线上崩溃了。一个三维空间，就一般的空间意义而言，是不会有"终点"的。空间的终结就等于"空间性"的终结。在物质宇宙之外的光是精神之光。

时至如今，人们关于中世纪宇宙大小的意识，就普遍程度而言，并不如对其结构的了解；在我的有生之年里，有一位杰出的科学家对错误观念的传播起到了推波助澜的作用③。本书的读者很可能已经知道，从宇宙的标准来看，地球不过是一个点而已——它的大小是测量不出来的。如"西庇阿之梦"所示，天上的星辰都大于地球。6世纪的伊西多尔知道太阳比地球大，而月亮比地球小（《词源》，III，xlvii-xlviii），12世纪的马蒙尼德④声称每个星球的体积都是地球的九十倍，13世纪的罗杰·培根⑤只是说，即使最小的星体也要大于地球⑥。至于对距离长短的估量，我们很幸运有《南

---

① *De Mundi Universitate*, II Pros. VII, p. 48. ——原注 伯纳德斯说只有"天"才被神所充盈，因为"天"的位置要高于以太层、纷乱的大气层和不纯净的地球，神不会委身于这些卑下之所。

② 更准确地说，是第38—40行。

③ J. B. S. Haldane, *Possible Worlds* (1930), p. 7. ——原注

④ 马蒙尼德（Maimonides，1135或1138—1204年），犹太思想家。

⑤ 罗杰·培根（Roger Bacon，约1214—1293年），修士，哲学家，炼金术士。

⑥ Lovejoy, *op. cit.* p. 100. ——原注 培根又接着说，这最小的星体，与诸天相比，可以说是微不足论的。

英格兰圣徒传》作为证词；这部作品曾经广受大众喜爱，比所有学识深奥的著作都能更好地解释普通人想象中的中世纪模型。我们从这本书中得知，即使一个人以每日"四十英里或更快一点的"速度向上行进，他仍然无法在 8000 年后抵达"恒星天"（"你们所见过的最高天"）[①]。

　　这些资料不过是一些值得玩味，却又非妙趣横生的"珍奇古玩"。它们唯一的价值就在于让我们体会到这样的宇宙模型如何影响它的信奉者，这样我们才能更完全地进入到先人的意识中。要有这样的体会，诀窍并不在于书本的学习。星光璀璨的夜晚，你应当亲自到外头走一走，走上半个钟头，带着旧宇宙观的视角来观察夜空。要记住，此时的你有了一个绝对的上下方位。地球位于正中心，处于最低的位置；不管从哪个方位向地球运动，那都属于向下运动。作为现代人，你将星辰放置在距离你很远的地方。可此时你必须用其他概念来替代"距离"，这就是我们所说的"高度"，即一种十分独特且更为具体的距离，它能立即在我们的肌肉和神经中引发感应。中世纪模型的高度足以让人产生眩晕感。但与现代天文学里星辰距离地球的远近相比，中世纪天文学中星辰的高度可以说相形见绌；不过，这个事实并没有你所预想的那么重要。在人类的心智或想象中，一千万英里与十亿英里没有什么不同。二者可以靠理智来理解（也就是说，我们可以对二者作加减乘除），却无法靠想象来把握；我们想象力越强大，对这一点把握得越好。真正重要的区别就在于中世纪的宇宙，尽管大得无法想象，但分明是有限的。由此产生的一个意外结果就是人们更能生动地感受到地球的渺小。在我们的宇宙观中，地球无疑是渺小的；但星系也是渺小的，所有东西都是渺小的——这能说明什么呢？但是在中世纪人的宇宙观

① 　 Ed. C. d'Evelyn, A. J. Mill (E.E.T.S., 1956), vol. II, p. 418. ——原注

里，有关于长短比较的严格标准。最远的天球，即但丁所谓的"maggior corpo"①，是宇宙中最大的物质实体，这是简单明了、板上钉钉的事实。因此，修饰地球的"渺小"一词就具有了更为绝对的意味。此外，因为中世纪宇宙是有限的，它就具有了形状，一个完美的圆球状，其中万物形形色色却又井然有序。用现代人的眼光眺望外头的夜空，就像眺望一片逐渐消失在远方云雾中的大海，或者像在荒无人迹的森林里四处观望——满目的树木，而见不到开阔的远景。仰望这个昂然耸立的中世纪宇宙，更像是在瞻仰一栋宏伟的大厦。现代天文学中的"空间"可能会引发惊恐、困惑或者茫然的遐想；而古老天文学中的天球则提供了一个人类心智可以安居于其间的载体，它的宏大令人难以承受，它的和谐却令人深感安慰。在这个意义上可以说我们的宇宙观是浪漫式的，而他们的宇宙观则是古典式的。

　　这就解释了为什么这种无路可循、彷徨难决、犹若身陷陌生之地的感觉——也就是"恐旷症"——在常常把我们带上高天的中世纪诗歌中是明显不存在的。但丁诗歌的主题按理说会引发这种感觉，但他从来没有营造这样的氛围。即使最蹩脚的现代科幻小说家在这方面所能做的，也要胜过但丁。帕斯卡尔在面对"这些无限空间的永恒沉寂"②时感到的恐惧从来没有闯进但丁的心扉。他就像被人引领着走进一座恢宏的大教堂，而不像迷失在无涯无际的大海上。后者属于现代人的感受，在我看来，这最早出现在布鲁诺的著述中③。它跟随弥尔顿走进了英国诗歌：他曾见到月亮漂泊在

空中，

> 就像一个迷途难返的旅客，
> 身陷在茫茫无路的长天里①。

后来，在《失乐园》中，他设计了一种极具创意的方法，既能保留那个重重叠叠的有限宇宙所有昔日的荣光，又能表达关于"太空"（space）的新意识。他将他的世界包裹在一个内部明光灿灿、秩序井然的圆壳中，并将它垂挂在天堂的基座下。在此之外，便是"混沌"，或者说"无底的深渊"（II，405），或者说"未具形质的暗夜"（II，438）；在那里，"长度、阔度和高度，/时序和方位都已消失"（II，891—892）。他也许是第一个完全在现代意义上使用"space"（太空）这个名词的作家："太空中将要产生一些新世界。"（I，650）②

不过，必须承认的是，中世纪人在强调宇宙的大小对精神和情感造成冲击的同时，有时却忽略了它造成的视觉效果。但丁在《天堂篇》（XXVII，81—83）中从"恒星天"俯瞰地球，看到从卡迪斯到亚洲这一北半球区域③。但是，根据中世纪模型，站在那样的高度，即使整个地球，也几乎是不可见的；说自己能看到地球表面某个标志，那就十分可笑了。在《流芳之殿》中，乔叟抵达的高度与但丁有天壤之别，因为他并没有离开大气，

---

① 弥尔顿的《沉思颂》第69—70行。
② 撒旦对众魔说，天上有消息说，上帝正准备在太空中创造新的世界，用以繁殖一种高贵的族类（即人类）。撒旦所说的"太空"指的是天堂与地狱之间那片黑暗的"混沌"。撒旦要从地狱潜回到天堂，必须穿越"太空"。
③ 卡迪斯是西班牙西南部的一座滨海城市。这里的"亚洲"具体指的是耶路撒冷。

飞到月亮之上。但即使是这样，要想认出地球上的"轮船"，甚至"野兽"，哪怕勉强认出来，也是极不可能的（II，846—903）①。

　　处于如此高的位置，绝不可能有这样的视觉体验，这一点在我们看来是显而易见的，因为我们从小耳濡目染的绘画作品都极力追求逼真的幻觉，严格遵守透视法则。如果我们认为以前的人不需要训练，只需要靠常识，就能像今人那样"观看"想象的场景，甚至观察自己居住的世界，这就大错特错了②。中世纪艺术是缺乏透视的，诗歌也是如此。在乔叟眼里，"自然"一律是前景；他不会描画有纵深的风景。无论是诗人还是艺术家，都不会对后世那种严格的"逼真幻觉术"（illusionism）深感兴趣。中世纪视觉艺术中事物的相对大小主要取决于艺术家在多大程度上想突出它们，而不是它们在现实世界中大小如何，或者它们距离艺术家多远。中世纪艺术家想要我们注意什么细节，就将它们展示出来，也不管这些细节是否真的可见。我相信但丁有能力知道从"恒星天"是看不到亚洲和卡迪斯的，但还是把它们写进了诗里。数百年以后，弥尔顿的拉斐尔从天堂的大门，也就是从整个恒星世界之外的某个位置——"其距离之远 / 是无法用可以名言的数字来表示的"（VIII，113—114）③——俯视人间，他不仅看到了地球、地球上的陆地、伊甸园，还看到了"雪松"（V，257—261）。

　　关于中世纪人，甚至伊丽莎白时代人的想象，我们大体可以说，这种想象，就色彩和动作而言，是十分生动的，即使在处理前景事物时，也

---

①　乔叟后来又补充说道，要继续往上飞一段时间以后，整个地球，包括其上的万物，才缩小成为一个点。

②　参见 H. E. Gombrich, *Art and Illusion* (1960).——原注

③　拉斐尔说从上帝的住处到伊甸园的距离非常遥远，他早晨从天堂出发，到中午才能抵达伊甸园。

是如此，但它很少会一以贯之地遵循某种比例（不过，但丁的想象另当别论）。我们碰到巨人和侏儒，但我们无法发现他们确切的大小。就此而论，《格列佛游记》是一部新奇之作[①]。

第二节　诸天的运转

　　到目前为止，对宇宙的呈现都是静态的，现在我们要让它运转起来。

　　所有力量、动态和效能都是由上帝传导给"原动天"的，是促使它运转的动因；其中涉及的确切因果关系，后文会进一步讨论。"原动天"的旋转促发了"恒星天"的旋转，而后者又继而促发了土星天的旋转，以此类推，一直到最底下那个旋转天球，即月亮天为止。但是，还有一个更复杂的问题。"原动天"的旋动方向是从东到西，每二十四个小时绕转一周。在它之下的诸天（受其"自然禀性"决定）自西向东旋转，但要慢很多，需要36000年才能完成一次循环[②]。但是，"原动天"每日的旋转冲力，就好比涡流或洄流，会强行将它们拽回去，所以，它们实际上是从东到西运转的，但由于它们奋力要朝相反方向运行，向西的速度就受到了牵制。因此，乔

----

①　参见下文第 181—183 页。——原注 在《格列佛游记》中，利立浦特和布罗卜丁奈格两个国家与普通人类世界的大小比例是固定的，小说中很多细节描写都体现了这一点，由此可见斯威夫特的科学精神和严谨思维。

②　路易斯这句话的意思是："原动天"下面的八重天如果没受到"原动天"影响，需要三万六千年才能完成一次由西向东的循环。

叟有这么一段"呼天"之诗：

> 噢，先万类而动，残暴的天穹！
>
> 你总是日复一日逼迫着万物众生，
>
> 将它们从东推向西，不可自控；
>
> 依照禀性，它们本应反向而行！
>
> （《坎特伯雷故事集》，B 第 295 行起）①

　　读者此时应该明白这不是主观随意的想象，而是像哥白尼的假说那样，属于一种"工具"，一种用以含纳观测到的现象的思想构架。最近有一位作者②提醒我们，在中世纪人建构宇宙模型时所作的数学运算中，有不少都是十分可靠的。

　　除了推动力以外，各个天球（向地球）所传导的还有所谓的"星效应"（influence）——占星学的主要内容。占星学并不专门属于中世纪。中世纪人是从古人那里继承了占星学，并将其遗赠给了文艺复兴时代的人。"中世纪教会不赞成这门学科"这个说法本无大问题，却常遭到误解。正统神学家能接受的是这条理论：行星可以影响世间万事和人心，甚至影响植物和矿物。教会反对的不是这个理论。它反对的是由其而生的三大支系。

　　（1）反对以占星学为基础的各种预言行为；这些行为唯利是图，在政治上也不讨人喜欢。

　　（2）反对占星学里的决定论。"星效应"之说可能会被大力强调，以至

---

① 乔叟在《律师的故事》这四行诗中其实哀叹的是公主康丝坦斯无法主宰自己的命运，被迫听从罗马皇帝的安排远嫁异邦。

② A. Pannecock, *History of Astronomy* (1961). ——原注

于连自由意志都有被否定的危险。这时神学必须为自己辩护，驳斥这种决定论，正如它后来要驳倒其他形式的决定论一样。阿奎那对此问题阐述得很清楚①。他并未质疑诸天的物理影响力。天上的星体影响人间的物体，包括人类的身体。通过影响我们的身体，它们进而能够影响我们的智思和意志②，但并不必然如此。说它们能够影响，是因为我们高级官能总免不了从低级官能那里接受刺激。说并不必然如此，是因为我们的想象力③固然受到了波动，但由此而生的只是采取这种或那种行动的倾向，而非必然的行动。倾向性是可以克服的；因此，智者懂得抵制星辰的效应。但更多的时候，倾向性是难以克服的，毕竟大多数人并非智者；因此，就像统计预测一样，占星术对大规模人群所作的行为预测往往是需要确证的④。

（3）反对可能暗含或鼓励行星崇拜的做法；行星毕竟是所有异教神中最顽固难除的。关于如何在农业中使用行星意象，艾尔伯图斯·麦格努斯作了合法和非法运用的规定。将刻有行星象形字或符号的金属板埋在田地下是可以允许的；但把它和符咒一起使用，那就不可以了（《天文瞭望》，X）。

尽管中世纪教会如此警惕行星崇拜，但神灵之名仍然被用来指称诸行星；它们在诗歌艺术中的形象全都源于异教诗人笔下，到后来，信仰异教

---

① *Summa*, Ia, CXV, Art. 4.——原注
② 阿奎那认为天体运动对意志（will）的影响要小于对智思（reason）的影响。人的意志尽管会因激情而波动，但意志保留了顺从或压制激情的潜力。
③ Cf. Dante, *Purg.* XVII, 13-17.——原注 路易斯的原文是 "imaginative power"。在阿奎那的语境中，"想象力" 与 "认知力" 和 "记忆力" 一样，都属于 "智思" 的范畴。在《炼狱篇》第17章中，但丁声称 "想象" 并不总是靠感官为它提供素材，有些时候推动 "想象" 的是 "在天上形成的光自身，或者是把这种光引导到下界的意志"，即诸天的自然影响或神的意志。
④ 阿奎那认为占星学所预言的真理只符合大多数情况，很笼统，有些个案是不适用的，因为人还是有可能运用自由意志来控制自己的激情。

的雕塑家也对此贡献颇多。这样的形象有时颇具喜剧性。在古人笔下，玛尔斯是一位全身武装、站于两轮战车上的勇士；中世纪艺术家将这样的形象转化成自己时代的表达，把他描绘成了一位披着板甲、坐在四轮运货马车上的骑士①，这很可能为克雷蒂安创作《兰斯洛特》这个故事提供了启示②。现代读者有时会讨论，当一位中世纪诗人提及朱庇特或维纳斯时，他究竟指的是某颗行星还是某位神灵。这样的问题不大可能只允许有一个答案。在没有明确证据的情况下，我们绝不应该想当然地认为他们在高尔或乔叟的诗中，就像在雪莱或济慈诗中一样，不过是虚构的神话人物。他们其实不仅是神灵，也是行星。倒不是说中世纪基督教诗人信奉行星，所以信奉这些天神；而是说，所有这三者——天空中可见的行星，"星效应"的来源，以及天神——通常作为一个整体作用于他们的心智。我还没有找到证据可以说明当时的神学家会因此感到不安。

　　已经清楚七大行星特点的读者可以跳过下面这几段话：

　　萨图恩（土星）。他的效应所导致的结果，体现在土壤中，就是铅；体现在人身上，就是忧郁的性情；体现在历史上，就是灾难性事件。在但丁笔下，他所居的那重天是留给潜心默想之人。人们常把他与疾病和老年联系起来。在传统想象中，"时间"是一位手执长柄大镰刀的长者，这个形象

----

① 　参见 J. Seznec, *The Survival of the Pagan Gods*, trans. B. F. Sessions (New York, 1953), p. 191. ——原注

② 　克雷蒂安·德·特洛亚（Chrétien de Troyes）是法国 12 世纪后期诗人，多部作品以亚瑟王传说为题材。他是最早一位将兰斯洛特引入亚瑟王传说，并确立其重要地位的作家。《兰斯洛特》这部作品的副标题是 "the Knight of the Cart"。"the Cart" 既可以理解为"四轮运货马车"（即路易斯所说的 "farm-wagon"），也可以理解为"囚车"。兰斯洛特在追赶被劫持的王后桂薇妮亚的路途中，马匹因劳累猝死，兰斯洛特为尽快将心爱之人解救出来，只好坐上一位侏儒所驾的马车，一路上受尽歧视。依据《兰斯洛特》一诗，在中世纪的市镇，坐在这种马车货筐里的一般是被游街示众的罪犯（第 320 至 343 行）。

衍生自更早的萨图恩画像。《骑士的故事》（A 第 2463 行起） 就详细记述了他的活动如何引发毁灭性的变故、瘟疫、谋反、一般意义上的噩运①。萨图恩是七大行星中最为可怕的，有时被称作"大灾星"（Infortuna Major）。

颇让人失望的是，众神之王朱庇特（木星）在土壤中孕育的是锡；在罐头产业兴起之前，这种锃亮的金属所唤起的想象因人而异。他在人类身上造就的性格可以用"快活"（jovial）②一词来形容，但还是难以尽意，说明它不大容易把握；它不再像"忧郁"那样，是人类性格的一种原型。我们可以说这是一种王者的性格；但是，一提到"王者"，我们势必就会想到端坐在宝座上、安详沉着、自得其乐的君主。"快活"的性格是欢愉、喜乐的，但又有节制，不慌乱，心胸宽广。这颗行星一旦主导运势，我们就能迎来太平的日子和繁荣的前景。在但丁作品中，智慧而公正的君主死后去了这一重天。朱庇特是最理想的行星，被称"大福星"（Fortuna Major）。

玛尔斯（火星）生成的是铁。他赋予人类勇武好战的性格，即巴斯妇所说的"刚硬坚厉"（D, 612）③。但他是一颗煞星，即"小灾星"（Infortuna Minor）。他是征战杀伐的罪魁祸首。显而易见，正因为如此，但丁将殉道士安排在玛尔斯所属的那一重天；不过，我猜测还有一个原因，那就是但丁误以为"殉道士"（martyr）与"玛尔斯"（Martem）④在词源上存在

---

① 阿赛特与帕拉蒙为赢得艾美莉，各自去庙里向战神和美神祈求帮助，从而引发了玛尔斯与维纳斯之间的争执，连朱庇特也难以从中调解。饱经沧桑、富有智慧的萨图恩于是站出来调和两位天神的矛盾，在作出仲裁之前，他说了一番话来解释自己对人间事务的影响。

② "jovial"一词源于"Jove"，即诸神之王朱庇特。

③ 这是《坎特伯雷故事集》中巴斯妇用以形容自己的一个短语，她说正是玛尔斯赋予了自己这样的性格。

④ 在拉丁语里，"Martem"是"Mars"的单数宾格形式。

联系。

　　到太阳①这里，神话学与天文学之间的对应几乎断裂。在神话里，朱庇特是诸神之王，但金子这种最高贵的金属却是太阳生成的，太阳是整个宇宙的眼睛和心灵。他让人变得富有智慧，心智开阔，太阳天是神学家和哲学家栖居之所。尽管太阳与其他行星一样，实际上并不会冶炼金属，但人们却较经常提及他的冶金活动。我们在多恩的《亚洛芬尼斯与伊底俄斯》中读到有一种土壤可被太阳转化为金子，只是离地表太远，阳光难以发挥效用（61）②。斯宾塞的玛门取出他的秘藏，在太阳底下晾晒。如果他的秘藏就是黄金，那就没有必要这么做了。那东西还只是灰色的，要经玛门晾晒后，才可能变成金色③。太阳促成的是幸运之事。

　　在降福赐祥这一方面，维纳斯（金星）仅次于朱庇特；她是"小福星"（Fortuna Minor）。铜是属于她的金属。塞浦路斯曾以铜矿闻名，铜是属于塞浦路斯的金属④，维纳斯或阿芙洛狄特在塞浦路斯岛备受崇拜，维纳斯就是 Κύπρις，即"塞浦路斯女神"；如果我们注意到这些，就不难理解维纳斯与铜之间的联系。维纳斯带给凡人美貌和爱欲；她促成历史上的幸

---

①　在古代和中世纪的天文学中，太阳也是一颗围绕地球旋转的行星。

②　《亚洛芬尼斯与伊底俄斯》，又称《田园诗：正值萨默赛特伯爵婚礼之际》，是多恩诗集《婚庆喜歌》中的一首。亚洛芬尼斯责问伊底俄斯为何逃遁到乡野，没来宫廷参加伯爵的婚礼，伊底俄斯作了辩解，并念诵了十一首婚庆短诗与众人分享。亚洛芬尼斯之所以说到这种土壤离地表的远近决定了它能否被太阳点化成金，是为了驳斥伊底俄斯的论断：隐于乡野，与居于宫中并无不同，在此即在彼。

③　*F.Q.*, *versicle* to II, vii. ——原注　这是路易斯的机智联想。事实上，在《仙后》第 2 卷第 7 章中，斯宾塞并未明说玛门为何要在洞口晾晒金子。他点数了堆聚在玛门身旁的金子都有哪些类型，比如，还未在火炉里精炼的金矿石、新铸造的四方形金锭、刻有古代君主头像的圆金盘等。但斯宾塞并未提及那种可以晒成黄金的特殊灰土。

④　拉丁文里"铜"的单数主格是"cuprum"，与"Cyprus"（塞浦路斯）的拼写较为相近，与"Cyprius"（"Cyprus"的形容词）的单数中性主格形式"Cyprium"也十分接近。

运之事。但丁并非那种容易让人看透的诗人，他并没有像我们期待的那样，让金星天成为仁慈之人的居所，而让它成为在世时爱得热烈、爱得无度，如今已经忏悔之人的归宿①。但丁在这里遇到了曾四次为人妻、两次为人情妇的库妮萨②和妓女喇合③（《天国篇》，IX），这里的人在不停地快速飞动（VIII，19-27）④，与《地狱篇》第五章中不知悔悟、被飓风裹挟的恋人⑤既有不同，亦有相似之处。

墨丘利（水星）所生成的是水银。但丁将这重天留给了行善施惠之人。不过，伊西多尔声称这颗行星之所以被称作墨丘利（Mercurius），是因为他是商利的保护者（mercibus praeest）⑥。高尔说出生在水星之下的人"爱好学问"，"长于写作"，

> 不过，他也将不少心思
> 放于钱财上，为其奔忙多时。

---

① 在《天国篇》中，灵魂在诸天的位置，仍然受到生前所犯罪过的影响。
② 库妮萨是维罗纳公爵埃泽利诺·达·罗曼诺（1198—1279年）的妹妹。她受金星的影响支配，一生有过不少风流韵事，但晚年行善颇多，死后灵魂升天，成为圣徒。
③ 关于妓女喇合（Rahab）帮助约书亚派到耶利哥城的两名探子，因信称义的故事，见《约书亚记》第2章和第6章。
④ 这些人飞舞的速度其实并不完全相同，而是有快有慢，源于他们对上帝观照的深浅程度不同。
⑤ 这些恋人生前让自己的灵魂受激情摆布，死后被打入地狱第二层，被狂风永无休止地追逐和摔打。
⑥ 参见 Augustine, *De Civitate*, VII, xiv. ——原注 "mercibus praeest" 译为 "掌管买卖" 更好，奥古斯丁说墨丘利本身即 "言语"，"言语" 管控买卖，是因为商品交易离不开买卖双方的言语交流。另外，这句话的主语应该是 "奥古斯丁"；"伊西多尔" 是路易斯的笔误。

（《一位情人的忏悔》，VII，第 765 行起）①

巴斯妇特意将墨丘利与神职人员联系起来②。在马提亚诺斯·卡布拉③的《菲洛乐哲与墨丘利的婚礼》④ 中，墨丘利是菲洛乐哲（Philologia）——代表"学术"，甚至"文学"，而非我们今天所谓的"语文学"（philology）——的新郎。我较有把握地说，在《空爱一场》⑤ 末尾，与"阿波罗的歌声"形成对照的"墨丘利的语言"指的是"精雕细琢"⑥ 或偏重修辞的散文⑦。从所有这些特点里很难找出某种统一性。"艺湛心切"或者"活泼机敏"是我所能做的最好的概括。不过，也许还可以在托碟上滴几滴水银，好好玩一会儿。你会发现"Mercurial"⑧ 所谓何意了。

我们自上而下一路走来，到了月亮这里，就可以跨过那一条我之前经常必须提及的大边界：从以太进入大气，从"苍穹"进入"自然"，从诸神（天使）之境进入精灵之境，从必然之国进入变数之国，从不朽的世

---

① 高尔认为出生在水星之下的人喜欢悠闲安乐，懒于辗转奔波，不过，依然会花一些心思搜寻和积聚财富。

② 乔叟借巴斯妇之口说墨丘利所爱的是"智慧与学识"，与喜爱消费作乐的维纳斯截然相反；作为墨丘利代表的神职人员很少称赞已作人妻的女人。

③ 马提亚诺斯·卡布拉（Martianus Capella），马克罗比乌斯的同时代人，最早有系统地提出七大博雅之艺的学者之一，对中世纪的教育影响很深。

④ *De Nuptiis Philologiae et Mercurii*, ed. F. Eyssenhardt (Lipsiae, 1866). ——原注

⑤ 《空爱一场》是莎士比亚早期的一部喜剧，写于 16 世纪 90 年代中期。

⑥ "精雕细琢"（picked）是剧中一位叫霍罗福尼斯（Holofernes）的人物评价西班牙人亚马多（Armado）时所用的一个词语（5.1.13）。

⑦ 亚马多与众人听完宫人念诵的《春之歌》和《冬之歌》这两首诗之后，说道："听罢了阿波罗的歌声，墨丘利的语言是粗糙的。"（5.2.995）即使讲话注重修辞的亚马多也不得不承认，再好的散文语言也比不过诗歌。

⑧ "Mercurial"用于形容人的性情，有"多变""无常"之意；用于形容人的心智，有"机智""机敏"之意。这与水银易热胀冷缩、易挥发、易流动的属性有相通之处。

界进入可朽的世界。多恩①、德雷顿②等人的一些诗节会提到"月亮之外"（translunary）或"月亮之下"（sublunary），除非我们将这个"大分水岭"牢牢记在心间，否则将无法领会这些诗节所蕴含的思想力量。我们会将"月亮之下"当作"太阳之下"，用它来模糊替代"无论何处"，可实际上中世纪人用它是有精确所指的。高尔说，

> 我们生活在月亮之下的人类，
> 脚踩着无常，立于宇宙中；
> （《一位情人的忏悔》，"序诗"，第142-143行）

他的"月亮之下"就是指月亮下面的世界。如果我们生活在月亮之上，就不会饱受变幻无常之苦。乔叟的"自然女神"说，

> 在这有盈亏圆缺的月亮之下
> 万物都交由我来代管；③
> （《坎特伯雷故事集》，C，第22-23页）

她其实将易变的人世与那个无生无灭的月亮之外的世界作了区分。当

---

① 多恩在《离别词：莫伤悲》一诗中说到"凡尘俗世"（sublunary）男女的爱情是经不起别离的。

② 迈克尔·德雷顿（Michael Drayton，1563—1631年），伊丽莎白时代著名的英国诗人。德雷顿曾称赞马洛的诗充满了原初的诗人所具有的那种"超脱凡尘"（translunary）的绝妙品质。

③ 这是《医师的故事》开头"自然女神"宣称自己能赋予世间生灵以各式形态和色彩时所说的一句话。

乔叟说"命运也许不敢伤害天使"（B 3191）①的时候，也许他想到的是，天使居住在以太之界，那个地方没有偶然的变故，也没有所谓的运道，不管那是福运还是噩运。

　　与月亮对应的金属是银。在人身上，她所造就的是"游移"（wandering）的禀性；"游移"一词有两大含义。月亮可以让人喜爱远游，如高尔所说，生在月亮之下的人将会"寻访众多陌生之地"（VII，747）。在这一方面，英国人和日耳曼人深受她的影响（同上，751-754）②。但是她也能导致心智偏移，尤其那种定期的精神失常；最早用以表达这个意思的词就是"lunacy"；得此病的人，如兰格伦③所说，"月亮在天时，或多或少 / 会变得疯癫"（C. x, 107-108）④。这样的病就是《冬天的故事》⑤里"危险的、害人的精神错乱（lunes）"（II，ii，30）⑥；据此（以及其他依据）可以判断，《哈姆雷特》四开本中无意义的"browes"和对开本中不合音律的"lunacies"⑦被

① 　出自《僧侣的故事》中关于路西弗的悲剧片段。乔叟说，尽管运道无法伤害路西弗，但他还是带着自己的罪从高天上堕落到地狱中，永世不得翻身。
② 　高尔认为英国人和日耳曼人之所以喜欢远游冒险，是因为受到了月亮的影响。在他看来，法国人的性情受水星影响较深。
③ 　威廉·兰格伦（William Langland，约 1330—1400 年），中世纪英格兰诗人，《农夫皮尔斯》是其代表作。
④ 　《农夫皮尔斯》的版本众多，大体可分为三种，分别以 A、B、C 三个字母来指代。括号中的 C 代表版本，x 代表第 10 章。
⑤ 　《冬天的故事》是莎士比亚的一部戏剧作品。
⑥ 　西西里国王疑心王后埃尔米奥娜与波西米亚国王波利克塞尼斯有染，将她打入大牢。忠心于王后的保利娜怒骂国王此举是精神错乱。
⑦ 　在莎士比亚的诗剧中，如果某个人物的台词末行不足十音节，作者往往会在下一个言说者的台词首行补全。路易斯说"lunacies"不合音律，是因为"Out of his lunacies"（国王克劳狄斯台词的末行）共有六音节，与下一行诗"We will ourselves provide"（吉尔登斯顿台词的首行，六音节）共凑成十二音节，而导致"亚历山大格式的诗行"（Alexandrine）出现，十分突兀。倘若将"lunacies"修正为"lunes"（单音节词），则能保证十音节的规则不被打破。

校订为 "lunes"（III，iii，7）① 是大体可靠的。但丁将月亮天留给那些已经入修会修行，却因为某种充分或可谅解的理由放弃这种生活的女子②。

我们会发现，抓住萨图恩和维纳斯的特点并不难，但朱庇特和墨丘利难以把握。这说明一个道理：行星的特性需要靠直觉把握，而不是用一堆概念加以建构；对其特性，我们需要"体悟"（connaître），而不是仅限于"了解"（savoir）。有时候，古老的直觉会保留下来；在无法借靠直觉时，我们会变得迟疑不定。随着视域的改变，几乎只有维纳斯的特性大体完整地保留了下来，而朱庇特的特性则消失殆尽。

依据渐次下移或间接传递原则，行星的效应不会直接作用于人类，而是先通过改变空气。正如多恩在《出神》中所说："天上的效应先作用于空气，/ 再降临到我们人类身上。"③ 瘟疫的罪魁祸首就是诸行星的会合方式，如此例所示：

> "自然"听到"良知"的呼喊，从行星里现身，
>
> 派出了他的暴徒匪兵，如热病、腹泻……
>
> （《农夫皮尔斯》，C. XXIII，第 80 行起）④

---

① 最早作此校订的是 18 世纪英国评论家路易斯·提奥波尔德（Lewis Theobald，1688—1744 年），后来被塞缪尔·约翰逊采纳。

② 参见《天国篇》第 3 章。毕卡尔达·窦那蒂（Piccarda Donati）是其中一位。

③ 即《出神》一诗第 57—58 行。多恩以此喻来说明灵魂的相知相爱需以肉身为中介。

④ "威尔"（Will）梦见"敌基督者"（Antichrist）将一群神职人员召集在自己身边，让"傲慢"高举旗帜，准备颠覆人类的"良知"。"良知"是基督教美德和"四枢德"的守护者和引领者，他呼吁众人团结在"神圣教会"的周围，并请求"自然"予以帮助。为了惩罚这些"敌基督者"的追随者，"自然"派出了他的部下："疾病""瘟疫""衰老"等。

有害的效应通过"在空气中"弥漫起作用。因此，当一位中世纪医生无法准确诊断病人的病因时，他会将病情归咎于"这种弥漫在空气中的效应"。如果他是一位意大利的医生，他无疑会说这是"questa influenza"（星效应）。"influenza"① 这个有用的词从此以后就保留在了医疗行业里。

无论何时，都有必要谨记，在中世纪语言里，"星座"（constellation）通常不像我们理解的那样，表示星辰的永恒排列形式。相反，它表示的是由星辰相对位置暂时构成的形态②。在《扈从的故事》里，那位制作了黄铜马的大师"等待过无数星座的运转"（F 129）③。我们应该翻译为"留心过无数星辰的会合（conjunction）"。

现代意义上的"效应"一词——在本书中我不得不常在此意义上使用该词——具有灰色的抽象意义，这其实也是现代语言所展现的整体风貌。我们千万要小心，别把这个干瘪、衰朽的词所剩的那点意味放回到较早时期诗人的使用语境中，因为在他们笔下，"效应"仍然是一个完全有意识使用的天文学隐喻。《欢乐颂》中女士们的"明亮眼眸 / 向下传导它们的效应"（121—122），这里"眼眸"其实被比成了行星。亚当对夏娃说，

> 我从你美目顾盼的效应中获得各种美德的提升。
> （《失乐园》，IX，309-310）

他这句话的内涵远比现代读者的理解更丰富。亚当其实是把自己比成地球，把夏娃比成朱庇特或维纳斯。

---

① "influenza"在现代英语里有"流感"的意思。
② 这意味着中世纪人也把行星之间的位置关系及其变化看成是"星座"的范畴。
③ 原文为"wayted many a constellacioun"。

诸天运转之图还有两大特征需要补充说明。

在现代人的宇宙想象中留下最深烙印的是这个观念：天上的星体都是在一片漆黑、极寒的真空中运转。但中世纪模型并非如此。我们从前面卢坎 ① 那段诗里看得出来，（依据最有可能的解释）我们地球上的白昼与庞培的灵魂升入的那个地方相比，就如同黑夜一般，但在中世纪文学中，我从来没遇见过这样的暗示：如果我们真能进入那个月亮之外的世界，我们必然会发现自己陷入黑暗的深渊中。从某种意义上说，中世纪人的宇宙体系，与现代人相比，将太阳放在了更核心的地位。太阳照亮了整个宇宙。所有的星辰，伊西多尔说，据说都不会自己发光，而是像月球那样，由太阳提供光源（《词源》，III，lxi）。但丁在《筵席》中对此表示赞同（II，xiii，15）②。我想，既然中世纪人并不知道空气能将物理之光扩散成环绕地球的色带（即我们所说的"白天"），我们必须想象这有无数立方英里的、内凹的浩瀚空间③必然处处都是被太阳照亮的。黑夜不过是地球投射的圆锥状的黑影。根据但丁的说法，黑影能一直延伸到遥远的金星天上（《天国篇》，IX，118）。由于太阳在不断运转，地球保持静止不动，我们必须想象这根长而黑的"手指"也会永不停歇地旋转，像钟表的指针一样；这就是弥尔顿把它称作"由黑夜的阴影延伸而成的 / 旋转天幕"（《失乐园》，III，556-

---

① 　参见上文第 64 页。还可参见 Pliny, *Nat. Hist*. II, vii。 ——原注 老普林尼也说月亮之外的世界是清澈明净的，被源源不断的光所充盈，不过他并未说人间的白昼与此相比，就如黑夜一般，只是说因为有黑夜，天上的星辰才能被人眼看到。

② 　但丁在《筵席》第 2 卷第 13 章中将人类的各门学问与七大行星进行匹配。他将太阳天比成算术，因为正如其他星辰需要太阳提供照明一样，其他很多学科也需要在算术基础上展开。

③ 　"内凹的浩瀚空间"指的是从地球到月亮的这部分空间，因为是从地球往上看，所以呈凹状。

557）①的原因。再往外一点，就没有黑夜了；那里只有"喜乐之地；在彼境，/白日从不会闭上他的眼睛"（《考玛斯》，978—979）。当我们抬头看夜空的时候，我们的目光其实穿越了黑暗，而不是停留在那里。

这片浩瀚的空间（尽管仍是有限的）并不是漆黑的，也不是沉寂的。如果我们的耳朵被真正打开了，正如亨利森所说②，我们就会感知到：

> "诸行星都在各自所属的那重天运转，
>
> 　　奏出和谐的乐音。"
>
> （《道德寓言集》，第 1659 行起 ）③

但丁就曾听过这样的声音（《天国篇》，I，78）④，特罗伊拉斯也一样（V，1812）⑤。

如果读者有意重做前面提议过的实验，即夜晚到外头散步，头脑中想着中世纪天文学，他就会体验到光明和音乐产生的效果。根据中世纪模型，令帕斯卡尔惊恐的"沉寂"纯粹是一种错觉；夜空看起来是黑的，因为我们是透过暗色的玻璃，即地球的阴影，来眺望夜空的。你必须想象自己正在仰望一个光明、温暖、回荡着音乐的世界。

---

① 《失乐园》第 3 章，撒旦从地狱偷偷潜回天堂，站在通往天堂的神梯上俯瞰四方。由于他所站的位置高于这块旋转的黑幕，所以能将周围的世界看得很清楚。

② 罗伯特·亨利森（Robert Henryson），活跃于 15 世纪中后期的苏格兰诗人。

③ 这两行诗出自《道德寓言集》中《燕子的说教》一诗。

④ 但丁在此处说上帝正是通过诸天对他的渴望让它们永恒运转，它们所奏的和音是经过上帝调节和调配的。

⑤ 在乔叟的《特罗伊拉斯和克瑞丝德》中，特罗伊拉斯死后灵魂升天，听到"游星"（即"行星"）所发出的优美和谐的天籁。

还有很多细节可以补充。不过，我避开了"十二宫""本轮"和"黄道"。它们对情感效应的贡献（这是我主要的关注点）相对较少，另外，如果不借助示意图，也很难将其解释清楚。

第三节 诸天的栖居者

我们说过，让"原动天"旋转的是上帝。现代的有神论者不大会问这个问题：这是怎么发生的？但是早在中世纪之前，就有人提出并解答过这个问题，答案后来被纳入到中世纪模型中。对亚里士多德而言，很显然，大多数物体会运动，是因为其他某个运动的物体正在推动着它。手自身处于运动中，才能让剑运动起来；风自身处于运动中，才能让船运动起来。但是，对他的思想至关重要的是，一个无限的运动链条是不可能存在的。所以，我们不能无止限地用一个运动来解释另一个运动。我们推导到最后，必然会推出一个自身不动，却能推动其他所有事物的存在[1]。这样的原动者只能是完全超验的、纯精神的神，祂"既不占据空间，也不受时间影响"[2]。不过，我们不要想当然地认为祂是通过实际行动来推动事物，因为这等于断定祂本身也处于某种运动中，我们还是没有找到那个全然不动的施动者。

---

① 参见亚里士多德《物理学》第 7 章第 1 节。
② 参见前文，第 145 页。——原注

祂是如何使事物运动的？亚里士多德回答说，"祂被爱而运动"[1]。也就是说，祂是作为被渴望的对象而推动那些渴望它的事物。推动原动天的是它对神的爱，在运转的同时，原动天将运动传导给了宇宙的其他部分。

要论述这类神学与以犹太教（其精华部分）和基督教为代表的神学之间的反向关系，似乎并不难。二者都论及"神之爱"。但在其中一种神学里，它的意思是众生对神孜孜以求、向上攀升的爱；在另一种神学里，它指的是神对众生怀有远虑、自上而下的爱。两种"爱"虽然方向相反，但并不是矛盾的。一个真实的宇宙可以包含这两种意义上的"神之爱"。亚里士多德描述的是自然的秩序，它永远体现在未堕落的月亮之外的世界中。圣约翰（"这就是爱，不是我们爱神，而是神爱我们"）[2]描述的是恩典的秩序：恩典之所以在人间做工，是因为人类已经堕落。我们会注意到，当但丁以"爱推动着太阳和其他星辰"来结束《神曲》的时候，他正是在亚里士多德意义上使用"爱"的。

但是，尽管二者并不矛盾，它们的反向关系倒能充分解释为何在属灵作家的著述中很少看到中世纪模型，为何他们著述的整体精神风貌与让·德·梅恩，甚至但丁如此明显不同。属灵书籍的对象是那些想寻求精神指导的人，所以这类书的目的是完全讲求实效的。真正与其相关的是恩典的秩序。

假设诸天是由对上帝的爱所推动，现代人也许会问为什么这种运动是以旋转的形式体现的。对任何古代或中世纪人而言，我相信这个答案是最明显不过的。"爱"总是试图分享它的对象的特质，变得尽可能与其相似。

---

① 　*Metaphysics*, 1072b. ——原注

② 　1 John iv. 10. ——原注

但是，受造物有局限，无法充分地分享神静止不动、无处不在的属性，就如同时间，不管它能将当下的瞬间扩增多少倍，也无法达到"永恒"，即"同时拥有全部"①。诸天要最大限度地像神那样神圣完美，无所不在，就只能以最完美的形式，即圆形，尽可能快速地、有规律地运动。每重天所企及的程度都不如上面那重天，旋转速度会相应减慢。

所有这些都意味着每重天或者居于每重天的生命体，是有意识的，智性的，被对上帝的"智性之爱"所推动。确实如此。这些高贵的生灵被称作"灵智"（Intelligence）②。关于天球中的灵智与作为物质实体的天球之间的关系，存在不同的看法。比较传统的观点是灵智"在"天球之中，犹若灵魂"在"肉身之中，所以，行星可以说是 εῶα（柏拉图大概会同意这一点），即天国的动物、有生命的天体或有实体的心智③。因此，多恩在谈到人类的身体时，会说："我们是灵智，而它们是天球。"④ 后来，经院哲学家的看法则有所不同。艾尔伯图斯·麦格努斯说⑤："我们与神学家一样，承认如果在严格意义上使用'灵魂'一词，可以说，诸天并没有灵魂，并不属于有生之物。但是，如果我们想要科学家（即哲学家）与神学家达成一致看法，

---

① 原文为"totum simul"，即"同时拥有或把握全部"之意，出自波埃修斯《哲学的慰藉》第 5 卷第 6 篇散文。在波埃修斯看来，"永恒"的存在能同时拥抱其全部的生命，不受时间先后顺序所限。

② 在路易斯看来，这些"灵智"有别于在天府中围绕上帝飞转的九级天使，不过，也还是属于广义上的天使群。为了体现英文"intelligence"与"angel"的区别，译者将前者译为"灵智"，而非采用常见的译法"神"或"天使"。

③ 路易斯这句话谈论的是"灵智"与"天球"的关系，用于阐释的却是居于"天球"中的"天体"。这看似有点错位，但正如本段第一句话暗示，"天球"和"灵智"的关系，就本质而言，与"天体"和"灵智"的关系属于同一问题，两者相通。路易斯引用的麦格努斯论及"天球"，但引用阿奎那时，却是选取他关于"天体"的论断。这一点读者阅读时须稍加注意。

④ *The Extasie*, 51. ——原注 这行诗中的"它们"指的是我与情人的肉身。

⑤ *Summa de Creaturis* Ia, Tract. III, Quaest. XVI, Art. 2. ——原注

我们可以这么说：在诸天之中确实存在某些灵智……他们可以被称作诸天的灵魂……他们与诸天的关系，并不等同于人类灵魂与肉身的关系：人类灵魂可以说是其肉身的圆满实现。这些说法是与科学家一致的，他们的论说只是表面上与神学家相抵触。"阿奎那遵循艾尔伯图斯的观点 ①。"有些人认为天体是有生之物，而有些人认为天体是无生之物；除了在语言表述上，两者几乎没有或者完全没有什么实质性区别。"

不过，这些在轨道上运行的"灵智"只是天使群中很小的一部分。从月亮到原动天之间的浩瀚以太中，栖息着无数以其为"自然位置"的天使。关于他们的种类和等级，前文已经作过描述。

到目前为止，我们都在描绘一个在物理空间中铺展的宇宙；从外围到中心（即地球）是一个由上而下的过程，神圣性、力量和速度依次递减。不过，我前面暗示过，精神宇宙恰好将这一切颠倒了过来：地球是宇宙的边缘，是外沿；在这里，存在的真实性开始弱化，几乎濒临非存在的边缘。《天国篇》中有几句令人震撼的诗（xxviii，第 25 行起）让我们永远铭记这一点。但丁在天国里看到上帝是一个光点，有七个同心光环 ②在围绕那个点旋转，最小的、离它最近的那个光环旋转得最快。这就是与原动天相对应的天使群，在爱与知识方面要高于其他天使群。如果我们的心智能彻底摆脱感官的束缚，我们就能发现真实宇宙的里外顺序恰好是颠倒的。尽管但丁的才学远非阿兰努斯所能比拟，但是他的论说并没有超越阿兰努斯将人

---

①   Ia, LXX, Art. 3. ——原注 阿奎那认为天体中的"灵魂"或"灵智"并不需要以天体为媒介实现其滋养、感受、理解功能，所以，天体并不是植物和动物那样的"有生之物"。将天体视为"有生之物"还是"无生之物"取决于如何界定"有生"。

②   但丁描述完这七个光环后，又提到了在最外头的第八个、第九个光环，所以实际上，共有九个光环围绕上帝旋转。

类和地球置于"城墙之外"① 时所说的那番话。

也许有人会问,在月球轨道之外那个不曾堕落的世界里,如何会出现"煞星"或"灾星"。但它们只就与我们的关系而言才算是凶邪之星。从但丁的安排中可以窥见这个答案所暗含的心理学意味。但丁将那些死后得享天福的灵魂安置在不同的行星上。源自不同行星的气质既可以被善用,也可以被滥用。出生在土星之下,你就有潜质成为怫郁之人和反叛者,或者成为冥想者;出生在火星之下,你就有潜质成为阿提拉② 或殉道士。即使你的行星迫使你滥用它的影响,你仍然可以通过忏悔寻找到属于自己的那种天福,就如但丁的库妮萨所示。"灾星"另一种凶恶的影响——瘟疫和灾祸——无疑是不能用这种方式化解的。罪魁祸首倒不在于星效应,而在于受其影响的尘世本身。星效应本身是善的,但人类、地球、空气对星效应的回应却给他们招来了祸凶,只不过神之正义允许这样的事情发生在堕落的人世上。所谓"凶恶"的效应其实是败坏的人世不能再加以善用的那种效应;腐化的受力者让施力者产生了凶恶的影响。我读到过的最详尽的论述出现在中世纪晚期一本饱受谴责的书里;不过,它受尽谴责,据我推测,倒不是因为这个缘故。这本书就是弗兰西斯科·乔治·维尼托(殁于 1540年)的《赞美宇宙和谐的三首诗》③。如果人间所有事物都朝着正确的方向,趋向诸天,就如特里美吉斯图斯④ 教导的那样,所有的星效应都将是至善

---

① 参见第四章第一节关于阿兰努斯的论说部分。

② 5 世纪前半期由亚洲入侵欧洲的匈奴族(the Huns)之王。

③ Parisiis, 1543. ——原注 弗兰西斯科·吉奥齐·维尼托(Francesco Giorgi Veneto)为意大利圣方济各会修士,他的《赞美宇宙和谐的三首诗》出版于 1525 年。

④ 特里美吉斯图斯,即赫尔墨斯·特里美吉斯图斯("三重伟大的赫尔墨斯"之意),据说是生活于远古时代的埃及智者。他是埃及的托特神(Thoth)与希腊本土信仰中的赫尔墨斯的杂糅或融合。

的。凶恶的影响之所以会产生，是因为某些事物有意偏离诸天的方向 ①。

　　不过，此时我们应该从以太下降至空气中，来到月亮之下的世界了。正如读者所知，空气是大气之灵，即精灵的"自然位置"。莱耶曼遵照阿普列乌斯的说法，声称这些生灵可以是善的，也可以是恶的。伯纳德斯也存此看法，他将空气分成两大区域，把善良的精灵安置在较平和安宁的上方，把邪恶的精灵放置在较动荡不安的下方 ②。但是，随着时间流逝，中世纪越来越占据上风的是这种观点：所有"精灵"（daemons）都是邪恶的；事实上，他们是堕落的天使或"恶魔"（demons）。阿兰努斯在《驳克劳狄安》（IV，v）中说起那些"空中居民"（对其而言，大气就是牢狱）时，所采纳的正是这种观点；乔叟就曾记得这段文字 ③。阿奎那曾明确将精灵与恶魔等同起来 ④。《以弗所书》中保罗关于"空中掌权者的首领"那番话（II，2）⑤ 可能与这一点有关，也可能与世人常将巫术与恶劣的天气联系有关。因此，《复乐园》中的撒旦称天空是"我们古老的占领地"（I，46）。但是，正如我们将看到的，关于精灵的性质仍存在诸多疑问，文艺复兴时期的新柏拉图主义恢复了早期的观点，而同时期的猎巫者则对新兴的观念越来越

---

① *Cantici Primi*, tom. III, cap. 8. ——原注

② *Op. cit*. II, *Pros*. VII, pp. 49-50. ——原注 在这两种精灵，即善良的守护精灵和作恶的精灵之间，其实还有一类精灵，即传梦者、释象者。

③ *Hous of Fame* II, 929. ——原注 乔叟在《流芳之殿》第 2 卷中也称这群精灵为"居民"（citezeyn），"空中之兽"（eyryssh bestes），但并未直接说他们是"恶魔"。

④ 1a, LXIV, i, et passim. ——原注 阿奎那认为"精灵"的行为有两种：一种源于自由意志，多属邪恶之行；另一种源于其本性，可表现为善行，但即使是善行，也是服从于邪恶的目的。就此意义而言，"精灵"与"恶魔"无异。

⑤ 《以弗所书》第 2 章第 2 节："那时你们行事为人随从今世的风俗，顺服空中掌权者的首领，就是现今在悖逆之子心中运行的邪灵。"

有信心①。在三一学院所保存的手稿中，《考玛斯》中的"守护精灵"被称作
"daemons"。

　　如果我们相信精灵将其活动范围限制在大气中，如果人们从未将精灵
与被冠以另一名字的生灵②等同起来，上文的介绍就已足够。下一章我将论
及这后一种生灵。

　　我不会再劝读者跑去做实验：到星光下走第三回。不过，读者此时也
许真不用到外头走动，只要依据本节的提示，润饰和修缮他已有的关于那
个古老宇宙的想象就可以。不管现代人在眺望夜空时有其他什么感受，最
起码他能感受到自己是在向外眺望——就像从轮船的大社交厅入口远眺黑
暗的大西洋，或者从明亮的门廊处远眺黑暗而凄凉的荒野。但如果你接受
了中世纪模型，你就会觉得自己是在向内窥探。地球处于"城墙之外"。太
阳升上天空时，光芒耀眼，我们无法看清里头的景象。黑暗，也就是地上
的黑暗，将帘幕拉起，我们可以窥见幕后豪华而盛大的景象：在这凹向地
球的广阔空间里，灯火通明，乐声四溢，处处充满着活力。我们向内窥视，
并不像梅瑞狄斯的路西弗那样，见到的是"受亘古不变律令支配的军团"③，
而是无餍之爱的狂欢。我们见到的是一群生灵的动息，他们灵性的感受只
能勉强以喝水行为作比：虽然焦渴得到愉悦的缓解，却没有完全消除。他
们总能毫无阻碍地将最高级的灵能运用于最崇高的对象；他们无法餍足，
因为他们无法彻底将祂的完美变为自身所有，但不会受挫，因为他们无时

---

① 　"早期的观点"指精灵有善恶之分这种看法，而"新兴的观念"指的是所有精灵都是邪灵
这个观点。
② 　"被冠以另一名字的生灵"指的是"仙灵"（faeries）。
③ 　出自维多利亚时期诗人乔治·梅瑞狄斯（George Meredith）的十四行诗《星光中的路西
弗》（第 14 行），指的是天空中按照永恒规律运转的行星。

无刻不在尽自己的本性，最大可能地趋近于祂。一幅老画①将"原动天"的灵智描绘成一位姑娘，她一边跳舞一边戏耍着手里的天球；对此，你无须感到诧异。不管你以前深信什么神学或无神论，都将它们放在一旁，让你的心灵向上攀升，穿越一重又一重天，直到抵达祂的所在，即万有的真正中心（但在你的感官里，那却是万有的边缘）；那是所有这些不屈不挠的"猎人"所追逐的猎物，那是所有这些"飞蛾"所趋向的却不会被其烧着的烛火。

　　这幅画极具宗教意味。这里所说的宗教是基督教吗？在中世纪模型中，上帝更像是被爱者，而不像爱人之人，人类是位于边缘的生灵，而在基督教的想象中，人类堕落和道成肉身以拯救人类则占据着核心地位；二者确实有显著的差别。但正如我之前暗示过的，它们也许并没有绝对的逻辑矛盾。这就好比说善良的牧羊人要去找回一头迷失的绵羊，是因为它迷失了，而不是因为它是羊群里最好的绵羊。它很可能是羊群里最不出色的②。不过，二者至少在精神气质上存在深刻的冲突。这就是为什么在属灵作家的著述中，中世纪模型所占的比重如此之小；在我所知道的作家（除了但丁）里，它很少能与高扬的宗教热情融为一体。还有一处分歧体现在这里。我们可能会认为，如果宇宙间真的充满神性闪耀、超越人类的生灵，这将会对一神论构成威胁。可是在中世纪，对一神论的威胁显然不是来自对天使的崇拜，而是来自对圣徒的崇拜。人们在祈祷的时候，通常不会想到天使及其品阶。这一切与宗教生活（在我看来）并不存在什么矛盾，只是相互脱节而已。在有一个问题上，我们也许会认为它们之间存在矛盾。这个令人赞

---

①　Seznec, *op. cit.* p. 139.——原注
②　牧羊人要去寻找一头羊，是因为这头羊迷失了方向，这是对基督教教义的譬喻。这头羊可能是羊群里最不好的绵羊，说的是人类在中世纪模型中的位置。

叹的宇宙，这个月亮之外无论何处皆无罪恶和缺憾的宇宙难道到末日时也要一同覆灭？似乎并不会。《圣经》说众星要从天上坠落（《马太福音》，xxiv，29），这句话可以当作借喻来理解；它的意思很可能是暴君和权贵都将被贬抑。或者说，坠落的众星很可能只是流星而已。圣彼得（《彼得后书》，iii，第 3 节起）说这个宇宙将毁于大火，就如同它曾一度毁于大水一样。但是，没有人认为大水曾吞没过月亮之外的世界：同样，大火也不需要烧到那里①。但丁没让末世灾难祸及较高层的天；在《天国篇》第七章中，我们知道，无论什么，只要直接流溢自上帝（67），都将是永恒不灭的。月亮之下的世界并不是上帝直接创造的；它的基本要素是由其他主体间接打造的。人直接受造于上帝，因此可以永生，天使也是如此；不仅天使，甚至"他们所在的纯净国度"（130）也是直接受造于上帝。如果这些话可以从字面上理解，月亮之外的世界是不会毁灭的。只有月亮之下的基本（四大）元素才会在"炽热的火焰"②中销毁。

在人类的想象中，从来没有一个比中世纪宇宙更崇高、更有秩序的观照对象。如果它有一个美学缺憾的话，那就是在了解浪漫主义的我们看来，有点过于秩序井然了。尽管它的空间十分广阔，但它最终会让我们感受到恐惧幽闭症所造成的痛苦。难道它就没有什么地方是模糊不明的？有没有什么尚未被发现的冷僻小路？没有朦胧的暮色？难道我们永远无法走到户外去？下一章也许会让我们的幽闭症稍得缓解。

---

① St Augustine, *De Civitate*, XX, xviii, xxiv. Aquinas, IIIa, Supplement, Q. LXXIV art. 4. ——原注 奥古斯丁认为世界末日到来时，地球和地球表层的空气将毁于大火中，但大火不会蔓延到承载日月星辰、充盈着以太的天穹上。阿奎那也认为末世大审判降临之前，宇宙将在大火中得以净化，但这只限于大气层及其之下的世界；上方的天穹，就其物质构成而言，业已完美，所以大火无须烧到那里，只不过届时诸天会停止运转。

② 出自《彼得后书》（3:10）。

第六章　长生灵

将一只矮妖精（leprechaun）放在济贫院里，有一种邪恶的意味。
我们能获得的唯一实在的安慰就是他肯定不会工作。

——切斯特顿[1]

　　我将"长生灵"（longaevi 或 longlivers）单放在一章论述，是因为长生灵究竟栖息在空气与地面之间什么地方，是不确定的。长生灵是否重要到可以专门安排一章来说明，这又是一个问题。如果大胆使用矛盾修饰法的话，我就可以说，在某种意义上，他们的无关紧要正是他们的重要所在。他们是逃离中心、处于边缘的生灵。他们也许是唯一一类在中世纪模型中没有属于自己的正式位置的生灵。然而，他们的想象价值也正在于此。他们缓和了这个宏大设计中严谨的古典特质。中世纪模型有过于明晰易懂、

---

① 引自 G.K. 切斯特顿的一篇题为《论怪物》的文章。

不解自明的危险，而他们给这个模型硬添了一点不规则、不确定的可喜色彩。

　　我用以指称他们的词"长生灵"是从马提亚诺斯·卡布拉那里借来的；卡布拉写道："长生灵成群结队跳着舞，飞往树林、沼泽地、灌木丛、湖水、泉水和溪水；他们的叫法有潘（Pan）、弗恩（Faun）……塞特（Satyr）、西尔凡（Silvan）、宁芙（Nymph）等。"①伯纳德斯·希尔韦斯特瑞斯虽然没有使用"长生灵"这个词，但也描述过类似的生灵，如西尔凡、潘、尼雷（Nerei）②，他形容他们尽管不是永生的，但（跟我们相比）"寿命相对较长"。他们是纯洁的——"交往是清白的"——有着与四大元素一样纯粹的身体③。

　　这群生灵还可以被称作"仙灵"（Fairies）④。但是，"仙灵"这个词被童话剧和配有蹩脚插图的劣质儿童书玷污了，如果拿来做章节的标题，恐怕并不稳妥。我们会不由自主地将已有的现代仙灵观引入到该话题的讨论中，从现代视角来阅读古老的文本。恰当的方法自然是要颠倒过来；我们应该带着开放的心态走向这些文本，从中了解"仙灵"一词对我们的先人究竟意味着什么。

　　弥尔顿的三段文字可以引出我们首先论及的一个要点：

　　（1）没有什么走在暗夜里的邪恶之物，

---

①　*De Nuptiis Mercurii et Philologiae*, ed. F. Eyssenhardt (Lipsiae, 1866), II, 167, p. 45. ——原注
②　尼雷（Nerei），即尼雷德（Nereid），海中的仙女。
③　*Op. cit.* II Pros. vii, p. 50. ——原注
④　在路易斯的语汇里，"longlivers"（或"longaevi"）、"daemons"、"fairies"（或"faeries"）是可以互换使用的词语，只不过路易斯在《被弃的意象》的不同地方，出于特殊的考虑，选用不同的词语。译者将它们依次翻译为"长生灵""精灵"和"仙灵"。

不管它在雾里还是火里，在湖畔还是沼泽，

不管它是干瘦的蓝女巫，还是不眠不休的鬼魂，

……

没有什么矿洞里的哥布林或害人的仙灵（swart Faery）

……

（《考玛斯》，第 432 行起）①

（2）……就像那些居住在印度山外头的侏儒族，

或者像小仙灵（Faery Elves），

他们在森林边，在泉水旁，深夜游宴，

晚归的农夫曾见过他们寻欢作乐

……

（《失乐园》第 1 卷第 780 行起）

（3） 赫斯帕里德斯果园中的佳人们；

从罗格里司或莱昂尼司的众骑士 ②

在广阔森林中遇见女仙灵（Fairy Damsels）起到如今，

所有虚幻故事中女子的美貌都比不过她们 ③。

（《复乐园》第 2 卷第 357 行起）

弥尔顿生活的时代太晚了一点，无法直接作为中世纪信条的证据。对我们而言，这几段诗的价值就在于它们表明中世纪留给弥尔顿及其读者群

---

① 紧跟着这几行诗的是 "Hath hurtfull power o're true virginity"（能够伤害真正的童贞）（第 437 行）。

② "罗格里司"（Logres）是英格兰的古名，"莱昂尼司"（Lyones）是英格兰西南部地名。

③ "她们"指的是在撒旦为神子备下的筵席上侍奉的美艳姑娘。

的传统是很复杂的。很可能弥尔顿从来没有在心里将这三段诗联系起来。每段诗都表现出各自不同的诗意。弥尔顿有把握读者能够对每处的"fairy"作出不同的反应。他们都具备作出这三种反应的素养,在每一处的反应都是恰当、可靠的。还有一个例子,稍微早一点,但更引人注目,能说明这种传统的复杂性:同样在英伦这座岛屿上,同样在这个世纪里,斯宾塞为赞颂伊丽莎白一世,竟然将她与"仙后"(Faerie Queene)等同起来,要知道在 1576 年的爱丁堡,一个女人与仙灵或埃尔法米女王①"厮混",是要被烧死的②。

《考玛斯》中的"害人的仙灵"可以归入邪灵恶神的范畴。这是中世纪传统的一个支流。《贝奥武甫》将仙灵(ylfe,III)与"巨魔"③和"巨人"都列为神的敌人。在民谣《伊莎贝尔和恶灵骑士》中,"恶灵骑士"属于"蓝胡子"④的一种。在高尔的作品里,诋毁康丝坦斯的人说她属于"仙灵",因为她生出了一个怪物(《一位情人的忏悔》,II,第 964 行起)⑤。1483 年的《英拉词典》将"拉弥亚"⑥和"尤美尼斯"⑦作为"小精灵"(elf)在拉丁

---

① 原文为 "Queen of Elfame",在低地苏格兰和北英格兰的民间传说里指的是仙境或精灵界的女王。"Elfame"是苏格兰语里"仙界"或"仙境"之意。
② M. W. Latham, *The Elizabethan Fairies* (Columbia, 1940), p. 16. 此书对本人的研究大有帮助。——原注
③ "巨魔"(ettin)在现代游戏中常以双头怪的形象出现。
④ "恶灵骑士"(elfknight)常将世间女子引诱到人迹罕至的地方,将其杀害或者玷污。
⑤ 这个孩子为康丝坦斯与国王艾拉所生,其实并非怪物。诬陷康丝坦斯的是国王的母亲多尼吉尔德(Donegild)。
⑥ "拉弥亚"(lamia)在民间传说里是指喜欢吸食孩子鲜血的巫婆。
⑦ "尤美尼斯"(eumenis)为"狂暴""复仇"之意。

语里的对应词；赫尔曼1519年的《俗语》①用将拉丁语中的"斯特里克斯"②和"拉弥亚"来对应"仙灵"（fairy）。我们也许会问："为什么不用宁莜（nympha）③与其对应？"但是，即使"宁芙"（nymph）也无济于事。对我们的先人而言，这也是一个令人恐怖的名字。约翰·李利④《恩底弥翁》中的柯塞提斯喊道（IV，iii）："这些仙灵妖魔究竟是何物，竟让我周身毛发直立？巫婆！啊，出来啦！宁芙！"⑤德雷顿在《莫蒂马致伊莎贝尔女王的信札》⑥中说到"海里蓬头散发、恐怖至极的宁芙"（77）。阿塔纳修斯·基歇尔⑦对一个幽灵说："啊！我担心你就是古人称作'宁芙'的精灵。"这个幽灵劝他放心："我不是莉莉丝，也不是拉弥亚。"⑧雷金纳德·斯柯特⑨列举用以吓唬孩子的妖怪类型时提到仙灵（和宁芙）："我们母亲的侍女就常用

---

① 威廉·赫尔曼（William Horman，1457—1535年），校长，语法学家。《俗语》是其编写的一本拉丁语教材，全书按照日常生活的话题编排，每个话题下面列有常用的英文句子以及相应的拉丁语翻译。

② 在古希腊和罗马的传说里，"斯特里克斯"（strix）是一种象征凶兆的禽鸟，以人类的血肉为食。

③ 拉丁语，即英语里的"宁芙"（nymph）。

④ 约翰·李利（John Lyly，1554—1606年），伊丽莎白时代的戏剧家。《恩底弥翁》写于1588年左右。

⑤ 柯塞提斯（Corsites）受泰勒斯（Tellus）之托，到恩底弥翁那里，欲将他沉睡的身体带给泰勒斯。柯塞提斯无法移动或抬起恩底弥翁的躯身，无意间他将四位愤怒的"仙灵"召唤出来了。

⑥ 这封诗体信札出自迈克尔·德雷顿的《英格兰的英雄信札》（1597年）。德雷顿在该诗集里虚构了英国历史上十二位英雄与其爱人之间的通信。

⑦ 阿塔纳修斯·基歇尔（Athanasius Kircher，1602—1680年），欧洲17世纪著名学者，耶稣会士。

⑧ *Iter Extaticum II qui et Mundi Subterranei Prodromos dicitur* (Romae,Typis Mascardi, MDCLVII), II, i.——原注

⑨ 雷金纳德·斯柯特（Reginald Scot，约1538—1599年），英国乡绅，议员，著有《巫术的真相》一书（1584年出版）。

各种鬼怪来惊吓我们：恶妖、妖精、巫师、丑小妖、精怪、老丑巫、仙灵、塞特、潘、弗恩、提灯怪、鱼尾妖、半人马、小矮人、巨人、宁芙、梦淫妖、罗宾古德非洛、行路鬼、橡树中人[①]、喷火龙、淘精灵、大拇指汤姆、不倒翁汤姆[②]、大鬼怪，以及其他这类妖物。"[③]

我认为这种视仙灵为邪灵的观念在 16 世纪和 17 世纪早期——这是个老丑巫肆虐横行的时代——开始占据上风。霍林舍德[④]在博伊斯[⑤]的著述基础上进一步暗示道：三位诱惑麦克白的女子可能是"宁芙或仙灵"[⑥]。这种恐惧后来从未消失过，除非是在仙灵信仰也真正消失的地方。我自己就曾在爱尔兰一个荒凉的地方待过，那个地方据说常有鬼魂和"善人"（委婉的称呼）出没。不过，我后来开始相信让我的四邻在夜里避之犹恐不及的，是仙灵，而不是鬼魂。

雷金纳德·斯柯特的妖怪名单引出了一个问题，值得在此小作讨论。一些民间传说研究几乎全是关于信仰的起源，关于诸神如何堕落为仙灵。这样的探究自然有其道理，而且颇有意思。但斯柯特那一长串名称告诉我们：当我们在探查先人头脑中装备的学识及其感受时（无例外，总是为了

---

① 橡树中人指的是英国民间传说中栖居在橡树干中的邪恶精灵。

② 与大拇指汤姆同属一类的妖怪。

③ *Discouerie of Witchcraft* (1584), VII, xv.——原注 这里提到的三十多种妖怪有些是古代就有的，有些是后来出现的，来自不同民族的民间文化，只有八九种是英国本土产生的。译者采用音译的方式来翻译中国读者熟知的部分妖怪名称，即使英美读者也不太熟悉且难以查到相关资料的妖怪名称，则采用意译的方式来处理。

④ 拉斐尔·霍林舍德（Raphael Holinshed，1529—1580 年），英国编年史家，著有《英格兰、苏格兰、爱尔兰编年史》。莎士比亚的《麦克白》大量取材于霍林舍德的这部编年史。

⑤ 赫克托·博伊斯（Hector Boece，1465—1536 年），苏格兰哲学家和历史学家，著有《苏格兰史》。

⑥ 霍林舍德认为如果她们不是复仇三女神，就是一些有预言能力的宁芙或仙灵。

更好地了解他们的著述），那么，起源的问题就显得无关紧要了。他们也许
知道那萦绕在他们想象中的形象源自何处，也许并不清楚。不过，有时候，
他们对此确实是一清二楚的。杰拉尔杜斯·康布伦西斯①知道摩根②曾是凯
尔特人的神女，如他在《教会大观》里所说，她是凯尔特人"想象出来的
神女"（ II，ix ）；也许《高文爵士和绿衣骑士》的作者是从康布伦西斯那
里得知这一点的（第2452行）③。斯柯特的同时代人，只要是读过一些书的，
都清楚他的塞特、潘和弗恩来自古典神话，而他的"大拇指汤姆"和"淘
精灵"却非如此。不过，这显然并不重要；在那个时代，这两类精怪对心
智的影响如出一辙。如果我们是从"母亲的侍女"那里得知这些精怪，觉
得他们都同样吓人就不足为怪了。但问题的关键是，他们对现代人的影响
为何如此不同。我猜想，如今我们大多数人都能理解为何一个人会害怕巫
婆或"幽灵"，但很多时候，我们却将与宁芙或崔坦④相遇（如果有此可能
的话）想象为令人愉悦的经历。即使到现在，本土精怪还是比古典精怪更
让人觉得危险。我想个中原因就是古典精怪，就时间间隔或其他方面而言，
离我们半信半疑的态度更远，因此，也离我们想象的恐惧更远。如果华兹
华斯觉得普罗透斯从海上升起的观念十分迷人⑤，这多半是因为他确信自己
永远不会看到这样的画面。但他倒不敢那么肯定自己从未见过鬼魂；相应
地，他也不那么乐于见到鬼魂。

---

① 杰拉尔杜斯·康布伦西斯（Giraldus Cambrensis，约 1146—1223 年），中世纪神职人员，
年代记编者。
② 摩根是亚瑟王传奇中的女巫，早期是以女仙或巫婆的形象出现的。
③ 《高文爵士和绿衣骑士》的作者称摩根可以制服世界上最骄傲的人，以达到自己的目的。
④ 崔坦（Triton）为人身鱼尾的海神，波塞冬的使者。
⑤ 普罗透斯（Proteus）为变幻无定的海神。参见华兹华斯十四行诗《我们太沉湎于俗世》
（发表于 1807 年）第 13 行。

弥尔顿第二节诗向我们展示的是另一种仙灵观。我们对此较熟悉，因为莎士比亚、德雷顿和威廉·布朗都曾将其创作成文学形象[1]；由此开启了现代蜕化版的仙灵形象：身材纤小，长得像昆虫，有一对触角，一对透明的薄翼。弥尔顿将"小仙灵"与"侏儒族"作比。所以，在民谣《小小人儿》[2]中，

> 我们到了楼梯口，只见
> 纤细小巧的女士们正翩翩起舞。

理查德·波维特[3]在《万魔殿》（1684年）中这么描述仙灵：他们"外貌像普通男女，只是身材普遍小于一般人"。伯顿提到"在德国一些地方，仙灵常常穿着小短衣四处走动，他们大约只有两英尺高"[4]。我小时候家里有个女佣曾在邓恩郡（County Down）靠近邓德拉姆镇（Dundrum）的地方见过仙灵，形容他们的体型"跟孩子一样大小"（未曾确定他们的年龄）。

不过，我们最多只能说仙灵"比一般人矮小"，因为我们无法对他们的体型作进一步界定。要严肃地探讨仙灵究竟像畸形的侏儒，还是像利立浦特那样的微型人，或是像小昆虫，这有点缘木求鱼；之前由于某种原因，

---

① 《小小人儿》是一首苏格兰民谣，有几个版本，大概讲述的是"我"在路上遇见一个身材细小但膂力不凡的人，与他相识，并在他的带领下，参加神秘山谷里的舞会的故事。
② 例如，莎士比亚《暴风雨》中的艾瑞尔（Ariel），德雷顿戏仿史诗《宁菲迪娅或仙灵宫廷》（1627年）中的精灵国王奥伯龙（Oberon），威廉·布朗（William Browne，约1590—1645年）田园诗《不列颠的牧歌》（第1卷发表于1613年，第2卷发表于1616年）中的仙灵形象。
③ 理查德·波维特（Richard Bovet），英国17世纪作家（出生于1641年左右）。
④ Pt. I, 2, M. 1, subs. 2. ——原注

这个问题也在我们面前出现过①。正如前面所说，中世纪和近代早期作家的视觉想象从来无法遵循某种比例，并从一而终。事实上，我想不起《格列佛游记》之前有哪本书认真对待过这个问题。《散文体艾达》②中索尔与巨人之间的身材比值究竟是多少？没有答案。在第45章中③，巨人的手套在三位英雄眼里④像一座宏伟的大厅，手套的拇指像一间侧卧，其中两人把它当成卧室来用。由此来看，这些英雄与巨人的大小差距，就好比是苍蝇与人的大小差距。但是，到了下一章，索尔竟与巨人一起用餐，他能举起巨人递给他的角制酒杯，只不过由于某种特殊原因，他无法将杯里的酒一饮而尽⑤。如果这样的写法是可以接受的，我们自然无法期待作家对仙灵身材的描述会前后一致。实际情况是在成百上千年里，这种写法都是可以接受的。甚至在那些对事物作缩小描写的诗文片段中，也依然存在极其混乱的情况。在德雷顿《宁菲迪娅》第201行处，奥伯龙的体形大到可以用双臂抱住一只黄蜂⑥，但到了第242行，他却小到以蚂蚁为自己的坐骑；这无异于是写奥伯龙既能举起一头大象，又能骑在一只猎狐小犬身上。我倒不是暗示这样一部虚构之作可以为民间信仰提供可靠的佐证。在这种前后矛盾的情况

---

①　参见前文第150—151页。——原注

②　《散文体艾达》是古代斯堪的纳维亚的文学作品，成书于13世纪初，作者为冰岛历史学家、文学家斯诺里·斯图鲁生（Snorri Sturluson，1179—1241年）。

③　第45章指的是《索尔历险记》的第45章。

④　应该是四位英雄，除了索尔（Thor，北欧神话中的雷神）之外，还有罗克（Loke）、斯扎尔夫（Thjalfe）和洛斯克娃（Roskva）。

⑤　索尔与巨人比试喝酒，原以为可以将角形杯中的酒一口喝完，但连喝三次都没有成功。路易斯所说的"特殊原因"其实还是与身材有关。索尔的身形远不如巨人高大，肺活量和胃容量自然就输于巨人，尽管连喝三口，但还是没有将角形杯里的酒喝完，故而在比试中落败。

⑥　仙王奥伯龙疑心仙后麦布（Queen Mab）与精灵毕威艮（Pigwiggen）有私情，在前去找王后的路上，遇见一只黄蜂，误以为它就是自己的情敌。

都可以接受的时代，没有哪部作品能为民间信仰提供可靠的证据；民间信仰可能和文学作品一样，本身就是模棱两可，前后龃龉，且到了不可矫治的地步。

　　在这个类型的仙灵身上，（尺寸不明的）短小身材不如其他特征重要。弥尔顿的"小仙灵"正在"专心一意地跳舞、宴乐"（《失乐园》，I，786）。庄稼人只是碰巧遇到他们。他们与庄稼人之间没有什么接触。前一种仙灵，即"矿洞里害人的仙灵"，可能有意与你相会，既是有意相会，他们必定居心不良；但这类仙灵并非如此。在他们出现的地方，他们是不希望世间凡人看到自己的（作者通常不会在这里暗示他们的身材比人类矮小）：

　　　　在很多偏僻之所，人们常看见一大群人在欢跳和嬉戏，

　　　　多是女人的模样①。

　　在《巴斯妇的故事》里，我们又一次见到他们在跳舞，可旁观者一旦靠近，舞会就消失不见了（D 第 991 行起）②。斯宾塞袭用了这个文学要素：当卡利多撞见一群美惠女神在饮宴作乐时，他也让她们的舞会消失不见了（《仙后》，VI，x）③。《懒怠的城堡》（I，xxx）说明汤姆逊对这个文学要素

---

①　*South English Legendary, ed. cit.* Vol. II, p. 410. ——原注
②　这位观者就是《巴斯妇的故事》中的骑士。他在一座城堡外头的森林里看见二十四位女子在翩翩起舞，但一走近，她们就不见了，只留下一位老丑婆在那里。
③　卡利多（Calidore）是《仙后》中的一位骑士（"礼节"的化身）。他看见百名赤裸的少女在林间空地上围着圈子跳舞，圈子中间是三位美惠女神，最里头站着一位牧羊女。卡利多从暗处现身后，所有这些女子就倏地消失了，只留下一位吹笛的牧羊人在那里。

有所了解①。

　　这类仙灵与《考玛斯》或雷金纳德·斯柯特的《巫术的真相》提及的仙灵之间的差异，自不用强调。第二类仙灵甚至也可能有点吓人；在弥尔顿笔下，农夫的心"既喜悦，又害怕"②地跳动着。这个景象让人惊跳，是因为它的陌生和怪异。不过，人们对此并不感到惊怖，也不觉得反感。要知道，是这些精灵从人类身边逃离，而不是人类从他们身边逃离；在旁边观察他们的凡人（只要不被他们发现）会觉得自己犯了擅闯之罪。令他欣喜的是，他有幸看到——虽然只是瞬间一瞥——与我们艰辛的劳作生活毫无关系的引人入胜的欢闹景象。

　　德雷顿和莎士比亚都曾借用过这类仙灵形象，前者的表现乏味无趣，后者的演绎精彩绝妙；它后来演变成一种喜剧手法，但从诞生之初，这种手法就几乎完全失去了民间信仰的味道。从莎士比亚开始，历经蒲柏的希尔芙③的修饰，这类仙灵形象变得越来越柔美娇俏，轻浮浅薄，到后来我们就见到了我们认为孩童会喜欢的仙灵；但就我自己的经历来说，这是想当然的看法。

　　通过弥尔顿第三个片段中的"女仙灵"（Fairy Damsels），我们接触到了另一种仙灵；他们对中世纪文学的读者而言，更为重要，但在现代人的

---

① 　詹姆斯·汤姆逊（James Thomson，1700—1748 年），英国诗人，代表作有《四季》《懒惰的城堡》等。汤姆逊在第 1 章第 30 节中描写赫布里底群岛上一位牧羊人因为某种原因突然来到陌生的陆地，日暮时分，看见一群人翩翩起舞，但突然间这神奇的演出就已消失得无影无踪。

② 　出自《失乐园》第 1 卷第 788 行。

③ 　在蒲柏的《劫发记》中，希尔芙（Sylph）是由生前爱卖弄的女子的灵魂所化，身体透明，长着一对昆虫的翅膀，以大气为栖息之所。希尔芙守护女子的贞洁，擅长涂脂抹粉、梳鬟描眉等闺阁之事，可为其守护的女子梳洗打扮。

想象中，却是较为陌生的形象。他们要求我们作出的回应是最有挑战性的。

　　弥尔顿那群"女仙灵"是"在广阔森林里遇见"的。"遇见"（met）是个关键词。这场相遇并不是偶然发生的。"女仙灵"主动来找我们，她们的企图通常（当然，也并不总是如此）与艳情有关。她们是法国传奇中的"仙子"（fée），英国传奇中的"仙姬"（fay），意大利传奇中的"仙姝"（fate）。隆法尔爵士的情人[①]，带走"诗人托马斯"的那位佳人[②]，《奥菲欧爵士》中的仙灵[③]，《高文爵士和绿衣骑士》中的伯奇拉克[④]（在第681行处，他被称作"男精灵"[⑤]）都属于这个类型的仙灵。马洛里的仙女摩根被人格化了[⑥]；意大利版的仙女摩根（Fata Morgana）则是完全意义上的仙灵[⑦]。梅林

---

①　隆法尔爵士（Sir Launfal）为英国 14 世纪诗人托马斯·切斯特（Thomas Chestre）所作传奇《隆法尔爵士》的主人公。他本是亚瑟王宫廷的总管，被王后桂薇妮亚陷害和排挤，被迫隐退还乡，在穷困潦倒之际有幸遇到精灵国王的女儿特瑞娅莫（Tryamour），得到她的芳心和资助，为重返亚瑟王宫作好了准备。

②　依据中世纪苏格兰的传说，"诗人托马斯"（Thomas the Rhymer）曾在"仙境女王"（Queen of Elfland）召唤下前往仙灵之国，多年后他重返人间，具备了预言能力。

③　《奥菲欧爵士》是一首中世纪叙事诗（作者不详），故事模式与古希腊俄耳甫斯神话大体相似。奥菲欧爵士是英格兰的诸侯，他深爱的妻子休萝狄斯（Heurodis）被仙灵国的国王掳走，为找回妻子，他在森林里四处流浪，历尽艰辛，终于有一天，在路过的仙灵队伍中发现了妻子的踪迹。奥菲欧爵士跟随仙灵来到了他们的王国，并成为宫廷的座上宾，他以美妙的琴艺讨得了仙王的欢心，借此机会，他将休萝狄斯带出了仙灵的世界。

④　伯奇拉克（Bercilak）或伯提拉克（Bertilak）就是《高文爵士和绿衣骑士》中的绿衣骑士。

⑤　亚瑟王宫的众人在目送高文离开宫廷，赴"绿堂"之约时用"男精灵"来指称绿衣骑士（他被砍掉了头，却依然不死，提头策马而去）。他们担心高文为了虚荣，为了圣诞节的一个"游戏"将丧生于绿衣骑士的手下。

⑥　在托马斯·马洛里的《亚瑟王之死》中，摩根是亚瑟王同母异父的姐姐，她的魔法是在修道院中修行时练成的。

⑦　"意大利版的仙女摩根"指的是《圆桌骑士》《快乐的少女》（14 世纪）等中世纪意大利传奇中的角色。在这些传奇中，摩根为"湖女"的妹妹，是真正意义上的仙灵。

只有一半的人类血统，从未有人见过他将魔法作为"技艺"来修习，所以，他几乎也可以归入这个范畴。这类仙灵的身高通常不亚于人类。一个例外就是《波尔多的于翁》[1]中的奥伯龙；他的身形就像侏儒，但他生得英俊，举止稳重，性格令人肃然起敬，可以归到"高贵仙灵"（姑且给他们取这个名字）[2]的范畴。

这些"高贵仙灵"身上所显示的混合特征并不是那么容易领会。

一方面，当我们读到关于他们的描述时，令我们印象深刻的是他们身上物质的光芒，如此明亮强烈，耀眼夺目。我们可以将真正的精灵放在一旁，先来考察一个看似来自仙灵族、来自仙境的男子究竟是何模样。这就是高尔诗中的花花公子（V，7073）[3]。他满头卷发，梳得一丝不乱，头上戴着用绿叶编织的花冠，总之，就是"打扮得十分光鲜"。不过，"高贵仙灵"更是有过之无不及。现代人也许希望看见一个神秘幽暗的世界，可实际上他见到的是一派富贵奢华的景象。《奥菲欧爵士》中的仙王驾临时，身边带着不止百名骑士，不下百名淑女，个个都身骑白马。他的王冠上有一颗宝石明耀如太阳（142—152）。我们跟随他来到精灵王国，发现那里并非一片幽暗，虚幻朦胧；我们看见那里有一座像水晶般闪亮的城堡，一百座塔楼，一条坚固的护城河，还有金拱壁，华美的雕刻（第355行起）。在《诗人托马斯》中，仙灵穿着绿纱衣，披着丝绒披风，身下的马儿鬃毛上系着五十九只银铃铛，叮当作响。《高文爵士和绿衣骑士》对伯奇拉克的奢华衣

---

① 《波尔多的于翁》（*Huon of Bordeaux*）为法国13世纪史诗，于翁为其主人公，在历险途中曾得到仙王奥伯龙的帮助。

② 原文为"the High Fairies"。

③ 《一位情人的忏悔》中的这位花花公子打扮得如此时髦光鲜，是为了在教堂诱惑来做礼拜的年轻姑娘。

服和装备（151—220）作了几乎淋漓尽致的描述①。《隆法尔爵士》中的仙灵②给侍女穿的是印度丝衣，金丝装饰的绿天鹅绒披风，她们宝冠上镶嵌着不下六十颗的宝石（232—239）③。仙灵所坐的帐篷是萨拉森风格，帐篷支柱用水晶圆球装饰，篷顶立着一只珐琅和红玉装点的金鹰，就是亚历山大大帝和亚瑟王也没有这样贵重的宝贝（266—276）。

我们也许会认为这些片段所蕴含的想象颇有点庸俗，给人感觉当一个"高贵仙灵"和当一个百万富翁没什么区别。也许有人会提醒我们，世人在幻想天堂和圣徒的模样时，通常也使用了类似的表述，但这么说显然还是无济于事。毫无疑问，这样的想象确实幼稚——但指责它庸俗，则可能是误解所致。在现代社会里，奢豪的生活和物质的光芒需要与金钱相联系，而且很多时候，显得十分丑陋④。但是，中世纪人在王室或领主宫廷中见到的，却非丑陋之物；他甚至想象"仙境"还有比它更美好的事物，"天国"也有远比它美好的事物。建筑、徽章、宝冠、衣物、马匹、音乐，这些几乎都是富丽堂皇的。它们全都蕴含深意，可以象征神圣、权威、英勇、高贵的血统，最起码也能象征力量。与现代奢侈品不同，它们可以与文雅有礼相联系。因此，中世纪人可以发自内心地欣赏这些东西，却不会因此降低了自己的格调。

---

① 伯奇拉克刚登场时身上穿着一件贴身剪裁的外套，还披着一件里面点缀着白软毛的华美披风，肩上垂落着褶边精致的风帽，长筒袜紧贴在小腿肚上，马靴上配着金马刺和条纹丰富的马刺带，他的腰带和衣服点缀着无数漂亮的宝石，而宝石则是镶嵌在图案精美的真丝上。

② 这位仙灵就是特瑞娅莫。她吩咐侍女把隆法尔爵士请来，自己则坐在帐篷中等他。

③ 隆法尔爵士没有像样的衣服，无法参加国王在卡尔里恩城举办的宴会，只好骑马出城，在森林里唉声叹气。正在此时，他看到两名衣着华丽的少女突然出现在自己面前。他刚因为着装问题被拒于社交圈之外，自然就会格外注意眼前这两位姑娘的穿着细节。

④ 其实，在那些钟情奢豪生活的现代人眼中，奢侈品并不"丑陋"，也同样是优雅或教养的象征。

　　这就是"高贵仙灵"的一个特征。不过，尽管他们身上的物质光华在我们面前展现得淋漓尽致，几乎像照片一样具体翔实，但他们也是难以捉摸的，就像"在森林边、在泉水旁"跳舞的"小仙灵"一样，人们瞥见一眼，他们就消失了。奥菲欧爵士召集了千名骑士作守卫，等着仙灵王到来，但还是于事无补。他的妻子"仍然被掳走了"，"没有人看清这是怎么发生的"（193—194）。在我们到仙境又一次见到仙灵之前，他们化作遥远的森林中"模糊的喊声和呼啸声"①。隆法尔爵士只能"在隐秘之地"偷偷与其情人相会；他的情人会去找他，但没有人能看见她的行迹（第353行起）。

　　但是，她一到那里，就有了真实可感的血肉。"高贵仙灵"是富有生气和活力、任性多情的生灵。隆法尔的"仙灵"躺在华丽的帐篷里，衣服脱到了腰部，白净如百合，红艳如玫瑰。她一开口就要隆法尔向她示爱。接着就是一顿丰盛的午餐，然后两人睡到了床上（289—348）。民谣的叙事注重简洁，但来找"诗人托马斯"的仙灵活跃、爱玩闹的性情还是得到了表现："一个快活的女子，/出来打猎，追捕自己的猎物。"②伯奇拉克是最典型的集凶狠和亲切于一身，能完全把控所有局面，爱玩闹到几近鲁莽地步的仙灵。我们现代人凭借想象所创造的仙灵形象都远不及这两处的描写（其中一处出现得稍晚一点，另一处则出现得稍早一点）更接近中世纪"高贵仙灵"。"好吵好斗"的"高贵仙灵"在我们看来像一种矛盾修饰法。但是，罗伯特·柯尔克在他的《隐秘之国》（1691年）③中却声称这类"生灵"

---

① 路易斯所引的原文为"dim cri and blowing"，也有版本作"dinne, cry, and with blowing"（喧闹声、喊声、呼啸声）（《奥菲欧爵士》第285行）。
② "诗人托马斯"其实是她此行要追捕的猎物。
③ 罗伯特·柯尔克（Robert Kirk，1644—1692年），苏格兰民俗学家，盖尔语学者。《隐秘之国》全称为《小精灵、弗恩和仙灵的隐秘之国》，是柯尔克于1691至1692年汇编的民间传说故事集，正式发表于1815年。

中有一些就"像气冲冲、硬铮铮的汉子"①。一位古老的爱尔兰诗人将他们描述为乌泱泱杀来的敌军，所攻之处皆沦为废墟；他们好杀敌，爱在啤酒馆里喧闹，善于吟诗作歌②。可以想见，《奥菲欧爵士》中的仙灵王和伯奇拉克对此很在行。

如果我们要把"高贵的仙灵"称作"魂灵"（不管是在什么意义上），我们还必须将布莱克的告诫谨记在心："魂灵或异象并不是现代哲学认为的那样，只是云团雾气，或虚空无物；他们是有组织的，其内在的关联精细严密，远不是有限、必将消亡的'自然'所能创造的。"③如果我们说他们是"超自然"的，我们必须清楚这么说是什么意思。他们的生命，在某种意义上，比我们更合乎"自然"：更强健，更冲动，更不受拘束，一旦激情爆发，更是狂放不羁，不知收敛悔改。他们得到了双层的解脱：既不像动物那样，永久受制于对食物营养、自我保护和繁殖后代的依赖，也不像人类那样，需要承担责任，有羞耻感，有顾虑，常常郁郁不乐。他们甚至可能摆脱了死亡的威胁，但这一点容后再谈。

上文非常简要地介绍了我们在较早前的文学中遇到的三种仙灵或长生灵。那时究竟有多少人相信他们的存在，信到了什么程度，这种信仰有多连贯，我并不清楚。但是，至少可以说，人们信仰的程度到了足以催生出几种相互对立的仙灵属性论的地步；人们试图以不同方式将这些法律所不能及的"流浪汉"放入中世纪模型中，当然，最后并没有达成定论。

我接下来就谈谈其中四种理论。

---

① 出自《隐秘之国》第 12 章。

② 参见 L. Abercrombie, *Romanticism* (1926), p. 53. ——原注

③ *Descriptive Catalogue*, IV.——原注 布莱克的意思是，人只有靠想象的官能，也即不朽的官能，才能看到异象。"想象之眼"所见要比肉身之眼所见更高级，更完美，有更细密的组织。

（1）仙灵是不同于天使与人类的第三种有理性的生命。对这第三类物种
的理解各有不同。伯纳德斯的"西尔凡、潘、尼雷"比人类寿命要长，但
不能长生不老，很显然，这是一种不同于人类、富有理性的地球生物；尽管
他们有着源自古典神话的名字，却是可以等同于仙灵的。所以，道格拉斯①
在他翻译的《埃涅阿斯纪》中用"我们称其为仙灵或小精灵"这句话来解释
维吉尔的"弗恩和宁芙"（VIII，314）。类似的观点也暗含在博亚尔多②的解
释中；博亚尔多说他笔下的"仙女"（fata），就像她的同类一样，到世界末
日来临那天才会死去③。换一种视角来看，这第三种必不可少的生灵可以归到
元素精灵的范畴，即那些依据"充实性"原则散布于各类元素中的精灵④，
比如《浮士德》⑤中的"各类元素精灵"（151 行，《复乐园》，IV，201）中
的"火界、空界、水界和地上的统领"⑥。莎士比亚的艾瑞尔（Ariel）这个比
《仲夏夜之梦》所有人物都更严肃的角色可以算作空界的统领。在关于元素

---

① 　加文·道格拉斯（Gavin Douglas，约 1474—1522 年），苏格兰主教，诗人，翻译家。
1513 年，他第一次完整地将《埃涅阿斯纪》译成英伦岛的俗语（中世纪苏格兰语）。路易斯
很欣赏道格拉斯这个译本。
② 　马泰奥·马里亚·博亚尔多（Matteo Maria Boiardo，1440—1494 年），意大利文艺复兴
时期诗人，著有史诗《热恋中的奥兰多》。
③ 　*Orlando Innamorato*, II, xxvi, 15. ——原注 这位仙女就是西尔瓦妮拉（Silvanella）。她恋
上了美少年那西塞斯（Narcissus）的尸身，不能自拔，为他筑造了一座美轮美奂的坟墓，还
留下了一汪有魔力的泉水，只要人们看见自己在水中的倒影，就会像那西塞斯生前那样，疯
狂地爱上自己，日日在水边顾盼自怜，不忍离去。《热恋中的奥兰多》中的英雄布兰迪马特
（Brandimarte）后来打开了这座坟墓，见到了这位千年不老的西尔瓦妮拉。
④ 　Ficino, *Theologia Platonica de Immortalitate*, IV, i. ——原注
⑤ 　这里《浮士德》指的是英国剧作家克里斯托弗·马洛（1564—1593 年）的剧本《浮士德
博士的悲剧》。
⑥ 　在《复乐园》原文中，这个短语出自撒旦之口。他对神子说，他曾做过"火界、空界、
水界"和地上各国的统领。

精灵最严谨的记述里，只有一类元素精灵才能与仙灵对等。帕拉塞尔苏斯[①]
逐一作了清点：（a）宁芙或昂丁[②]为水精灵，平常人的身材，能说话；（b）
希尔芙或希尔维斯特斯[③]为气精灵，身材比人高大，不会说话；（c）诺姆[④]
或皮格米[⑤]为地精灵，大约四五十厘米高，极为沉默寡言；（d）萨拉曼德[⑥]
或伏尔甘[⑦]为火精灵。宁芙或昂丁显然就是仙灵。诺姆更接近童话中的小矮
人。尽管帕拉塞尔苏斯的著述出现得较晚，但在此援引他的说法，倒不见
得不合适，因为他在一定程度上参考了很早以前的民间传说。在 14 世纪，
吕西尼昂家族[⑧]就曾夸耀说，他们祖上有女性长辈是水精灵出身[⑨]。再往后，
我们看到的仍然是"第三理性物种"理论，只不过作者不对他们的身份作
出鉴定。《关于魔鬼与魂灵的论说》（1665 年添入斯柯特的《巫术的真相》）[⑩]
就提到，"他们的属性介于天堂与地狱之间……他们统治着第三王国，永远

---

① *De Nymphis, etc.* 1, 2, 3, 6. ——原注 帕拉塞尔苏斯（Paracelsus，1493—1541 年）是中世
纪瑞士医生、炼金术士、占星师，著有《论宁芙、希尔芙、皮格米、萨拉曼达以及其他精
灵》。

② 英文是"Undine"，拉丁文是"Undina"。

③ 拉丁文是"Silvestris"。

④ 英文是"Gnome"。

⑤ 英文是"Pygmy"，拉丁文是"Pygmaeus"。

⑥ 英文是"Salamander"，拉丁文是"Salamandra"。

⑦ 英文是"Vulcan"，拉丁文是"Vulcanus"。

⑧ 吕西尼昂家族是法国西部省份普瓦图的一个皇室家族，许多成员参加过十字军东征，有
的成为耶路撒冷、塞浦路斯或亚美尼亚等公国的君主。

⑨ S. Runciman, *History of the Crusades* (1954), Vol. II, p. 424. ——原注 路易斯的这句话与前
一句话缺乏逻辑过渡，很可能是因为路易斯忘记交代一个信息：帕拉塞尔苏斯曾指出，与其他
精灵不同，宁芙或昂丁常会选择嫁给人类，与其同住，为其诞下子嗣（仍是人类）；只有通过
与人的结合，宁芙或昂丁才能获得不朽的灵魂。

⑩ 《关于魔鬼与魂灵的论说》作为附录出现在 1665 年版的《巫术的真相》中，作者并未留
下姓名。

不会有大审判或末日在等待着他们"①。最后，柯尔克在《隐秘之国》中将仙灵等同于我到目前为止经常不得不提及的大气精灵："介于人与天使之间，自古以来这就是对精灵的看法。"②

（2）仙灵是一群天使，用我们今天的话来说，是一群被降级的特殊天使。《南英格兰圣徒传》较详细地阐发了这个观点③。路西弗发动叛乱时，他和他的追随者被投到地狱中。但也有一些天使"与路西弗靠得近一些"，他们是路西弗的同路人，但并未参与实际的叛乱。他们被贬到空气中靠近下界、气流混乱的区域。他们将一直待在那里，直至末日来临；届时他们也会堕入地狱中。另外，还有一群天使，我认为可以称作中间党派；他们只是"陷入思想的迷途"，几乎谈不上犯有反叛之罪。他们当中有些被赶到空气中靠近上界、相对安宁的区域，有些被赶到地上不同的地方，包括"人间天堂"④。本章论及的第二类和第三类天使有时会在梦境中与人类交流。其中一类天使叫作"小精灵"⑤，人类曾撞见他们跳舞的身影；这类天使中有很多会在世界末日返回天堂。

（3）仙灵其实是亡者，或是某一类特殊的亡者。12世纪末，沃尔

---

① 《关于魔鬼与魂灵的论说》的作者在这几句话里引述了之前流行的一种"星魂"属性观。"星魂"的英语原文为"Astral Spirits"，指的是原先栖息在天体或大气层的魂灵，其类型包括堕落的天使、死者的鬼魂、仙灵等。介于天堂与地狱之间，统治着第三王国的"星魂"就是路易斯这里讨论的仙灵。

② 柯尔克指出，仙灵具有流质般的理智灵魂和轻盈可变的身体，有点像稠密的云团，清晨或黄昏时分看得最为清楚。

③ Vol. II, pp. 408—410. ——原注

④ 依据但丁的说法，"人间天堂"（earthly paradise）位于南半球炼狱山的山顶。

⑤ 原文为"eluene"，是中世纪英语"elf"的一种复数形式。

特·马朴①在《侍臣零碎见闻录》中两次②讲述了这个故事。在马朴那个时代，有个家族被人称作"亡妇的子嗣"。布列塔尼的一位骑士给他的亡妻举行了安葬的仪式，那时她的的确确已经气绝身亡。后来，有一天晚上，他经过一处荒凉的山谷，忽然看到他的妻子从一大群女子中间活生生冒了出来。他很害怕，不知道这些仙灵正在做什么，不过，他还是把妻子从她们身边抢了回来，带走了。这个女人又和他快乐地生活了几年，还给他生了孩子。同样，在高尔的《罗希菲莉的故事》③里，虽然那群女子在各个方面就像"高贵仙灵"，但她们其实早已亡故。薄伽丘讲述了类似的故事④，德莱顿将其用进了《希奥多和荷诺莉娅》⑤中。我们应该会记得，在《诗人托

① 沃尔特·马朴（Walter Map，约1140—1210年），祖籍威尔士，英格兰侍臣，作家。其著述《侍臣零碎见闻录》是一部逸闻趣事集，融合了宫廷八卦和真实历史，笔触略带嘲讽。
② II, xiii; IV, viii. ——原注
③ IV, 1245 sq. ——原注 《罗希菲莉的故事》出自高尔的《一位情人的忏悔》。公主罗希菲莉已到成婚的年龄，却无心恋爱，更不想嫁人。五月的一天，太阳还没有升起来，她外出散步，看见一群骑着白驹、身着华服的女子从自己面前经过，但奇怪的是，队伍后头却跟着一个骑着黑色跛马、衣着不堪的女人，与众人格格不入。罗希菲莉打听后，才知道那些高贵的女子生前尽心侍奉爱神，才有了如今这样的优待，而那个可怜的女人在世时对"爱"的反应迟钝，不思婚嫁之事，等她喜欢上了某位男子，还没来得及结出"爱"的果实，就被死亡夺去了性命。
④ 参见薄伽丘《十日谈》第五日第八个故事。意大利拉维纳城有个叫纳达乔·奥纳蒂的贵族青年爱上了特拉维沙利家的小姐，但这位高傲的小姐屡次拒绝他的好意，对他的爱慕无动于衷。奥纳蒂心灰意冷，在树林中游荡，恰好看见一位骑士正带着凶猛的猎狗追赶一个赤身裸体的女子。后来，他才明白这位骑士生前痴恋这位女子，因被拒绝而自杀，这位狠心的女子不久也离开人世。他们所受的惩罚就是奥纳蒂见到的你追我赶的那一幕。这个场景每日都会上演，在奥纳蒂的巧妙安排下，特拉维沙利也看到了这个惊怖的景象。她了解事情的原委后，终于改变主意，决定嫁给这位追求者。
⑤ 《希奥多和荷诺莉娅》（*Theodore and Honoria*）出自约翰·德莱顿的诗集《古今传说》（1700年）。德莱顿的诗体版本与薄伽丘的散文版大体相似，只是在某些细节方面略有不同。比如，奥纳蒂见到的那位骑士在德莱顿笔下变成了希奥多已经离世的叔父或叔祖。

马斯》中，仙灵把托马斯带到了一个地方，那里主路一分为三，各自通往天堂、地狱和"仙灵之境"。前往"仙灵之境"的人中有一些最终仍会下地狱，因为每隔七年，魔鬼有权向仙境索要百分之十的人口①。在《奥菲欧爵士》中，仙灵将爵士夫人休萝狄斯带去的地方究竟是不是亡者之境，诗人自己似乎也拿不定主意。起初，一切看起来都好理解。那里的居民世人以为早已身亡，其实并非如此（389—390）。这倒是不难想象，因为我们确实会认为一些已过世之人只是"与仙灵同在"。但下一秒钟，那个地方就全是的的确确早已身亡的人，有被砍头的，被绞死的，溺死的，死于分娩的（391—400）。最后，回到我们面前的是在睡梦中被仙灵带到那里的人（401—404）②。

　　仙灵与亡者的本质是相同的，至少有紧密的联系，自然是有人相信的；毕竟，女巫承认曾在仙灵中间看到亡者的身影③。不过，在严刑拷打下，对诱导性的问题作出的回答并不能体现被告人的信仰；这反而充分说明了控诉者的信仰。

　　（4）仙灵是堕落的天使，换个说法，就是魔鬼。自从詹姆斯一世登基之后，这几乎成了正统的观念。"这类在人间厮混的魔鬼，"他说（《魔鬼信仰》，III，i），"可以分为四种不同的类型……第四种就属于在民间被称

---

① 因为每隔七年，仙境就得向地狱上贡，而贡品就是仙境中的人类。带走托马斯的仙女担心到时托马斯会被抽中，被送往地狱。

② 奥菲欧爵士的妻子也是这样被带到那里的。他从一棵树下的衣服辨认出睡在那里的是休萝狄斯。

③ Latham, *op. cit.* p. 46. ——原注

作'仙灵'的精灵。"① 在伯顿笔下，出没于人间的魔鬼包括"拉尔、革尼乌斯、弗恩、塞特、林间宁芙、弗利厄特、仙灵、罗宾古德非洛、特拉里等"②。

这个观点与后来文艺复兴时期对巫婆的恐惧紧密相关，非常有助于解释仙灵为何失去了中世纪的活力，蜕变成德雷顿或威廉·布朗笔下的装饰物。对他们的表现总也离不开教堂墓地或硫黄③的味道；这显然并不戏谑可笑。当莎士比亚通过奥伯龙之口要我们放心，他和他的同伴是"另一种精灵"，不同于在黎明时消失的那一种（《仲夏夜之梦》，III，ii，388）④ 时，他不仅为了追求诗意，也有实际的考虑。我们也许会认为"高贵仙灵"是被科学驱走的；可我想驱走他们的，实际上是日渐阴暗的迷信思想。

这就是前人为将仙灵搂入合适的位置所作的努力。但是，他们没有取得一致的意见。只要仙灵继续存在，他们就会继续让人捉摸不透。

---

① 詹姆斯一世根据魔鬼滋扰人类的方式将他们分为四种：第一种常出没于家宅和偏僻之所；第二种跟随在某些人身后，定时骚扰他们；第三种进入人的身体，控制其心智；第四种就是仙灵。仙灵又称"好邻居"，他们把人掳走后，会以各种幻象来欺骗人的眼睛。

② Pt. I, s. 2; M. I, subs. 2.——原注 "拉尔"（Lar）是家神或守护神。"革尼乌斯"（Genius）是家庭中的一种男性守护神，其形象特征是身着宽外袍，且头部被遮住。"弗利厄特"（Foliot）是淘气鬼，常变作乌鸦、野兔、黑狗等。特拉里（Trulli）在芬兰语里指的是喜欢搞恶作剧（尤其在复活节）的巫婆。

③ 依据《圣经》，硫黄是地狱之火的燃料。

④ 奥伯龙自称能在晨光中与林居人一同巡游，踏访丛林，并不恐惧东方火红的太阳；言外之意是他和他的族人并非惧怕光明的魔鬼或黑暗精灵。

第七章　地球及其栖居者

劳作的田地是窄小的[①]。

——维吉尔

第一节　地球

我们已经知道，月亮之下的一切都是易变、不确定的。我们也已知道，每一重天的运行都是由某个灵智指引。地球不运转，也就不需要引导，这给很多人这样一种感觉：给地球指派灵智是不必要的。据我所知，这个问

[①]　这个短句出自维吉尔《农事诗》第4首第6行，喻指诗人的题材并不宏大，后半句是"但（收获的）名声并不是如此"。

题后来被但丁解决了；他很高明地暗示道，地球也有自己的灵智，这个地上的神灵就是"时运女神"。当然，"时运女神"并没有指引地球在轨道上运行；她是以属于静止星球的方式来完成自己作为灵智的职责的。但丁说，上帝给了诸天引导者，"每一部分都能将荣光传导给其他部分，使光明得以平均分配；同样，祂也为人世的荣华任命了一位最高的管理者和指导者；她不受人类智慧的阻碍，时不时将浮华虚利从一个家族或国家转移到另一个家族或国家手里。这就是一个民族称霸的同时，另一个民族却衰弱下去的原因"。正因为如此，"时运女神"受尽了世人的辱骂，"但有福的她从未听到这样的骂声。和其他欢乐的'最初的造物'一样，她转动着这个星球，享受着她的快乐"①。"时运女神"通常手里拿着转轮，但丁将它换成了星球，是为了强调他给予"时运女神"的新地位。

这是波埃修斯的学说发展成熟的结果。"不确定性"主宰着月亮之下的堕落世界，这却是个确定的事实。既然人世间多是浮华虚利，这些东西就应该流通起来。地球这塘池水必须不断翻搅，否则会引发致命的瘟疫。翻搅人世的天使沉浸于自身行为的欢乐之中，如同诸天沉浸于运转的欢乐之中。

帝国的兴衰沉浮并不取决于其自身的功过，也不取决于人类整体演化史上的任何"趋势"，而是取决于意志强硬、无法抵抗的"时运女神"：她很公平，给了这些帝国轮番上阵的机会。这个观念并没有随着中世纪的结束而消失。"不是所有国家都能同时得到幸福，"托马斯·布朗说，"一国的荣耀取决于另一国的毁灭，所以才有了盛极而衰、衰而复兴的循环和变

---

① *Inferno*, VII, 73-96.——原注

迁。"①等我们谈到中世纪历史观时，再回到这个点上。

从物理的角度来观察，地球是一个圆球；中世纪盛期所有作者都认同这一点。在这个"黑暗"时代早期，就像在 19 世纪一样，我们可以找到相信地球是扁平的人。列基②，抱着抹黑过往的目的，满心欢喜地从公元 6 世纪挖出了科斯马斯·印第柯普洛斯蒂斯③，因为这个人相信地球是平面的，呈平行四边形。但是，依据列基的陈述，科斯马斯之所以这么写，多半是因为他为了维护所谓宗教利益，意欲驳斥当时盛行的对立观点，即"对跖人是存在的"这种观点。伊西多尔将地球描画成圆轮的形状（《词源》，XIV，ii，I）。斯诺里·斯图鲁生认为地球是个"圆形的世界"④，这是他那部伟大的英雄传奇的第一个词，也是它的标题。但是，斯诺里是在斯堪的纳维亚这块几乎孤立的文化圈中写作，深受本土风气影响，与欧洲其他地方所享有的地中海遗产处于半隔绝的状态。

地球的形状究竟意味着什么，中世纪人是能充分把握的。我们所谓的万有引力——中世纪人称其为"自然禀性"——在当时是一种常识。博韦的樊尚在解释这个问题时先提出了一个假设：如果有人在地球中心钻了一

---

① 　*Religio*, I, xvii. ——原注　在《一位医生的信仰》中，布朗声称推动"时运之轮"运转的，并不是一般的神灵，而是上帝。世间万物，不管是个人，还是国家或整个世界，都不是遵循螺旋上升的态势；它们位于上帝手中的转轮之上，受制于循环运动，升至顶峰之后，必然渐趋下滑，直至落到水平线之下。

② 　*Rise of Rationalism in Europe* (1887), vol. 1, pp. 268 sq. ——原注　威廉·爱德华·哈特波尔·列基（William Edward Hartpole Lecky，1838—1903 年）是爱尔兰历史学家、散文家、政治理论家，著有《欧洲理性精神的兴起和影响史》。

③ 　科斯马斯·印第柯普洛斯蒂斯（Cosmas Indicopleustes），古希腊旅行家，商人。其姓名的含义是"曾驶往印度的科斯马斯"。

④ 　原文为"Heimskringla"，是斯诺里的散文传奇《圆形的世界》（又称《挪威列王纪》）的标题。

个洞，打通了两边的天空，他朝通道里扔进一块石头，这时会发生什么样的后果？他回答道，石头最后会悬浮在地心的位置 ①。事实上，据我理解，温度和冲力会引发不同的结果，但樊尚的原理显然是正确的。曼德维尔 ② 在《旅行回忆录》中以更机智的方式道出了关于地球形状的真理："不管人们住在地球哪个方位，上方也好，下方也罢，在居民眼中，自己的方位总比别人来得更端正。在我们看来，别人自然位于我们的下方；而在别人看来，我们自然位于他们的下方。"（XX）最生动的表现出自但丁之手；他的一段文字表明，尽管中世纪人在想象比例大小时确有不足，但奇特的是，他们的想象蕴含了一种描摹现实的强大能力。在《地狱篇》第 34 章中，那两位游历者发现毛发浓密、身材庞大的路西弗被固定在地球正中心，腰部以下全都嵌在冰里。他们要想继续前行，唯一的方法是从他的身侧往下攀爬——那里有很多毛发可以抓握——挤入冰面的窟窿里，来到他的脚跟处。但他们发现自己从上而下爬到腰部后，却得自下而上爬到脚跟处。正如维吉尔对但丁所说，所有重物都朝他们此时已经爬过的那个点坠落（70—111）。这是史上第一例有"科幻效果"的文学片段。

　　"中世纪人相信地球是平的"这个错误观念直到最近还很普遍。这个观念有两个源头。其中一个是中世纪地图，比如，赫里福德大教堂 ③ 中那幅 13 世纪的世界大地图就把地球描绘成一个圆形 ④；当人们相信地球是个圆盘时，他们就会这么描绘地球。可如果人们知道地球是圆状的，想在二维平

---

① *Speculum Naturale*, VII, vii. ——原注
② 约翰・曼德维尔爵士（Sir John Mandeville）是 14 世纪一部流行游记《约翰・曼德维尔爵士的旅行回忆录》的名义作者。真实作者很可能是佛兰芒人，假借曼德维尔爵士之名撰写了这部游记。
③ 赫里福德大教堂位于英国赫里福德郡的首府赫里福德市，于 1079 年起建。
④ 这张地图画在一张犊皮纸上，中间是陆地，四周海洋环绕，最上头是天堂的景象。

面上将它呈现出来，却还没有掌握后世那种高难度的投影制图法，他们一般会怎么做？好在我们不用回答这个问题。我们并没有理由认定这张世界地图描绘的是地球的完整表面。"四带说"①告诉我们，赤道附近的地区过于炎热，不适合生活。地球的另一半是完全无法接近的。一个人写得了以南半球为题的科幻小说，却写不出南半球的舆地总志，将其绘入地图也是不大可能的。所以，那张世界地图描画的是我们生活的半球。

造成这个错误的第二个原因是我们发现中世纪文学常提及世界的尽头。但这些表述往往模糊不明，与我们今人提及世界尽头时措辞相似。不过，有时候，中世纪人的表述相对更严谨，正如高尔在描述世界地理时所说：

> 从那里一直往东就是亚洲，世界的尽头。
> （VII，568-569）②

但是，有一种解释可以涵盖这个片段和赫里福德那张地图。人类的"世界"，唯一与我们相关的"世界"的尽头，正是北半球的尽头。

乍看之下，赫里福德那张世界地图似乎表明，英国人对地理几乎一无所知。可实际上，英国人不大可能像制图师看上去那么无知。首先，英伦诸岛是这张地图上错得最为可笑的地点之一。这张地图新制出来的时候，观看者中有数十人，也许数百人至少知道苏格兰和英格兰并不是分开的两座岛屿；苏格兰人经常戴着扁平小蓝帽在边境线上来来往往，这样的谬误

---

① 参见前文第58页。——原注 路易斯前面转述的是古人和中世纪的"五带说"，而非"四带说"。
② 在这两行诗所属的片段中，高尔讲述了大洪水过后，世界的板块怎么被诺亚的三个儿子一分为三。亚洲被分给大儿子闪。

不大可能有存在的空间。其次，中世纪人绝不是静止的生物。国王、军人、高级教士、外交家、商人，还有游历的学者，都在不断地四处走动。由于朝圣之旅逐渐流行，甚至妇女，中产阶级的妇女，也能去往很远的地方；不妨看看巴斯妇和玛格丽·坎普[①]的经历。当时实用的地理知识流传得相当广泛。但依据我的猜想，这样的知识并不是以地图或类似于地图的视觉形象为存在形式。它是关于何时等待风起，如何发现地标，如何绕着岬角航行，在岔口如何择路之类的知识。很多商船船长尽管目不识丁，却有丰富的地理知识，足以驳倒那张世界地图中的一二十处错误，我怀疑那位制图师得知这一切时，究竟是否会感到焦虑不安。我还怀疑商船船长是否会将其高超的知识用于绘制这样的地图。在这么小的范围里描画一张关于整个半球的地图，自然不可能为了实用目的。那位制图师想要打磨出一颗华丽的宝石，里头蕴含着宇宙学这门高贵的技艺；据这门技艺所示，"人间乐园"位于东面最边缘的角落，被标成一座岛屿（就像其他中世纪地图一样，东方位于这张地图的上方），而耶路撒冷则被恰如其分地安置在地图的中心。航海员在瞻仰这张地图时，也许会心生愉悦，赞叹不已。但他们绝不会靠它指引路线。

中世纪地理学中有很大一部分是富于幻想的。曼德维尔是一个极端的例子；但是比他更严肃的作家也同样着力于确定"人间乐园"的位置。将它放置于遥远的东方这个传统似乎可以追溯至一部犹太人所著的亚历山大传奇；这部作品写于公元五百年之前，12 世纪时被译成拉丁语，标题为《亚历山大大帝远赴乐园》[②]。这也许奠定了那张世界地图、高尔诗歌（VII，

① 玛格丽·坎普（Margery Kempe，约 1373—1438 年），英国基督教神秘主义者，曾前往耶路撒冷朝圣，靠口述写成精神自传《玛格丽·坎普之书》。

② 参见 G. Cary, *The Medieval Alexander* (1956). ——原注

570）^①和曼德维尔观点的基础；曼德维尔将"人间乐园"放在比"祭司王约翰"^②之国、泰波本（锡兰^③）、"黑暗之国"^④更远的地方（XXXIII）。后来的观点是"人间乐园"位于阿比西尼亚^⑤；正如理查德·伊登^⑥所说，"在非洲的东部，红海之下，有一位伟大非凡的皇帝、信仰基督教的君主'祭司王约翰'……在这个地方，有众多极其高拔的大山，据说'人间乐园'就在群山之中"^⑦。在有些传闻里，崇山峻岭中那个隐秘而惬意之所别有用处。彼得·黑林在《寰宇概览》（1652 年）中说，"到阿玛拉山山顶，需要一日的行程；在山顶上有三十四座宫殿，皇帝年龄较小的儿子会不断被送来，关在此处"^⑧。弥尔顿的想象如同海绵那样善于吸纳，他将这两个传说都糅入自

---

① 高尔在这行诗里说，人们从亚洲一直朝东走，最后就能来到"人间乐园"的门前。

② 在中世纪传说中，"祭司王约翰"是亚洲一个基督教王国的国王，曾联合欧洲东征的十字军抗击穆斯林国家的军队。

③ 即今日的斯里兰卡。

④ "黑暗之国"指的是一个叫阿布哈兹（Abchaz）的国家，该国有个地方常年笼罩于黑暗之中。

⑤ 埃塞俄比亚的旧称。

⑥ 理查德·伊登（Richard Eden，约 1520—1576 年），炼金术士，翻译家。他翻译的地理著作提升了都铎王朝时期英国人的海外探险精神。

⑦ *Briefe Description of Afrike* in Hakluyt. ——原注 伊登的这段话出自地理学家理查德·哈克勒特（Richard Hakluyt，1553—1616 年）所编撰的《英国民族最主要的航海旅行、远游、运输和发现》一书。

⑧ 彼得·黑林（Peter Heylin，1599—1662 年），英国神职人员，写有大量历史、政治和神学小册子。他的《宇宙微观》（*Microcosmus*）一书出版于 1621 年，后来他对《宇宙微观》作了大量增扩，重新命名为《寰宇概览》（*Cosmography*，1652 年的版本）。依据黑林所言，埃塞俄比亚的皇帝将其子圈禁在阿玛拉山上，是为了防止他们争储夺嫡，引起动乱。路易斯引用的很可能是 1621 年版本，而非 1652 年版本。

己的"阿玛拉山"①中:"阿比西尼亚之王看守诸王子的地方……有些人认为那是真正的乐园。"(《失乐园》,IV,第280行起)②约翰逊《拉塞勒斯》③中的"幸福谷"就是以"阿玛拉山"为原型。"阿玛拉山"很可能启发了柯勒律治的"阿波拉山"④(我认为有此可能);如果真是如此,这座遥远的高山可以说受到了英国读者非同寻常的厚待。

伴随着这些故事的演变,中世纪人的地理知识拓展到了更远的东方,而我们并不是总记得这一点。十字军东征、商贸之旅和朝圣之行(在某些时期,朝圣成了高度组织化的产业)打开了黎凡特⑤。圣方济各传教士1246年和1254年拜见了大汗⑥;当时会见的地点是在哈拉和林。尼克洛·波罗和

---

① 阿玛拉山(Mount Amara)是早期欧洲探险者以游记的形式"带回"欧洲的一座高山。它很可能是今日埃塞俄比亚北部的安巴·盖申山(Amba Geshen)。最早用文字描述它的欧洲人是葡萄牙人弗朗西斯科·阿尔法瑞兹(Francisco Álvares)。通过旅行者的记述,阿玛拉山进入欧洲人的文学想象之中,影响长达数百年之久。

② 弥尔顿并没有认为"人间乐园"位于阿玛拉山山顶,他说阿玛拉山中的乐园比起那个"亚述的名园"(即伊甸园),还是相差很远。

③ 《拉塞勒斯》是塞缪尔·约翰逊发表于1759年的哲理小说。主人公拉塞勒斯是埃塞俄比亚国王之子,他与兄弟姊妹自幼被关在"幸福谷"之中,接受适合王室继承人的教育。他们要一直待在深谷中,唯一被接出谷的机会是在位的国王驾崩,依据王位继承顺序,他们其中某一人被推上王座。

④ "阿波拉山"出自柯勒律治《忽必烈汗》一诗。柯勒律治在梦境中见到一位阿比西尼亚姑娘一边拨动着琴弦,一边歌唱着阿波拉山。在该诗发表前的一份手稿里,这位阿比西尼亚姑娘歌唱的是"阿玛拉山"。

⑤ 黎凡特是沿地中海东部海岸诸国的历史名称。

⑥ 1246年西班牙圣方济各会长柏郎嘉宾(Giovanni da Pian del Carpine)受教皇英诺森四世委派,来到蒙古帝国上都哈拉和林,晋见蒙古大汗贵由。1252年圣方济各会修士吕柏克(Guillaume de Rubrouck)由法国国王路易九世派赴东方,1254年到达哈拉和林拜谒蒙哥汗。

马菲欧·波罗[1]1266年在北京拜会了忽必烈汗；他们的侄儿马可·波罗[2]名气更大，在北京住了很长时间，于1291年返回故土。但是，1368年明朝的建立在很大程度上打断了这样的交流。

马可·波罗那本伟大的《游记》（1295年）不难买到或借到，每个人的书架都应该放上一本。它在某一点上与英国文学有十分有趣的联系。马可将戈壁沙漠形容为这样一个地方：那里有邪恶的精灵出没，每当"商队消失在旅行者的视线中"时，落在后头的旅行者常会听到有人呼喊他们的名字，那声音听起来十分熟悉。但是，如果循着声音找去，他们就会迷失方向，并因此丧命（I, xxxvi）[3]。这个声音后来也传给了弥尔顿，变成了那样一些

> 隔空而来的声音，它们在沙漠、
>
> 海滨和荒凉的沙漠中呼唤人们的名字。
>
> （《考玛斯》，208-209）

最近有一项很有意思的研究，有人试图证明圣布伦丹[4]的传说蕴含着一些关于大西洋岛屿和美洲大陆的真确知识[5]。但是，我们无须在此探讨支撑

---

① 尼克洛·波罗（Niccolò Polo，约1230—1294年）和马菲欧·波罗（Maffeo Polo，约1230—1309年）兄弟是13世纪著名旅行家和商人。

② 马可·波罗是马菲欧·波罗的侄子，但他是尼克洛·波罗的儿子，而非侄子。

③ 这样的灵异事件一般发生在夜里。旅行者以为那是同伴呼唤自己的声音或车队的声音，便循着声音向前走，等天亮了，才发现自己受了欺骗，来到了完全陌生之地。

④ 圣布伦丹（St Brendan，约484—577年），亦称"航行者""旅行者"或"勇夫"，是"爱尔兰十二使徒"之一。据说布伦丹和几位修士曾乘船前往大西洋，寻找上帝应许给圣徒之地。写于公元9世纪前后的《圣布伦丹游记》记录了他这段经历。

⑤ G. Ashe, *Land to the West* (1962). ——原注

这个说法的案例，因为即便存在这样的知识，它对中世纪人的心智也没有产生普遍的影响。探险家向西航行，是为了寻找富有的中国。如果他们知道中间隔着一片广阔的野蛮大陆，也许他们压根就不会驾船出海。

第二节　动物

　　与中世纪神学、哲学、天文学或建筑学相比，中世纪动物学，至少中世纪人经常在书里呈现的动物学，给我们的印象是十分幼稚的。就像中世纪实用地理学与世界大地图没什么关系一样，那时的实用动物学也与动物寓言（Bestiaries）没什么关系。在中世纪英格兰，对某些动物有深入了解的人口比例很可能远高于现代英格兰。这个比例只能高，而不能低，因为在中世纪社会里，很多人有可能的话，会选择做养马人、狩猎者或驯鹰人，另外一些人则可能选择做捕猎手、渔夫、牧马人、牧羊人、猪倌、牧鹅女、养鸡妇或养蜂人。我曾听一位出色的中世纪专家（A.J.卡莱尔①）说："一位典型的中世纪骑士对猪的兴趣远大于对马上比武的兴趣。"但是，这类一手知识很少体现在文本中。当这类知识体现在文本中的时候——比如，《高文爵士和绿衣骑士》的作者假设他的读者熟悉鹿的身体结构（第1325

---

① A.J.卡莱尔（Alexander James Carlyle，1861—1943年），神职人员，历史学家，著有《西方中世纪政治理论史》。

行起）①——显得可笑的倒不是中世纪人，而是我们自己。不过，这样的文字很少见。这个时期记录成文的动物学主要包含在一堆荒诞不经的故事中；这些故事里的很多生物是作者从未亲眼见过的，甚至是从未存在过的。

中世纪人不具备最先虚构这些幻想故事的能力，自然不是最早相信这类故事的人群，不应为此承受咎责。他们通常将从古人那里继承来的东西传递给后人。亚里士多德其实早已为真正严谨且系统的动物学奠定了基础②；如果中世纪人最先知道亚里士多德，一心一意追随他，也许就没有后来的动物寓言了。不过，真实的情况并非如此。从希罗多德③起，古典著作里就充满了旅行家关于奇鸟异兽的故事；这类故事令人着迷，实在难以拒绝。埃利安（公元前2世纪）④和老普林尼的著述⑤是储藏这类材料的宝库。中世纪人无法区分不同类型的作家，这也起到了一定的作用。斐德洛斯（公元1世纪）的主观意图只是写一本《伊索寓言集》⑥。但是，他的龙（IV，xx）⑦——一种生在凶邪之星下的生灵，其命运就是提防他人，守卫

---

① 《高文爵士和绿衣骑士》的作者是在叙述伯奇拉克一行人的林中打猎经历时仔细描述了他们宰杀和解剖打来的猎物，将鹿肉与内脏和骨骼分离的过程。

② 亚里士多德的《动物志》首次按照学术体系对人类关于生物的知识作了分类，对近代生物学的形成和发展影响深远。

③ 希罗多德的《历史》记载了西亚、北非及希腊诸地区大量关于动物的奇闻趣事。

④ 路易斯所说的"埃利安"应该指的是生活于公元2世纪至3世纪（而非公元前2世纪）的罗马作家克劳迪乌斯·埃利安努斯（Claudius Aelianus）。他著有《动物的属性》一书。

⑤ 老普林尼的《自然史》第八卷到第十一卷是关于各种兽类、鱼类、昆虫类和鸟类的记事。

⑥ 盖乌斯·尤利乌斯·斐德洛斯（Gaius Julius Phaedrus）曾将《伊索寓言》以诗体的形式译成拉丁文，也曾仿照伊索的风格写了不少新的寓言故事。

⑦ 在斐德洛斯的寓言故事里，一只狐狸挖洞，不小心挖到了地下的龙穴里，看见一条龙正看管着一大堆宝物，就问它为何日夜不眠在黑暗中守着这些东西，究竟可从中得到什么好处。龙回答道，是宙斯指派它来看管这些财宝的，它不可取来使用，也不可将其送别人。狐狸说，像龙这样的生灵必定是在凶邪之星或祸星下降生的（dis iratis natus）。考虑到宙斯将守护的任务委派给这头龙，"dis iratis natus"也可以理解为"在诸神的不悦下降生"。

自己永远无法使用的财宝——似乎成为后世很多龙的祖先；我们在盎格鲁-撒克逊和古斯堪的纳维亚文学里见到巨龙时，都觉得它们有浓厚的日耳曼色彩，可未承想它们的源头很可能在这里。这个形象成为影响如此强大的原型，它让人们信以为真，即使信仰消退时，人们也不愿意将其舍弃。在两千年时间里，西方人从未对此厌倦，却也从未加以改进。贝奥武甫的龙[①]和瓦格纳的龙[②]显而易见属于斐德洛斯之龙（中国的龙，据我理解，是不一样的）。

　　这样的学识传到中世纪，毫无疑问，是很多人合力的结果；当然，并不是所有人都是有案可稽的。伊西多尔是中世纪人最容易接触到的作家[③]。而且，从他的著述里，我们可以看到伪动物学是如何形成的。他论马的部分尤其具有启发性。

　　"马儿能嗅到战争的气息；号角的声音会激起它们参战的斗志"（XII，i，43）。《约伯记》中一个高度抒情的片段（xxxix. 19—25）[④]在这里却变成自然史上的一个命题。不过，我们倒不会完全不懂得观察。骑兵所乘坐的老练战马，尤其牡马，很可能会有这样的行为。伊西多尔还告诉我们，蝰蛇为了不受弄蛇人操控，会趴下来把一只耳朵贴在地上，同时卷起尾巴来

---

①　史诗《贝奥武甫》中的火龙也是在地底的墓穴中看守着一个已经灭亡的家族的宝藏，后来被贝奥武甫杀死。

②　在瓦格纳的歌剧《齐格弗里德》（《尼伯龙根的指环》四部曲之一）中，巨龙是由巨人费夫纳（Fafner）取得指环后所变，他藏在森林里看守尼伯龙根家族的财宝，后来被英雄齐格弗里德杀死。

③　《词源》第12卷是以动物为主题。伊西多尔提供的很多信息来自亚里士多德和老普林尼的著述，并非基于对现实世界的观察。

④　伊西多尔关于战马的论断与这个片段中的两节有直接的关联："它发出猛烈的怒气将地吞下，一听角声就不耐站立。角每发声，它说呵哈；它从远处闻着战气，又听见军长大发雷声和兵丁呐喊。"（第24—25节）

堵住另一只耳朵（XII，iv，12）；很显然，伊西多尔把《诗篇》第58章第4—5节关于"塞耳"蝮蛇的比喻①如实地转化成伪科学，从中我们进一步了解到伪动物学的形成。

"主人死了，马儿会掉眼泪。"（XII，i，43）我认为最初的源头是《伊利亚特》第17卷（第426行起）②，通过《埃涅阿斯纪》第11卷（第90行）③的过滤传送到伊西多尔手中。

"因此，"也就是说，从马匹身上这个人类特征看得出来，"半人马身上混合了马与人的属性"（同上）。作者虽然小心翼翼，还是想就半人马这种动物作出合理的解释④。

当我们读到第12卷第1章第44—60节这个部分时，我们被另一个截然不同的问题所包围。这一长段文字论及良马的标志，如体格和颜色，还论及品种和繁殖等。其中有些细节，在我看来，像是在马厩中学来的，似乎马夫和马贩子在这里取代了创作文学的"前辈作家"。

当"前辈作家"开始派上用场时，伊西多尔对他们却不加以区分。《圣经》的作者、西塞罗、贺拉斯、奥维德、马提雅尔（Martial）、普林尼、尤维纳尔（Juvenal）、卢坎（主要论述蛇类）对他都具有同等的权威。不过，他的轻信态度也是有其底线的。他不相信鼬鼠通过嘴巴受孕，通过耳

---

① 在这两节经文里，不听神劝告的恶人被比成了蝮蛇："他们好像塞耳的聋虺，不听行法术的声音，虽用极灵的咒语，也是不听。"
② 希腊勇士帕特洛克罗斯（Patroclus）死于赫克托手下，阿喀琉斯的战马为英雄之死而流泪。
③ 特洛伊人的盟军将领帕拉斯（Pallas）丧生于敌军首领图尔努斯（Turnus）的长矛之下，埃涅阿斯派了千名勇士将帕拉斯的尸体护送到他父亲那里。在葬礼上，大颗的泪珠从帕拉斯的战马埃通（Aethon）脸上掉落。
④ 伊西多尔认为马本就是富有人性的动物，兽性和人性在马身上是可以兼容的，会出现半人马这样的动物，就不足为怪了。

朵生子（XII，iii，3），他将多头蛇怪斥为"无稽之谈"（同上，iv，23）^①。

伊西多尔一个最显著的特征是他并没有从动物身上提取道德寓意，不对它们作讽喻式的阐释。他说鹈鹕可以用自己的鲜血让其子女复活（XII，vii，26）^②，但他并没有像后人那样，将鹈鹕与以自己之死来换取他人生命的耶稣作类比，塑造出了不起的"仁慈的鹈鹕"形象^③。他从一些"论述过动物属性的作家"（没有提及具体的姓名）那里得知，独角兽这种动物非常强大，是任何猎人都无法捕获的；但如果你把童女带到它跟前，它先前凶猛的神态就会一扫而光，它将头靠在她的大腿上，安静地睡着（XII，ii，13）。这样，我们就能把它杀死了。任何基督徒读到这个微妙的传说，无须多久，就能发现其中蕴含着道成肉身和钉十字架的寓言，这是不难相信的。但是，伊西多尔并没有作这方面的暗示。

伊西多尔所忽略的这类阐释成为中世纪伪动物学家最主要的兴趣。其中最让人记忆深刻的典型是乔叟在《修女院教士的故事》中称作"博物学家"^④的作家（B 4459）；真实的作者其实是提奥波尔德，1022 年至 1035 年

---

① "多头蛇"的拉丁文是"hydra"；伊西多尔认为传说有误，"hydra"原来指的是能喷出大水、淹没邻近地区的沼泽地。

② 依据伊西多尔所记载的传说，鹈鹕杀死自己的子女，为其哀悼三天后，会将自己身上的血淋在孩子的尸身上，这时小鹈鹕就能死而复生。

③ "仁慈的鹈鹕"（Pie Pelicane）这个短语出自托马斯·阿奎那的赞歌《我虔诚地赞美》。在其中一节诗里，阿奎那将耶稣唤作"仁慈的鹈鹕"，祈求他以宝血来洗净自己的灵魂，并称他的血有神奇的功能，只要一滴就能抵消世人所有的罪孽。另外，要指出的是，"pie"一般情况下可以翻译为"虔诚的，虔敬的"，但阿奎那用"pie"形容鹈鹕（象征耶稣）的牺牲精神，根据语境，译者将其理解为"仁慈的、有爱的"。

④ "博物学家"（或"自然学家"）的原文是"physiologus"。这个词后来专门用以指中世纪作家描述自然风物（包括真实和幻想的动物，有时也包括石头和植物）的书籍。与亚里士多德《动物志》和普林尼《自然史》这种偏重介绍和传播"客观知识"的著作不同，中世纪这类书籍则着重阐发自然事理或动物故事所蕴含的宗教启示、道德寓意或形而上的意义。

间任蒙特卡西诺修道院（Monte Cassino）院长，著有《博物学家论十二种动物的属性》①。但他不是这类作家的鼻祖，也绝不是其中最出色的。《埃克塞特书》②里动物诗的历史更悠久。离开篇位置不远的《凤凰》是对拉克坦提乌斯的作品的改述③；"盎格鲁—撒克逊诗人"④所增添的寓意⑤是以圣安布洛斯和圣伯达的著述⑥为底本写成的；《黑豹》和《鲸鱼》则是在更古老的拉丁语版《博物学家》的基础上创作而成⑦。作为文学，它们远胜过提奥波尔德的作品。"盎格鲁—撒克逊诗人"和提奥波尔德都将鲸鱼变成了魔鬼的一种。提奥波尔德说水手误把它当作隆起的海岬，还登上那里，生了一团火。鲸鱼潜入水底，水手因此溺死在水中，倒是情有可原。在"盎格鲁—撒克逊诗人"笔下，水手更可能把鲸鱼错当成小岛，它潜到水底，倒不是因为感受到了火的热度，而是恶意使然。关于经历风雨飘摇的水手登岸以后如

① 《博物学家论十二种动物的属性》的拉丁文标题是 *Physiologus de Naturis XII Animalium*。乔叟在《修女院教士的故事》中把"physiologus"一词当成具体作家名来使用。《博物学家论十二种动物的属性》是公元 11 世纪意大利作家提奥波尔德所著。提奥波尔德在该书中说道，美人鱼或塞壬歌喉婉转，能以愉悦的歌声引诱没有防备的水手，致其死亡。乔叟在描写公鸡腔得克利的啼叫声时，提及提奥波尔德书中的细节，说腔得克利海底的美人鱼唱得更欢悦（第 504—506 行）。
② 《埃克塞特书》是公元 10 世纪流传下来的一个手抄本，一部盎格鲁—撒克逊诗歌的合集。
③ 《凤凰》这首诗创作于公元 9 世纪，共有 667 行，作者不详。诗歌第一部分主要是对古罗马诗人卢西乌斯·凯奇利乌斯·弗米阿努斯·拉克坦提乌斯（Lucius Caecilius Firmianus Lactantius）的《论凤凰鸟》这首诗的改述。
④ 路易斯将其《埃克塞特书》中的诗歌作者笼统称作"盎格鲁—撒克逊诗人"。
⑤ 在这首诗中，"凤凰"象征耶稣的死去和再生，它能重回人间唤醒死者，带领追随它的生者飞往美丽的家园（天堂）。
⑥ 这里的"著述"包括圣安布洛斯（St Ambrose，约 340—397 年）的《创世六日》。圣伯达（Saint Bede，约 672—735 年）是英国中世纪僧侣，著有《英吉利教会史》，并对《圣经》做过大量注解。
⑦ 参见 G. P. Krapp, *Exeter Book* (1936), p. xxxv. ——原注

何消遣放松，作者作了生动形象的描写："当这个善于使坏的畜生察觉到所有的海员都上来了，各就其位，支起了帐篷，正因风平浪静而心情大好时，它突然不顾一切，一个猛子就扎潜到了盐湖里。"（19-27）[①]

相当令人惊讶的是，提奥波尔德竟然把塞壬错当成美人鱼，归入动物之列。像塞壬这样的生灵本有资格成为"长生灵"一员，却被划入动物的范畴，我想这样的做法在中世纪并不普遍。我在比他晚很多的阿塔纳修斯·基歇尔的著述里也发现了这一点；基歇尔认为"类人形"或"半人形"的生灵不过是畜生（缺乏理性）而已，它们与人的相似性，就像曼德拉草[②]与人的相似性一样，并不能说明什么问题。他补充道："或者就像猴子与人的相似性一样"[③]；尽管他并不了解后世的生物学，这么说却是歪打正着。

不过，更奇怪的是，提奥波尔德忽略了我们认为可能最符合他宗旨的两种生灵：鹈鹕与凤凰。但这与他作品的整体品质是一致的。不是他缺乏想象，就是我们无法捕捉他的想象这种光波的"波长"。要逐一介绍他列举的条目[④]，实在是难以忍受的乏味工作。不管他不得不叙说什么，俗语版的"寓言故事"总是比他叙说得好[⑤]。

这些动物故事，就像那些仙灵故事一样，让我们忍不住怀疑，其中多

[①] 作者最后引出的寓意是鲸鱼是一种邪恶的生灵，一心想用自己的神秘力量击败人类，怂恿他们弃善从恶，误导他们。

[②] 曼德拉草的根茎像是粗糙的人体。

[③] *Mundi Subterranei Prodromos*, III, i. ——原注

[④] 这些条目分别是狮子、鹰、蛇、蚂蚁、狐狸、牡鹿、蜘蛛、鲸鱼、塞壬、大象、斑鸠、黑豹。——原注

[⑤] 《博物学家论十二种动物的属性》是用拉丁语写成，其趣味性不如中世纪用俗语写成的"动物寓言"。

大一部分是中世纪人信以为真的。生活在科学并不昌明的时代且足不出国门的人对绝大多数关于异国的传言是坚信无疑的；即便如此，当时的人谁会相信，如何相信"动物寓言"中关于鹰、狐狸或牡鹿的种种叙述？答案究竟怎样，就只能靠猜想了。我偏向于认为，中世纪人固然没有普遍且明确表达过自己的坚信态度，但他们更没有普遍且清楚地表达过自己的怀疑态度。那些用言语或文字推动伪动物学传播的人大多并不关心（不管是用什么方式）事实的问题，这与今日的公共演讲者并无不同；当他们劝我不要像鸵鸟那样把头埋在沙子中的时候，他们思考的重点不是落在鸵鸟身上，也不想让我把思考的重点落在鸵鸟身上。背后的"寓意"才是关键。你需要"知道"这些"事实"，才能阅读那些诗人的作品或者加入高雅的谈话。因此，如培根所说，"如果与自然相关的虚假信条'站起了身'……由于明喻和修饰被用于表达这个信条，你就再也没法喊它坐下来了"[①]。正如布朗在《俗常的谬误》[②]中所说，对大多数人而言，"一篇富有修辞的文章就是一篇富有逻辑的论文；一则伊索寓言要胜过'芭芭拉三段论'[③]；譬语比命题更有说服力，谚语也比论证更有说服力"（I，iii）。在中世纪以及更晚的时代，人们之所以轻信，还有一个原因。如果正如柏拉图主义教导的那样——布朗对此不会持有异议——可见的世界是按照某种不可见的模式来创造的，如果月亮之下的一切都源自月亮之上的一切，那么，人们期待神秘解释或

---

①   *Advancement*, I, Everyman, p. 70. ——原注 培根的原话是："如果与自然相关的虚假信条'站起了身'，一方面由于缺乏审视，盲目接受古人对它的认可，一方面由于明喻和修饰被用于表达这个信条，你就再也没法喊它坐下来了。"

②   《俗常的谬误》（1646—1672 年）是托马斯·布朗爵士为驳斥 17 世纪常见或流行的错误观念和迷信而写的科普著作。

③   "芭芭拉三段论"是三段论最常见的一种形式。典型的例子是："所有人都是必死的，所有希腊人都是人，所以，所有希腊人都是必死的。"

道德寓意能被嵌入生物的属性和行为中，自然就合乎情理了。在我们看来，如果对动物行为的记述蕴含的教益太过明显，那就不大可信了。但中世纪人却不是这样看的。他们的前提假设跟我们不大一样。

第三节　人类的灵魂

　　人是理性的动物，所以是一种复合物，既与理性的天使（依据后来的观点，即经院学派的观点，天使并非动物）部分相似，又与属于动物但不具备理性的兽类部分相似。而这正是我们理解人之所以是"小世界"或"小宇宙"的关键之一。宇宙间所有类型的存在物都共同构塑了人的形态；人本身就是存在的剖面图。正如格列高里一世所说，"因为人和石头一样是存在的实体，和树一样有生长力，和天使一样有理智，他被称作宇宙是理所当然的"①。这个话后来几乎被阿兰努斯②、让·德·梅恩③和高尔④原样复制。

　　"理性魂"（Rational Soul）授予了人类独特的地位，但它并非唯一一

---

① 　*Moralia*, VI, 16. ——原注 路易斯引用格列高里一世的原话时漏了一个短语"和动物一样有感觉"。

② 　Migne, CCX, 222d ——原注

③ 　*R. De la Rose*, 19043 sq. ——原注 "自然女神"声称人类是从她手里获得了"存在""生长力"和"感觉"这三种力量（"理智"不包括在内）。

④ 　Prol. 945. ——原注

类的灵魂。除此以外，还有"感觉魂"（Sensitive Soul）和"植物魂"（Vegetable Soul）。"植物魂"具有滋养、生长和繁殖的力量。"感觉魂"存在于动物身上；除了具有这些力量外，它还有感觉能力。它包含了"植物魂"，同时也超越了"植物魂"，所以，动物可以说具有双层或双重灵魂，即"植物魂"和"感觉魂"，甚至可以说（尽管容易让人误解）具有两个灵魂。与此相似，"理性魂"也包含了"植物魂"和"感觉魂"，除此以外，还具有理性的力量。如特里维萨①在翻译13世纪巴萨罗缪斯②的《物性论》时（1398年）所说，有"三种类型的灵魂……'植物魂'赐予生命力，但不赐予感觉，'感觉魂'赐予生命力和感觉，但不赐予理性，'理性魂'赐予生命力、感觉和理性"。诗人谈论这个问题，有时会表达得自由一点，就好像每个人具有三个灵魂，而非三重灵魂。多恩宣称，他据以成长的"植物魂"，据以观看的"感觉魂"，据以理解的"理性魂"都因其所爱之人而同样欢喜；他说，

> 我所有的灵魂
> 都欣喜地置身于你的天堂（唯有在其中
> 我才能理解、生长和静观）。
> （《赠别：关于窗户上我的名字》，第25行起）

但这只是一种修辞格。多恩知道自己只有一个灵魂，即"理性魂"，它包含"感觉魂"和"植物魂"。

---

① 约翰·特里维萨（John Trevisa），14世纪英国作家、翻译家。
② 巴萨罗缪斯（Bartholomaeus Anglicus，约1203—1272年），13世纪巴黎经院哲学家，方济各会修士，著有百科全书《物性论》。

"理性魂"有时会被简单称作"理性","感觉魂"有时也会被简单称作"感觉"。在乔叟笔下的牧师说过的一句话里，这些词就可以按照这个意思来理解："上帝统治着理性，理性统治着感觉，感觉统治着人的身体。"（I.262）①

所有这三种灵魂都是非物质性的。草木的"灵魂"——或用我们常用的说法，"生命力"——并不是草木的组成部分，因为草木的组成部分通过解剖是可以观察到的；照此理解，人的"理性魂"也并非人的"组成部分"。所有灵魂，就像其他所有本质一样，是上帝创造的。"理性魂"的独特之处就在于无论是谁的"理性魂"，它都是上帝直接创造的产物，而其他事物大多数是通过受造界的演变和转化而形成的②。《创世记》第2章第7节无疑是这个观点的源头③；不过柏拉图也将造人与一般创造截然分开④。

灵魂向上帝靠拢常被诗人表现为返回家园的过程，这也是"自然禀性"的一种体现。因此，乔叟在《特罗伊拉斯和克芮丝德》第5卷第1837行中

---

① 这句话出自《坎特伯雷故事集》中的《牧师的故事》（其实是一篇布道散文）。该牧师继续说道，当人在犯罪的时候，往往会打破这种秩序或安排。
② 关于这个问题的全部，参见 Aquinas Ia, XC, art. 2, 3.——原注 阿奎那认为人的"植物魂"和"感觉魂"中的力量源自生育之人，是通过精液来传递的，而"理性魂"则是来自上帝的直接创造。它出现并取代了"植物魂"和"感觉魂"，完成了人孕育过程的最后一道程序。
③ 《创世记》第2章第7节是对上帝创造亚当的描述。须指出的是，这句话只能说明（亚当的）"灵魂"是上帝直接创造的产物，而不能说明"其他事物大多数是通过受造界的演变和转化而形成的"。
④ *Timaeus*, 41c *sq.* ——原注 在《蒂迈欧篇》中，柏拉图还将灵魂的创造与身体的创造截然分开，由最高造物主负责创造人类的灵魂，由祂创造的诸神负责制造人类的身体。译者补充说明的这点与前一句话的观点有更紧密的逻辑联系。

说，"远离尘世的虚荣，回返家园"①；迪古尔维说，

> 千真万确，你应当前往
>
> 祂的所在，返回祂的身旁，
>
> 顺着你的自然天性来运动。②
>
> （《人的生命历程》，利盖特译，第 12262 行起）

　　也许这些片段所反映的不过是这样一条教义：人是上帝的特殊和直接造物；但我们对此没有绝对的把握。"灵魂先在说"（事先存在于比此世更好的世界里）在经院哲学时代是被坚决否定的。认为"理性魂"只有在肉身形成以后才开始存在，与此同时，还要承认"理性魂"在肉身死亡之后依然存在，这着实有点"难办"；但有个说法可以让这个矛盾稍得缓解，那就是"死亡"——作为"两个神从没创造过的事物"之一③——在创世宏图中是没有自己的位置的。脱离肉身并非灵魂的本性；相反，是肉身（因堕落而失去本性）抛弃了灵魂④。但是，在"酝酿时期"和中世纪早期，柏拉图的信仰——我们还没下世成肉身之前，就已经是有灵的生命——依然有

---

① 乔叟在诗的末尾奉劝年轻人不要像特罗伊拉斯那样，执着于世间的虚荣，信靠那并不可靠的"时运"。他希望他们将心灵转向上帝，从人世的男欢女爱中超脱出来，去爱那位无条件、毫无保留地爱着世人的神。

② 这三行诗出自"格雷斯杜"对"朝圣者"的言说。紧接着还有一行："再一次抵达你的本源。"

③ Donne, *Litanie*, 10-11. ——原注 另一事物是"罪"。"死亡"和"罪"都不是受造物。

④ 参见 Aquinas, *loc. cit.* art. 4. ——原注 阿奎那认为每个人的灵魂是随同其肉身被创造出来的。他指出肉身不在，灵魂却依然存在，这是肉身的过错，因为肉身（通过死亡）背叛了灵魂。

其影响力。卡尔齐地乌斯保住了柏拉图在《裴德罗篇》245a 中所说的话①。
他还保住了《蒂迈欧篇》35a 和 41d 这两部分②。这些难解的片段也许并没
有个体灵魂先于肉体而在的隐义，但人们很可能以为它们暗含这样的意思。
俄利根③认为所有那些如今正驱使着人类肉身的灵魂是与天使同时创造出来
的，在降下人世之前就已存在了很长一段时间。在阿奎那引用的一段话里，
连圣奥古斯丁都抱有这样的观点（不过，他并没把话说死）④：当亚当的身体
还在"它的质料中沉睡"的时候，他的灵魂早已存在了。更彻底的柏拉图
式信条似乎暗含在伯纳德斯·希尔韦斯特瑞斯的著述中（只不过我并不清
楚作者在大多程度上把它作为哲学问题来认真对待）：诺伊斯在天上看到无
数灵魂在哭泣，因为他们很快就会从"光明"降到"黑暗"之中⑤。

　　在文艺复兴时期，柏拉图全集的复得和柏拉图主义的复兴重新唤醒了这个
学说。费奇诺⑥和亨利·莫尔⑦都以极其严肃的态度来对待它。斯宾塞在《对

---

① 路易斯所引的斯特方码有误，并非 245a，而是 246a。柏拉图在 246a 中声称，灵魂是"自
动者"，非由他物推动和生成，所以是永恒不朽的。

② 柏拉图在《蒂迈欧篇》34c（而非 35a）中明确说，神在造身体时，就已经把灵魂造好了
（为的是让灵魂更老练，更有能力，这样才能成为身体的主人和统治者）。柏拉图在 41d 中描
述了造物主用宇宙灵魂来创造人类灵魂的过程。

③ 俄利根（Origen，约公元 185—253 年），基督教注经家，神学家，最有影响力的早期教
父之一。

④ 阿奎那指出，圣奥古斯丁表达这个观点时，用的不是完全肯定的语气，所以，他是允许
对这个观点作进一步商榷的。

⑤ *Op. cit.* II, Pros. iii, p. 37.——原注 见到无数灵魂在天上哭泣的，并非诺伊斯，而是她的女
儿"自然女神"。

⑥ 马尔西利奥·费奇诺（Marsilio Ficino，1433—1499 年），文艺复兴时期意大利哲学家、
神学家、佛罗伦萨柏拉图学园派著名代表，著有《柏拉图神学》。

⑦ 亨利·莫尔（Henry More，1614—1687 年），英国剑桥柏拉图学派的代表人物。

美的赞颂》（第197行起）^①和"阿多尼斯之园"片段（《仙后》，III，vi，33）^②中是否超越了诗人的身份，真心信奉这个学说，是值得怀疑的。托马斯·布朗不敢直言这个学说，却乐于保留它的一点味道："'我们降生前的存在'看起来不过是某种想象的存在"，但是能永恒地先在于那富有先见的神智里"在相当大的程度上意味着我们那时早已不是'非实体'了"。（《基督教道德》）^③对沃恩《僻处》^④和华兹华斯《颂歌》^⑤的阐释，可以说众说纷纭。直到 19 世纪末期，在神智论者^⑥的努力下，"先在说"——如今被想象为"东方的智慧"——才在欧洲恢复了它的立足之地。

---

①　斯宾塞在《对美的赞颂》第 197 至 203 行中把"爱"比作和谐的天界，将相连相印的两颗心（即"灵魂"）形容为和谐运转的两颗星。这两颗心在天上带给彼此欢悦和真正的满足，从天国刚降下人间的时候，这样美好的情感还依然追随着它们。

②　"阿多尼斯之园"是传说中的神秘园子，培植世间万物的温床。包括人在内的有生之物都是在这座园子里生成了"形式"，从"混沌"之渊中获得了"物质"；具备"形式"和"物质"之后，它们就从园子的前门出去，降落到地球上，经历生死循环。它们死去后，又会从后门回到园中，卸下自身的"物质"（死亡意味着"形式"衰朽，但"物质"仍然不变），要等上一段时间，才能进入下一个轮回。

③　《基督教道德》是托马斯·布朗于 17 世纪 70 年代为其孩子所写的散文作品，在他逝世多年以后（1716 年）才发表。布朗这句话的意思是，在创世之初，世间万物的属性或形态早就在上帝的心智中构想好了，这是必将实现的，所以，那时人类不只是"想象的存在"，甚至可以说具有了实体性。

④　"玄学派诗人"亨利·沃恩（Henry Vaughen，1621—1695 年）在小诗《僻处》中说到人类的童年是比人生其他阶段更美好的时光，因为那时人离神更近，内心的想法是纯白、神圣的，能在自然万物中瞥见神的明灿之脸，那是人类的灵魂曾在天国时刻都能目睹的圣容。

⑤　华兹华斯在《颂歌：幼年回忆中的永生昭示》第 5 首中说，人类降生时所携带的灵魂来自天国，上帝才是人类灵魂真正的家园，人在世上的生活是对其本源逐渐忘却的过程。

⑥　"神智论"或"神智学"的英文为"Theosophy"，字面之意是"神圣的智慧"。它是一套与探索人生和自然奥秘相关的神秘主义哲学，其核心议题包括"神性"、宇宙的起源及目的、灵魂的修炼等。

第四节 理性魂

我们已经注意到，"天使"这个词有时候会囊括所有以太中的生灵，有时候仅限于指称九级天使中的最低等级。同样，"理性"（reason）这个词有时表示"理性魂"，有时表示"理性魂"所施展的两种能力中层次较低的那种。这两种能力是"理智"（intellectus/intelligence）和"理性"（ratio/reason）。

"理智"的层次更高，如果我们将其等同为"知性"（understanding），那就意味着柯勒律治的辨析，即将"理性"置于"知性"之上，无疑颠倒了旧有的次序。我们还记得，波埃修斯曾将"知性"（intelligentia）与"理性"（ratio）区分开来，认为前者才是天使充分享有的神能①。"理智"（intellectus）是人身上最近似天使"知性"的官能；它实际上是"知性"的投影，或者说是"知性"的影像②。阿奎那如此描述"理智"与"理性"的关系："理智的活动是对思想真理的统一把握（即这种把握是浑然一体、不可分割的），而理性的活动则是从某个思想点转向另一个思想点，逐渐向思想真理挺进的过程。因此，它们之间的不同，就像静止与运动，即刻掌握与逐渐习得之间的不同。"（Ia，lxxix，art. 8）③当我们只消一眼就能看懂某个不证自明的真理时，我们所享有的是"理智"；当我们一步步去证明某个

---

① 路易斯认为波埃修斯话语中的"intelligentia"可以等同于英语中的"understanding"。参见本书第四章第四节正文以及译者脚注中的相关解释。

② 波埃修斯在《哲学的慰藉》中并未提出"理智"（intellectus）这个概念，所以，这句话并非波埃修斯的观点，而是路易斯对中世纪哲学家的总体看法的概述。也就是说，在中世纪人看来，"理智"是人类心智中接近天使"知性"的官能，它要高于人的"理性"。

③ 不过，在阿奎那看来，"理智"与"理性"虽有区别，倒也并非截然不同的心智能力。

并非不证自明的真理时，我们所运用的是"理性"。如果所有真理都很容易看懂，这样的认知生活无疑就是"理智"的生活，或者说天使的生活。什么都不能轻易"看懂"，什么都必须证明的完全"理性"的生活自然是不可能的；这是因为如果没有什么是不证自明的，那就没有什么是可以证明的。人类的精神生活主要致力于将那些频繁却又短暂的"理智"的闪现联系起来，"理性"就是由此构成。

当我们如此精确使用"理性"，并将其与"理智"区分开来时，我认为这与如今"reason"一词的含义是十分相近的；就如约翰逊界定的那样，"理性"是"人类从一个命题推导出另一个命题，从前提向结论推进的能力"①。但是，这样界定之后，约翰逊给出的第一个释例却是来自胡克②："理性指挥人的意志，揭示何为善的行动。"这里的释例和定义似乎不相符到了令人惊愕的地步。如果 A 因其自身的缘故是善的，我们无疑可以通过推理得出结论：既然 B 是获得 A 的手段，B 也是应行的善事。但是，我们究竟通过何种演绎，从何种前提出发，能推导出这个命题："A 因其自身的缘故是善的"？在推理开始之前，我们必须以其他某个源头为起点，才能接受这个命题；而关于那个源头，各有各的说法，有人说是"良知"（视其为上帝的声音），有人说是某种"道德感"或"道德品味"，有人说是某种情感（如"一颗善良的心"），有人说是社会群体的准则，有人说是"超我"。

不过，在 18 世纪之前，几乎所有的道德学家都认为"理性"是主管道德的。道德冲突被形容为"激情"与"理性"之间的冲突，而非"激情"与"良知""责任""善良"之间的冲突。普洛斯彼罗原谅他的敌人时，声称

---

①　这个定义以及相关的释例出自约翰逊编撰的《英语词典》。

②　即理查德・胡克（Richard Hooker，1554—1600 年），英国文艺复兴时期的神学家。

他不是与仁慈或怜悯，而是与"更高贵的理性"站在一边（《暴风雨》，V，i，26）。其中的道理就是，在18世纪之前，几乎所有人都相信那些最根本的道德准则可以通过"理性"来把握。如果严格遵循中世纪的区分的话，他们会认为道德是由"理智"掌控，而不是由"理性"负责。但是，这样的区分，即使在中世纪，也只是被哲学家采纳，它并不会影响平民语言或诗歌语言。正是在这个意义上，"理性"指的是"理性魂"。所以，道德律令是由"理性"发出的；但如果使用更严格的术语的话，对道德问题所作的推理，毫无疑问，是从"理智"那里获得全部前提假设的——这就好比说几何学归"理性"掌管，但它所基于的公理却是无法通过推理获得的。

在前文引自《英语词典》的文字里，约翰逊的态度也一度显得混乱。在他写作的年代，传统伦理观的影响正在急剧衰退，"理性"一词的含义也在经历急剧的变化。18世纪见证了对这个学说的反拨：道德判断完全、主要或者从根本上属于理性之事。甚至巴特勒①在《布道文》（1726年）中将原属于"理性"的角色赋予"反思或良知"②。还有一些人将"理性"的规范作用交给某种"道德情感"或"品味"。在菲尔丁的作品中，善良品行的源头是善良的情感；作者借"方正先生"这个人物讽刺了"理性"是善良品

---

① 约瑟夫·巴特勒（Joseph Butler，1692—1752年），18世纪英国道德哲学家，自然神学家。
② 巴特勒说在1726年的《布道文》中说，人的内心存在良知，能反思自己心中的倾向、冲动或激情，对由此引发的行为加以鉴别、肯定或否定。

行源头的说法①。麦肯兹的小说《善感之人》则将此继续向前推进②。华兹华斯将"心灵"视为"头脑"的对立面，且对"心灵"青睐有加③。在一些19世纪的小说中，一种独特的情感体系，即家庭的友爱④，似乎不仅是道德的动力，还是道德的组成部分。这个过程所导致的语言结果就是"理性"词义的缩小。原先它表示完整的"理性魂"（除非在极具哲学思辨的语境里），包含"理智"和"理性"，但它的含义后来逐渐萎缩，变成了"人类从一个命题推导出另一个命题……的能力"。这个变化在约翰逊的时代就已开始了。约翰逊不经意间用较新且较狭窄的意思来界定这个词，但紧接着举例说明的却是它那个较旧且较宽广的词义。

　　意识到某种责任就意味着明白了某种真理，倒不是因为你有一颗善良的心，而是因为你是智性的生灵；这个信条起始于古代。柏拉图维护了苏格拉底的信条：道德关乎知识；坏人之所以是坏人，正是因为他们不知道何为善。亚里士多德在抨击这个观点的同时，将教养和习惯的形成放在了

----

①　"方正先生"（音译"斯侩厄先生"）是菲尔丁小说《汤姆·琼斯》中的人物，汤姆小时候的家庭教师，信奉亚里士多德的学说，对抽象的善恶理论更感兴趣，比如，他说"一切道德，都只是理论方面的事情"；他喜欢用"一成不变的'是之'准则和永久长存的'物之适宜'来衡量所有的行为"（第3卷第3章，张谷若译）。这位导师和同僚斯威克姆先生一样，无法将实践道德和智慧教给汤姆和卜利福少爷，但好在汤姆生性纯良，能凭其善良的直觉行事。
②　苏格兰作家亨利·麦肯兹（Henry Mackenzie，1745—1831年）发表于1771年的小说《善感之人》主要讲述的是孤儿哈利先生（Mr. Harley）为寻求一位准男爵的帮助，在前往伦敦的路途中以及在伦敦城中所经历的一系列冒险故事。随着这段冒险经历展开的是他充满喜怒哀乐的善感的内心以及蕴含于其中的美好品德。
③　例如，在《推翻的书桌》中，诗人呼吁孩子不要一味用书本知识来填塞自己的"头脑"，而要走向自然，敞开自己的"心灵"，接受大自然的启迪。
④　"家庭的友爱"原文为"domestic affections"。这个短语常出现于19世纪初英国人的文学作品和论述道德哲学的著作里，具有丰富的含义。玛丽·雪莱在小说《弗兰肯斯坦》中通过主人公之口告诉我们：如果智性的追求搅扰了"家庭的友爱"，将会引发各种灾难性的后果；任何让人无法从"家庭的友爱"中获得愉悦的事业追求都不适合人类的心智（第4章）。

重要的位置，但他仍然将"正确的理性"（ὀρθὸς λόγος）视为良好品行的基本前提①。斯多葛派相信"自然之道"；所有理智之人，由于其自身理性之故，都会承认"自然之道"对自己有约束力。圣保罗在"理性"的演变史中发挥了奇怪的作用。他在《罗马书》（第 2 章第 14 节起）中的表述，即虽然外邦人不知道律法，但律法仍然"刻在他们心里"（written in the hearts），与斯多葛派的理念如出一辙，数百年里一直都被这么理解。而且，在这数百年里，"hearts"这个词不仅仅让人产生情感的联想。圣保罗用"καρδία"来表述希伯来语中的"心"，这个希伯来词如果翻译成"mind"（心智），应该更准确一点②；此外，在拉丁语里，用"cordatus"修饰一个人，倒不是说这是个"善感之人"，而是说这是个"明理之人"。不过，到了后来，越来越少的人用拉丁语思考，新的情感伦理学开始流行起来，保罗关于"hearts"的用法反倒对新学说起到了支撑的功用。

　　这一切的价值就在于让我们意识到，如果头脑里只想着"人类从一个命题推导出另一个命题……的能力"，那么，我们很可能会误读以前诗人几乎所有论及"理性"的文字。在纪尧姆·德·洛利思撰写的《玫瑰传奇》部分（第 5813 行起）中，有一段文字十分动人："理性"，美丽的"理性"，一位优雅的淑女，一位谦卑的女神，放下身段，请求那位恋人把自己奉作天上的爱人，抛弃他在世间的情人③。如果"理性"只是约翰逊所造就的形象，这个故事就显得生硬了。一台会计算的机器是很难变成一位女神的。

---

①　关于亚里士多德对"正确的理性（或逻各斯）"的论述，参见《尼各马可伦理学》第 6 卷第 13 章。在该章中，亚里士多德也提及苏格拉底的德性观：所有德性都是知识的形式。

②　也就是说，保罗的话"律法的功用刻在他们心里"如果表述成"律法的功用刻在他们的心智里"，更合乎原文之意。

③　"他在世间的情人"指"时运女神"。接受"理性"，就能超然物外，面临人间的大起大落时，能保持平和的心态。

不过，"美丽的理性"却不是"这种冰冷的东西"。她甚至不是华兹华斯笔下拟人化的"责任"①，也不是亚里士多德颂歌里拟人化的"美德"（尽管接近了一点）："人们为了她的纯洁之美愿意献出生命。"（σᾶς πέρι, παρθένε, μορφᾶς）②"理性"是"知性的投影"（intelligentia obumbrata），即天使的本质投射在人身上的影子。所以，我们有必要彻底弄清楚莎士比亚的《鲁克丽丝受辱记》中那位"被玷辱的女主"（719—728）是谁；那是塔昆的"理性"，他心灵合法的主宰，此时却被玷污了③。《失乐园》中很多提及"理性"的片段也需要作这样的注解④。我们如今对"知理的"（reasonable）一词的使用，毫无疑问，依然保留了一点旧有的意思；比如当我们抱怨说自私之人是"不知理的"（unreasonable），我们的意思倒不是说这个人犯了"中项不周延"⑤的错误。不过，要大量恢复这种旧有的联系，却是非常枯燥无味的工作。

---

①　参见华兹华斯写于 1805 年、发表于 1807 年的诗作《责任颂》。华兹华斯在这首诗里将"责任女神"称作"严厉的神之女儿""严厉的立法者"；他祈求"责任女神"做自己的道德向导，希望在她的指引下，克服自身的人性弱点，不滥用自己的自由意志。

②　出自亚里士多德的短诗《献给美德的赞美诗》。亚里士多德说"美德"是生命最好、最美的收获，能安抚人的良知，带来无穷尽的快乐，是远比黄金更珍贵的东西。

③　被塔昆玷污的，不仅有鲁克丽丝的身体，还有塔昆自己的"理性"。诗人说，强暴的罪行摧毁了"理性"圣殿之墙，让"理性"生不如死，陷于永恒的痛苦之中；这既在说"理性"所受的破坏，也在说鲁克丽丝所受的摧残。

④　比如，在第 3 卷圣父对圣子所说的一段话里，"理性"就不能理解为推理的能力："无论意志，还是理性（理性也是选择），/ 若是被夺去了自由，变得空虚而无用，/ 还变得被动，只服从必然性，/ 而不服从我，我对此有何高兴可言？"（第 107—110 行）在第 5 卷第 488—490 行中，天使拉斐尔告诉亚当，"理性"有两种，一种是推理式的，另一种是直观式的。他说"推理式的理性"多属于人类，而"直观式的理性"多属于天使；用前面路易斯界定的术语来说，前者是狭义的"理性"，后者是"知性"或"理智"。两者只是程度不同，而非具有质的不同。

⑤　"中项不周延"是违反三段论的规则而犯的一种逻辑错误。比如，"所有人都是罪人，所有意志薄弱之人都是罪人，所以，所有人都是意志薄弱之人"。这个例子中，"罪人"是两个前提共有的项，即"中项"，但它在结论中却没有被归入某个范畴中。这就是"中项不周延"的形式之一。路易斯用这个短语来代表一个人推理能力的欠缺。

第五节 感觉魂和植物魂

"感觉魂"包括十种感觉或知觉，其中五种是外在的，另外五种是内在的。外在的感觉或知觉就是我们今日所说的"五感"：视觉、听觉、嗅觉、味觉和触觉。有时候，那五种内在的官能被简称为"知觉"（wits），而那五种外在的官能被简称为"感觉"（senses）[①]，就如莎士比亚的诗句所示：

但无论我的五种感觉，还是五种知觉，
都不能劝阻那颗爱你的痴心。
（《十四行诗 第 141 首》）

内在的知觉是"记忆""直觉""想象""幻想"和"通觉"。对"记忆"，我无须多加评论。

"直觉"（Estimation 或 Vis Aestimativa[②]）包含了如今"直观"（instinct）这个词所包含的大多数意思。艾尔伯图斯·麦格努斯（在接下来的评述中，我遵循的正是他的思路）在他的《论灵魂》中告诉我们，正是"直觉"使母牛能够在一群牛犊中找到自己所生的小牛，或者让动物明白如何躲避自己的天敌。"直觉"发现的是事物的实用意义或生物学意义，它们的"意向"

---

① 伯顿认为某些官能被称为"内在的官能"是因为这些功能位于人类的大脑区域，它们关注的对象不仅有近在眼前的事物，还包括那些过去的、将要出现的或不在现场的事物（《忧郁的解剖》，Pt. I, i, M 2, subs. 7）。

② "Vis Aestimativa"是"estimative power"（直觉力）之意。"vis"在拉丁语里是"力量""能力"之意。

（II，iv）。乔叟有一节诗说的就是"直觉"，只不过没有使用这个叫法：

> 动物如果看到自己的天敌，
>
> 自然就想从它身旁逃离，
>
> 尽管它从未见过这样的敌人。
>
> （《修女院教士的故事》B 第 4469 行起）

　　"幻想"（Phantasy 或 vis phantastica）和"想象"（Imagination 或 vis imaginativa）之间的区别并不简单。"幻想"是二者中地位较高的；这里，柯勒律治再一次颠倒了这两个名称的关系①。就我所知，在中世纪作家里，并未有人将这两种能力当作诗人的特征。即使中世纪作家喜欢评说诗人的特征——他们通常只会评说诗人的语言和学识——我想他们很可能会使用"编造"（invention）一词，而我们则使用"想象"一词。根据艾尔伯图斯的说法，"想象"只是记住感知的对象，"幻想"则涉及"区分和结合"。我无法理解为何如中世纪作家所说，有"出色想象力"之人往往在数学方面也很出色。难道这意味着那时纸张太过宝贵，不能草率地浪费在计算上，中世纪人只能用"心灵之眼"进行演算？不过，我怀疑这个说法；那时沙子有的是②。

　　这种关于"幻想"和"想象"心理机制的说法并没有包含这两个词在

----

① 柯勒律治在《文学传记》中将"想象"分为两种，一种是"原发的想象"，另一种是"继发的想象"。"继发的想象"（secondary imagination）是有意识的创造，指的是一种将对象统合和理想化的诗歌才能。作为诗歌才能，"继发的想象"要高于"幻想"，因为后者只是把现成的材料联系起来的机械才能，一种超越了时空限制的记忆形式。

② 路易斯的意思是中世纪人可以在沙子上演算。

俗语中的普遍用法。艾尔伯图斯提醒我们，"幻想"在俗语中被称作"认知"；也就是说，当人们声称自己在"思考"什么东西时，实际上他们只是在操纵自己心灵中的图像，对其加以"区分和结合"。不过，"想象"（是"想象力"的省略，与"想象力"通常是一个意思）所遭受的命运几乎是完全相反的；如果艾尔伯图斯懂英语的话，他也许会对这个词后来的命运感兴趣。在英语里，"想象"不仅有记住感知对象的意思，也有"琢磨""思考"和"考虑"（作最宽泛、最模糊的理解）的意思。兰格伦的"想象"（Ymaginatyf）解释完自己是"想象力"（vis imaginativa）后，继续说道：

> 我从未犯懒过，
>
> 时常劝你要想到自己的结局。
>
> （《农夫皮尔斯》，B XII，i）[①]

不管做梦人的结局是死亡，还是注定有来世，那绝不是需要他记住的准则。"想象"想说的是"我时常提醒你，你终将有一死"。在博纳斯的《弗洛萨特编年史》[②]中，"国王彼得见到自己被敌人包围，不由得陷入丰富

[①]　这两行诗出自"想象"在梦境中对做梦人，即"我"，所说的一段话。"想象"奉劝做梦人在所剩不长的人生中，要及时忏悔，改正自己的错误。

[②]　让·弗洛萨特（Jean Froissart，约1337—1405年），法国中世纪历史学家，著有《编年史》一书（记录14世纪西欧一些重要历史事件）。博纳斯勋爵（Lord Berners，1467—1533年）在亨利八世的授意下，于1523至1525年间将其翻译成了英语。

的想象中"（I，242）①；也就是说，他当时考虑了很多事情。乔叟这么形容回到自己家中的亚维拉格斯：

> 他出游在外时，从不费心思
> 去想象是否有男子向她诉说过
> 爱的衷肠。
> （《平民地主的故事》F 1094）②

毫无疑问，亚维拉格斯尽量避免陷入的心理活动，就像彼得王不得不展开的心理活动一样，与我们如今所说的"想象"活动（甚至可以说"浮想联翩"）通常是同时进行的。不过，我认为这两位作家头脑里想的主要不是这一点。乔叟的意思是亚维拉格斯并没有"让这样的想法闯进自己的脑海"。

"通觉"（Common Sense 或 Common Wit），作为中世纪心理学的术语，不应与人类的"共识"（communis sensus）或作为基本理性的"常识"（这是很久以后的用法）相混淆。艾尔伯图斯赋予了"通觉"两种功能：（a）"它对感觉的活动进行判断，这样我们在观看的时候，才能知道自己在观看"；（b）它将五种感觉或"外在的知觉"所提供的数据进行整合，这样我们才能说一粒橙子是甘甜的，或一粒橙子要比另一粒甘甜。几百年后，伯顿说："'通觉'是其他感觉的评判者或仲裁者，通过它，我们才能发现

---

① 路易斯的引用省略了一个短语，完整的句子是："国王彼得见到自己被敌人包围，知道没有言和与商谈的可能，不由得陷入丰富的想象中。"这句话中的"国王彼得"指的是卡斯蒂利亚的国王彼得（即西班牙语里的佩德罗，1350—1369 年在位）。

② 这三行诗中的"她"指的是亚维拉格斯（Arveragus）的妻子朵瑞艮（Dorigen）。亚维拉格斯渡海前往不列颠寻求功名，将妻子留在法国沿海的一座城镇，但他毫不怀疑妻子会对自己不忠。

客体的一切差异；我们通过眼睛，无法知道自己在观看，通过耳朵，也无法知道自己在倾听，我们唯一能依靠的是自己的'通觉'。"①"通觉"能把一个人的简单感觉变成统一而连贯的自我意识，即关于自己作为客体世界中的主体的意识。这非常接近一些人所谓的"统觉"（Apperception）和柯勒律治所谓的"原发的想象"②。不过，要意识到"通觉"的存在并不容易，这恰恰因为"通觉"无时无刻不在发挥作用，除非我们处于某些特殊的状态中；不过，由于"通觉"当时未起作用，我们不能完全回忆起这些状态。"部分丧失知觉"（partial anaesthesia），即我们有感觉但意识不充分，就是这样一种状态。西德尼的《阿卡迪亚》③也描述了另一种特殊的状态；他说两位骑士打斗正酣时，会忘记身上的伤口："怒火和勇气阻断'通觉'，使其无法将他们境况的信息传导给他们的心智。"（1590，III，18）④

至于"植物魂"，没有必要专门留出一节来论述。它负责人类有机体中所有无意识、不自觉的活动过程：生长、分泌、吸收和生殖。最后两项是吸收和生殖；这倒不是说饮食或性交是无意识或不自觉的行为。真正属于"植物魂"的不是这些行为，而是它们所引发的无意识、不自觉的活动过程。

---

① 　Pt. I, i, M 2, subs. 7.——原注 伯顿认为这个功能位于人脑的前端。

② 　依据《文学传记》一书，柯勒律治的"原发的想象"（Primary Imagination）是人类与生俱来的能够认识事物的感知能力，是促成"所有人类感知的鲜活力量和基本要因"（因为它是对神的创造行为的无意识模仿）。由"原发的想象"所推动的精神活动是无意识的活动。所有人都具有"原发的想象"这种认识普遍真理或基本真理的直觉感受力，但只有少部分人才具有"继发的想象"这种创造力。"原发的想象"为"继发的想象"提供创作的原材料。

③ 　《彭布鲁克伯爵夫人的阿卡迪亚》（简称《阿卡迪亚》）是菲利普·西德尼爵士（1554—1586 年）创作于 16 世纪的散文体传奇。

④ 　西德尼说这两位骑士的伤口流了很多血，旁人见了，都会晕厥过去，只有他们感觉不到自己的疼痛（尽管他们也能看见自己身上血如泉涌）。

第六节　灵魂与肉身

目前人们设计的模型还无法以令人满意的方式整合如下二项：其中一项是我们关于感觉、思想或情感的真实经验，另一项是对它们所引发的身体活动的现成可用的记述。以推理为例，当一个人展开一连串推理时，这意味着他将一些观念——观念是"关于"或"指向"它们自身之外的事物——按照条件和结论的逻辑关系连接起来。生理学则是将这样的推理分解成一系列脑部活动。不过，我们如果说生理活动是"关于"或"指向"其他事物的，不管怎么表述，都难以让人理解。生理活动的各环节同样可以联结起来，但它们之间的关联不是条件和结论的关系，而是原因和效果的关系——后者与逻辑关联完全不相干，疯子的思维顺序和理性之人的思维顺序一样，都能很好地解释生理活动的过程。这两种视角之间的鸿沟极其醒目，有些人为此采用了极端的补救之法。贝克莱式的唯心主义者否认了生理活动的过程；极端的"行为主义学派"则否认了精神活动的过程。

这个亘古难解的问题以两种形式向中世纪的思想家呈现了出来。

（1）灵魂既被视为非物质性的本体，如何作用于物质？很显然，它不能像一个物体作用于另一个物体那样发挥作用。这种表述问题的方式是否从根本上有别于我在前面那段话表述问题的方式，还可以进一步商讨。

（2）"从一个极端直接转到另一个极端是不大可能的，除非借助某个中间物。"[1] 这是来自《蒂迈欧篇》31b-c 中的一句古老箴言；由此衍生出了阿普列乌斯、卡尔齐地乌斯、伪狄奥尼修斯和阿兰努斯的著述中不同的"三

---

[1]　Bright（参见 J. Winny, *The Frame of Order*, 1957, p. 57）.——原注

合一"结构。很可能正是在这条根深蒂固的法则推动下，中世纪人在灵魂与肉身之间放入了某种媒介；也许心灵和肉身之间的断裂并不是在所有时期都像前文暗示的那样，显得那么尖锐，但即使如此，中世纪人也可能那样做。受法则的影响，可想而知，中世纪人处理那条裂痕的方法必定是提供"第三方事物"。

这个"第三方事物"，这个肉身与灵魂之间虚构的"联络官"，被称作"spirit"（元气），更经常被称作"spirits"（精气）。我们把天使、魔鬼或鬼魂叫作"spirits"（精灵），但我们必须明白这两个语义根本不会重叠。从一个语义到另一个语义的移换不过是一种双关语游戏。

精气被认为具有一定物质属性，所以能够作用于身体，但它的质地十分纤薄精细，所以全无物质成分的灵魂能够对它产生作用。直白地讲，精气就像19世纪物理学中的以太；据我了解，它既是物质，又不是物质。这个精气学说，在我看来，是中世纪模型中最不为人知的特征。如果这个"第三方事物"是物质（疏密度与它究竟有何关联？），这意味着桥梁的两端都架在了鸿沟的一边；如果它并非物质，这意味着桥梁的两端都架在了鸿沟的另一边①。

这样来看，精气就是"细小的钩子"②，柏拉图和阿兰努斯需要用它来保持肉身和灵魂的联系，或用多恩的话说，精气是"细小的绳结，它让我们成为人"③。精气像气体一般，从血液里升起，所以我们如今还在说"spirits

① 路易斯此处的表述略为费解。换用更直白的语言来表述就是：如果"第三方事物"是物质的话，它可以连通肉身，却无法连通灵魂，起不到中介的作用，如果它是纯精神的存在，同样也无法承担中介的功能。
② 参见前文第96页。——原注
③ *Extasie*, 61.——原注

rising"（情绪高涨）；用弥尔顿的语言表述，精气就像"从纯净的河水散出的柔和气息"（《失乐园》，IV，804）①。巴萨罗缪斯在 13 世纪《物性论》（由特里维萨译成英语）中对精气作了如下的描述。血液在肝脏里沸涌②，由此升起了"烟雾"。"烟雾"被净化后，变成了"自然精气"（Natural Spirits）③；"自然精气"推动着血液，"将它送往四肢那里"。进入头部后④，"自然精气"经过进一步提炼——变得"更纯净"——从而转化成"生命精气"（Vital Spirits），而"生命精气"则"在动脉里生成了生命的冲动"。其中一些进入大脑，在那里又一次得到"提纯"，变成"动物精气"（Animal Spirits）。"动物精气"中的一些被分给"感受的肢体"（即感觉的器官）；一些留在大脑的"洞穴"里，以服务于人的"内在知觉"；还有一些经过后脑流入脊髓，用以主导有意识的运动（III，xxii）。这种"动物精气"是直接隶属于"理性魂"的官能，是它的化身；"理性魂"唯有通过它才能发生作用。"我们也许不会相信，"巴萨罗缪斯继续说道，"这种精气是人的'理性魂'，但更准确的表述是，如奥斯丁⑤所言，这种精气是'理性魂'的载体和工具。唯有以这种精气为媒介，灵魂才能被连接到身体上。"巴萨罗缪斯的"自然精气""生命精气"和"动物精气"组成了"三合一"结构，有

---

① 弥尔顿把这样的精气称作"动物精气"。撒旦正是通过影响"动物精气"来腐化人的灵魂，使其产生不满的思想、空虚的希望、骄傲自大的心理等。

② 血液因其自身的热度而在肝脏里沸腾。

③ 也就是说，"烟雾"转变成"自然精气"是在肝脏里完成的。

④ 依据巴萨罗缪斯的原文，"自然精气"把血液送往身体各处后，会沿着一些血管进入心脏（路易斯说"进入头部"，可能是看错原文或笔误所致），经过心脏的击打，而变得精细、纯净。

⑤ 这里的"奥斯丁"指的是圣奥古斯丁。

些人则用"生命精气""动物精气"和"理智精气"依次替代它们①。但不管怎么分类，精气的功能总是不变。正如提摩西·布莱特②在《忧郁论》（1586年）中所说，精气是"真正的爱之绳结，它将天与地连成一体；它所造就的世界确实要比诸天本身和卑下的泥块更神圣"；这样，灵魂"就不会像某些哲学家理解的那样，受肉身羁绊，而是被精气这个金钩紧紧地扣住"③。

有了精气之说，我们在解释精神失常时就不用说"理性魂"失去了它的理性，因为这会给人用词自相矛盾的感觉。正如巴萨罗缪斯在同一处所说，当精气受损时，肉身与灵魂之间的"谐调"会消失，"理性魂""在身体中所能发挥的功用"都将"受到阻碍，这从那些受惊吓、疯癫和发狂的人身上可见一斑"。正常的精气一旦失调，"理性魂"就会失去对肉身的掌控。

"理智精气"（intellectual spirits）可以省略为"理气"（intellectuals），甚至可以简称为"理智"（intellects），但后者应当是混淆所致。正因如此，约翰逊在《漫游者》第95期中才会说一个人的"理智"被"搅乱"了④，兰

---

① 参看 *Paradise Lost*, V, 483 sq.——原注 弥尔顿的"生命精气"是由植物花果所提供的营养而来，顾名思义，给人提供的是生命的元气，"动物精气"生成人的感觉，而"理智精气"（intellectual spirit）则生成人的"幻想和知性"，灵魂从中获得"理性"。
② 提摩西·布莱特（Timothy Bright，约1551—1615年），英国医生，神职人员。他的《忧郁论》是16世纪末17世纪初最重要的阐述忧郁问题的著作。在这本书里，他论述了精气如何影响人的身体，身体进而如何影响人的心智，让人忧郁，乃至发疯。
③ Winny, *op. cit.* pp. 57—58.——原注
④ "搅乱"的英文是"disturbed"，但约翰逊在原文中使用的是"distorted"（扭曲）一词。在这篇散文中，约翰逊以一位写信人的口吻塑造了一个不接受任何确立的准则或观点，喜欢怀疑和辩驳的人物形象。在为了争辩而争辩的长期过程中，这个人发现他的"观念混淆"了，"判断受到了阻碍"，"理智被扭曲了"。从"扭曲"这个措辞以及前后语境来判断，这句话里的"理智"更接近"理智的思维"或"理解力"的意思，并非路易斯所说的"理智精气"。

姆才会写道："你对哈特利的理气的忧虑是有根据的。"①

我们从巴萨罗缪斯的著述中得知，不同的精气位于身体的不同部位。所以，灵魂以精气为媒介行使的某些功能也同样可能位于不同的部位。在前文刚引过的那段话里，作者将"通觉"和"想象力"分配给脑袋"最前端的洞穴"或脑腔的前部，将"知性"分配给"中间洞穴"，将"记忆"分配给脑袋最后面的部位。读过《仙后》的人也许会记得斯宾塞尽管忽略了"通觉"，但还是大体相似地把"想象"（或"幻想"）安排在脑袋的前部，把"理性"安排在中部，把"记忆"安排在最后边（II, ix, 第44行起）②。当麦克白夫人说"理性的容器"时，她指的是脑袋的中间部位（I, vii, 66）③。

----

① To Southey, 8 Aug. 1815.——原注 兰姆信中的"哈特利"指的是塞缪尔·柯勒律治的儿子大卫·柯勒律治（1796—1849年）。罗伯特·骚赛是哈特利的姨夫，哈特利小时候曾受到过骚赛的照顾。

② 斯宾塞以有趣的寓言形式来呈现"想象""理性"和"记忆"在脑袋中的不同位置。骑士圭恩和亚瑟跟随女主人艾尔玛（Alma）上到城堡的塔楼（象征人的脑袋），塔楼顶上射出两道能照亮夜空的灯光（即人的眼睛）。那里有三个房间最为显要，因为那里住着三个重要的哲人：最前面那个房间的住客（即"想象"）能预见未来，他的房间里充满了各种梦幻、思绪和意见，以及各种奇异怪诞的事物；正中房间的住客（即"理性"）最了解当下，最为成熟和明智，他的房间里挂满了与国家、政府、律法、判决有关的图画，那里还陈列着与艺术和哲学有关的一切；最后头的房间年代久远，破败不堪，那里住着一个沉浸于过往、眼睛半瞎、身体衰朽的老头（即"记忆"）。

③ 麦克白夫人意欲谋杀国王时，对她丈夫说，她准备用酒把邓肯的两名侍卫灌倒，让他们的"记忆"，即大脑的守门人，化为一团烟雾，让"理性"的容器变成蒸馏器（即蒸馏酒的容器）。用地道的中国话说，麦克白夫人打算让侍卫"喝昏了头"。

第七节　人类的肉身

人可以称作小宇宙，这还能从肉身的角度来理解[①]，因为肉身和大宇宙一样，是由四种成对的基质构成的。我们应该还记得，这四种属性相互结合，组成了大宇宙的诸元素：火、气、水和土。但是，在我们的身体里，它们相互结合，组成了不同的体液。热与湿组成了血液；热与燥组成了胆汁[②]；冷与湿组成了黏液；冷与燥组成了忧郁质[③]。体液是我们体内成对的基质构成的，而元素则是我们体外成对的基质构成的，不过，通俗语言并不总是遵循这样的区分。马洛在《帖木儿》中说到"用四种元素构塑我们的自然"（869）[④]，莎士比亚说"诸元素"在布鲁图斯身上完美地结合（《尤利乌斯·恺撒》，V，v，73）[⑤]；他们所用的"元素"指的是体液或者成对的基质。

体液的掺和比例因人不同，造就了每个人的"气质"（complexio）或

---

①　路易斯在本章第三节就已谈到人就何意义而言可以称作"小宇宙"。他在本节中又补充说明了一点。

②　原文为"choler"，也常译为"黄胆汁"，不过，在路易斯后文所引的乔叟诗句里，出现了"红红的胆汁"的说法，为了避免修饰上的矛盾（如"红红的黄胆汁"），译者采用"胆汁"的译法

③　原文为"melancholy"，也常译为"黑胆汁"，为了不让"黑胆汁"和"胆汁"呈现并列关系，译者采用"忧郁质"的译法。

④　马洛接着用一个短语来说明这"四种元素"：它们"在我们的心胸内交战，为争夺支配权"。所以，这里的"四种元素"无疑指的是体液或成对的基质。

⑤　这个说法出自安东尼在剧终时对布鲁图斯的称赞。他宣称其他人参与刺杀恺撒，不过是因为野心和嫉妒，而布鲁图斯这么做，却是为了罗马人民的福祉，大自然让元素在他身上完美结合，才造就了这个全罗马最高贵的人。

"脾性"（temperamentum），即这个人的组合或混合状态①。这可以解释一个奇怪的事实：在现代英语里，"失了脾气"（to lose one's temper）和"发脾气"（to show one's temper）是两个意思相近的短语。如果一个人有好"脾性"，他动怒时很可能会暂时"失了脾气"。如果一个人"脾性"不好，怒火让他失去控制时，他就可能会"发脾气"。正因为如此，一个人如果经常动怒，就可以说是"脾性"不好或"坏脾气"（ill-tempered）之人。不过，这样的表达会让那些粗枝大叶的使用者以为"脾气"只表示"愤怒"，久而久之"愤怒"也就成为"脾气"最常见的意思。但是，旧有的用法在很大程度上还是保存了下来，"脾气上来了"（flying into a temper）和"脾气失控了"（out of temper）就是两个并存的同义短语。

尽管任何两个人的体液的比例都不是完全相同，人的气质（complexion），显而易见，还是可以根据占主导地位的体液分为四个主要类型。气质的一个表现是面色，而这正是"气质"的现代含义②。但是，我认为这个词在中世纪英语里并没有这个意思。中世纪人用来表达我们所谓"面色"的词语是"rode"；比如，在《磨坊主的故事》里，"他的面色（rode）红润，他的眼睛灰如鹅毛"（A 3317）③。

当血液占据主导地位时，我们就有了多血的气质。这是四种气质中最

---

① 英文"complexion"有"体质""性情""禀性"之意，源自拉丁语"complexio"，而"complexio"的本意是"组合""结合""联合"。英文"temperament"的旧意是物体中各种要素、质素、部件的构成。这个意思源自拉丁语"temperamentum"，而后者则是派生自"temperare"（有"混合""混杂"之意）。

② "complexion"除了有"气质"之意外，还有"肤色"（尤指面部肤色）、"外观"之意。

③ 这句诗形容的是《磨坊主的故事》里一个叫亚伯沙朗（Absalom）的教士的相貌。

好的，因为血液是"自然的朋友"（《扈从的故事》，F353）[1]。托马斯·埃利奥特[2]在《健康的堡垒》（1534）中列举了多血质人的标志："白中透红的脸色……睡得多……常梦见血红或愉悦的事物……怒火来得快消得快。"[3]据我理解，血红的梦与受伤和打斗没太大关系，更可能与红色有关。"愉悦"的事物就是我们所说的"寻欢作乐"。多血质人容易动怒，但怒火持续时间不长；这类人脾气有点火暴，但并不是愤懑积郁、寻衅报复之人。乔叟的平民地主是这种气质的典型，他会忍不住把自家的厨师好好教训一顿，但不难看出，他有一颗善良的心[4]。莎士比亚的贝特丽丝[5]——同样也是"怒火来得快消得快"——很可能就是多血质人。多血质人长得圆胖，性格活泼乐观。在15世纪的一份手稿里，用以象征这种气质的是一男一女：他们衣着华丽，在开满鲜花的地方拨弄着弦乐器[6]。

胆汁质人身材高挑、瘦削。乔叟笔下的那位管家"身体瘦长，火气旺盛"，他的双腿"相当长……却也相当细瘦"（A第587行起）。与多血质人一样，胆汁质人也极易动怒；所以，饱受"红红的胆汁……过盛"（B5117—5118）[7]之苦的腔得克利不分青红皂白骂起了通便药："我对这类东

---

① 乔叟说，当身体里的血液往上升，占据主导地位时（也就是身体困倦之时），人应该躺下来，以示对这位"自然的朋友"的尊重。

② 托马斯·埃利奥特（Thomas Elyot，约1490—1546年），英国外交家、学者。

③ 其他生理标志有血管粗，脉搏有力，消化好，流汗多等。

④ 乔叟的这位平民地主信奉享乐主义的人生哲学，喜欢美食，家里餐桌上的菜肴无比丰盛，且会随着季节变化花样。他十分在意吃喝享受，要是家里的厨师配不出爽口的酱料，用餐时没有备好餐具，他就会把厨师臭骂一顿。不过，他这个人心肠并不坏，在当地是出了名的好客。

⑤ 贝特丽丝是《无事生非》中的一个人物，性格倔强泼辣，能说会道，风趣幽默。

⑥ Brit. Mus. Add. 17,987.——原注

⑦ 路易斯所标的行数有误，应为4117—4118。

西深恶痛绝，绝难喜欢！"（B 4348）①。但与多血质人不同，胆汁质人是喜欢寻衅报复的。那位管家对磨坊主实施报复，只是因为他的故事②，而且庄园上的农民都害怕那位管家，就像害怕死神一般（A 605）。胆汁质人，如帕特立特所知，常梦见雷电，梦见明亮、危险的事物，如弓箭和火焰（B 4120）。在前文提及的那份手稿里，象征胆汁质的图画是一个男子一手拽着一个女子的头发，一手拿着棍子揍她。如今胆汁质的孩子常被（他们的母亲）形容成"紧张兮兮"（highly strung）。

　　埃利奥特所列举的忧郁质症状有："消瘦……长时间值夜（即夜不能寐的意思）……噩梦……想法固执……愤怒难消，烦躁不安。"哈姆雷特就把自己诊断为忧郁质人（II，ii，640）③，还提到自己的噩梦（同上，264）④；他可以说是"愤怒难消，烦躁不安"的极端例子。哈姆雷特还可能身体消瘦；第五幕第二场第298行的"fat"十有八九是"大汗淋漓"的意思⑤。如今，我想我们应该将忧郁质人形容为神经病人，我说的是中世纪的忧郁质人。到了16世纪，"忧郁"这个词的含义正逐渐发生变化；它经常只是用来表示"悲伤"或"沉思、熟虑、内省"的意思。所以，在伯顿置于《忧郁的解剖》开头的那首诗里，"忧郁"似乎只是表示遐思，即无休止地沉浸于孤独中，不仅尝尽痛苦，还享尽欢乐，那就像一场既满足了恐惧，又满

---

① 公鸡腔得克利夜里常做噩梦，母鸡帕特立特认为这是胆汁过剩所致，建议他去院子里找通便的草药来吃。不过，腔得克利认为通便药根本就没什么疗效，反而会让身体中毒。
② 磨坊主罗宾讲了一位木匠被人戴绿帽子的故事，庄园的管家奥斯瓦德曾做过木匠，觉得自己受到嘲弄，也讲了一个以磨坊主为主角的故事来回敬罗宾。
③ 哈姆雷特担心那晚见到的父亲鬼魂是魔鬼所变，魔鬼想利用他柔弱忧郁的灵魂，引诱他犯罪沉沦。
④ 这确实神秘难解。不过，提及噩梦可以增强忧郁的"氛围"。——原注
⑤ "fat"一词出自最后一幕王后之口。当时哈姆雷特正与人比剑决斗，王后见他大汗淋漓，气喘吁吁，想招他过来，给他擦汗。

足了希望的白日梦①。在丢勒的画作里，"忧郁"显然代表的是爱好学问、离群索居、耽于沉思的生活②。

　　黏液质也许是所有气质中最为糟糕的。埃利奥特所举出的黏液质标志有："肥胖……肤色白……睡得过多……梦见与水有关的事物或梦见鱼……反应迟钝……吸收知识慢……胆小怯懦。"黏液质的男孩或女孩身材肥胖，面色苍白，行动迟缓，头脑愚钝，辜负了父母和老师的希望；他们不是变成别人的笑柄，就是不引人注目。经典的案例就是弥尔顿的第一任妻子。弥尔顿在《离婚之理论与训条》中以同情的口吻说道，有些男人会"发现自己与土元素和黏液质的化身……被牢牢束缚在一起"（I，5）③；我们认为弥尔顿说这句话的时候，很可能想到了自己的妻子。《傲慢与偏见》中的玛丽·班奈特也可能是黏液质人④。

　　不同的气质，和诸行星一样，需要通过想象来体悟，而不能只是当作概念来死记硬背。这些气质与我们从小学习的心理学分类是不能严格对应的。但是，我们知道的大多数人（不包括我们自己）都能为这四种气质中的某一种提供相当好的例证。

　　我们每个人身上只有一种体液永久占据主导地位，除此以外，四种体液每天都会出现有规律的变化，依次享有暂时的主导地位。从午夜到上午

---

① 路易斯所提及的这首卷首诗其实是伯顿对《忧郁的解剖》这本书的辩护。在诗中，伯顿用"忧郁"修饰"生灵"（wight），并让这个短语与"冥思的恋人"形成并列关系，可见"忧郁"只是表示忧伤、冥想的意思。
② 这是阿尔布雷·丢勒（Albrecht Dürer，1471—1528年）作于1514年的版画。
③ 在四大元素里，土元素是由冷与燥生成，其对应的体液是忧郁质（同样由冷与燥结合而成）。所以，弥尔顿这里提到了两种气质的人，路易斯很可能忽略了这一点。
④ 玛丽是班奈特家五姐妹中长相最为普通的。她读书用功，能引经据典，且不乏其他才艺，但悟性不够，无法对自己读过的书形成批判性思考，并从中获得道德的成长。

六点处于支配态势的是血液；从上午六点到正午的是胆汁；从正午到下午六点的是忧郁；从下午六点到午夜的是黏液。（我们必须记住的是，这个说法只适用于那些无论起床还是入睡都比今人早很多的人。）在《扈从的故事》里，睡意提醒人们要按时睡觉，"因为血液已处于支配地位"（F 347）。"支配"（domination）这个术语可以作为打趣，扩展到体液之外的事物上，比如伙食采购人是这么说厨子的："酒精已经完全支配这个人了。"（H 57）①这句话里的小俏皮，如今的读者往往是读不出来的。

第八节　人类的历史

人们有时会说，基督教从犹太教那里继承了一种新的历史观，并强加给了西方世界。我们知道，对希腊人而言，历史的进程不过是一系列无意义的变化或周而复始的重现。世人应该从永恒不变而非变动不居的世界中，从形而上学而非历史中寻求意义。因此，希腊史学家笔下的历史事件，如波希战争或伯罗奔尼撒战争，或者伟人的生平，都是各成一体的；他们很少会出于好奇，将一个民族或城邦的发展从头追溯一遍。简言之，历史对他们来说，并非一个有统一情节的故事。然而，希伯来人却将他们的整个历史看成是耶和华的旨意的体现。基督教由此出发，将整个世界史打造成

---

① 伙食采购人和厨子都是《坎特伯雷故事集》中的角色。店主人请厨子给众人讲一个故事，可厨子早已喝得酩酊大醉，伙食采购人把他奚落了一通。

为一个统一的、有超验意义的故事；这个故事蕴含着一个以创世、堕落、救赎和审判为枢轴的轮廓清晰的情节。

由此来看，基督教历史书写的一个显著特点应该是我所说的"历史天定论"（Historicism）；"历史天定论"认为通过研究过去，我们不仅能了解历史的真相，还能获得超越历史、超越经验世界的真理。当诺瓦利斯称历史为"福音"的时候①，当黑格尔把历史视为"绝对精神"渐进式的自我表达的时候，当卡莱尔把历史称作"启示之书"的时候②，他们就可以说是"历史天定论者"。济慈的俄克阿诺斯声称自己发现了一条

> 永恒的法则，
> 即至美之物必定是至强至能者；③

他其实是以"历史天定论者"的身份来发言的。事实上，中世纪最好的历史学家，跟其他时代最好的历史学家一样，很少是"历史天定论者"。

无可否认，前文确实夸大了异教徒和基督徒在历史观上的对立。并非所有异教徒都是希腊人。斯堪的纳维亚的诸神，与奥林匹亚山上的诸神不

---

① 诺瓦利斯（Novalis，1772—1801年），德国诗人，早期德国浪漫主义哲学家。诺瓦利斯的完整表述是"历史是一部福音书，伟大的人物是其最突出的特征。"诺瓦利斯认为伟大人物的生平暗藏了所有历史奥秘："如果不是个人生平造就了一个人，那究竟是什么？铸就伟大人物的，正是这个世界的历史。"

② 卡莱尔在《旧衣新裁》中把历史称作"启示之书"，而伟大的人物就好比是书中受神启而写下的"经文"（会说话且会行动的"经文"）。

③ 这两句诗出自《海伯利安》第2卷（第228—229行）。俄克阿诺斯（Oceanus）是掌管海洋的提坦，面临新崛起的奥林匹亚山诸神，他决定将海洋的统治权交给涅普顿。他认为新旧交替是永恒的规律，如今正取代他们的新神，尽管至美至强，有朝一日也必将被其他族类所取代。

同，总是不断卷入某个具有悲剧性或悲剧意义的时间进程中。艾达神话学[1]，和希伯来神学一样，将宇宙的历史变成一个有统一情节的故事，一个伴着征兆和预言所汇成的鼓声向死亡行进、不可逆转的故事[2]。古罗马人也是相当执着的"历史天定论者"，不见得比犹太人逊色多少。古罗马如何形成，并成为伟大的民族，这是大多数历史学家和维吉尔之前所有史诗关注的主题。维吉尔用神话形式所作的演绎其实超越了历史本身。人世间的整个历史进程，即"朱庇特安排的命运"[3]，都是为了引出那个能绵延千秋万代、有着崇高使命的罗马帝国。

除此以外，还有基督教"历史天定论"；圣奥古斯丁的《上帝之城》、奥罗修斯[4]的《反异教徒史七书》、但丁的《论世界帝国》都体现了这一点。不过，《上帝之城》[5]和《反异教徒史七书》[6]是为回应当时业已存在的异教"历

---

[1] "艾达"（Edda）指的是于13世纪抄写和汇编的两份冰岛文学手稿；其中之一被称为《散文体艾达》，为斯图鲁生所作，另一份手稿常被称作《诗体艾达》。这两部作品成为后世北欧神话的主要来源。

[2] 在北欧神话中，诸神与巨人和怪物有一场终极决战，人类的世界和神祇的家园都会毁于这场战斗，但新的世界由此而生。这个等待诸神的终极命运就是"诸神的黄昏"。

[3] 原文为拉丁文（"fata Jovis"），出自《埃涅阿斯纪》（IV，614）。

[4] 保卢斯·奥罗修斯（Paulus Orosius，约385—420年），历史学家，神学家，圣奥古斯丁的学生。

[5] 圣奥古斯丁在《上帝之城》中把人类历史描述成天国之城与尘世之城、上帝与魔鬼之间的冲突史。他对天上地下两座城的开端、发展和结局作了平行叙述，并将罗马历史纳入他的叙事框架，使其成为尘世之城的一段历史。

[6] 《反异教徒史七书》的基本要点有：自从基督教出现之后，整个世界逐渐向好，而不是变得更坏；基督降临之前的人类世界不乏比罗马的陷落更为严重的天灾人祸；罗马在人类历史上占有无比重要的地位；罗马的强大与基督的诞生有内在的关联。奥罗修斯是最早一位将异教的过去与基督教的现在进行对比，将人类世俗史纳入到基督教视角下的历史学家。

史天定论"而作，而《论世界帝国》则是对异教"历史天定论"的施洗[①]。低级的"历史天定论"在任何灾难中都能看到神的审判，其论调就是某一方若是败亡了，那肯定是它应受的；更低级的"历史天定论"则认为从古至今，万事万物都是趋于毁灭的。这样的态度并不鲜见。沃夫斯坦的《对英国人的告诫》[②]便能说明这两点。12世纪日耳曼一些历史学家是更彻底的"历史天定论者"。但最极端的典型是弗洛拉的约雅金（殁于1202年）[③]。不过，他并不是严格意义上的历史学家，而是人们所说的"涉足未来之人"[④]——未来是极端的"历史天定论者"通常感觉最自在的时间段。但是，对我们的中世纪历史知识贡献最多，显示出永久不衰的魅力的历史记录者，通常不属于这种极端的类型。

---

① 　但丁在《论世界帝国》中强调人类只有在一位能对万族万邦施行君权的帝王统治下，才能和平自由地生活；古罗马帝国的强大和对世界的征服正是在神意的安排下实现的，其根本目的是确保人类在尘世中的幸福和睦；罗马教会不应干涉世俗政权，妨碍这一目标的实现，应回到其本分上：司管人的灵魂，看顾教众的精神福祉。尽管但丁将古罗马人的历史视为上帝旨意的体现，将古罗马人视为被拣选的民族，但他对古罗马人的角色定位是法律和公平等知识的接受者和传播者（有别于希伯来人）。另外，但丁提升了世俗幸福在"神圣计划"中的重要性。从这些方面来看，可以说《论世界帝国》重新赋予了异教"历史天定论"某种正当性。

② 　沃夫斯坦（Wulfstan，逝世于1023年），国王顾问，法律起草者，教会改革家，曾任伦敦主教、伍斯特主教和约克大主教。沃夫斯坦大量的作品是用古英语写成的，包括他那篇有名的布道《对英国人的告诫》（起草于1010—1016年间）。在这篇布道中，沃夫斯坦宣称维京人的侵略是英国人缺乏道德自律而招致上帝怒火的结果，英国人受到这样的惩罚，罪有应得。沃夫斯坦以愤怒的笔调描述了自己同胞的各种罪恶，警告他们应及时忏悔，寻求正道，否则会堕落得更深，面临更具毁灭性的惩罚。

③ 　弗洛拉的约雅金（Joachim of Flora），又称费奥雷的约雅金（Joachim of Fiore），修道院院士，12世纪很有影响力的神学家、预言家。他按照三位一体的模式来解释过去、现在和未来，将历史分为圣父、圣子和圣灵三个时代。约雅金认为自己所生活的时代正处于圣子阶段的末期，圣灵时代将始于1260年左右，那是最为完美的时代，到时人类会与上帝有直接的接触，更深刻地理解上帝的言词，得到基督教所宣扬的完全的自由。

④ 　F. Heer, *The Medieval World*, trans. J. Sandheimer (1961). ——原注

毫无疑问，基督徒必然会把所有历史都看成一个由神意安排、情节统一的故事。不过，并不是所有信奉基督教的编史者都觉得自己有义务对此多作关注。这是因为，正如人们所知，那只是总体的情节概貌，就像马洛里作品中亚瑟的生死沉浮，或阿里奥斯托作品中鲁杰罗和布拉达芒特的情事①。与这类故事一样，历史故事也有大量小故事附属于它，装饰它；每个小故事都有自己的开端、发展和结局，但合起来却不会显示出史学家所描述的世界的任何趋势。这些小故事本身就可以作为讲述的对象。它们不需要，也不大可能与那个关乎人类、位于核心的神学故事相联系。实际上，中世纪人的"时运观"并不鼓励构建"历史哲学"（philosophy of history）的行为。如果大多数事件发生真是因为"时运女神"在旋转她手里的轮子，"享受着她的快乐"，给每个人轮番上阵的机会，那么，黑格尔、卡莱尔、施本格勒②、马克思，甚至麦考莱都会失去立足的基础。正如 W.P. 柯所说："人们的历史兴趣极为宽泛，也极为多样，难以用奥罗修斯的准则来约束；编史者通常都能找到自己的视角，幸运的是，很多时候，这些视角有别于传道者的视角。"③

即使我们把极端的"历史天定论"排除在外，中世纪的史学家也是一个混杂的群体。其中有一些人，像马修·帕里斯④，也许还有斯诺里，采用

---

① 布拉达芒特（Bradamante）是一位信仰基督教的女骑士，她爱上了穆斯林勇士鲁杰罗（Ruggiero），却因信仰问题而不愿意嫁给他。经过多次分合和曲折之后，这对有情人才终成眷属。

② 奥斯瓦德·施本格勒（Oswald Spengler，1880—1936 年），德国历史学家，哲学家。

③ *The Dark Ages* (1923), p. 41. ——原注 W. P. 柯（W. P. Ker，1855—1923 年）为苏格兰文学批评家，散文家。

④ 马修·帕里斯（Matthew Paris，约 1200—1259 年），英国历史学家，艺术家，本笃会修士。

了科学的方法，以思辨的态度对待手头材料的来源。不过，这些人依然不大符合我们此时的目的。我们关注的是文学作家及其读者对过去的构想和对过去的态度。对过去的想象构成了中世纪模型的一部分，而这正是我们追寻的目标。

约翰·巴伯（殁于1395年）[①]在《布鲁斯》的开篇就论述起了他所认为的研究历史的真正理由。故事，即使是虚假的，也能让人愉悦。不过，"叙述得好"的真实故事则让人感到双倍的愉悦，即叙事本身所带来的愉悦和因知道事情的真相而生的愉悦。此外，将伟大人物的事迹记录下来是值得的，他们理应名扬千古（I，1-36）。所以，历史书写具有三大功能：愉悦我们的想象，满足我们的好奇心，履行我们对先人的义务。茹安维尔[②]的《圣路易斯的编年史》是一位圣徒的传记，主要体现第三种功能——它是为了"纪念这位真圣徒"而作——但也能实现其他两种功能。弗洛萨特是以与巴伯相同的方式开启他的作品的（《序言》，1）。他写书的目的是"让那些南征北战、东讨西伐的冒险经历……能够被记录成文字，让后人永志不忘"。从这样的记述中，人们能得到"消遣"，感到"愉悦"。他补充了巴伯所忽略的一点：它还能树立"榜样"。所谓"榜样"，他指的不是从先前成功或失败的政治手腕或策略中吸取的"历史教训"。他的意思是通过阅读这类英雄事迹，"英勇顽强之士就有了可以鼓舞自身的榜样"。

必须注意的是，这些历史学家的起笔方式与另一些作家——他们处理的题材在我们看来无疑属于传说——并无不同之处。14世纪有一部以特洛

---

① 约翰·巴伯（John Barbour），苏格兰诗人，著有以苏格兰独立战争为背景，以民族英雄罗伯特一世（又称罗伯特·布鲁斯，1274—1329年）为主人公的长篇诗体传奇《布鲁斯》。
② 让·德·茹安维尔（Jean de Joinville，1224—1317年），中世纪法国作家，其传记《圣路易斯编年史》是为法国国王路易九世而作，记录了第七次红十字军东征的情况。

伊为主题的著作《英雄史》①，作者的起笔方式与巴伯十分相似。他声称自己撰写这部著作，是为了留住高贵先祖那些"几乎已被淡忘"的"冒险经历"。有些人想"从知道第一手事实的作家那里了解真相"，作者希望"这些关于身处高位的勇士的古老故事能带给他们慰藉"。他接着列举了自己材料的来源②，并解释为何荷马并不可靠③。利盖特在《特洛伊之书》(1412年)④中说，假设他借鉴的那些可信的"前辈作家"没有为我们保留"那如谷粒般真实"的事实，将其与虚饰的皮壳区分开来，那些伟大的征服者如今恐怕早已失去其应得的美名：

> 因为作家的手心里只攥着真理的权杖。
> (《序诗》，151-152)

这些"前辈作家"不大可能是奉承者，因为他们的作品是在他们所称颂的英雄死后而作，没有人会去奉承死者（第184行起）⑤。尽管卡克斯

---

① 《英雄史》，全称为《关于特洛伊毁灭的英雄史》(*Geste Hystoriale of the Destruction of Troy*)，是一部诗体传奇，由韦利的约翰·柯拉克（John Clerk of Whalley）编译自13世纪意大利作家奎多（Guido delle Colonne）的散文叙事诗《特洛伊毁灭史》。

② 柯拉克所列出的参考材料有达瑞斯·佛里圭尼斯（Dares Phrygius）的《特洛伊沦陷史》和狄克提斯·克瑞腾西斯（Dictys Cretensis）的《特洛伊编年史》。这两人的作品成为中世纪众多以特洛伊传说为题材的传奇的来源。除此以外，柯拉克认为可信的材料还有奎多的《特洛伊毁灭史》。

③ 柯拉克认为荷马记述的故事是于理不通的，而且他偏向于希腊人这一方。

④ 《特洛伊之书》是利盖特完成于1420年的史诗，共有三万多行。其材料主要来自达瑞斯、狄克提斯、奎多等人的著述。

⑤ 利盖特借此来告诉读者，自己的《特洛伊之书》所记述的是古人之事，不会因受威权的胁迫而掩盖真相，所以是可靠可信之作。

顿①给了我们怀疑其散文版《亚瑟王之死》中某些细节的余地②，但我们依然记得，他声称自己是相信历史上真有亚瑟王这个人的说法的。他强调自己的书有"示范"价值③，正如我们见过的那样，编年史首页一般都会出现这样的声明。

在我们这个更复杂的时代，一些作家会使用严肃的、几近事实性的陈述方法让人人都视为虚构之作的叙事作品看起来无比真实；笛福和斯威夫特一本正经说出来的假话④，《她》⑤开篇罗列的那一大堆各种语言的文献，就属于这种手法。但是，我无法相信中世纪的作家也在玩同样的游戏。"故事"（story）与"历史"（history）那时还未摆脱近义词的关系。即使伊丽莎白时代的年代史编者也会从布鲁特和特洛伊人开始讲述不列颠岛的历史。

这就意味着在看待中世纪的书籍或者中世纪人阅读书籍的方法时，不能像在现代语境中那样，对"历史"和"小说"作明确的区分。我们倒没必要假定乔叟的同时代人像我们相信拿破仑战争一样，相信特洛伊或底比斯的传说；不过，他们对这类传说的怀疑程度倒不见得会超过我们对小说的怀疑程度。

有两段话，在我看来，似乎有助于说明这个问题；其中一段出自历史

---

① 威廉·卡克斯顿（William Caxton，约1422—1491年），英国印刷商、作家、翻译家。他的传奇《亚瑟王之死》发表于1485年，是对已有的亚瑟王故事的整合和改写。

② 卡克斯顿坦言，要想消遣，读他的书最合适不过，至于读者要不要相信书中所有内容，那就由读者决定。

③ 卡克斯顿恳请读他这本书的老爷、太太和小姐能够学习书中之人英勇高贵的行为、优雅有礼的风度、仁慈诚实的品质等，希望他们能扬善弃恶，赢得美名。

④ 即《鲁滨逊漂流记》和《格列佛游记》开篇叙述者的自我声明。

⑤ 《她》是英国作家H. 莱德·夏加德（H. Rider Haggard，1856—1925年）的非洲探险小说（最早于1886年10月至1887年1月间连载）。路易斯所说的各种语言文献其实是雕刻在一块神秘的陶器碎片上。参见该小说第三章。

之父笔下，另一段出自弥尔顿之手，后者可以说是最后一位旧型的历史学家。"我的责任，"希罗多德说，"就是记录我所听到的一切，但并不是事事都相信。这个说法适用于我整本书。"（VII，152）而弥尔顿在《不列颠史》①中这么说道（斜体字是我添加的）："凡得到众人认可的素材，我都不会有意忽略；是否可靠，取决于我必须遵循的那些作家的可信度；只要材料的内容没有到虚妄离奇、不合情理的地步，只要久远的作家引用更久远的书籍作过证实，我都不会加以拒绝，而是将其作为*符合和适宜故事的题材来接受*。"

希罗多德和弥尔顿都否认自己要承担基本的责任；如果那些"前辈作家"撒了谎，这笔账就得算到他们头上。我们确实可以删去"虚妄离奇、不合情理"的部分。如果我们把自己当作初来乍到的探路者，不接受任何已被确认的"故事"，而是重新审视所有证据，我们确实会发现其中的"离奇"之处；但这并不是中世纪人所谓的"离奇"。对中世纪人而言，"离奇"指的是乍看就能发现的不合乎时代标准的特征。乔叟也许对尼古拉斯·特里维特②的康丝坦斯故事中的所有奇迹都不会有丝毫的怀疑；让他觉得离奇难解的反而是这一点：像艾拉这样明智之人竟会犯下派一个孩子给皇帝送信的过错。于是，他对这一点做了修正（B 1086—1092）③。前面的斜体字部

---

① 　*Prose works* (Bohn), vol. v, p. 168. ——原注《不列颠史》是弥尔顿于 1670 年发表的著作（弥尔顿只完成了原先设想的六卷）。

② 　尼古拉斯·特里维特（Nicholas Trivet，约 1258—1328 年），英国圣多明我会修士，以著史出名。乔叟的《律师的故事》和高尔的《一位情人的忏悔》中的康丝坦斯故事都源自特里维特用法语所作的《编年史》一书。

③ 　在乔叟版的故事中，国王艾拉历经多番曲折后才与康丝坦斯在罗马相聚。两人化解误会后，康丝坦斯请求艾拉派人去邀请罗马皇帝参加宴会，她想再看多年未见的老父一眼。在特里维特的原文中，艾拉派作信使的是一个孩子，乔叟认为这么做太过失礼，更有可能的是艾拉亲自去觐见皇帝，请他莅临宴会。

分确实能解答这里的问题。乔叟这位历史学家将现成的"故事"(尽管略有删改)传递给了后人,而不是自行炮制一个更合情合理的新"故事",所以,他这么做,并没有辜负自己的责任,反而做成了历史学家应行之事。这才是"符合和适宜故事的题材"。这才是"历史"存在的目的。中世纪人若想购买一份声称记录了不列颠人或特洛伊人故事的手抄本,他不会想要神职人员的个人历史见解,不会想看到神职人员自以为是地颠覆"得到众人认可"的版本。那样的话,有多少年代史编者,就会有多少版本的故事。年代史编者想要的是过去那个已被确立的模型(弥尔顿就认为自己有权使用它);他也许会四处修修补补,但那模型本质上是不变的。不管是对社会交往,对诗人,对"榜样"而言,这才是真正有用的。

我倾向于认为,绝大多数读过与特洛伊、亚历山大、亚瑟王、查理曼大帝有关的"历史"著作的中世纪人都会相信作品里的内容是大体真实的。但是,我更确信的是,他们至少不相信这些作品的内容是虚假的。我最肯定的是,相信或不相信这个问题在他们心目中并非至关重要。别人也许会关心这个问题,但他们并不放在心上。他们所关心的是了解故事本身。如果故事的真实性有可疑之处,他们通常觉得反驳的重担应当全部落在批评者头上。在有人举证批驳之前(通常这个不会发生),故事已经过长期潜移默化的影响,在众人的想象中,获得了与事实本身难以区分——至少差异不大明显——的地位。过去所有人都"知道"——就像所有今人都"知道"鸵鸟会把头埋在沙子里一样——历史上出现过九位俊杰:三位异教徒(赫克托、亚历山大大帝、尤利乌斯·恺撒),三位犹太人(约书亚、大卫、犹大·马加伯①),三位基督徒(亚瑟王、查理曼大帝、布永的戈弗

---

① 犹大·马加伯(Judas Maccabeus)为公元前 2 世纪为犹太人独立而战的首领。

雷 ①)。过去所有人都"知道"英国人是特洛伊人的后裔,这和所有今人都
"知道"阿尔弗雷德大帝曾烤煳蛋糕,聂尔森曾把望远镜对准他那只失明的
眼睛 ② 没什么分别。中世纪头顶的天空上充满了精灵、天使、星效应和灵
智;同样,在中世纪数百年的岁月里充满了各个阶层的闪耀人物,充满了
赫克托和罗兰的壮举,查理曼大帝、亚瑟王、普里阿摩斯 ③ 和所罗门的光
辉形象。

　　我们必须始终记住的是,就视角与叙事特质而言,我们在此处称作历
史的文本与我们在此处称作虚构的文本之间的差别,要小于现代的"史书"
与现代的小说之间的差别。中世纪历史学家很少论及与个人无关的主题。
社会或经济因素和民族特点出现在文本中,要么纯属偶然,要么因为作者
需要用它们解释叙事中的某个细节。编年史和传说一样,都与个人有关:
个人的勇气或恶行,个人的名言警句,个人的福运或霉运。因此,现代人
会怀疑"黑暗年代"的编年史更像史诗,"中世纪盛期"的编年史更像传
奇。也许,这样的怀疑并不总是有道理。史诗和传奇要素,像经济和社会
历史中的要素一样,无论何时,都存在于现实世界中;历史学家,甚至在
处理当代事件的时候,往往会挑选顺着他们长期养成的思维习惯会注意到
的那些要素。也许过去的人和未来的人看到一些现代史书里尽是非个人化
的陈述,会觉得大惑不解,甚至还会发问道:"那时的人都去了哪里?"在

---

① 　布永的戈弗雷(Godfrey of Bouillon,约 1060—1100 年),法国十字军领袖。
② 　赫拉提奥·聂尔森(Horatio Nelson,1758—1805 年),英国海军将官,一只眼睛曾在战
　　役中失明。在 1801 年的哥本哈根战役中,聂尔森正率领他的舰队向敌军发动进攻,他的上级
　　以旗帜为信号,向他发出中止行动的指令。聂尔森故意将单筒望远镜对准自己那只失明的眼
　　睛,说道:"我没有看到传来的信号。"然后,他命令手下的舰船继续进攻。据说这是习语"to
　　turn a blind eye"(视而不见)的来源。
③ 　普里阿摩斯(Priam)是希腊神话中特洛伊最后一任国王。

中世纪，编年史和传奇甚至会采用相同的措辞习惯。在《弗洛萨特编年史》中，我们就能发现"接下来就来讲故事"（I，iv）这样的字眼。

中世纪所有历史叙事都同样缺乏时代感。在我们看来，历史首先是一出"古装戏"。我们从小时候的图画书里就了解到衣服、武器、家具和建筑在不同时代的差异。在我们的记忆中，这大概就是我们这一生获取的最早历史知识。这种对不同时代（通常不准确的）的肤浅想象反倒有助于我们后来更细微地区分这些时代，其作用远比我们猜想的更重要。要回过头揣摩缺乏这种意识的人的心智状态究竟如何，并不容易。在中世纪，甚至在中世纪过后很久的时代，人们确实没有这样的意识。我们知道，亚当在堕落前一直是赤身裸体的。自从他堕落以后，人们想象过去的历史，就一直使用自己时代的表述方式。伊丽莎白时代的人确实就是这样。弥尔顿也是如此；他从来没有质疑过耶稣和他的门徒会跟他一样熟悉"阉鸡和白高汤"[①]。时代感的出现时间大概不会比"威弗莱系列小说"[②]晚很多。在吉本的著述中，就几乎看不见这样的时代感。沃尔波尔的小说《奥特朗托城堡》现在连学童都骗不了，却想骗得了 1756 年的大众（这倒不是什么奢望）。当那些作家连某个世纪（或千年）与另一个世纪（或千年）最明显、最表面的差别都忽略的时候，他们自然不会想到不同时代在性情和精神气质上存在更细微的差异。他们也许会声称，他们知道亚瑟王或赫克托时代的风物迥异于自己的时代，但他们实际描绘的图景却与这样的声明自相矛

---

① "阉鸡和白高汤"是 17 世纪英国餐桌上很普遍的一道菜。弥尔顿猜想这道菜可能上过耶稣和十二门徒的餐桌。

② "威弗莱系列小说"指的是沃尔特·司各特爵士发表于 1814—1832 年间的一系列历史小说。这个系列中最早的一本，即《威弗莱》，发行于 1814 年。直到 1827 年，司各特爵士才公开自己的作者身份；在此之前，他是以"《威弗莱》的作者"来指称自己。所以，他在这一段时间发表的小说常被称作"威弗莱系列小说"。

盾。乔叟曾以令人惊叹的洞察力承认道，古代特洛伊的语言和求爱过程很可能不同于自己的时代（《特罗伊拉斯和克芮丝德》，II，第22行起）。但是，这只是灵光一现，转瞬即逝。他笔下的特洛伊风俗、打斗、宗教仪式、交通规则统统都是14世纪的①。这样的无知歪打正着，使得任何"历史"题材，一经中世纪雕刻师或诗人之手，就变得栩栩如生。这样的无知还有助于驱除"历史天定论"。在我们看来，过去的不同时代是有质的分别的。"年代不分"（Anachronism），在我们眼中，不仅仅是谬误；那更像是音乐中的杂音或饭菜中的异味，令人不悦。但是，当伊西多尔站在中世纪的门口，将全部的历史划分成"六个时代"（V，xxxix）时，这"六个时代"就不存在质的分别②。它们并不是进化过程中的阶段或者戏剧中以幕为分界线的段落；它们只是为了便利，根据年代而划出的板块。伊西多尔并没有因此忍不住对未来妄加猜想。他将第六个时代确立为自己所属的时代后，以此陈述来结尾：这个时代剩下的部分究竟如何，就只有上帝清楚。

　　正如前面所说，中世纪人频繁声称曾经的时代要好于他们自己的时代；由此，我们可以接触中世纪一种流传广泛的"历史哲学"。正如我们在沃夫斯坦的《对英国人的告诫》中读到的，"这个世界正急忙向前……飞奔向它的终点……由于人的罪恶，这个世界正一天天坏下去"。高尔说，很久以

---

①　比如，在《特罗伊拉斯和克芮丝德》第1卷第155—182行，乔叟描写特洛伊的青年男女身着盛装前往帕拉斯神庙参加祭典，聆听祭司的布道；克芮丝德也出现在人群里，与别人不同的是，她一身黑衣，神色安静，举止低调，以此来表示内心的羞愧和代父悔过的决心（不久前她父亲叛逃到希腊军营）。这里的宗教仪式和行为方式带有明显的中世纪色彩。
②　伊西多尔所划分的时代是以关键历史人物为分界点，第一个时代是从亚当算到诺亚，第二个时代是从诺亚算到亚伯拉罕，第三个时代是从亚伯拉罕算到大卫，第四个时代是从大卫算到犹太人被放逐到巴比伦，第五个时代是从巴比伦囚禁到救世主降生，第六个时代是从救世主降生一直到末世来临。伊西多尔认为自己正处于第六个时代。

前，环绕这个世界的"尽是它的福祉"（《序诗》，95）[1]。克雷蒂安在《伊文，或狮骑士》开篇的诗节中说，今日的爱情已不同于亚瑟王那个时代[2]。马洛里表示认同（XVIII，25）[3]。但是，我发现不管是阅读编年史，还是传奇，我们都没有留下阴沉忧郁的印象。这些作家强调的重心通常落在过去的辉煌上，而不是落在继之而来的衰败上。中世纪人和19世纪人都同意他们如今这个时代并不堪羡；前者说它与曾经的辉煌不能同日而语，后者说它与未来的辉煌无法相提并论。反倒奇怪的是，前一观点似乎总体上孕育了更乐观的气质。中世纪人无论就宇宙位置而言，还是就历史位置而言，都站在阶梯的底层；他向上看时，不由得心生欢喜。他向后看，和向上看一样，望见了庄严的景象；他的谦卑所得到的回报就是因仰慕而生的愉悦。由于中世纪人缺乏时代感，那个充实而灿烂的过去与他之间的隔阂，远不如黑暗野蛮的过去与列基和威尔斯之间的隔阂。它与当下的区别只在于那是个更好的时代。赫克托与其他骑士并无不同，只是更英勇些。圣徒俯视着我们的信仰生活，国王、贤哲和武士俯视着我们的世俗生活，古代伟大的恋人俯视着我们的爱情生活，他们培养、鼓励和教导着我们。每个时代都有我们的朋友、先人和恩主。在这个长长的序列中，每个人，不管多么卑微，都有自己的位置；每个人既无须骄傲，也无须寂寞。

---

① 　高尔继续解释何为昔日的"福祉"（welthe）：那时人们身体健康，物产丰富，勇力非凡，看重骑士精神。

② 　《伊文，或狮骑士》是克雷蒂安写于12世纪70年代的诗体传奇。克雷蒂安感叹说，以前相爱的人是文雅有礼，英勇高尚，值得尊敬的，而如今"爱情"却成了笑柄，一群不知道何为"爱情"的人却在大肆议论它。

③ 　马洛里在《亚瑟王之死》中把古今的爱情进行比较，指出亚瑟王时代的爱情更真挚、更持久、更稳定，而在他的时代，爱情之火燃烧得很快，冷却得也快，总是与烈性酒相掺和，被淫欲所支配。

第九节　博雅七艺

让教育课程在宇宙模型中占有一席之地，乍看之下，显得荒唐可笑；如果中世纪人对教育课程的想法与我们对如今教学大纲中的"科目"的想法一样的话，那确实有点荒唐可笑。不过，中世纪人将教学大纲视为固定不变的[①]；"七"这个数字是神圣的；"博雅之艺"（the Liberal Arts），经过长期约定俗成的影响，取得了与"自然"不无相似的地位。"博雅之艺"与各种"美德"和"罪恶"一样，常被拟化为人。"语法女神"如今仍然手执桦条，坐在那里，俯瞰着莫德林的院落[②]。但丁在《筵席》中小心翼翼地把"博雅之艺"楔入宇宙大框架中。比如，"修辞术"与"维纳斯"（金星）相对应；原因之一是"修辞术"是"所有学问中最怡人的"[③]。"算术"就像"太阳"；正如"太阳"为其他行星提供光明，"算术"也为其他学问提供光明；正如我们的眼睛会因亮光而昏花迷乱，我们的心智也会因为数字的无限而大惑不解。其他"博雅之艺"也是同理（II，xiii）。

众所周知，"博雅七艺"是语法（Grammar）、逻辑学（Dialectic）、修辞术（Rhetoric）、算术（Arithmetic）、音乐（Music）、几何学（Geometry）和天文学（Astronomy）。几乎所有人都见过这一组帮助记忆的对句：

[①] 中世纪教育的真正实践情况和历史却是另一回事。D. 诺利斯（D. Knowles）的《中世纪思想的演化》（1962 年）相关章节对这个问题做过很好的介绍。——原注
[②] 路易斯所说的"语法女神"有可能位于牛津莫德林学院的"莫德林塔楼"楼顶的某一面。
[③] 但丁认为金星也是所有行星中最明亮、最怡人的。"金星"的另一个重要特征是它有时出现于清晨，有时出现于黄昏。而"修辞术"也是如此：早晨它是以面对面的口头形式呈现的（但丁指的是教堂的布道），天黑之后，它是以著述的形式呈现的（也就是说，作家在夜间通过文字表述与读者对话）。

Gram loquitur, Dia verba docet, Rhet verba colorat,

Mus canit, Ar numerat, Geo ponderat, Ast colit astra[1].

前三项组成"三艺"（Trivium）；后四项组成"四艺"（Quadrivium）。

如前面的对句所说，"语法负责说话"；或者像伊西多尔界定的那样，"语法意味着说话的技巧"（I, i）。也就是说，语法负责教授拉丁语。但是，我们不要想当然地认为只要学习语法，就获得了我们如今所谓的"古典"教育，甚至成为了文艺复兴意义上的"人文主义者"。拉丁语那时候仍是西方世界里的鲜活"世界语"，伟大的作品还一直用拉丁语写作。拉丁语是当时"最优秀"的语言，所以"拉丁语"这个词——盎格鲁－撒克逊语的说法是"lœden"，中世纪英语的说法是"leden"——逐渐有了"语言"的意思。《扈从的故事》里的卡纳西借着手中的魔戒

能完完全全地理解
鸟儿用各自的语言所唱的歌曲。（F 第 435 行起）[2]

彼特拉克也是在这个意义上使用意大利语里的"Latino"。"拉丁莫"（Latimer）这个姓氏来自"拉丁语学者"（Latiner），即"阐释者"（interpret-

---

[1]　这句拉丁语口诀的意思是：语法负责说话，逻辑学教人言辞（也有版本作"Dia vera docet"，即"逻辑学教人真知"），修辞术为言辞添彩，音乐负责歌唱，算术负责计算，几何学负责测量，天文学关注星象。

[2]　卡纳西是蒙古帝国的公主，她手上的魔戒来自印度使臣的贡品，能赋予她听懂各种鸟语的能力。

er）的意思。尽管语法被限定为一种语言的语法，但有时候，它涵盖的范围远大于它今日占有的领域。这个现象已有成百上千年的历史。昆体良提议应把"学识"（literatura）作为与希腊语中"语法"（grammatike）真正对应的译名（II, i）①；尽管"学识"并不是"文学"（literature）之意，它所包含的意思同样绝不止于"识字能力"（literacy）。它包含了所有作为"考试必读书"的内容所需要的那些学问：句法学、词源学、韵律学和对典故的阐释。伊西多尔甚至让历史成为语法的领域之一（I, xli-xliv）②。他很可能会把我正在写的这本书称作"语法之书"。"学术"（scholarship）也许是英语中最接近这个意义上的"语法"的词语。拉丁语中的"语法"（Grammatica 或 Grammaria③）在俗众手中意思渐趋模糊，开始笼统代表学问；由于对大众而言，学问是一种既值得尊重，又不可信的事物，"语法"（书写为"grammary"）便有了"魔法"的含义。因此，在叙事歌谣《国王艾斯特梅尔》④ 中，"我母亲是西部的女人，精通魔法（grammarye）"⑤。"魔法"（grammary）的发音略微调整后，便衍生出了"魔力"（glamour）；如今"魔力"这个词与"语法"，甚至与"魔法"的关联已经被审美专家消除殆尽。

---

① 昆体良认为"语法"（grammatike）这门学科尽管是以语法规则为其源头，但在发展过程中所涉足的范围越来越广，在历史学家和批评家的帮助下，它几乎僭取了所有最高级的"知识"领域。

② 伊西多尔声称历史与语法有关，因为值得记忆的东西，不管是什么，都需要表述成文。

③ "Grammaria"是"Grammatica"在中世纪的一种变体。

④ 《国王艾斯特梅尔》是弗兰西斯・詹姆斯・恰尔德（Francis James Child, 1825—1896 年）所搜集的 305 首英格兰和苏格兰童谣中的第 60 首。

⑤ 这句话出自小艾尔达之口，他是国王艾斯特梅尔同父异母的兄弟。小艾尔达施展魔法，把艾斯特梅尔变作竖琴师，把自己变作琴童。之后，两人成功混进国王艾德兰的宫殿，杀死西班牙国王，将国王艾德兰的女儿从其手中解救出来。最后，国王艾斯特梅尔与国王艾德兰的女儿喜结连理。

　　人们按照自古以来的传统，把这门博雅之艺的发明归功于国王伊凡德的女儿卡门特或卡门提斯①。真正的权威是艾里乌斯·多纳图斯（公元4世纪）②和普里西阿努斯（公元5世纪和6世纪）③。一本被经常翻阅的多纳图斯手抄本可以称作"多纳特"（Donat）或"多奈特"（Donet）；而这两个词稍作转化，就可以表示任何学科的"基础"或"入门书"的意思。《农夫皮尔斯》中的"贪婪"说："接着，我转向卖布的行当，学习入门的技艺（donet）。"（C VII，215）④

　　在前面那组对句里，"逻辑学教人言辞"这个说法有点隐晦。它真正的含义是，我们从语法那里学会说话之后，必须从逻辑学那里学会如何言之有理，如何辩论，如何证明，如何反驳。最早为中世纪奠定这门"博雅之艺"基础的是《亚里士多德〈范畴篇〉导论》（Isagoge）；该论文由波尔菲里⑤所著，由波埃修斯译成拉丁语。作者的本意只是写一篇逻辑学专论。但是，只要教过逻辑学的人都知道要避免提出一些把我们逼入形而上学的问题（尤其有聪慧学生在场时）有多不容易。波尔菲里的小论文也提出了这样的问题，但受论文宗旨所限，这些问题并没有得到解决。这种方法的局限过去常被误以为代表了怀疑的态度，这种态度不是被归结到普菲利欧斯身上，而是被归结到波埃修斯身上。正因为如此，才有了这几句韵诗：

---

①　Isidore, I, iv; Gower, IV, 2637. ——原注 伊西多尔和高尔都声称是卡门特（Carmente）或卡门提斯（Carmentis）教会了罗马人的祖先拉丁语。根据更常见的传说版本，卡门特或卡门提斯是国王伊凡德（King Evander）的母亲，而不是女儿。

②　艾里乌斯·多纳图斯（Aelius Donatus），古罗马文法学家，修辞学家。他的《语法之艺》成为中世纪权威的拉丁语教材。

③　普里西阿努斯（Priscianus），拉丁语法学家，《语法原理》的作者。《语法原理》在中世纪也同样成为学习拉丁语的标准教材。

④　"贪婪"学习的是在布料上动手脚，将十码或十二码的布拉长到十三码的技巧。

⑤　波尔菲里（Porphyry，约234—305年），新柏拉图主义哲学家和数学家。

Assidet Boethius stupens de hac lite,
Audiens quid hic et hic asserat perite,
Et quid cui faveat non discernit rite;
Non praesumit solvere litem definite.①

　　这里有两个提醒，也许对一些人有用，但我希望还有一些人不要见怪才是。

　　（1）马克思意义上的逻辑学（即辩证法）源自黑格尔，与这里的讨论并不相干。当我们说到古代或中世纪逻辑学时，必须把马克思意义上的逻辑学完全放在一旁。它与历史的动力毫无关系。

　　（2）逻辑学与证明有关。在中世纪，证据的来源共有三种：理性、权威和经验。我们靠理性来证明几何真理，靠权威或作者来证明历史真理。我们靠经验得知牡蛎合不合我们的肠胃。但是，在中世纪英语里，用以表达这个三分法的措辞有时会误导我们。当然，很多时候，这类措辞还是比较清楚的，如巴斯妇所说：

　　　　经验，在这世上虽然算不得；
　　　　权威，但还是给了我充分的资格；
　　　　来说一说婚姻生活中的苦恼。（D 第 1 行起）

---

① 　波埃修斯坐在他们身旁，心里左右为难；他从两边都听到学识高深的论断，但不知道自己应该站在哪一边，所以，他不敢让这个案子就此结案。——原注　这四句诗的作者是圣维克托的戈弗雷（Godfrey of St. Victor，约 1125—1195 年）。戈弗雷认为波埃修斯在普菲利欧斯提出的"共相三问"上采取了犹豫不定的态度，没有在柏拉图和亚里士多德之间作出选择。

但是，遗憾的是，用来指称第三种证据的，并不总是"经验"（experience）这个词。除"经验"以外，还有两种说法。靠经验而得知有可能是一种"感受"；更具误导性的是，靠经验得来的知识有可能是一种"实证"（preve）。因此，乔叟在《菲莉丝的传说》①的开篇中说，让我们明白"败坏的果子结在败坏的树上"这句格言的，不仅有权威②，还有"实证"，即得自经验的证据。《流芳之殿》中的那头神鹰说，诗人可以"感受"到他刚才解释的那个声音理论（826）③。在《骑士的故事》中，"或者是谁在最动情（most felingly）地谈说爱情"（A 2203）这句诗听起来十分现代。不过，"动情地谈说"的意思很可能是从亲身经历出发来论说。毫无疑问，从亲身经历出发来论说的人是有可能"最动情地"（照现代意义来理解）论说的；但是，就词法而言，我怀疑中世纪英语中的"动情"（felingly）是否真有"饱含深情"的意思。

我们如今所谓的"批评"（criticism）不是属于语法，就是属于修辞术。语法学家解释的是诗人的格律和典故，而修辞学家关注的是结构和风格。他们对作品结构和风格所蕴含的视角或独特感受（如庄严感、尖刻、悲悯

---

① 《菲莉丝的传说》是乔叟的幻梦诗《好女人的传说》中的一首。《好女人的传说》的长度仅次于《坎特伯雷故事集》和《特罗伊拉斯和克芮丝德》。在《好女人的传说》中，乔叟试图纠正他在《特罗伊拉斯和克芮丝德》和《玫瑰传奇》英译中所发表的关于"爱"的异端邪说以及他所塑造的不忠贞的女子形象。

② 《路加福音》中有类似的话："没有好树结坏果子，也没有坏树结好果子。凡树木看果子，就可以认出它来。"（6:43—44）类似的格言也能在《马太福音》中找到（7:17-20, 12:33）。《圣经》应该是乔叟所说的"权威"。

③ 那头神鹰声称声音在空气的传播类似水面荡起的波纹，都是一圈圈地向外扩散，内圈带动外圈，不断延伸，直到抵达自己的边界。这就是神鹰所解释的"声音理论"。神鹰以此理论来说明人间的声音如何抵达位于空中的"流芳之殿"。

或幽默）都不会加以点评。因此，诗人所得的赞誉绝大多数时候是关于他的文体特征。对但丁而言，维吉尔是将"优美的风格"传授给他的诗人（《地狱篇》，I，86）。在乔叟看来，《学者的开场语》中的彼特拉克曾用"美妙的修辞"照亮整个意大利（E 31）①。对利盖特而言，《底比斯之书》中的乔叟是英国诗人中的"翘楚"，他的"修辞术和雄辩术超群绝伦"（《序诗》，40）②。所有乔叟的中世纪继承者都用这样的方式来描述他。你从他们的赞辞中看不到乔叟塑造了一个生动的人物，或讲述了一个逗乐的故事。

在古代的修辞学导师把他们的法则传授给演说者的时代，公众演讲对每位公众人物而言——甚至对战场上的将军而言——是必不可少的技艺，对每位没有承担公共角色却身陷诉讼纠纷的个体，也是如此。那时候，修辞术是"博雅之艺"中最实用的，却并非最怡人的。到了中世纪，它已经变得富有文学色彩了。修辞法则传授给律师，也差不多同样传授给诗人。修辞术与诗歌并非对立关系，甚至几乎毫无区别。我认为那时修辞学家心目中的学生是以拉丁语为表达媒介的，但他们的修辞术其实也影响了当时俗语的使用情况。

乔叟在《修女院教士的故事》中的顿呼——"乔弗雷，我至高无上的挚爱的大师"（B 4537）——让人们永远记住了温索夫的乔弗雷③这个人；

---

① 这位牛津学者所讲述的故事就是出自彼得拉克的《十日谈》。
② 《底比斯之书》又称《底比斯之围》，是利盖特写于1420—1422年间的史诗（共4716行）。利盖特在《序诗》中称赞乔叟是第一个能在诗歌中把英语用好的作家，他的修辞和雄辩力量留给自己的心灵震撼从不会消退，而是历久弥新。
③ 温索夫的乔弗雷（Geoffrey de Vinsauf），中世纪文法学家。乔叟说他曾为狮心王之死写过动人的悲歌。乔弗雷的《新诗学》（写于1210年左右，一部两千行的拉丁语诗歌）在中世纪英国成为学校教育的一部标准教材。

乔弗雷"活跃"于1200年左右，是《新诗学》的作者①；这本书的价值就在于它极其天真质朴的一面。

　　乔弗雷把"布局"（有些人称其为"安排"）分为两种：自然的和人为的②。"自然布局"遵循"心灵之主"的建议，以事件的开端为起点。"人为布局"共有三种。你可以从事件的结局起笔（比如《俄狄浦斯王》或易卜生的戏剧），或者从中间起笔（像维吉尔和斯宾塞），或者从某个观点或事例起笔。乔叟在《百鸟议会》③、《流芳之殿》④、《好女人的传奇》之《序诗》⑤、《菲莉丝传奇》⑥和《女修道士的故事》⑦中就是以观点或警句为开篇的。我不记得他是否曾把事例（exemplum）置于开篇处，但不用提醒，我们都知道事例多么频繁地出现在他的作品里。《平民地主的故事》第1367—1456行处就被插入一长串事例，导致叙述暂停⑧；特罗伊拉斯对潘达洛斯这么说，不是没有理由：

---

① 　Ed. Faral, *Les Arts Poétiques du XIIe et du XIIIe Siècles.* ——原注
② 　II, 100 sq. ——原注
③ 　乔叟在《百鸟议会》的开篇处就摆出了他对"爱情"的看法：人的生命十分短暂，学习爱情的艺术，征服情人的心费时费力，无比艰难，而且那掺杂着忧虑的甜蜜很快就会消失不见。
④ 　《流芳之殿》的开头呈现的是乔叟关于"梦"的观点："梦"是一种神秘的现象。
⑤ 　在《好女人的传奇》之《序诗》的开头，乔叟引用了人们经常说的一句话：天堂里有欢乐，地狱中有痛苦。乔叟承认世上的人其实谁也没有上过天堂，下过地狱，不过这并不影响人们相信这样的真理。
⑥ 　在《菲莉丝的传奇》中，乔叟先引述了"败坏的果子结在败坏的树上"这句格言，并由此引出菲莉丝（Phillis）故事中另一个重要人物迪莫风（Demophon），即日后背叛菲莉丝的男子。
⑦ 　《女修道士的故事》是以修女对耶稣和圣母的赞美开篇的。她称圣母和神子一样，是"仁慈之源""灵魂之药"。
⑧ 　乔叟在第1367—1456行处插入了古希腊罗马历史上因为不愿辱身而自杀的贞洁妻女的故事。这些故事与朵瑞艮接下来要做的选择相关：究竟是兑现承诺，嫁给让奇迹出现的奥里乌乌斯，还是忠于丈夫，自杀以保贞洁？

　　我对尼娥伯王后有多少了解？求求你，

　　还是把这些古老的事例留给你自己。①（I，第 759 行起）

　　乔弗雷在这里试图解决的，是我们所有人都曾面对的真问题，只不过我们很少会如此直接地把它提出来。"自然布局"并不总是管用。从某个观点或见解起笔这样的安排就像永不安寝的幽灵。它还依然"游荡"在如今中小学生作文的蹩脚开头段中，很显然，是老师教他们要以这种手法来开篇的。

　　在"铺陈"（Amplificatio）这个问题上，他的论说显得有点难堪。他相当率直地把各种"铺陈"文章的做法称作"推延"（morae），仿佛文学技巧在于学习如何在无话可说时尽可能多扯一些话出来。在我看来，这很可能真是他对"铺陈"的认识。不过，这并不意味着他推荐的所有"推延"方法都必定是不可取的，而是意味着他错解了——我倒没有说自己完全理解了——"推延"的真正功能。

　　有一种"推延"叫"变样重复"（expolitio）②。它的准则就是"用多样的形式来装扮同一事物；有所不同，但本质不变"，即

　　　　multiplice forma

　　　　Dissimuletur idem; varius sis et tamen idem.

---

① 潘达洛斯请求特罗伊拉斯相信自己，将心中的隐情据实以告，以此来减轻悲痛，不要像尼娥伯王后，一人独自垂泪，最后化成一块石头（到如今还能见到石头上的泪痕）。潘达洛斯还引用了各种名言警句来说服这位伤心的暗恋者。不过，特罗伊拉斯并不打算与潘达洛斯分享自己的心事，因为潘达洛斯虽然学识渊博，能引经据典，但无法帮自己脱离目前的情感处境。

② III, A 220 sq. ——原注

这听起来很可怕。但是，在一些地方并非如此，比如在《诗篇》中，或在下文中：

> 本可以长得笔直的枝柯被砍断了，
> 阿波罗的月桂枝也被烧毁了。①

不那么成功的是这几句：

> 天空起了云，聪明人就要加衣服；
> 树间落下黄叶，眼见冬令要到来；
> 夕阳西沉，谁不知黑夜将至？
> 狂风暴雨不合时季，人们预卜年成要歉收。
> （《理查三世》，II，iii，第 32 行起）②

另一种"推延"叫"迂回表述"（Circumlocutio）。"为了延长作品，不要用事物的名称直接称呼它们。"因此，但丁在《炼狱篇》中（IX，i）将曙光称作"老态龙钟的提托诺斯的床伴"③；乔叟在《特罗伊拉斯和克芮丝

---

① 这两句诗出自《浮士德博士的悲剧》（14.8687）。"枝柯"和"月桂枝"指代浮士德没有善加使用的才华或学识。

② 这几句诗出自爱德华四世驾崩之后某位市民的议论。这位市民的言外之意是，从种种迹象来看，国王驾崩后形势不容乐观，难以好转。

③ 提托诺斯是曙光女神的恋人。因为他是凡人之子，曙光女神为了与他长相厮守，祈求宙斯赐予他不死之身，但她忘记祈求宙斯让他青春永驻，所以，当提托诺斯老态龙钟之时，曙光女神依然是风华正茂的模样。

德》第 3 卷的开头，没有直接呼喊"哦，维纳斯"，而是这么写道：

> 啊，极乐之光，你皎洁的光华
>
> 将第三重天装饰得如此美好，
>
> 啊，日神的至爱，宙斯心爱的女儿啊，
>
> 你代表了爱的欢愉，以及优雅的外表。

　　但是，所有"推延"手法中最重要的是"离题旁涉"（Diversio）。我们刚开始读中世纪诗歌时，几乎都会有这样的印象，中世纪诗人无法扣住自己的主题。我们甚至会认为他们的思绪是随着意识流而漂游的。中世纪修辞术研究的复兴——这是 20 世纪"中世纪学"里一个受欢迎的新现象——终结了这个想法。无论好坏，中世纪作家跑题的倾向，并不是天性使然，而是有意经营的结果。《玫瑰传奇》第二部分，就"离题旁涉"的方式而言，有别于《项狄传》，但就对其依赖程度而言，却是相同的[1]。有人甚至暗示说[2]，中世纪和文艺复兴时期传奇里这种奇怪的叙述技巧，即穿插进大量的小故事，让它们相互交叉和打断，很可能不过是"离题旁涉"原则的又一种体现，是修辞术的衍生物。

　　我自己并没有完全接受这个理论，但不管如何，它有个优点，那就是把乔弗雷推荐的"离题旁涉"手法放回到原有语境中。这样的手法可以视

---

[1]　《玫瑰传奇》的第二部分，即让·德·梅恩续写的部分，有不少偏离情节主线的严肃说教。在《项狄传》里，"离题旁涉"手法主要分为两种。一种是把读者带出正在发生的事件，用之前和之后发生的事情来澄清或补充当前的事件。另一种手法是从正在叙述的事件转向阐述作者对该事件或各种各样的话题的看法。在《项狄传》里，"离题旁涉"是占据更核心地位的叙事策略。"故事"与"离题旁涉"之间的界限常常是模糊的。

[2]　参见 Vinaver, *Works of Malory*, Vol. 1, pp. xlviii sq. ——原注

为冲动的体现，从很多中世纪建筑和装饰艺术中都能见到这种冲动留下的痕迹。我们可以将这种冲动称作对迷宫的偏爱，即倾向于为心灵或眼睛呈现那种无法一下子尽收眼底的景象，那种一切都是刻意安排但乍看上去毫无章法的景象。事物之间互通相连，但路径却非常复杂。每到一处，我们都会不由得问道："我们怎么才能抵达那里？"出路总是有的。古恩教授[①]为让我们恢复昔日的品位付出了很大的努力；正是靠着这种品位，我们才能欣赏前面所说的那种文学结构，才能真正体味一部作品所展示的开枝散叶的能量：它的主题衍生出如此多的插曲，而它的插曲又继而衍生出自己的插曲，这多么像一株强壮的大树，枝繁叶茂，纷披灿烂。

其他的"推延"手法有"顿呼"（Apostropha）和"描述"（Descriptio），二者无须赘述。

关于文体修饰（Ornatus），乔弗雷有一条值得注意的建议："不要总是把某个词放在它的正常位置上。"支撑这条建议的是阿普列乌斯这类作家的写作实践；在拉丁语这样的曲折语言中，让词语的惯常顺序产生错位的方法几乎多到没有止境。不过，使用英语的乔叟却同样在这条道上走得很远，他的手法十分纯熟，我们并不总是能意识到这是人为的结果。

> The double sorwe of Troilus to tellen
>
> That was the King Priamus' sone of Troye
>
> In loving how his aventures fellen
>
> Fro wo to wele and after out of ioye,

---

① *The Mirror of Love* (Lubbock, Texas, 1952). ——原注

My purpose is...（《特罗伊拉斯和克芮丝德》，I，第 1 行起）①

这样的写法不难被人接受；不过，在英语发展史上，无论什么阶段，这样的句子都不大可能用于交谈。乔叟并不是最后一位能如此微妙地打乱正常语序的诗人。

由此可以总结出两个道理：（1）不能将中世纪盛期诗歌中的语序当作证据，认为当时的口语表达也是如此；（2）某种语序在我们看来很是奇怪，就像诗人不顾一切想屈从于韵律的结果，可实际情况并不总是如此。

就像如何起笔一样，如何给作品收尾也是一个疑难问题。温多莫的马修②（12 世纪末）提出了五种方法③。

第一种是"总结"（per epilogum），即概括全篇的观点或寓意（per recapitulationem sententiae）。乔叟就是这样结束《磨坊主的故事》④、《管家的故事》⑤和《医师的故事》⑥的。

---

① 这几行诗的正常语序是："My purpose is to tell the double sorrow of Troilus that was the King Priam's son of Troy, how his fortunes, in loving, fell from woe to weal and after out of joy."（个别词语译者采用了现代拼写形式。）这句诗的大意是：我要讲述特洛伊国王普里阿摩斯之子特罗伊拉斯的双重悲伤，他的命运如何因为爱情由悲剧转为喜剧，又由喜剧落入悲剧。
② 参见 Faral, op. cit.——原注 温多莫的马修（Matthew of Vendôme）是 12 世纪法国作家，据说曾是伯纳德斯·希尔韦斯特瑞斯的学生。
③ IV，xlix.——原注
④ 《磨坊主的故事》似乎并不典型。乔叟只是简单交代几位人物的结局（木匠被全镇的人传为笑话，亚伯沙朗骗走了木匠的老婆，尼古拉的屁股伤得不轻），并没有从这个故事里提炼出什么寓意。
⑤ 在《管家的故事》的末尾，乔叟用一句谚语来概括故事的寓意："作恶别想得善报，骗人终究要被别人骗。"
⑥ 在《医师的故事》结尾处，乔叟也同样点出了他意欲传达的道德教训：罪恶会遭到报应，世人应当各自警惕，远离罪恶。

第二种方法是请什么人来修正你的作品；乔叟在《特罗伊拉斯和克芮丝德》中就是请高尔来做这个事（V，第 1856 行起）①。

第三种方法是请求别人原谅你的不足（per veniae petitionem）。高尔在《一位情人的忏悔》(VIII，3062，第 1 版) 中②，霍思在《快乐的消遣》(第 5796 行起) 中③，用的都是这个手法。

第四种方法是自我夸耀（per ostenionem gloriae）。来自古典时代的先例是贺拉斯：他为自己"树立丰碑"（exegi monumentum）④。用俗语写作的中世纪诗人很少有人胆敢模仿这样的做法。

第五种方法是以对上帝的赞美结尾。乔叟在《特罗伊拉斯和克芮丝德》中将这个方法与第二种方法结合使用（V，第 1863 行起）⑤。

我们可以看到这些修辞法则在《医师的故事》得到了淋漓尽致的发挥。分析如下：

1-4　　讲述故事

---

① 乔叟在《特罗伊拉斯和克芮丝德》末尾称高尔为高尚之人，请求他（还有一位牛津哲学家）带着善意和热心，俯尊屈就帮自己修订文稿。

② 在《一位情人的忏悔》的末尾，高尔希望饱学之士读到此书后，不要嫌弃他的作品缺乏优美、精致的修辞（其实他是有意选用那些质朴、简单的表达的）。

③ 斯蒂芬·霍思（Stephen Hawes，约 1474—1523 年），英国都铎王朝时期受欢迎的诗人，侍臣。他的长篇寓言诗《快乐的消遣》完成于 1506 年，是一部以教育、游历和成长为主题的作品。霍思在诗歌末尾吁请其他诗人不要因为该书缺乏学问和文采，就拒绝自己的作品，希望他们原谅自己在写作方面的雄心抱负。

④ "exegi monumentum" 这个短语出自贺拉斯《歌集》(第 3 卷第 30 首)。在原诗中，贺拉斯自信地预言他将成为罗马第一位，也是最重要的抒情诗人，必将名传千古。他说他为自己竖起的诗碑将比铜碑更耐得住时间的考验。

⑤ 乔叟在《特罗伊拉斯和克芮丝德》最后一节诗中借用但丁《天堂篇》中的诗句赞美神的三位一体，他祈求神子让世人变得更好，有资格得到他的怜悯和圣母的垂爱。

　　整个故事旨在"铺陈"的诗句与叙述主导的诗句的数量比大概是十比十六。《伙食经理的故事》的修辞色彩也同样很突出；《赦罪僧的故事》中的"离题旁涉"手法⑥，现代人读起来相对觉得容易接受。

　　至于"四艺"，这里无须多费笔墨，三言两语就可以打发。"天文学"是前面某一章论及的内容。中世纪"音乐"是一个值得探讨的庞大话题，

---

①　在第 5 至 29 行，乔叟刚准备描述维吉妮亚的美貌时，突然将"自然"拟人化，以她的口吻来解释自己对月亮之下的世界拥有怎样的支配权，为何要赋予维吉妮亚如此惊人的美貌。

②　第 30 至 71 行继续描述维吉妮亚的美貌和美德（如谦和、节制、贤淑和娴静）。

③　第 72 至 92 行提醒在高贵人家当教引嬷嬷的人要守护好年轻的一代，让她们认识贞德，不可放过她们身上的任何恶习败行。

④　第 93 至 104 行提醒广大父母不要因为个人生活放纵，对年轻女子疏于管教，而导致堕落悲剧的发生。

⑤　维吉妮亚的父亲维吉尼乌斯为了保全女儿的贞洁，准备将其杀死，维吉妮亚请求父亲给自己一点哭悼的时间，她说耶弗他（Jephthah，《旧约》中的人物，士师）在杀女献祭之前也曾给她时间哭泣。

⑥　赦罪僧讲述法兰德斯这个地方三个年轻人中了"死亡"的圈套，在得到意外之财后如何相互残害的故事。他一开始先交代了这三人的恶习（暴食、酗酒、赌博、诅咒），并引用《圣经》的说法对其危害作了详细说明。讲解完这些问题后，赦罪僧才开始讲述自己的故事。

读者应该去找比我更有资格的人作向导①；"几何学"对文学的影响可以说微乎其微。不过，值得铭记的是，中世纪人所学到的算术，即所谓的"阿拉伯"数字，是非常宝贵的新工具。这个方法真正的源头是印度，可追溯到公元5世纪，在9世纪的数学家本·穆萨（常被称阿尔-霍瓦拉兹密）②的努力下，才传到了西方。谬误和传说相互缠绕，产生了奇异的结果。"阿尔-霍瓦拉兹密"，即（来自哈瓦拉兹姆的人）使人联想到抽象名词"阿尔格瑞兹姆"以及后来的"奥格瑞姆"③。因此，《女修士指南》④中有"奥格瑞姆数字"这个说法⑤。为了解释"阿尔格瑞兹姆"这个词的由来，中世纪人虚构了一位叫"阿厄格斯"（Algus）的数学大师，《玫瑰传奇》的作者就曾说道：

阿厄格斯、欧几里德、托勒密。（16373）

但是，在第12994行，"阿厄格斯"变成了"阿尔格斯"（Argus）；它正是以这种形式潜入《公爵夫人之书》的"伟大的算术家阿尔格斯"⑥。

---

①　参见 New Oxford History of Music, vols. II and III; G. Reese, Music in the Middle Ages (New York, 1940) and Music in the Renaissance (New York, 1954); C. Parrish, The Notation of Medieval Music (1957); F. L. Harrison, Music in Medieval Britain (1958). ——原注
②　本·穆萨（Ben Musa），常被称作阿尔-霍瓦拉兹密（Al-Khowarazmi，国内常译为"花剌子密"，约780—850年），波斯数学家、天文学家、地理学家，"巴格达智慧之家"的学者。
③　"阿尔-霍瓦拉兹密"的拉丁文译名是"Algoritmi"，由这个词衍生出了"阿尔格瑞兹姆"（Algorism）和"奥格瑞姆"（Augrim）（这两个词都有"十进制"和"算术"的意思）。
④　《女修士指南》（Ancrene Wisse）是写于13世纪的一部旨在指导女修士修行的生活和学习手册。
⑤　"奥格瑞姆数字"是"十进制数字"的意思。
⑥　出自《公爵夫人之书》第435行。

第八章　中世纪模型的影响

这世间的一切看起来如此美好。

——弥尔顿 [1]

　　在中世纪和文艺复兴时期的诗歌中，有一些类型是相对高雅的，大凡读过这类诗歌的读者都会注意到蕴含于其中的丰厚学识，如与自然科学、哲学和历史学相关的内容。有些时候，比如在《神曲》、林赛的《梦境》[2] 或斯宾塞的《变化无常》诗章中，作者选择的题材决定了这些内容是可以且适宜引入作品的。有些时候，这些内容与主题并没有形成有机的联系，比如，行星的特征和效应就被糅进《骑士的故事》

---

① 　出自《失乐园》（第 3 卷第 554 行）。撒旦从天堂门口俯视人间，看到上帝新造的世界如此美好，不由得心生嫉恨。

② 　大卫·林赛（David Lyndsay，约 1490—1555 年），苏格兰传令官，诗人。《梦境》是一首反映苏格兰现实状况的寓言诗，写于 1528 年。

和《克芮丝德的遗言》①中；但按照我们今天的标准，这类故事主题似
乎完全可以不用这些内容。而且，在我们看来，这些内容就像是被生拉
硬拽进去的，但我相信中世纪的作家认为那是完全相关的。《高文爵士
和绿衣骑士》一诗的作者是从特洛伊的陷落开始讲述他的故事的，他这
么做并不只是为了添凑篇幅。他其实遵循的是"万物各得其所、各归
其位"的原则：通过特洛伊、布鲁特和亚瑟王，他分别把布鲁特、亚
瑟王和高文揳入中世纪模型的历史部分。最常见的揳入法就是"离题旁
涉"；我们在《玫瑰传奇》中就能找到作者偏离正题对"时运"（4837—
5070）②、自由意志（17101—17778）③、真正的高贵（18589—18896）、
"自然"的作用和局限（15891—16974）、诸神或天使被赐予的永生
（19063—19112）④所作的论述。在有些地方，读者可能会对天文学解说
或形而上学论述在多大程度上构成"离题旁涉"存有争议。迪古尔维在
《人的生命历程》第3344—3936行这个部分（利盖特的译本）以基督
教教义来包装亚里士多德对自然和自然之上的世界所作的区分，并将其
戏剧化；这部分尽管篇幅很长，却可以认为是与正题紧密相关的⑤。有些

---

①　《克芮丝德的遗言》是中世纪苏格兰的一首叙事诗（共616行），是罗伯特·亨利森对乔
叟的《特罗伊拉斯和克芮丝德》所作的续写。在这首诗中，亨利森反对之前文学作品将克芮
丝德塑造为不忠诚的女子形象，对她的苦难表示了更深的同情。

②　这部分的主旨是：当时运乖蹇，遭人白眼时，一个人所得的益处要大于当他顺风顺水、
青云直上之时。

③　作者认为"命运"或"神的先见"与"自由意志"是可以共存的。他用了大量篇幅来分
析二者表面上的冲突和批驳反面的观点。

④　诸神或天使，就其本性而言，是可朽、必死的，但正是至高神的意志维系了他们生命的
完整，使其不至于朽腐、离析。所以，至高神意志的支撑是诸神或天使永生的来源。

⑤　《人的生命历程》是一部记述一个人如何历经考验才抵达"天城"，完成自己生命历程和
精神之旅的寓言诗，自然会涉及人间与天上世界的区别这个问题。

人认为《特罗伊拉斯和克芮丝德》第五卷对自由意志的论说 ① 并不属于"离题旁涉"。

　　"离题旁涉"最简单的表现形式就是罗列清单。在伯纳德斯的著述中有关于天使等级、星辰、高山、兽类、河流、森林、植被、鱼类和鸟类的清单（第 1 卷第 3 首诗歌）②；在《流芳之殿》中有音乐家的清单（III，第 1201 行起）③；在《平民地主的故事》中有贞洁女子的清单（F，第 1367 行起）④；在《国王之书》中有关于动物的清单（第 155—157 节）⑤；在《玻璃之殿》中有知名恋人的清单（第 55 行起）⑥；在亨利森的《狐狸的审判》中

---

①　乔叟对"自由意志"的长篇大论出现在第 4 卷（第 137—155 节），而非第 5 卷。特洛伊勇士安提诺（Antenor），也就是特罗伊拉斯的哥哥，被希腊盟军俘虏。希腊人提出以安提诺交换克芮丝德，特罗伊拉斯无奈只能与自己所爱的克芮丝德分离。他认为自己的爱情悲剧是上天的安排，注定难以挽回，由此有感而发，开始思考命运和自由意志之间的关系。在他看来，神的"预知"（prescience）掌控着世间的万事万物，本身就是宿命或命运的来源，人的自由意志对此是难有作为的；人世所发生的一切，包括特罗伊拉斯难以圆满的爱情，都有其必然性。从这个角度来看，第 4 卷这些关于"自由意志"的议论并没有跑题，相反，可以说是切题之论。
②　《论寰宇》第 1 卷第 3 章是对宇宙秩序的概览。
③　叙述者进入"流芳之殿"之前，看到无数音乐家操着各种乐器在殿旁演奏，其中不乏古希腊罗马神话中鼎鼎有名的人物，如俄耳甫斯等。
④　这份名单记录的是古希腊罗马历史上因不愿受辱而自杀的贞洁女子的名字。
⑤　在梦境里，叙述者上天向维纳斯了解人间各式各样的爱情，向密涅瓦征询如何赢得爱情的建议。随后，他下到人间，去寻找"时运女神"，一路上风景优美，各类动物进入他的视野。这是诗人罗列动物清单的语境。
⑥　《玻璃之殿》很可能是利盖特创作于 15 世纪前 30 年的一首幻梦诗。《玻璃之殿》的很多方面都留有乔叟的《流芳之殿》的影响痕迹。在梦中，叙说者来到一座光辉灿烂的神殿（即爱情之殿）中，看到了墙上雕刻着知名恋人的故事；他们当中有些是天神，有些是凡人，有些忠于对方，有些却背信弃约，有些是已婚的夫妇，有些是偷情的男女。这些恋人的故事很多来自奥维德的《变形记》，也有一些曾出现在乔叟的作品中。

有动物的清单（《道德寓言集》，第881行起）①；在《智慧之宫》②中有石头（第953行起）、鱼（第1189行起）、花（第1282行起）、树（第1374行起）、鸟兽（第1387行起）的清单。在道格拉斯的《荣誉之宫》中，有贤哲、恋人、缪斯、高山、河流，以及"《圣经》和异邦故事中崇高的男人和女人"的清单③。彼特拉克为《胜利》所作的整体安排似乎是为了满足将尽可能多的清单收入作品的目的④。

我们一开始也许会怀疑这是学究做派所致，但这样的说法很难成立。绝大多数知识点实在太过平常，无法体现作者身上任何过人之处。亨利森希望自己为人称道之处，也许不是知道行星的特征，而是对其作了生动的描述（他的表现确实值得称道）⑤。同样的理由可以用来批驳多年前我刚跟

---

① 国王狮子召集议会，命令各方的动物前来参加，亨利森罗列了参会动物的名称，对各种动物的主要特征作了描述。

② 《智慧的宫廷》是写于15世纪中期的一首寓言诗，作者尚不可考。《智慧的宫廷》可以说是一部分关于"智慧"的百科全书，作者从各个方面描述了"智慧"的性质、表现和作用等。

③ 《荣誉之宫》是高文·道格拉斯写于1501年左右的一首幻梦寓言诗，全诗共有两千多行。在梦境中，叙述者遇到了一些要前往"荣誉之宫"的朝臣，如"贤哲、恋人、缪斯"等，并列举了不同队伍的主要代表。叙述者跟随这些朝臣，一同前往"荣誉之宫"，一路上跋山涉水，并记下了这些山水之名。而"崇高的男人和女人"则是叙述者抵达"荣誉之宫"后在维纳斯镜中所见。

④ 《胜利》共由六个主题构成，将一个人的生命历程演绎成一个环环相扣的链条：人年轻时是"爱"的奴隶；随着年事渐长，他逐渐明白激情的困扰，遂用"贞洁"将其征服；但"死亡"最终要来临，让胜者和败者一律平等；不过，"身后名"的到来赋予了他第二次生命；但"身后名"还是抵挡不住"时间"的消磨；唯一能征服"时间"的是神所赐予的"永恒"的幸福生命。《胜利》围绕"爱""贞洁""死亡""身后名""时间"和"永恒"这六大主题展开，这样的结构有利于诗人依据关键词尽可能多地罗列事例并加以铺陈。

⑤ 参见《克芮丝德的遗言》第147—216行。克芮丝德被狄俄墨德斯抛弃后，伤心欲绝的同时，开始抱怨维纳斯女神和丘比特的残忍不公。她的渎神之论上达天庭，诸神召开商谈大会，最后决意给她严厉的惩罚。亨利森将行星的特征和影响蕴含在对诸神形象和行动的生动描写中。

中世纪文学打交道时所认同的一个观点。我当时认为，中世纪书籍数量很少，人们有着强烈的求知欲望，不管在什么语境中，任何知识都是受欢迎的。但是，这无法解释为何当时的作家乐于展示大多数读者都已具备的知识。我们会有一种感觉，中世纪人，像托尔金教授的霍比特人一样，喜欢阅读那些把他们早已知晓的东西又告诉给他们的书籍。

另一种解释可能得以"修辞术"为依据。"修辞术"建议"推延"法，即推迟或铺展的意思。但是，学识与"故事"结合，难道只是为了"拉长一部作品"①？不过，这么说，倒可能忽略了一个事实："修辞术"能解释的是形式特征，而非内容特征。也就是说，"修辞术"会叫你偏离正题，但不会告诉你跑题后应该写什么。"修辞术"同意描写"共享之所"（Common Places）；但它难以决定什么去处可以成为"共享之所"。克提厄斯博士②论述过"安适之所"③，即令人愉悦的林间风景，很多诗人都曾在这上面试过身手；缺乏警觉的读者在阅读他的论述时，很可能会留下错误的印象（当然，我认为这并不是克提厄斯博士之过）。读者也许会认为"修辞术"不仅是"共享之所"成为文学描写对象的原因，还是使其受众人欢迎的原因。然而，"修辞术"并不是这样一个封闭的系统，是自然本身——如光影的变化、树木、潺潺的流水、温柔的风及其对人类神经和情感的影响——让某个地方成为"安适之所"，因此才成为"共享之所"。同理，如果所有清单

---

① 原文为拉丁文"longius ut sit opus"，出自乔弗雷的《新诗学》。

② *European Literature and the Late Middle Ages*, pp. 195 sq. ——原注　恩斯特·罗伯特·克提厄斯（Ernst Robert Curtius，1886—1956年）是德国学者、语文学家、批评家。

③ 描写"安适之所"（locus amoenus）是西方文学写作的一种套路。"安适之所"指的是被理想化的舒适安全的地方。它可以是布满凉荫的美丽草地、开阔的林地、田园色彩浓厚的小岛。树、草和水是其基本元素。有些时候，它的风景带有伊甸园或极乐之地的特点。这种文学手法可以追溯至荷马史诗和古希腊罗马的田园诗。

或离题的论说都是关于某一类事物，这必然是因为它得到作家和读者的青睐。"离题旁涉"并不需要处理宇宙那些主要的、永恒的特征，除非有意为之。荷马作品中的长尾明喻和汤姆逊作品[1]中的"插曲"就不需要这样。它们更像是书页上的蔓叶花饰。

我们在视觉艺术里也遇到相同的问题，修辞术的解释也同样难以涵盖这个领域。视觉艺术和文学一样，一直在用自己的方式表述与宇宙相关的信念。我前面提到[2]奇基墓上的穹顶图案是对波埃修斯的神意和命运之说的再表述。这并不只是个案。总督府[3]的柱头上雕刻有俯瞰四周、代表行星的神像；围绕着每幅神像的是行星的"孩子"，即受到某种星效应影响的凡人[4]。在佛罗伦萨的圣母百花大教堂，这类代表行星的神像又一次与我们相遇，只不过奇特的是，它们的装饰上留有萨拉森图示法的影响[5]；在新圣母大教堂里，代表行星的神像与"博雅七艺"各相对应，与《筵席》所示无异[6]。

---

[1]　指的是 18 世纪英国诗人詹姆斯·汤姆逊的长篇风景诗《四季》。

[2]　参见前文第 134 页。——原注

[3]　这里的"总督府"指的是始建于 9 世纪的威尼斯总督的官邸（哥特风格）。总督府里的石柱顶上雕有各种寓言形象、神话人物和真实的历史人物。

[4]　*Seznec, op. cit.* fig. 21.——原注

[5]　*Ibid.* fig. 63.——原注 代表七大行星的神像其实是"乔托钟楼"（作为圣母百花大教堂建筑群的一部分）的外墙浮雕，属于外墙装饰的一部分。在这组浮雕里，古典时代的神被转化成中世纪形象；比如，朱庇特（木星）是身着僧袍的修道士模样，而玛尔斯（火星）则被刻画成中世纪骑士。

[6]　*Ibid.* fig. 22.——原注 更具体地说，代表七大行星的神像出现在"西班牙小教堂"（作为新圣母大教堂建筑群的一部分）一幅题为《托马斯·阿奎那的胜利》的壁画上。这七个形象位于画中核心人物阿奎那的右侧，分别被三角楣饰所包围，在神像的下方坐着七位手执不同器具、象征"七艺"的女子。"七星"与"七艺"的位置关系乃是画家的有意安排。

帕多瓦市法理宫大厅①里的装饰极其接近斯宾塞的诗章《变化无常》②，可以说是它的艺术翻版。那里有行星、行星的"孩子"、黄道十二宫图、十二使徒、人类的劳作，分别归在各自适合的月份下。

在《克芮丝德的遗言》中，行星并不只是装点的要素，而是被编进了故事情节中；建筑物其实也有自己的"情节"，宇宙的要素有时也会被编入其中。在佛罗伦萨圣洛伦佐大教堂的旧圣器室里，祭坛上方的穹顶画有星座图，我们刚开始会以为它们只是装饰之用，其实不然；1422 年 7 月 9 日正是举行祭坛圣化仪式的日子③，天空的星座恰好处于画中所示的位置。法尔内西纳宫的星座图是为奇基而作，星座的布局与奇基生日那天的星座位置相一致④。帕多瓦市法理宫大厅的设计很显然是为了保证每一次太阳升起时，阳光会落在某一幅十二宫图上，而此时太阳恰好在该星宫中升起。

已经失传的露天历史剧艺术⑤也喜欢用自己的方式来表达类似的主题。另外，最近有人指出，按照过去人们的想法，很多文艺复兴时期的绘画作

① *Ibid.* p. 73.——原注　"法理宫"（Palazzo della Ragione）是中世纪帕多瓦市的一座市政建筑，始建于 12 世纪末。它的大厅（the Salone）墙上画有各种寓言形象。这些形象按照月份来排放，每个月份都有象征或代表自己的一系列图像。

② 在斯宾塞的《变化无常》诗章中，"女提坦"为了向诸神表明这个世界是变动不居的，对季节、月份、日夜、生死所蕴含的变化作了详细描述。在她口中，每个月份都有相对应的黄道十二宫图；星座的形象与月份的特征合成一体。

③ Seznec, *op. cit.* p. 77.——原注　圣洛伦佐大教堂（San Lorenzo）建筑群有两个圣器室："旧圣器室"和"新圣器室"。"旧圣器室"的穹顶上画有星座在圆形天空中的排列图（画的底色为蓝色，即天空的颜色）。

④ *Ibid.* p. 79.——原注　路易斯所说的"法尔内西纳宫"（Farnesia Palace）常被称为"法尔内西宅邸"（Villa Farnese），以区别于对岸的"法尔内西宫"（Palazzo Farnese）。"法尔内西宅邸"最早为阿格斯提诺·奇基所建，后来法尔内西家族把宅子购买了下来。

⑤ 露天历史剧（Pageant）是中世纪一种以游行为形式的庆祝活动，涉及宗教或世俗仪式，表现的内容可能涵盖整个人类历史。这类历史剧常在移动舞台，即马车上表演。每辆马车一般由某个行会来资助；剧本写作、设计和表演都归该行会负责。

品都只是凭空幻想之作；可实际上，它们承载了大量哲学思想，甚至有超负荷的可能 ①。

我们在这里，就像在本书开篇一样，发现中世纪人和野蛮人的行为之间存在相似的特征，但那只是表面上的。中世纪人致力于以世人的活动来仿拟和再现大自然的运动 ②，这看上去很像野蛮人通过模仿来控制或催发大自然的运动；比如，野蛮人会通过制造类似雷暴雨的声音来催雨，那种声音用一根棍子，一只手鼓就能模仿得来。不过，中世纪和文艺复兴时期的轻信态度产生了完全相反的结果。那个时代的人更倾向于相信的，不是他们控制得了月球之外的宇宙力量，而是他们要受这样的力量控制。真正的危险并不是模仿自然的魔法，而是星象决定论。

我相信在这个问题上，最简单的解释才是真正的答案。诗人和其他类型的艺术家描写这些事物，是因为他们的心智喜欢流连于这些事物。其他时代并没有一个宇宙模型被如此普遍接受，如此易于想象，如此能满足人的想象。马可·奥勒留 ③ 希望人们能像热爱自己的城市一样，热爱这个宇宙。我认为这样的心态在我所讨论的这个时代确实是可能存在的。至少，类似的心态是可能存在的。中世纪和文艺复兴对宇宙的喜爱，与奥勒留这位斯多葛派皇帝的心态相比，在我看来，更有自发和审美特质，更少承受良知和顺从带来的负担。这绝不是华兹华斯意义上的"对自然的热爱"。

---

① 参见 E. Wind, *Pagan Mysteries in the Renaissance* (1958). ——原注
② 人类最早的钟表大多数不是用于精密计时，而是用于呈现宇宙的运动形式（L. White, Jr., *Medieval Technology and Social Change,* Oxford, 1962, p. 122）。——原注
③ IV, 23. ——原注 原文是这样："宇宙啊，凡是与你和谐的，亦即与我和谐！凡是在时间上适合你的，对我就不是太早，也不是太晚！自然啊，你各个季节所带来的，都是给我享用的果实！凡是由你那里来的，在你那里生存的，都会回到你那里去。有人说过：'可爱的刻克洛普斯（Cecrops）之城！'你为什么不说：'啊，可爱的宙斯之城？'"

正因为如此，中世纪人并不觉得模仿或评论人类的日常生活是艺术唯一的功能。人类的劳作出现在荷马的阿喀琉斯之盾上 [①]，除了劳作本身，别无原因。但是，人类的劳作出现在《变化无常》诗章或法理官大厅中，并不仅仅因为劳作自身，也因为劳作与月份是息息相关的，与黄道十二宫图、与整个自然秩序都是息息相关的。这并不意味着荷马超脱于对人类的关怀，而后世的艺术家则偏重对人类的教诲。这其实意味着荷马喜欢细节，而后世的艺术家喜欢那个能给每个细节应有位置的、出自想象的宏大构架。如果每个具体事实、每个故事都有自己的妥善安排，不断将我们的思绪引回到整个宇宙模型本身，这些事实和故事就会变得更有意思，更令人欢喜。

如果前文所说正确的话，中世纪的创作者会发现自己所处的境遇与他的现代继承者大有不同。今天的创作者经常或者总是觉得他不知道自己面对的现实有何意义，或者干脆觉得他面对的现实没有意义，甚至觉得问现实有没有意义本身就是一个没有意义的问题。因此，他有必要靠自己的识别力去寻找某种意义，或者从自己的主体性出发，将某种意义，最起码某种形式赋予那既无意义也无形式的现实。但是我们先人的宇宙模型是有其内在意义的。这个说法有两层含义：宇宙的形式是有深意的（整个设计令人叹为观止）；宇宙是创造者的智慧和善的体现。我们并不需要激发出宇宙的美或生命。它的婚服，它的裹尸布，确确实实都是我们的 [②]。完美的状态早已经实现了。唯一的困难就在于作出充分的回应。

如果我们能接受这一点的话，它也许将在很大程度上有利于解释中世

---

① 雕刻在阿喀琉斯之盾上的人类劳作包括犁地（第 541—549 行），收割庄稼（第 550—560 行），采摘果实（第 561—572 行）等。参见《伊利亚特》第 18 卷。
② 这句话化用自柯勒律治《消沉：一首颂歌》中的一行诗（第 4 节第 3 行）。路易斯言外之意：宇宙本身是完美的，把它看作"婚服"还是"裹尸布"，取决于我们自己。

纪文学的一些特征。

比如，这一点可以解释中世纪文学最典型的优点和最典型的缺陷。最典型的缺陷，众所周知，就是枯燥乏味，那种不含有杂质、毫不加掩饰、漫无止境的枯燥乏味，似乎作者完全不在意该怎么让我们感兴趣。《南英格兰圣徒传》《奥穆评注》[①]和霍克里夫的部分作品都是典型的案例。"世界有其内在的意义"这个信念如何催生出这样的创作行为，这并不难理解。中世纪作家认为所有事物本身都很有意思，他们没必要费力让它们变得有意思。任何故事，不管讲述得多不好，都是值得讲述的；任何真理，不管表述得多不好，都是值得表述的。中世纪作家希望题材本身能够替他们完成几乎所有他们应该亲自去做的事。在文学之外，我们依然能看到这种心态在起作用。它在智识水平最低的人群身上表现为：当他们发现某个题材让自己兴趣盎然，欲罢不能时，他们倾向于认为只要提到它，不管表述质量如何，都是有其价值的。处于这个智识水平的虔诚信徒似乎相信，来自《圣经》的任何引文，出自赞美诗的任何诗句，哪怕簧风琴发出的杂音，都是一篇能启迪人的布道，或是一篇能令人信服的辩护文。处于同一智识水平却不那么虔诚的信徒，比如愚笨的乡下人，似乎相信他们只要用粉笔在墙上写下一个猥亵的词，就能制造出情色或喜剧效果（我不确定哪个是他们的意图所在）。与此同理，一个意义早已被"确立"的宇宙模型的存在也不是有百利而无一弊的。

不过，我相信宇宙模型的存在也影响了出色的中世纪作品所具有的典

---

① 《奥穆评注》（*Ormulum*）是 12 世纪一位叫奥穆（Orm）的僧侣对用于弥撒的经文所作的诗体评注（共有近一万九千行）。

型优点。如果从查普曼或济慈的叙事诗转向玛丽·德·弗兰斯[①]或高尔叙事诗最精彩的部分，我们就能感受到这个优点是什么，能立刻给我们留下深刻印象的是他们不着力去表现什么。在伊丽莎白时代或浪漫主义的样例中，我们能感受到诗人的惨淡经营；但在中世纪的作品里，我们一开始几乎感受不到诗人的存在。他们的写作如此清澈透明，不着气力，好像讲述故事的就是故事本身。在亲自试验之前，你也许会以为这一点什么人都能做得到。可实际上，讲述故事的绝不可能是故事本身。人的技艺在其中发挥作用。不过，发挥高超技艺的作家，和蹩脚的中世纪作家一样，对题材本身的内在价值是有充分自信的。他们讲述故事，是为了故事本身；但在查普曼和济慈的作品里，我们感觉他们只是将故事看成大肆发挥和高度个性化处理的契机。从西德尼的《阿卡迪亚》转向马洛里的《亚瑟王之死》，从德雷顿笔下的战斗转向莱耶曼笔下的战斗时，我们就能感受到他们在态度上的差别。我倒没有厚此薄彼的意思，因为两种写法都出得了好作品；我只是强调二者的不同。

　　与这种态度不可分离的是典型的中世纪想象[②]。这不是华兹华斯那样转化现实的想象，也不是莎士比亚那样穿透现实的想象。这是一种具有真实感的想象。麦考莱注意到但丁能用语词描绘出一个看似极为真实的世界；他安排的细节、设计的比喻，不管多么有损于庄严的风格，却可以确保我们能看到

---

① 玛丽·德·弗兰斯（Marie de France，约 1160—1215 年），中世纪一位出生于法国、生活在英国的诗人。她最有名的作品《叙事歌谣集》共由 12 首叙事诗组成，基于布列塔尼或凯尔特人的传说而作。

② 还可参见 E. Auerbach, *Mimesis* (Berne, 1946), trans. W. Trask, Princeton, 1957. ——原注

他所看见的一切①。但丁在这一点上就是个典型的中世纪人。在描写要突出的
事实，即"特写"这个方面，中世纪人是无与伦比的，当然这里并没有将其
与现代人比较的意思。我说的"特写"指的是：《公爵夫人之书》中关于小
狗行为的描述②；"康丝坦斯就这样站在人群里，向四周观望"③；"她一直祈祷
手里的孩子不要再哭闹了"（又一例关于康丝坦斯的例子）④；阿赛特和帕拉蒙
面对面决斗时，"两人的脸色都变了"⑤；侍女们不愿意接过格丽丝达的衣服⑥。
并不只是乔叟如此。我所说的"特写"还包括：莱耶曼笔下年轻的亚瑟脸
色忽白忽红⑦，梅林在预言时，陷入迷狂之态，身体扭得像蛇一样⑧；《忍耐》⑨
中的约拿被吞进鲸鱼的肚子里，"就像一粒尘埃消失在大教堂门口"；马洛

---

① 这个评论出自托马斯·巴宾顿·麦考莱（Thomas Babington Macaulay）1824 年发表的评论
意大利作家的系列文章。在其中一篇文章中，麦考莱将但丁与弥尔顿比较，指出他们带给人的
不同阅读体验："当我们阅读弥尔顿时，我们知道自己在阅读一位伟大的诗人。当我们阅读但丁
时，诗人消失了。"站在我们面前的是那位将地狱里的所见所闻绘声绘色说给我们听的旅行者。

② 《公爵夫人之书》的叙述者在梦境中看见一只要把他带往森林的小狗：它摇尾乞怜地来到
"我"面前，趴伏在那里，头垂得低低的，耳朵也耷拉下来，身上的毛都柔顺地垂了下来；我
刚要去抓它的时候，它倏地一下从我眼前跑开了（第 389—396 行）。

③ 引自乔叟《律师的故事》（第 651 行）。这行诗描写康丝坦斯遭人诬陷，即将被施刑时的
神态动作。

④ 引自乔叟《律师的故事》（第 866 行）。这句诗描写康丝坦斯被国王艾拉的母亲陷害，带
着新生的孩子踏上流放之船时的心理活动。

⑤ 引自乔叟《骑士的故事》（第 779 行）。

⑥ 参见《学者的故事》第 372—378 行。侯爵沃尔特欲娶村姑格丽丝达为妻，前去她家中迎
娶，但是来侍奉新娘的那些侍女却不愿意接过从新娘身上脱下来的旧衣服。

⑦ 依据莱耶曼《布鲁特》中的相关叙述，国王乌瑟驾崩，一群使者受贵族委托，渡海到布
列塔尼请亚瑟前往英国执掌国政，驱逐恶敌，保卫家园和子民。亚瑟听了使者的请求，心中
万分激动，豪情澎湃，所以，脸色时而泛红，时而变白。

⑧ 乌瑟与普拉森特（Prascent）作战前夕，看见威尔士的荒原上出现一颗既大又且散射出
异象的星星。乌瑟请梅林解读星象，梅林答应后，便坐下来，犹如陷入迷狂一般，浑身震颤，
肢体扭曲。从这种状态醒来后，梅林开始预言乌瑟的未来。

⑨ 《忍耐》是写于 14 世纪后期的一首歌赞"忍耐"这种美德的头韵诗，作者不详。

里作品中所有与实用技艺和钱财相关的细节，还有桂薇妮亚那易于辨认的咳嗽声①；《波尔多的于翁》中的仙灵揉搓掉粘在手指上的面团；亨利森笔下那只老鼠无可奈何地在河边跑来跑去，"吱吱地叫着，引人哀怜"②。我们在《善良的基托可》中甚至看到上帝见到老态龙钟的酒馆老板娘时，"笑得十分欢畅"③。这种生动表达的手法如今已是每位小说家惯用手段的一部分；他们常常过度使用这种修辞手段，以至于故事的情节无法突显出来。不过，中世纪人几乎没有什么可以借鉴的模式，很久以后，他们才有了众多继任者④。

① 兰斯洛特被布莱森夫人（Dame Brisen）诱引至伊莲的房间，错将伊莲当作女王桂薇妮亚，与她合欢而眠。兰斯洛特有大声说梦话的习惯，躺在隔壁卧室的桂薇妮亚听到了情人的梦话，发现他背叛了自己。她既气愤，又difficulty难过，忍不住咳嗽了起来。兰斯洛特被她的咳嗽声吵醒，才发现躺在同一张床上的并不是自己心爱的女人。

② 这个细节出自罗伯特·亨利森的寓言故事《蟾蜍和老鼠》。老鼠想要渡河，但无奈不会游泳，腿脚太短且无马可骑，所以只好在河边上蹿下跳，吱吱地叫着。

③ 《善良的基托可》是苏格兰诗人威廉·邓巴（William Dunbar，约1459—1530年）的一首叙事歌谣。"善良的基托可"就是这里所说的"酒店老板娘"，死后以蜗牛为坐骑升天，速度慢得出奇，好不容易到了天堂门口，又见到一家酒肆，进去后喝得酩酊大醉，到了第二日中午才醒来。上帝见到她后，不禁哈哈大笑。

④ 也许读者一开始会抱怨我所描述的这种品质只不过是所有优秀的想象文学的特征。我倒不这么认为。在拉辛（Racine）的作品里，就没有任何突显的事实、任何满足我们感官的细节。维吉尔主要依靠氛围、声音和联想。在《失乐园》中，这项技巧的宗旨（正如主题所要求的）主要不是让我们想象具体的事物，而是让我们认为自己想象了那不可想象的事物。认识荷马的中世纪人很可能会从他那里寻求帮助。有两处细节——婴儿害怕有羽毛的头盔和安德洛玛刻（Andromache）带泪的微笑（《伊利亚特》，VI，第466—484行）——就体现了与中世纪人十分相似的手法。但是，总体而言，荷马的手法与中世纪人并不十分相像。他将关于劳作——如何让船下水、准备餐饭——的详细描述形式化并经常重复，这造就了相当迥异的效果。我们感受到的不是某个被捕捉的瞬间，而是某种一成不变的生活模式。他几乎全靠笔下人物的谈话将他们呈现在我们面前。即使如此，他们的语言因为史诗程式化的表述而给人距离感；他们是在"唱歌"，而非"交谈"。欧律克勒娅（Eurycleia）认出他的旧东家时，答应会偷偷向他报告他不在时用人的行为（《奥德赛》，XIX，第495—498行）。这位老仆人的形象因此变得鲜明，且永传后世。但是，我们了解了她的心思，却没有真正听到她的声音。这不同于我们听到兰斯洛特笨嘴拙舌反反复复说的话："夫人，所以我动身才晚了。"（《亚瑟王之死》，XVIII，2），也不同于乔叟对神鹰的简短回答（《流芳之殿》，III，864，888，913）。我提及的这四位诗人（拉辛、维吉尔、弥尔顿、荷马）的各自显著优点能否与中世纪的生动性兼容，其实是令人怀疑的。没有哪个类型的作品能包含所有优点。——原注

两个否定前提促成了中世纪人的生动想象：他们不受"得体性"这条准古典主义原则约束，而且，他们不受时代感约束。但是，更强大的原因是他们以虔诚的态度关注题材本身，且对其怀有信心。他们并不试图增强其效果或改变其形貌。题材完全主宰了他们。他们的目光和耳力都专注于故事题材本身——也许他们几乎意识不到自己虚构的成分究竟有多少——他们的所见所闻都是事件本应有的面貌。

毫无疑问，他们一些作品有大量修饰的成分，甚至会让人觉得矫揉造作，尤其当他们使用拉丁语时。但这只是肤浅（这个词倒不一定有贬义）的表象。作者的基本态度是不刻意经营，不装模作样。他们只是给自己且众人认为应该称颂的主题添上红标题或镀上金色而已。他们所做的事完全不同于多恩：他将"伊丽莎白·特鲁里之死几乎是一场宇宙大灾难"这个论点演绎成一首诗，一首好诗（如果他用冰冷的散文语言来表述的话，这无异于疯言疯语）。中世纪诗人会认为这实在可笑；不过，这个看法虽然不对，倒可以理解。当邓巴用浓墨重彩来装饰自己的诗歌时，他意在歌颂耶稣的降生，或者至少王室的婚礼。他身穿礼袍，是因为他出席了一场盛典。他并不是在"表演绝技"。

当我们与不同传统里的烂诗（这类诗歌更喜欢为自己及其作者发表声明）相遇时，我们可以说自己能"一眼看穿它"。这就像从灰泥中发现碎石一样。但是，最出色的中世纪作品最令人赞赏之处常常就在于这个事实：我们能一眼看穿它，它是个纯粹的透明体。

一个不寻常的特征需要注意。很多生动的特写都是对总体而言并非独创的作品的独创性补充。这种现象频繁出现，到了令人惊愕的地步。有些人倾向于认为，几乎为中世纪作家特有的活动就在于润色现有的东西；乔叟润色的是薄伽丘的作品，马洛里润色的是法国的散文传奇，而这些传奇又是对更早的诗体传奇的润饰，莱耶曼加工的是韦斯的作品，韦斯加工的是杰弗里的作品，而杰弗里的作品又是对何人作品的加工，我们就不得而知了。我们常常会感到不解，这些人如此具有创意，每回他们处理先人的作品时，都能为其注入新的生命，但同时他们又如此缺乏创意，他们很少会做全新的东西。我们也许会说某一本意大利小说是莎士比亚戏剧的来源，但就此意义的"来源"而言，我们同样可以说前人之作通常绝不只是中世纪作品的来源。莎士比亚从一部小说情节里抽取出一些骨头后，就把其他东西扔掉了，让它们得到应有的下场：被人遗忘。他以这些骨头为框架构筑起一个新的作品，它的宗旨、基调和语言都与原作毫无共通之处①。乔叟的《特罗伊拉斯和克芮丝德》与《爱的摧残》②之间的关系就大不相同。

假设一位艺术家对别人画作所作的改动占了整张画布的三分之一，我们如果只是以面积大小来判定每位画家对整体效果的贡献，那无异于自我欺骗。这是因为在新修部分里，每种颜色和每个团块产生的效果都会从根本上受到原画未改动的部分的影响；在原画未改动的部分里，每种颜色和每个团块同样会从根本上受到新修部分的影响。我们应该有机地考虑整体的结果，而不是作加减乘除。乔叟对薄伽丘作品的加工就是这个样子。乔叟一旦给原作增色加料，译文里的诗句，不管多么接近意大利语原文，所起的效果必然完全不同于它在原文中的效果。他新增部分的每句诗所起的效果很大程度上取决于其前后那些译自原文的诗句。最后出来的诗歌成品不能归到单个作家的名下。我们更不能这样对待那部常被冠以马洛里之名

---

① 例如，莎士比亚的《罗密欧与朱丽叶》的源头就可以追溯到中世纪意大利的小说或者传奇。

② 《爱的摧残》是薄伽丘写于 1340 年左右的一首叙事诗，成为乔叟的《特罗伊拉斯和克芮丝德》的灵感来源，并进而启发莎士比亚写下戏剧《特洛伊罗斯和克瑞西达》。

的作品。

由此来看，在跟中世纪文学打交道时，我们必须抛弃现代批评中最基本的"作品—作家"这个单位。如果使用我在别处用过的比喻的话，我们更应该将某些作品看成大教堂建筑：不同时期的手艺在其中交汇，产生了一种前赴后继的建筑师从未预见或企图造就的着实令人赞叹的整体效果。不同时代的人用自己的气质、自己的风格共同打造出亚瑟王的故事。把马洛里视为现代意义上的作者，将所有更早前的作品潦草归入"原材料"范畴，这么做显然容易引起误解。马洛里只是最后出场的建筑师，他在这里拆除一些构件，在那里又增添一点新要素。但这部作品并不能因此归他所有，就像我们说《名利场》可以归萨克雷所有那样。

如果中世纪作家的文学产权观与我们相同，他们就不可能按照这种方式来写作。不过，如果他们的文学观不是在深层次上与我们不同，他们同样也不可能按照这种方式来写作。他们并没有像现代剽窃者一样，假装自己具有独创性，而是倾向于掩藏自己的独创性。他们有时候会在与"前辈作家"背道而驰之处，声称这一点正是源于那些作家。这不大可能是开玩笑。这有何好笑之处？如果真是玩笑，除了学者，还有谁能看得出来？中世纪作家的做法更像是历史学家：历史学家之所以误读文献，是因为他们肯定事件曾是按照某种方式发生的。中世纪作家急于让别人相信，也在一定程度上让自己相信：他们并不只是在"凭空捏造"。他们的目的不是自我表达或"创造"，而是将"历史"材料以相匹配的方式传递给后人；所谓"相匹配"，不是指与作家才华或诗歌艺术相匹配，而是与题材本身相匹配。

我怀疑他们是否理解我们对独创性的要求，是否会因此欣赏他们那个时代的独创性作品。假设你问莱耶曼或乔叟："为什么你不虚构一个属于你自己的全新故事？"我想他们大概会这样回答："想必我们还不至于沦落至此吧？"这个世界充满了无数高尚的行为，有益的榜样，令人同情的悲剧，奇异的冒险，戏谑的妙语；这些东西迄今为止还没有得到足够精彩的演绎，得到应有的对待，难道还需要自己动脑去编造出什么东西吗？我们如今把独创性视为富足的标志，在他们看来，却可能是贫乏的体现。当一个人周围到处都有可以取用的财富，他何须要让自己变成孤独的鲁滨逊？现代艺术家往往不认为存在现成可用的财富，他就好比是一位必须将贱金属炼成黄金的术士，而这从根本上影响了他的创作。

　　这里存在一个悖论，那就是，中世纪作家正是通过放弃独创性，才发挥出了他们真正具备的独创性。乔叟对《爱的摧残》的注目或者马洛里对"法国之书"①的注目越是虔诚，越是聚精会神，场景和人物在他们眼里就变得越真实。这种强大的真实感很快就让他们看到，听到并因此记下那些书里没有明确告诉他们的东西：起初只是一点，但渐渐由少成多。他们受惠于"前辈作家"最多之处反而是他们对原作的发挥。如果他们不那么着迷于自己读到的内容，他们也许就能更忠实地再现原作。我们会认为半翻译半重写别人的作品是厚颜无耻的行径，胆大妄为到不可饶恕的地步。但是，乔叟和马洛里想到的并不是"前辈作家"对作品的所有权。他们的所思所想全都集中在特罗伊拉斯或兰斯洛特身上（"前辈作家"的成功之处恰在于此）。

　　有些人会以为那些"前辈作家"所写的是虚构之作，而他们的继承者则在虚构之路上又进了一步，但正如我们前面已经看到的，这样的认识似乎不够明朗，不大可靠②。从希罗多德到弥尔顿的历史学家都将为真相举

---

① 　马洛里在《亚瑟王之死》中经常提及他创作这部传奇所参考或翻译的材料。"法国之书"就是他用以指称前文本的短语之一。

② 　参见前文第245—251页。——原注

证的责任交给了他们参考的作者；反过来，以特洛伊为题的作家却把自己视为对引证资料作过甄别的历史学家。即使是乔叟这样的作家，也没有称赞过荷马的"虚构之笔"；相反，他批评荷马撒谎，偏袒希腊人（1477—1479），而且把荷马归入约瑟法斯所属的范畴里（1430—1481）①。我并不认为乔叟和莱耶曼这样的作家对题材持有完全相同的态度。但是，我怀疑他们是否像现代小说家那样认为自己是"原创"作家，或者认为自己的题材具有"独创性"。我想那时大多数读者②，就像今天的读者一样，几乎理解不了"虚构"这种活动。据说，当时人们在街上认出但丁时，并不是把他看成《神曲》的作者，而是那位曾下过地狱之人。即使今天，还是有一些人（其中一部分是批评家）相信每本小说、每首抒情诗都是作者的自传。如今的人不便说自己不擅长虚构，全是别人的过错。而中世纪人则不便说自己善于虚构，全是靠自己的本事。

　　《流芳之殿》最令人惊诧的细节是诸多诗人（连同一位历史学家）出现在那里，并不是因为他们享有美誉，而是因为他们笔下人物所享的美誉要依赖他们。"流芳之殿"里的约瑟法斯将犹太人的不朽之名"高高地扛在他的肩膀上"（III，1435—1436）；荷马跟众多同道者（比如达瑞斯和奎多）一样，承担着特洛伊的不朽之名（1455—1480）；维吉尔承担着埃涅阿斯的不朽之名（1485）。中世纪人（尤其但丁）③充分意识到诗人不仅赐予别人不朽之名，自身也享有不朽之名。但是，从根本上说，真正要紧的

---

①　约瑟法斯（Josephus）是公元 1 世纪犹太历史学家。

②　一个明显的例外是那位认为"撒谎的萨迦最是有趣"的国王（参见 *Sturlunga Saga*, ed. O. Brown, 1952, p. 19）。——原注

③　*De Vulg. Eloquentia,* I, xvii; *Purgatorio,* XXI, 85. 在《论俗语》中，但丁宣称用俗语写作的作家的名声要比王侯将相更长久。在《炼狱篇》第 21 章中，斯塔提乌斯声称他作为诗人，享有最恒久的美名、最高的荣誉。

是他们赐予别人的不朽之名，比如，维吉尔赐予埃涅阿斯的不朽之名。爱德华·金现在应该被人们记住，不过因为他是《利西达斯》的创作缘由①；但在中世纪人看来，这很奇怪，有本末倒置的意味。如果按照中世纪标准，弥尔顿确实算是成功诗人的话，他现在应该被人记住的是这一点：他"担负"着爱德华·金的不朽之名。

当蒲柏把乔叟的《流芳之殿》改述成自己的《流芳之宇》时，他默不作声地改写了这个片段。诗人出现在蒲柏的殿宇中，因为他们已经获享不朽之名②。在乔叟时代和蒲柏时代之间，各门艺术已经开始意识到它们应该真正享有的地位。从蒲柏时代起，艺术越发意识到这一点。可以想见，将来有一天，艺术心心念念的几乎就只有这一点了。

因此，经过深思熟虑之后，我们可以断定中世纪艺术总体上具有谦卑的特点。艺术如此，但艺术家并不总见得如此。不管哪个时代，不管哪个职业都可能产生自尊之心。厨师、外科医生、学者都可能对自己的技艺感到自豪，有时甚至会到自傲的地步；但众所周知，他们的技艺是达到其自身之外的目标的手段，技艺的地位完全取决于那个目标的崇高性或必要性。我想过去所有的艺术都是如此。文学存在的目的就是传授有益的东西，尊崇值得尊崇的东西，欣赏令人愉悦的东西。这些有益、值得尊崇、令人愉悦的东西要高于文学本身：文学是为了这些东西而存在；它的益处、尊荣

---

①　《利西达斯》是弥尔顿为纪念其大学同窗爱德华·金（Edward King，1616—1637年）而作的田园悼亡诗。
②　在蒲柏的"流芳之宇"里，荷马站立在殿正中的一根高柱之上，离"美名"最近。柱身雕刻了特洛伊战争的场景。蒲柏声称每幅画面都充满了动感和生命力，笔触奔放，表达有力，显示了雕刻师傅的才气。蒲柏在点评这些浮雕时，也在赞美荷马的才华和诗艺。这正是他将荷马放在殿堂中间的原因。他并没有像乔叟那样强调荷马是特洛伊和希腊英雄的美名的承担者。

和赏心悦目都源自这些东西。正是在这个意义上，中世纪艺术是谦卑的，当然艺术家很可能是骄傲的；他们为自己的艺术造诣而骄傲，但并没有为艺术提出文艺复兴盛期或浪漫主义时期那样的主张。他们很可能不会完全认同这个论断：诗歌是"所有学问中地位最低的"[①]。不过，在那个时候，这个论断绝不会引发像现在这样激烈的抗议。

这场巨变有得也有失。我认为这是"内在化"（Internalisation）[②]这个重大过程的基本特征；正是在这个过程中，"元灵"（genius）从守护的精灵变成了心智的品质。在一个又一个世纪里，一个又一个术语不断从客体一方转移到主体那一方。如今，在一些极端类型的行为主义学派中，主体遭到贬斥，完全被视为主观的问题；比如说，我们在思考，是因为我们认为自己在思考。主体将其他一切都吞噬后，就只能吞噬自己了。我们"从此将何去何从"，这是一个令人不安的问题。

---

① Aquinas Ia, i, Art. 9. ——原注 阿奎那认为尽管诗歌是所有学问中地位最低的，但《圣经》使用隐喻和明喻来说理依然是有道理的。

② 参见前文第 76 页。——原注

结语

最好的戏剧也不过是幻影。

——莎士比亚 ①

我并没有处心积虑去掩盖这个事实：古老的宇宙模型使我愉悦，就像我相信它曾让我们的先人愉悦一样。在我看来，在诸多想象的结构里，少有什么能同时具备辉煌壮丽、节制稳重、条理连贯的特征，且三者不分上下。一些读者很可能一直在强忍着提醒我的冲动：这个模型有个严重的缺陷，那就是，它不合实情。

我同意。它确实不合实情。不过，我最后想说的是，这个指控在如今这个时代的分量并不完全等同于它在 19 世纪的分量。就像今天一样，我们那时声称与中世纪人相比，我们对真实宇宙知道得多很多；就像今天一样，

---

① 这句话出自《仲夏夜之梦》第五幕第一场。

我们那时希望将来能发现更多关于真实宇宙的真理。但是，这个语境里的词语"知道"（know）和"真理"（truth）的含义从 19 世纪起已经发生了某种变化。

19 世纪的人仍然相信，依据对（经过仪器改进后的）感官经验的推断，我们多少可以"知道"宇宙物理的终极现实，就像一个人通过地图、绘画和旅行记录，可以"知道"他从未访问过的国家；在这两种情况下，"真理"可以说是对物质本身的一种精神复制。关于这个观念，哲学家可能会做一些令人不安的评论；但科学家和普通人对此并不太在意。

可以肯定的是，那时候数学已成为很多科学表述的语言。但是，我并不认为"数学依然适用于具体现实"这个观点在当时受到了质疑；具体现实与数学之间的区别，就像一堆苹果与数苹果的过程之间的区别。19 世纪的人确实知道，具体现实在某些方面并不是太容易想象；数量太小，距离太短，或者数量太大，距离太长，都无法转化成形象思维。尽管如此，19 世纪的人仍然希望靠日常想象和概念来把握具体现实。这样，他们就必须通过数学获得数学之外的知识。这就好比一个人不用去国外游览却照样能知道外国的情况。他只要详细考察地图上的等高线，就能对山峰有所了解。但是，他获得的知识并不是关于等高线的知识。如果观察完等高线图后，他能宣称："那里的斜坡并不陡峭"，"这里的悬崖很危险"，"从 B 点是看不到 A 点的"，"这儿有林有水，一定是一处惬意的山谷"，他就获得了真正的知识。从等高线图中得出这样的结论（假设他知道怎么研究地图）意味着他离现实近了一些。

不过，如果有人跟他说了这么一番话（并被他所采信），那就不大一样了："你所能接触的最真实的现实就是这些等高线了。从等高线图转向其他陈述，你就离现实更远，而不是更近了。所有那些关于'真实'石头、山坡和风景的观念只是一种隐喻或寓言；一种权宜之计，因为有些人无法理解等高线，所以有必要对他们理解力的欠缺作出妥协；但如果照字面意义来理解这些东西，那显然是受了误导。"

　　如果我对情势认识无误的话，这就是如今自然科学所发生的变化。我们如今只有在数学中才能最近距离地接触现实。所有便于想象的事物，所有能够用日常概念（也就是非数学概念）来处理的事物只是作为类比之用，是为了向我们能力的不足作出让步；它们绝不是某种更高的真理，数学也不是通往这种真理的途径。如果不借靠寓言，现代物理学就无法向普罗大众言说。甚至科学家之间也是如此；当他们试图将自己的发现用言辞来表述时，往往会将此行为称为制作"模型"。正是从科学家那里，我借来了"模型"这个词。但是，这些"模型"不同于"船模"，并不是小型的现实复制品。有些时候，"模型"会用类比来阐释现实的某个方面。有些时候，"模型"并不阐释，而只是间接提示，就如神秘主义者的警句格言。像"空间弯曲"（the curvature of space）这样的表达跟一条上帝的旧定义（祂是"一个圆，其圆心无处不在，其圆周无处可寻"）是完全具有可比性的。这两个例子都成功实现了间接提示，其方式就是提出某个在日常思维层次上不可理喻的事物。当我们接受"空间弯曲"时，我们并不是以过去被认为可接受的方式"知道"或享有"真理"。

　　因此，如果有人说："中世纪人认为宇宙像那个样子，而我们知道宇宙像这个样子"，那就有点误导人的微妙意味。我们如今至少知道的是：我们无法在旧有的意义上"知道宇宙像什么"，我们所能建立的任何模型都不会在旧有的意义上"像"宇宙。

　　这样的论断似乎又意味着旧宇宙模型是在新发现的现象压迫下分崩离析的，这就好比一位侦探发现他最初怀疑的嫌犯有着无懈可击的不在场证明时，只好放弃原有的作案理论。在旧宇宙模型中很多具体的细节确实都是这样被取代的，正如现代实验室里每天都有具体的假设被取代一样。探险活动驳倒了热带地区太过炎热，无法生存的观念；第一颗新星的发现驳倒了月亮之外的世界永恒不变的观念。然而，整个中世纪模型的变化却并不是如此简单。

中世纪模型与我们的宇宙模型之间最引人注目的区别涉及天文学和生物学。在这两个领域，新宇宙模型有大量的实验证据可以支撑。但是，如果我们说新事实的大量涌现是这个变化的唯一动因，那就扭曲了整个历史过程。

旧天文学，在严格意义上，并不是被望远镜"驳倒"的。如果我们愿意的话，月球上满是疤痕的表面和木星的诸卫星还是可以嵌入以地球为中心的模式中。如果我们打算让恒星天变成一个既浩瀚又深邃的天球的话，它还是可以容纳恒星之间非比寻常的距离（其差距也同样非比寻常）。为了与观察发现保持同步，"涂满了向心圆和偏心圆"①的旧模型曾经接受过大量的修补。假设这个模型可以被无穷尽地修补，它会在多大程度上一直与观察发现保持同步，并持续至今？这一点我不得而知。不过，人类的心智一旦发现某种更简单的构想可以"含纳现象"，它就不会长久忍受越来越多节外生枝的情况的出现。不管是神学偏见，还是既定利益，都无法保证一个被认为极不精简的宇宙模型受到持久欢迎。新天文学之所以获胜，并不是因为旧天文学已经病入膏肓，而是因为新天文学是更好的工具；一旦我们抓住了这个新工具，"自然一向俭省"这个根深蒂固的信念就会完成剩余的工作。当我们的模型有朝一日也遭淘汰时，这个信念无疑又将发挥作用。

---

① 出自《失乐园》第 8 卷第 83 行。

如果人类的心理发生了巨大变化，导致这个信念被作废，那时我们会建造出什么模型，是否能建造出模型，这将是一个有趣的问题。

但是，模型的变化并不只是牵涉到天文学。它还牵涉到生物学的变化（可以说更为重要）：从蜕化模式转为进化模式，从将"所有完善的事物要先于所有不完善的事物出现"[①]奉为公理的宇宙学转为将"起始点（Entwicklungsgrund）总是低于随后的发展"奉为公理的宇宙学（"原始"如今在大多数语境中都成了贬义词，由此事实可以衡量变化之大）。

这场巨变确实不是由新事实的发现所带来的。我小时候相信"达尔文发现了进化论"，所有更宽泛、更极端的发展学说，甚至宇宙发展说（它们直到最近还主导着大众思想）都是以这个生物学原则为基础建立起来的上层建筑。这个观点近来遭到了理据充分的驳斥[②]。我前面刚引用的关于"起始点"的论断出自 1812 年的谢林（Schelling）笔下[③]。这种向新视角的转变在谢林、济慈笔下，在瓦格纳四部曲中，在歌德、赫尔德的著述中就已经显露端倪了。变化的萌芽还可以追溯到莱布尼茨、阿肯塞德[④]、康德、莫佩尔蒂[⑤]、狄德罗。早在 1786 年，罗宾奈[⑥]就相信无生命的物质被某种"活动原则"所主导，"演变的进程是无止境的"。对他来说，就像对柏格森

---

①　参见前文第 131 页。——原注

②　参见 Lovejoy, *op. cit.* cap. ix. ——原注

③　路易斯很可能是从洛弗乔伊的《存在的链条》第 11 章中转引谢林这句话的（哈佛大学出版社 1964 年版第 325 页）。

④　约翰·阿肯塞德（Mark Akenside，1721—1770 年），英国诗人，最有名的作品为长诗《想象的愉悦》。

⑤　皮埃尔·路易·莫佩尔蒂（Pierre-Louis Maupertuis，1698—1759 年），法国数学家、物理学家、哲学家。

⑥　让·巴普蒂斯特·罗宾奈（Jean-Baptiste Robinet，1735—1820 年），法国自然学家，哲学家。

和夏尔丹①来说，"未来的大门是完全敞开的"。所以，最早萌生的是对一个不断演进的世界的需求，而这个需求显然与革命和浪漫气质都是相协调的；这个需求充分形成后，科学家便开始行动，力图去发现构成我们如今宇宙观基础的证据。就此来看，旧宇宙模型不可能是被新现象的大量涌现摧毁的。真相似乎完全相反；当心智的变化让人类对旧宇宙模型的厌恶、对新宇宙模型的喜爱积累到了一定程度，用以支撑新模型的现象便应运而生。我并没有说这些现象只是幻觉而已。大自然储备有各种各样的现象，可以满足很多不同的品位。

我们宇宙模型中的天文学目前正在发生一个有意思的变化。五十年前，如果你问一位天文学家"外星世界上的生命"，他不是倾向于含糊其词，就是强调这不大可能。然而，如今有人却告诉我们，在如此浩瀚的宇宙里，带有行星的恒星和有生命居住的行星出现次数必定是不可胜数的。不过，目前人类还交不出有说服力的证据。但是，在旧观点即将被新观点取代之际，"科幻小说"的数量大幅激增，现实生活中的太空旅行也正在起步，难道这是毫不相干的现象吗？

我希望不会有人认为我是在提议回归中世纪模型。我只是建议多加揣摩，这样才能正确地看待所有宇宙模型，尊重每个模型，却不将其奉为神圣。毋庸置疑，我们所有人都熟悉这个观念：在每个时代，人类的心智都会受到他们接受的宇宙模型的深刻影响。但这就好比是双向通行的道路：宇宙模型也同样受到其所在时代的普遍精神气质的影响。我们必须意识到所谓"对宇宙的品位"不仅值得谅解，也是不可避免的。我们不能再把宇

---

① 皮埃尔·泰亚尔·德·夏尔丹（Pierre Teilhard de Chardin，1881—1955年），法国哲学家，神学家，古生物学家。

宙模型的变化草率地视为从谬误向真理的简单演进。没有哪种宇宙模型是对已穷尽的现实的概览，也没有哪种宇宙模型只是幻想的产物。每种模型都试图以严肃的态度囊括某个阶段已知的所有现象，每种模型都成功地囊括了许多现象。而且，同样可以肯定的是，每种模型不仅反映了某个时代的知识状况，也几乎同样反映了那个时代主导的心理特质。任何一连串新事实都难以使希腊人接受"宇宙没有边界"这种令其厌恶的特征，任何一连串新事实也都难以使现代人相信宇宙是有等级体系的。

　　我们的宇宙模型将来不大可能突然被新事实自动发起的进攻——就像1572年新星自动发起的进攻那样——无情击碎，并死于非命。不过，我们的宇宙模型将来仍会有改变，我想改变的条件或者原因很可能就是后人的精神气质发生了某种深远的变化，并要求模型也发生相应的变化。在没有证据的情况下，新模型不会被建立起来，不过，证据只有在对证据的内心需求变得足够强大时才会出现，那是真实的证据。但是，自然提供的大多数证据都是对我们的问题的回应。这里，就像在法庭上一样，证据的性质取决于盘问的状况，好的律师在交叉盘问时能够创造奇迹。他确实不会从诚实的证人嘴里诱出虚假的证词。但是，与证人脑海中全部真相相比，盘问的架构就像一块印刷模板。它决定了全部真相中有多少将会显现，那部分真相所暗示的是什么图样。

索引

附录 中世纪人的想象和思想 [①]

一

中世纪人与近现代野蛮人在很多方面都是同样无知，他的某些信念，在人类学家眼中，无疑就像野蛮族类的翻版。但是，就此推断中世纪人本质上是野蛮人，这就大错特错了。这么看中世纪人，无异于把他从所处的尊位上推了下来；这个结果是有可能的，有些人确实更喜欢波利尼西亚人。我的意思倒不只在于或者主要不在于这一点。问题的关键是中世纪人，不管是胜过还是劣于野蛮人，终归是有别于野蛮人的。中世纪人处于不同的困境，有着不同的历史。即使他所思所行无异于野蛮人，所采取的路径也

① 这是路易斯 1956 年给剑桥大学一群动物学家所作讲座的讲稿。讲座分为两部分，安排在 7 月 17 日和 18 日。后来，这份讲稿被收进论文集《中世纪和文艺复兴时期的文学研究》（1966 年出版）。与《被弃的意象》不同，路易斯在《中世纪人的想象和思想》中更侧重于介绍中世纪宇宙模型（主要围绕宇宙的结构和组织法则、诸天的运转方式、宇宙各处的栖居者等），对文学作品所涉不多，即使引用，也很少论及或评价原作的文学特质。这与讲座对象有分不开的联系。在《被弃的意象》中已做过注释的术语或引语在此不再做注解释。

是有别于野蛮人的。如果我们在面临一些极其怪异的中世纪信条时，从一些人所谓的"前逻辑思考"中寻找本源或者最近的源头，我们很可能找错了方向。

这是一个例子。在12世纪一首叫作《布鲁特》的英语诗歌中，我们读到这样一段文字："空气中栖居着很多类型的生灵，它们一直待在那里，直到世界的末了。其中有些是善的，有些是恶的。"诗人提及这些生灵，是为了解释一个名叫梅林的孩子的身世；这个孩子不是由人类所生，生父其实是空中某个生灵。如果主观地看待这段文字，我们很可能会以为诗人心智运转的方式与野蛮人大抵一样；诗人对空中精灵的信仰，就像从未开垦的土地长出的杂草一样，直接生长自某地的部落文化。可事实上，我们知道他的记述全部取自一本书，即蒙默思的杰弗里用拉丁语所写的《不列颠诸王纪》，杰弗里的记述则是取自公元2世纪阿普列乌斯的《论苏格拉底之神》，而阿普列乌斯的文字则是对柏拉图"灵物学"的复述。将柏拉图的"灵物学"往前大约追溯数百年，你也许就能触及它的根源：一种与野蛮人的文化极为接近的文化，一种很可能属于前逻辑的思维方式。但是，这一切与中世纪英语诗人的距离，几乎像与我们的距离一样遥远。中世纪诗人告诉我们空中精灵的种种，既不是因为精灵是他靠诗意的想象进行虚构的产物，也不是因为精灵是诗人所处的时代和文化对自然力量作出自发回应的结果，而是因为他在某本书里读到过精灵的种种。

这里还有一个例子。在14世纪一首法语诗歌中，"自然"被拟人化，作为人物形象出现，与另一个被称作"格雷斯杜"的角色展开对话。由于各种原因，若是将"格雷斯杜"译为"神之恩典"，则容易遭人误解，我还是决定称其为"超自然"。"自然"对"超自然"说："你我管辖的领域是以冰冷月亮的轨道为真正的界限。"我们也许会又认为野蛮人的心智在其中起作用：毕竟，将诸神的居所安放在距离合适的位置，选择月亮作为诸神和我们世界之间的大门，还有什么比这个更顺理成章？不过，几乎可以肯定这并非事情的真相。"月球轨道是宇宙两大区域的大分界线"这个观念源自亚里士多德。天地反差是这个观念立足的基础；亚里士多德的研究常涉及生物学和心理学，有时涉及天文学，他自然而然会注意到这一点。我们居住的这部分世界，即地球，是生荣枯朽之地，充满着连续不断的变化。亚里士多德在地球上发现的规律，在他自己眼里，并不算完美；他认为在地上的世界里，事物并不总是以相同的方式运行，而只是"大体如此"。观察天气，显然就能发现，这种不规律的现象可以从地球表面向上延伸很长的距离。但是，并没有绵延到头。在善变的天空之上，还有无数星体；从人类首次观察它们时起，它们的运转方式似乎都是极有规律的，而且，据亚里士多德所知，从没有人见过星体的形成或衰朽。在这些天体中，月球所处的位置是最低的。因此，亚里士多德以月球为界限来划分宇宙；月球之上的一切都是必然、有规律、永恒的，月亮之下的一切都是偶然、无规律、必朽的。当然，对任何希腊人来说，凡必然且永恒之物都是更神圣的。这个观点只要抹上一层基督教色彩，就能充分解释我刚开始提及的那段对话。

这两个例子——要列举更多并不难——都指向了同一个道理，对理解中世纪必不可少的道理。中世纪的文化本质上是具有书卷气的。那时目不识丁之人有成百上千万；大师不但个个能识文断字，还富有学问，甚至不乏学究气。中世纪人的独特困境其实正在于此：他能识文断字，但丢失了很多书籍，还忘了怎么读自己手上有的希腊书。他只好使用那批偶然得来的书籍。就此意义而言，中世纪并不大像未经文明洗礼的时代，而更像经历了文明毁灭的时代。中世纪人就像一群遭遇海难的人，他们试图在无人定居的海岛上发展自己的文化，所依靠的只是那批恰好被带到船上的零散书籍；这个比方虽然夸张，但并没有完全失实。

　　当然，这么说，的确太过于简单；我必须在此指出一个复杂情况，在座的各位也许应该想到了。就血统而言，或多或少就文化而言，中世纪欧洲人的根源不仅在地中海文明中，也在北欧和西欧未开化族群的生活方式中。沿着这个思路就可以说，中世纪欧洲人不仅能通过拉丁语文学遥远地呼应原始思想，还能与原始思想有更亲近的联系。这么说自然是没有问题的。一些在本土自发生成的神话碎片残存了下来；日耳曼神话残留在了盎格鲁–撒克逊语、古斯堪的纳维亚语、古高地日耳曼语传奇中，凯尔特神话残留在了法语传奇中（多少难以确定）。即使到了中世纪较晚时期，通俗文学，比如叙事歌谣，也依然能让人领略到一些本土神话的碎片（或多或少经过改装）。但是，我们必须强调这一点：在关于中世纪的通俗想象中，这些东西占据了远比实际更广阔的空间。其实，到了中世纪盛期，所有古老的日耳曼文学已遭遗忘，用以创作这类文学的各种语言也已无人能懂。叙事歌谣和传奇，虽然令人倾心，却非典型的中世纪产物，意识到这一点很重要。我们对此容易产生误解，因为正是叙事歌谣和传奇最先引发了现代人对中世纪的兴趣；中世纪研究正是从那里开始。原因很简单。这些体裁打动了 18、19 世纪的浪漫主义。即使现在，我们当中很多人都是受这种浪漫主义气质吸引才转向中世纪研究的。即使现在，普通人想到中世纪的时候（如果真有此可能），也只是想到传奇这个角度；通俗插画家，比如，在《潘趣》的漫画或广告插画中，要想暗示中世纪这个观念，只需画一位身穿铠甲的骑士策马穿过荒凉的乡野，再添上几座城堡、毒龙和悲愁的少女就已足够。但是，悖论就在于这样的基调，固然也为真实的中世纪所有，但只体现在少部分的叙事歌谣和传奇中，在其他文学形式中几乎没有任何表现。没有边界，模糊含混，富于暗示，这些都不是中世纪气质的普遍或典型特征。中世纪真正的性情不是浪漫主义式的。亚瑟王的故事也许代表着忙碌中的偷闲或者对日常顾虑的逃离。

　　典型的中世纪人并不耽于梦幻或精神冒险。他是个组织者、整理者、体系构建者。他的理想用那句古老的持家箴言来概括，倒是很恰当："万物各得其所，各归其位。"中世纪人有三个典型标志。首先是比重占得很小的那类大教堂，设计师的意图在其中得以切实贯彻（当然，通常情况是工事还未完成，下一波建筑风尚又会取而代之）。我想到的是像索尔兹伯里大教堂这样的建筑物。其次是托马斯·阿奎那的《神学大全》。再次是但丁的《神曲》。在这三大标志物里，我们都能看到中世纪人对逻辑体系怀有热烈的激情，他们的心智能激发出一股稳定、不懈且欢腾的活力，从而把一大堆异质的细节化合成一个整体。他们渴望统一性和均衡性等所有古典品质，热烈程度不亚于古希腊人。不过，他们手上有数量和品类更多的事物需要嵌入某个整体中。他们喜欢这么做。在我看来，《神曲》是这方面最高成就的体现：就像"银行假日"那天的火车站一样密集纷纭，又像阅兵仪式上的方阵一样整齐有序。

　　他们的境况如何自然而然地造就了他们这个特点？我前面把中世纪人描述为失去了大多数藏书的文化人。残留下来的那批书，在某种意义上，都是偶得的结果。这批书包含了古希伯来、古典希腊、古典罗马、罗马衰颓期、早期基督教的内容。这些书通过不同途径传入中世纪人手里。柏拉图几乎所有作品都已散失，唯有拉丁文版的《蒂迈欧篇》还留下了一部分；《蒂迈欧篇》是柏拉图所有对话集中最重要，也是最不典型的一部。亚里士多德论述逻辑学的著作最早下落不明，但中世纪人后来有了拉丁语版的导论（原文为希腊语，出现于古希腊晚期）。天文学和医药学著述以及亚里士多德晚期的作品是以拉丁语译本的形式出现的；这些拉丁语版本译自阿拉伯语，而阿拉伯语版本才是译自希腊原文。典型的学识传承路径是这样的：从雅典到希腊化的亚历山大，从亚历山大再到巴格达，从巴格达途经西西里抵达巴黎大学，由此传遍整个欧洲⋯⋯中世纪人的藏书就是这样凑合而成，不同书里的内容常常相互抵触。这里体现了中世纪人真实的轻信心态。在面对这批自相矛盾的藏书时，他们很少会判定只有某个权威是正确的，其他都是错误的，更不会判定所有权威都是错误的。当然，如果追根究底的话，他们确实会认为只有基督教作家才是正确的，而异教徒全是错误的。不过，他们几乎没有追根究底的机会。这些书籍如此贵重，从如此遥远的地方运来，如此古老，外观和手感通常如此怡人，他们显然很难相信书里的内容竟然错得一塌糊涂，着实很难。如果塞内加和圣保罗有分歧，他们两人与西塞罗有分歧，所有这些人都与波埃修斯有分歧，肯定有一种说法可以调和他们的关系。从字面上看不正确的东西也许在另一个意义上是正确的；看似绝对错误的东西也许在某个方面是正确的。他们尽可能动用各种微妙的区分和交错手段来调和这些关系。中世纪宇宙图景正是在这些条件之上逐渐形成：中世纪人手里有一批凑巧汇合而成的材料；他们不会斥之以"胡说八道"；他们的气质是追求体系化的，甚至到了病态的地步；他们具有伟大的心智力量、永不倦怠的耐心和对自己作品的坚定喜欢。在所有这些因素推动下，他们创造出了也许是世界上最伟大、最复杂、体现了融洽谐和原则的作品。我现在就转向介绍这个秩序井然的宇宙，尤其是它对想象的影响。

　　我想各位多少都已知道宇宙物理空间的布局：中间是静止不动的地球，多个透明天球围绕地球旋转，其中最低、最慢、最近、最小的是月亮天，往上依次是水星天、金星天、太阳天、火星天、木星天和土星天；再往外是位于同一天球里的所有恒星；再往外是那个没有星光，只是把动力传给底下诸天的天球；再往外是天府（the Empyrean），宇宙的边界，无限的真正的"天"开始的地方。

据我所知，迄今还没人夸大过这样的宇宙和我们如今相信自己居住的宇宙在触动情感和想象方面的差异；不过，倒是有不少人误解了这种差异的性质。这个基本认识错误（在较早的现代作家那里无处不在，如今一些人对此错误应该更有了解，却依然死守不放）可以用这样的语言表述："从假定的大小和中心位置来判断，地球对中世纪思想家来说至关重要，但我们今人知道地球绝无资格占有如此重要的地位。"由此似乎可推出一个看似可信的结论：中世纪人的神学——我们不免又得怀疑这里有前逻辑思维的味道——是他们宇宙观的产物。实情在我看来，恰好相反。我们也许会认为中世纪神学暗示地球对宇宙的意义非比寻常，无论就空间还是地位而言，都是核心；奇怪的是，无论就什么显著意义而言，中世纪宇宙观都不支持这样的观点。

首先是地球的大小。无论用什么宇宙标准来衡量，地球都是微不足道的；从人类开始严肃地观察天文现象时起，任何思想者都不会不意识到这个道理。我前面说过，亚里士多德认为月亮之上的区域比气、水和土构成的下界更神圣。他还认为那个区域之大非下界所能比拟。正如他在《形而上学》中所说，"我们周围可感知的世界"——也就是我们这个有着生荣枯朽、风雨雷电的世界——"如果当作整体的一部分来考虑的话，可以说是微不足道的"[①]。把希腊人的天文学传到中世纪的是托勒密《天文学大成》；他在这本书里作了一个更准确的表述，即为了天文研究的目的，我们必须

---

① 引自《形而上学》1072b。

将地球视为一个点，无大小可言。中世纪人接受了这个观点。不仅学者接受了这个观点，道德学家和诗人还再三呼应这个观点。从文本来判断，中世纪人与现代继承者相比，对"微不足道的地球"的思考更坚定执着。我们甚至在相当通俗的文本里发现，当时的作者使用了如今科普工作者常使用的方法来传达这个教诲。我们从中得知如果我们一天行进多少英里，需要多久才能抵达恒星天。最后算出来的距离是大约一亿一千八百万英里。

　　当然，这个距离与现代天文学家所谈论的距离相比，是很短的。不过，我们这里考虑的不是数字的准确，而是数字对情感和想象的冲击。从这个角度来说，我认为一百万、一亿、一万亿之间的差异是完全可以忽略的。会做简单数学计算的人在使用和操控这些数字时都是同样得心应手；但没有人能用想象或"视觉形象"来把握这些数字，想象力丰富之人对此最深有体味。

　　由此角度来看，中世纪宇宙模型与牛顿式宇宙模型是可以等量齐观的（我倒没有说可以与现代宇宙模型等量齐观；我一会儿再来考虑现代宇宙模型的问题）。这两种模型都会让你迷失在难以想象的距离中，深陷其中，并说出与莱奥帕尔迪[①]同样的话，"在这样的大海上沉船，何其美妙"[②]，你会把地球看成一粒尘埃；当然，前提是你确实愿意这么做。由此可以引出我真正想强调的要点。我并没有说中世纪和牛顿式宇宙图景之间的差别要小于我们先人的看法。其实这个差别与我们先人的看法一样悬殊。但是，它并非我们受自小教育影响所期待的那种差别。

　　这究竟是怎样一种差别，我此时此刻只能给一点暗示。要了解这种差

---

① 　贾科莫·莱奥帕尔迪（Giacomo Leopardi，1798—1837年），意大利哲学家，诗人，散文家。
② 　这句话出自莱奥帕尔迪写于1819年的诗歌《无限》（*The Infinite*）最后一行。

别，你们真的无须借助别人的讲座，而只需一场实验（你们都是科学家），一场对想象所作的实验。做法很简单。在星光璀璨的夜晚，走到户外去，一个人走上半个钟头，要坚定地假设前哥白尼的天文学是正确的。心里带着这样的假设去仰望天空。可以预见，你此时会慢慢明白生活在那样的宇宙中和生活在我们宇宙中的真正差别。

你此时看到的宇宙虽然大得无法想象，但分明是有限的。你以人类所能抵达的速度，在人类生命的限度里，是永远无法抵达这个宇宙的边界的，但边界确实在那里：像国家的边界线那样坚实，清晰，冷不防出现在你眼前。其次，地球是绝对的中心，从这个浩瀚宇宙的任何地方朝向地球的运动都是向下的运动，所以你在眺望行星和恒星时，会发现你目光所穿越的不是一般的"距离"，而是一种很特殊的"距离"，即我们所说的"高度"。那些星辰不仅远在地球之外，也远在地球之上。我大概不需要指出来，"高度"是远比"距离"更鲜活的概念；只要我们一开始想象"高度"，它就与我们产生互动，包括我们的神经，我们作为人类和孩提时代的恐惧，我们登山时的欢喜，我们对开阔风景的喜爱，我们即使竭尽全力也无法摆脱的那一大套相互交集的伦理与社会隐喻。空间虽然广阔却非无限，距离虽然遥远却分明垂直，令人眩晕；这两大因素结合起来，就能立即向你展示一幅不同于牛顿式宇宙图景的画面；这幅画面与牛顿式图景的区别，就像高耸的楼房与广大丛林的区别。你可以让自己迷失在无限的宇宙里；除此之外，你就不能再有其他作为。无限的宇宙引发的是种种疑问，激起的是惊诧和遐想，一种通常阴郁的惊诧和遐想；华兹华斯甚至说到"忧郁的空间和忧戚的时间"①，卡莱尔把星空璀璨的夜晚称作"令人悲伤的景象"。但

---

① 出自华兹华斯《序曲》第 6 卷第 136 行。

是，无限的宇宙无法提供问题的答案；它必然是无定型、无常轨的，无法忍受任何绝对的秩序或方向，不用多久，它就让人产生厌倦或失望，（经常）催生这个常萦绕心怀的信念：无限的宇宙只是一种幻象。如果你想拿地球和人与宇宙相比，地球和人自然显得渺小；但如果你拿太阳系、银河系或其他事物与宇宙相比，地球和人未必会因此显得渺小很多。当大小不再有其内涵时，不管是在什么重要意义上，你都很难说一个事物是渺小的。旧宇宙所引发的则是完全不同的效果。它蕴含答案，而非引发疑问。它呈现的不是一个供人遐思的场域，而是一个气势磅礴的物体；这个物体既让人自觉羞愧，也让人精神振奋。在这个物体中有关于大小的终极标准。原动天确实庞大，因为它是所有物质实体中最庞大的。我们确实渺小，因为我们整个地球与原动天相比，不过是一个小点罢了。

我目前只谈到了宇宙大小的问题。不过，如果考虑到宇宙秩序的话，旧模型的影响就显得更有意思了。它体积庞大，还是一个由精细分级的诸多部件构成的整体。在大小、速度、力量和神圣性方面，九重天从宇宙边缘开始，依次向下递减。在这个九分法之上，还有一个和谐共存的三分法。在天府之上 ① 是特殊意义上的、非物质意义上的"天"，那里充满着"神圣本质"（the Divine Substance）。从天府到月球天弥漫着以太这种奇特的半物质（过去无数世代的人都相信以太的存在，但在普通人眼里，证据似乎并不是很充分）；以太的世界是有常和必然的，不受时运摆布。从月亮天到地球是空气的世界（因为过去人们相信空气可以延伸到月球的轨道），这也是一个充满着机运、变化、诞生、死亡和偶然的世界。

你们现在明白我为什么把中世纪宇宙比成高楼了吧；当然，任何宏大

---

① 　更准确地说，"天府"本身就是特殊意义上的、非物质意义上的"天"。

而复杂的人力之作——《失乐园》、欧几里得的《几何原本》、斯宾诺莎的《伦理学》、贝多芬的《第九交响曲》——几乎都是可以比成一座高楼的。中世纪宇宙是宏图华构，精致完美之作，由庞杂多样的元素融合而成的统一体。它唤起的情感不仅有惊诧，也有赞赏。它为我们的心灵提供食粮，为我们的审美本能提供安慰。如果我说从牛顿式宇宙到托勒密式宇宙的转变是从浪漫主义到古典主义的转变，我想诸位应该明白我的意思。弥尔顿是如此描绘月亮的：

> 就像一个迷途难返的旅客，
> 身陷在茫茫无路的长天里。

他的文字巧妙地道出了如今一代又一代人在仰望夜空时的内心感受；在我看来，无论古人还是中世纪人都不会产生这样的感觉。那个特定的魅力，即茫茫无路的魅力，正是旧宇宙所缺乏的；旧宇宙的吸引力就在于更严谨，也更强大，能打动那种更钟爱形式的想象力。

考虑完了大小和秩序，我们必须考虑动力。我前面说过，从整个宇宙任何地方朝向地球的运动都可以认为是向下运动。由此来看，中世纪人理解我们如今所说的"万有引力"。所以，有一位哲学家①说，如果你能给地球凿出一个洞，往洞里丢一块石头，这块石头就会停留在地心那里。在《神曲》里，但丁和维吉尔来到了地心，发现路西弗被封在了那里，他们必须沿着他毛发丛生的体侧爬下去，才能继续这场通往"对跖人"的旅行；不过，但丁惊讶地发现，他们穿过路西弗的胯部后，必须向上才能爬到他

---

① 这位哲学家是博韦的樊尚。

的脚边。不用说，他们已经爬过了引力的中心。但他们不会使用引力的说法。他们是这样描述引力的：每个自然物都有其天然或"特定"的位置，总是"努力"或"渴望"抵达那里。不受阻碍时，火焰向上燃烧，固体则向下坠落，因为它们想回到一个可以称作"家"的地方。这是万物有灵论吗？难道中世纪人真的认为所有物质都是有意识的？显然不是。他们和我们一样，能清楚地区分有生和无生之物；他们会说，像石头这样的物体只有实体，植物具有实体和生长力，动物具有实体、生长力和感觉，人类则具有实体、生长力、感觉和理性。事实是中世纪人描述无生之物所用的语言跟现代人所用的语言属于同一类型；这里现代人自然指的是现代社会的"普通"人，而不是现代科学家或哲学家。当现代人说石头"遵从万有引力法则"而向下坠落时，他们并不真的认为存在一条成文法则，或者石头是在遵从文字的指令；他们也不会认为石头被放开时，会突然抽出一本法律小册子，找到与自身处境相关的那一章那一段文字后，决定还是做一块遵纪守规、"乖顺安分"的石头。同样，中世纪人也不会相信那块石头真的想家，或者有任何感觉。这两种表述方式都是类比；不管哪位言说者，除了类比之外，通常不知道还有什么表述事实的方式。

不过，你采用哪个类比——是让你的宇宙充满假想的警务法庭和交通法规，还是让它充满假想的渴望和努力——对你的心灵气质是大有所谓的。中世纪人采用的第二个类比与另一个影响更深远的信条是紧密相连的；而关于后者的表述并不只是类比式的。我们现在开始接近中世纪宇宙学与其神学之间的联系。不过，这里的神学不是指《圣经》、教父、大公会议的神学，而是指亚里士多德的神学。当然，中世纪人认为那与基督教是一致的；至于他们的看法正确与否，并不是我所关注的。

依据亚里士多德的观点，无限性是非实在的。无限的物体并不存在；

无限的过程也从未出现过。因此，我们不能永无休止地用某物体的运动来解释另一物体的运动。亚里士多德认为这样无限的链条是不存在的。因此，宇宙中所有运动，归根结底，都必须源自某个不动之物所施加的推力。亚里士多德认为这个"不动的推动者"推动其他事物的方式只有一种，即成为它们的归宿、目的或者目标（如果你愿意这么叫的话），即亚里士多德所谓的"终极因"；这种方式有别于一粒台球对另一粒台球的推动，而是类似于食物对饥汉的推动，佳人对其情人的推动，真理对哲学探究者的推动。亚里士多德把这个"不动的推动者"称作"至高神"或"天智"。祂用"爱"推动了原动天（而原动天当然促发了所有在它之下的事物的运转）。但是，要注意此处的"爱"并非基督徒通常理解的意思。这里并不存在一个热爱自己创造的世界并屈尊拯救它的仁慈之神。在亚里士多德笔下，"至高神"推动这个世界，靠的是祂作为被爱者而非施爱者的角色，靠的是祂令人心驰神往、不可自主的力量。这自然意味着被推动的那个对象不仅要有意识，还要有高度的理性。于是，我们发现（此处并非类比，而是千真万确的事实）在每重天里都有一个被称作"灵智"的理性受造物，他对至高神的渴望永无休止，受此力量推动而运转，并维持了他那重天的运转。灵智"在"天球中，究竟像灵魂"在"肉身中一样（在这种情况下，天球应该被想象成一只永恒而高贵的动物），还是像人在轮船中一样（在这种情况下，物质天球就是一种工具），这是有争议的。总体而言，第二个观点占了上风。现代人也许会问，为何对至高神的渴望会促发永恒的旋转。我想，这是因为对至高神的爱或渴望意味着想尽可能多地分有祂的本性，即模仿祂的本性。最接近祂永恒不动的方法，即退而求其次的方法，就是按照最完美的形状（对希腊人而言，即是圆形）作永恒的匀速运动。因此，保持宇宙运转不息的是它那些最崇高的组成部分（即诸天，下面的天球总比上面的天球速度更慢，力道更弱）；它们不断想让自己的行为遵循那个至高的典范，但永远无法企及那样的高度。不用说，这就是但丁经常被误解的诗句"这种爱推动了太阳和其他星辰"[①]的真正含义。就算如此，"爱"这个词的道德意味也许过于浓厚了；"渴望"一词更好。在这个系统里，至高神是猎物，灵智是猎人；至高神是佳人，所有其他事物都是追求者；至高神是蜡烛，宇宙是飞蛾。

二

在上一讲中，我提议大家做个实验，带着"托勒密式天文学是正确的"这个假设到星光下散步。为了让旧宇宙模型生动地显现出来，我现在就来回忆自己曾有的经历（我认为每个人都有过这样的体验）：离开盛大豪华的室内活动，如歌剧演出、辩论或宴会，走到室外，冷不丁抬头看屋顶上冰冷的星辰。在户内看起来如此庞大的事物顿时显得渺小了。天穹就好像在以反讽的语气来评说这一点和所有其他人类的顾虑。如果记得帕斯卡尔，也许我们会喃喃自语："这些无限空间里的永恒沉寂令我恐惧。"接着，我们也许会收拢思绪，仍用帕斯卡尔的话回击道："尽管我们像露珠一样渺小短暂，我们仍然是会思考的露珠"，而（我们自认为）这是星系所不能比拟的。现在，我们试着理解为何这两种反应——先是灰心丧气，接着反唇相讥——都不大可能出现在中世纪人身上。

中世纪人并不认为他所仰望的空间是沉寂、黑暗或空虚的。天穹不仅

---

① 这是但丁《天堂篇》中最后一句诗。

不是沉寂的，还永不间断地回荡着不可言喻的优美乐声。大而中空的诸天都在比它高一级的天球怀抱里旋转，各有自己的音程，乐音相互交汇，奏出了和声。我们听不到这样的和声，对此存在各种各样的解释。一个最古老也最讨喜的说法正是基于旅行者的一大传闻：据说生活在尼罗河大瀑布附近的人是觉察不到它的响声的。那里的人正是因为总能听到瀑布的响声，所以从没听进耳朵里。这个说法显然也适用于更高级的诸天之乐。这是唯一一种无论在宇宙何处都没有片刻停歇的声音；关于这样的"正片"，我们是没有"负片"可作为比照的①。假设这样的声音停了下来（尽管这不可能），我们的听觉生活将会彻底发生大紊乱，到时我们将多么惊惧、多么错愕地发现自己生命的根底被抽去了。不过，这样的声音是永不会停息的。这种因为太熟悉而听不到的声音日日夜夜、世世代代包围着我们。

高天也并非漆黑一片。那块（为了我们）镶嵌着星辰的黑幕不过是太阳落到我们脚底下后地球投射出的长长的圆锥状的黑影。从中世纪人的月食理论可见，他们知道这个黑圆锥的尖顶是要落在月亮之外的。在那之外更高的诸天都沐浴在永恒的阳光里。在某种意义上，我们无疑也会这么说。不过，我们意识到（我想，中世纪人并没有意识到）空气对扩散太阳光线、形成那个我们称作白昼的"发光罩"所起的作用；我们在平流层飞行时，如果飞到一定的高度，还能看到蓝色的天幕在天顶处变得无比稀薄，由蓝转黑，太空里的暗夜隐隐可见。中世纪人只知道在空气的上头或外头有他们所谓的"以太"物质；他们并不知道他们将会看到太阳在黑暗深渊中燃烧。相反，他们以为自己将漂浮在（弥尔顿在此处是个中世纪人）

---

① 路易斯这里使用了胶片术语来解释无声的宇宙是不可想象的。

> 那些喜乐之地；在彼境，
>
> 白日从不会闭上他的眼睛，
>
> 永远高悬在最开阔的穹顶。

　　在这些充满光明、乐音缭绕的空间里也有自己的栖息者。我们前面说过灵智栖居在那里，他们赋予诸天生命，指引诸天运转。天使有别于这些居民，但同样是永生的超自然存在。他们天然的栖息地是在天府和月亮天之间，数量可能十分庞大。与栖身在月亮和地球之间的大气精灵不同，天使并没有身体，而是纯粹的精神；这最起码是后来占据主流的观点。我们人类和天使一样，具有理性，但这里存在天壤之别。我们能靠直觉直接把握的只有公理，在探究所有别的知识时，只能费力地借助逐步推理的思维。天使是完全直觉的生灵；概念对他们而言是可触知的，就像苹果或便士对我们而言是可触知的。事实上，两相比较，他们的理性就像午日，而我们的理性则像薄暮。显然，当你抬头仰望有这样生灵栖居的天穹时，你声称"我仍然是会思考的露珠"是没什么用处的。"思考"（我们就按照平常的意思来理解这个词）的必要性反倒说明了我们的卑下。

　　我们必须明白，在所有这些无形无体的生灵中，绝大部分不与我们发生关联。我们所能接触的只是位于最低处、最外围的天使群。这是因为天使也是分等级的；"天使"这个词，很遗憾，既可用于表示整个群体，也可用于表示其中的最底层，就像我们有时让"海员"（sailors）与高级船员区分开来，有时用它指代所有那些为轮船行驶出力的人员一样。他们按照九个等级排列，而这九个等级又分成三个阵列，每个阵列包含三个等级。最高阵列包含的生灵可以归到炽天使、智天使、座天使这三大范畴中；他们的脸一律只面向上帝，各个都沉浸于对"神性本质"的观照中，并不关心上帝创造的宇宙。下一阵列（主天使、能天使和力天使）对总体的自然秩序承担着某种责任。最低阵列的天使主要负责人类事务；权天使掌管国族的命运，天使长和天使以各种方式来处置个人命运。你会注意到即使在"受胎告知"这样独一无二的关键时刻，前来拜会耶稣母亲的也只是天使长，在天使等级中位列倒数第二。能解释这一点的正是前面说到的天使观。但丁的天使具有后世艺术家没有把握的崇高风采和阳刚气质；赋予他的天使这种特点的，除了诗人自身的才华外，还有前文那种天使观。正是由于这种观念的丧失，后来的天使才被彻底庸俗化，最终变成维多利亚彩色玻璃上频繁出现的像患了肺痨、身披双翼的女子。在拉斐尔之后扮演智天使这个角色的，多是肥胖的婴儿；如果我们记得"智天使"（cherub）这个词和"狮身鹰首兽"（gryphon）很可能来自同一词根 ①，智天使的彻底堕落也许就一目了然了。即使在乔叟笔下，智天使也是通红如火，一点也不"奶萌可爱"（cuddly）。

　　不过，我还必须往天空里再多塞点东西。中世纪人所眺望的天空，不仅乐音缭绕，阳光灿烂，栖居着奇妙的生灵，还处于运动不息的状态；他所仰望的是施动者，而他与整个地球都是受动者。那里除了灵智和品级不同的天使外，还有一些行星。每颗行星无时无刻不在影响着我们。首先，就物理影响而言，每颗行星射出的光线都能穿透地表的土层，抵达适宜的土壤，将其转化成相应的金属；萨图恩（土星）生成的是铅，玛尔斯（火星）生成的是铁，月亮生成的是银，等等。月亮与银的联系，太阳与黄金的联系，也许是前逻辑的、形象式的思维（历经重重变异）的残留。维纳斯（金星）很可能生成的是黄铜，因为数百年前她是塞浦路斯女神，而塞

---

① 　在希腊语里这两个词源自同一词根。

浦路斯这座不幸的岛屿在古代盛产黄铜。至于为何萨图恩生成铅，朱庇特（木星）生成锡，我无从得知。

不过，当然，正如众人皆知，行星效应不止于物理层面。行星会影响事件的发生和人类的心理。生在萨图恩之下，你倾向于忧郁惆怅；出生在维纳斯之下，你倾向于风流多情。很显然，在这方面，古典异教思想大量残留了下来，渗透进中世纪文化里。不用说，诸行星的叫法及其艺术呈现都与古代异教神有关。由我的阅读发现来看，似乎根本没有人对此感到焦虑。神学家和占星家之间确有争论，但未必与此相关。据我所知，没有神学家否认关于行星效应的总体理论。对神学来说，真正要紧的是人类行为是行星强迫还是驱使的结果。假如那是强迫的结果，这自然意味着人类自由和责任的终结。假如那只是驱使的结果，行星效应，就像遗传、健康或教育一样，只是个人具体境况的一部分，非本人所固有，需要尽量加以善用。神学家实际上很多时候是在与决定论抗争。他们抗争的对象并不是什么幻觉；在文艺复兴时期，甚至早在文艺复兴之前，星象决定论已被广泛接受。这样的决定论（尽管我们听起来很奇怪）似乎得到了古老经验和常识的支持，神学的抵抗似乎只是唯心主义者一厢情愿的想法。中世纪人的想法无疑是摇摆不定的。他们有一个平常、温和且可敬的观点，可用一句箴言来概括："智者将掌控群星"（sapiens dominabitur astris）；智慧之人，在恩典的协助下，将能克服不利的星象，就像他能克服天生的坏脾气一样。

如前面所说，这在神学层面上是一个很重要的问题。就实践层面而言，持正统观念的人在承认行星效应时，往往强烈反对"决断占星学"（judicial astrology），即从预言未来中谋利的做法。持正统观念的人无须否认对人类行为所作的某些星象预测是可靠的。行星效应无法排除自由意志的作用，却可能改变自由意志的不得不打交道的心智和想象状态。任何人都可以掌握这堆心理学原材料，并让预言落空；但很少有人这么做，所以预言仍然能在大多数人身上应验。现代神学家也许会出于相似的原因，以相同的方式声称，基于经济决定论的马克思主义预言或基于心理决定论的弗洛伊德预言通常是正确的，也就是说，对群体行为来说是正确的，但对具体个人的行为倒未必如此。

我强调占星学和现代形式的决定论之间的相似，正是为了引出一个要点；尽管我之前在别处申明过，但这个要点实在关键，不能一笔带过。我们绝不能认为占星学属于人类心智中浪漫、梦幻、半神秘的那一面；最重要的是，我们不能把占星学与魔法联系起来。占星学是一门冷肃严苛、反唯心主义的学问；占星术的信徒想要一个无事无物不可测知的宇宙。魔法寻求人力对自然的征服；占星学彰显自然对人力的左右。因此，魔法师是现代实践派或"实用派"科学家的先祖，或者发明家的先祖；占星家则是19世纪唯物主义哲学家的先祖。顺便说一下，无论魔法师，还是占星家，都不是典型的中世纪人。二者至少同样活跃于古代和文艺复兴的世界。

我前面说过，中世纪人认为他们是在透过地球的黑影仰望一个明亮的宇宙。而且，他们是在透过空气的世界眺望以太的世界。空气是天上所有星效应作用于中世纪人的媒介。由于天上行星的组合方式不同，整个大气也会相应变得有益或有害。因此，中世纪医生在解释某种四处蔓延的疾病时，会说"这要归因于空气里的星效应"。如果他说的是意大利语，他毫无疑问会说"questa influenza"；"influenza"这个词后来就存留了下来。不过，我这里提到空气，并不只是要介绍这个关于空气的古旧观念，还出于如下两大原因。

首先，空气是在月亮之下。也就是说，就像你们听过的那样，空气与必然性和规律所主导的世界是相隔绝的。在空气中，正如在地面上一样，充满着不确定和无规律的现象；在空气里栖居着大气精灵，他们跟人类一样，能行善或作恶。这里我们触及了中世纪人和现代人之间的一大区别。普通现代人（我指的不是现代科学家）会把规律性或者单调性（如果你愿意这么说的话）看成低劣属性的表征。天体总是以相同的方式运转，而人类总是可以随意行事或更改决定；这个事实对现代人而言，是一种"推定证据"，可以证明天体是非理性、无生命的，而我们，我们这些会思考的"露珠"在这方面比它们高级。如果现代人相信大气中存在精灵，行星中存在灵智①的话，他们也许会出于同样的原因更喜欢精灵。中世纪人从古希腊人那里继承了与现代人很不一样的世界观。亚里士多德在《形而上学》中声称，在一户人家（他假设的当然是豢养奴隶的家庭）里，自由人恰恰没什么机会"随性任意"地生活。奴隶是可以那么生活的；对自由民而言，"凡事都已安排好了"。这是令人震惊的描述，但我相信所言不虚；所有古代文学都表明，家庭奴隶是所有仆人中最不像机器人的。不过，我这里引用亚里士多德的话，另有原因。尽管亚里士多德没有表达得很清楚，很多学者都一致认为他其实是想把天体与自由人相比较，把奴隶与我们相比较。对天体来说，"凡事都已安排好了"；我们有"随性任意"的自由，反倒造成了自己低下的地位。我们像奴隶一样，有可支配的"空闲时间"，可以"无所事事"：闲聊、示爱、玩游戏、敲坚果或者"干脆闲坐着"；而自由人则跟亚里士多德本人一样，有严格的计划须遵守。

其次，天体的效应是以空气为媒介的，这体现了贯穿整个宇宙的一大原则。上回我把宇宙比成一栋高楼，这回我想把它比成一首赋格曲——对

---

① "灵智"究竟存在于天球中，还是存在于天体（比如行星）中，在中世纪宇宙观中未有定论。

同一"主题"所作的井然有序且蕴含变化的重复。多恩说过：

> 天上的效应先作用于空气，
>
> 再降临到我们人类身上；

他的表述就与那个主题① 相关。你看，这句话里有一个三角形："施动者"（行星）、"媒介"（空气）、"受动者"（人类和地球）。这个"三合一"结构一直都有其吸引力；我认为我们不久前还接受以太说，正是因为我们需要一个媒介或中介。不过，以太对中世纪的吸引力要强大很多。"三合一"结构在每个层面上都得以复现。

首先，在天使群中间。中世纪人对天使群"三合一"结构的认识全部来自一部希腊语著作的拉丁语译本；原作者就是一位我们称作"伪狄奥尼修斯"的希腊哲学家（大约6世纪）。"伪狄奥尼修斯"试图把他的"三合一"天使学揳入他的《旧约》中，可实际上，（按照我们的标准）在《旧约》中是找不到类似天使学的；"伪狄奥尼修斯"的处理方法很好地阐释了我前面提到的一个操作过程，那是中世纪人将不同要素加以融合与协调的巨大工程。他指出在《以赛亚书》第六章中，诸天使并不是（如我们期待的那样）向上帝而是对着彼此喊道："圣哉，圣哉，圣哉。"是何缘故？显然是因为每位天使都把自己关于"至圣者"的知识传递给地位仅次于他的天使。唯一的例外是炽天使。他们是所有生灵中能直接观照上帝的。但是，一到了智天使这里，就能看到一个"三合一"结构；上帝是施动者，炽天使是媒介，智天使是受动者。在这个结构下面，炽天使是施动者，智天使

---

① "那个主题"与前一句话中的"同一主题"都指的是"三合一"结构。

是媒介，座天使是受动者。在第二阵列和第三阵列中，也存在这样的组合；当然，第一、二、三阵列也共同组成了一个"三合一"结构。这是渐次下移的过程，给人一种感觉：上帝虽然在某种意义上包揽了所有事情，但只要能以自己创造的生灵为媒介来行事，祂就绝不会亲力亲为。似乎这一切并不够，我们还被告知，在每位天使内部（不管属于什么等级）也会出现这样的结构；每位天使身上都有主导的官能，这些官能都是以第二级官能为媒介来影响第三级官能。所以，"三合一"结构之上不仅覆有这样的结构，在其内部也套有这样的结构，层层叠叠，直把你看得头晕目眩。

　　这一切都发生在天使界内部。一旦跨出这个界限，就会发现天使群本身就是一个更大的"三合一"结构的组成部分。上帝通过天使来统治这个世界；整个天使族群充当了作为施动者的上帝和作为受动者的自然（或人类）之间的媒介（这并不影响其内部复杂的"三合一"结构）。在地球上也是一样：国王通过贵族来统治平民。但是，对中世纪人而言，这并不只是类比。这是"三合一"结构在人世和社会中的真实再现。我用"社会"一词是为了把它与"个人"分开；这个"三合一"结构在个人身上，就像在单个天使身上一样，也得到了复现。

　　这个结构在个人身上被复制了两次，一次是在伦理层面，一次是在心理层面。在伦理方面（中世纪人在此处通过重重中间环节模仿柏拉图），这个"三合一"结构包括理性、情感和欲望。位于头脑的理性统治处于腹部或腹部之下的欲望；它借助的对象是更具人性的、经过教化的位于胸膛的情感，比如羞耻、荣誉感、怜悯、自尊和友爱。这个"三合一"伦理结构被接受了数千年。如今，有些人试图只遵循理性来过文明生活，抛弃了情感，试图让执掌君权的头脑来统治处于下层的腹部，没有以位于胸膛的贵族为辅助；这在柏拉图看来，实在是轻率冒险之举，类似于司机所说的

"踩着刹车开车"。重踩刹车会导致车子打滑。在心理层面上，"三合一"个体结构维系于三重灵魂说。不过，"anima"[①] 这个词比"soul"的含义更广，不那么拘泥于宗教含义；用"生命"来翻译"anima"，有时是更好的选择。"植物魂"为所有植物共有，只赋予生命力。"感觉魂"既赋予生命，也赋予感觉；"理性魂"赋予我们思考的能力。不用说，这三者人类全部具备；如果一个人有着正常的心理状态，那就意味着他的"理性魂"正通过"感觉魂"来统治"植物魂"。

13 世纪的作者阿兰努斯以城堡（或堡垒）、城邦和城墙外的土地为喻来阐述"三合一"结构在神学、社会和个人身上的体现。不用说，"三合一"社会结构原本就包含这三大要素，即城堡中的国王，城邦里的贵族，城外田地里的农民。在个人身上，头脑是城堡，"智慧"女皇在其中主持宫廷事务。在胸膛这座城邦里居住着位高权重的贵族，即"宽宏大量"（Magnanimity）。在外头，即腹部中，或者在更外头的地方，即生殖器中，居住着"欲望"这群平民。但是，目前与我们最相关的是"三合一"神学结构。上帝的城堡就是天府，在最外围那重天之外。在城邦里，即在广阔的以太空间里，栖居着宇宙的贵族，即九级天使[②]。在下方的地球上，有一块区域划给我们，如阿兰努斯所说，划给我们这些"居于城墙外"的人，就如同划给"外人"一般[③]。

"居于城墙外"——这是问题的关键。我们可以花点时间回到我刚开始时提到的经历，即从歌剧院或宴会中出来时抬头远眺星辰。只有在此时，中世纪经验和我们现代经验才显示出霄壤之别。不管我们有其他什么感受，

---

① 拉丁语，意思是"灵魂"。
② 天府中也栖息有九级天使，他们围绕上帝飞转。
③ *De Planctu Naturae*, P. L. CCX, *Prosa* III, Col. 444 A, B.——原注

至少我们觉得自己是在向外眺望；从某个温暖明亮之所向黑暗、冰寒、凄凉冷漠之地眺望，从房宅内向黑暗的茫茫大海眺望。但是，中世纪人觉得自己是在向内窥视。他所在之地属于外界。月亮的轨道是城墙。黑夜将大门打开了一会儿，我们得以窥见里头盛大豪华的景象，像动物一样注视着它们无法进入的宿营的篝火，像乡下人一样注视着城市，像郊区的居民一样注视着梅菲尔①。

　　我是有意使用"盛大豪华"这个词的。在我目前为止的论述里，这个复杂且人口稠密的宇宙显得太过于严密了；诸天的运转和天使的飞行，用今天的话说，给人感觉"有点太喜欢工作了"。如果我手头有幻灯片的话，修正前面的论述应该会更容易一点。我不由得想到了一幅与代表原动天的灵智有关系的画面。这当然是一种纯粹的象征；中世纪人完全清楚没有肉身的生灵是无法如实描述的。不过，这个精选的象征是具有喜乐意味的。在这幅画里，一位姑娘一边跳着舞，一边摇着小铃鼓，画面十分欢乐，几乎到嬉闹的地步。为什么不能这样描画呢？推动诸天的是爱，是灵性的渴望；这样的渴望是从不能餍足的，因为诸天永远无法变得与其模仿的对象完全相似，也从不会受挫，因为诸天总是在自己的本性允许或要求的范围内，最大可能地效仿那个对象。因此，诸天的存在是充满喜乐的。宇宙的运转不应被理解为机器的运行，甚至军队的行进，而应当理解为一场舞蹈、一场庆宴、一首交响曲、一场盛典、一场狂欢，集这些东西于一身。宇宙的运转是在最完美的本能推动下朝向那个最完美的对象所作的无阻运动。

　　现代人自然会说，那个时代的人模仿人世的模样来设计诸天，是因为他们喜欢豪华的盛况、弥撒、加冕仪式、露天历史剧、马上比武、祝颂

---

① 梅菲尔（Mayfair）是伦敦西区一个高级住宅区，是伦敦上层社交界的地理象征。

歌，把这样盛大的活动也迁移到月亮之外的世界里。但是，要记住，他们的想法恰好是颠倒过来的。他们认为地球上的教会等级制和社会等级制是对天国等级制的模糊再现。他们尽其全能享受游行和盛典，是因为他们试图模仿宇宙的运转方式，在这个意义上，"依据自然本性"而生活。这就是为何这么多中世纪艺术和文学都与揭示事物的自然本性有关。中世纪人喜欢反复给别人讲述，也喜欢听别人讲述我描述的这个宇宙。所有诗人写诗，一起笔就会描写天使、诸天、星效应、金属，还有其他千百种我没有时间提及的事物，比如宝石、动物、黄道十二宫、七美德、七宗罪、九圣人、风的性质、灵魂的划分、草药、花朵等。他们把这一切表述成文，谱写成歌，描绘成画，雕刻成像。有些时候，整首诗或整栋建筑几乎是定格在文字或石头上的宇宙学。在这里头，我从来没发现野蛮人的观念，即在地球上表现某些活动有助于它们在宇宙间实现。中世纪人的心智并非如此。最大程度地分享城市生活的荣光是我们这些"居于城墙外的外人"自发产生的冲动，就像"母亲联盟"①在乡村会堂里上演与伦敦同样的剧目——这样的演绎既正当又荒谬，对相关人等还是不错的娱乐。

还有两个要点有待论及，它们也许会造成某种不适感。让地球处于空间的中心，同时，在另一个意义上，又让地球成为城墙外的狭长之地，就想象和情感而言，这是否可堪忍受？在最高重天外还有一个无限的空间，这么说是否差强人意？确实可以，当然前提是我们将中世纪思想引向最高处。在那个高度上有一个东西，你很难在黑板上描画它的结构，也很难用三维模式去建构它。

亚里士多德曾说过："在最高重天的外头，一切不需要空间，也不受时

---

① "母亲联盟"是基督教的一个慈善组织。

间影响。"这个说法冷淡谨慎，是典型的亚式表述，同时胆怯恭敬，也是典型的异教徒的表述。它被基督徒接手后，自然就成为更坚决、更有反响的表述。正如某位作者所说，那里的天"被神所充盈"[①]。或者如但丁所说，那里只有"精神的光，充满着爱的光"（《天国篇》，XXX，30）。换言之，宇宙之外并不存在任何空间。天府是空间的边界，这么说，倒不是意味着我们不得不在这条界线之外添上更多的空间（这实在荒唐），而是表示空间的思维模式在此失效。抵达空间的尽头，就意味着空间性的消失。

　　但丁用惊人的技巧让这一切生动形象地展现在我们眼前。从严格意义上说，他确实无法让"无空间性"（the spaceless）变得易于想象。他所做的是把空间内外颠倒了过来；他这么做颇为有效，让我们明白了我们平时理解的空间思维在此失效了[②]。首先，为了让我们有所准备，他向我们展示了一个醒目的意象。他将原动天形容为"花瓶"，时间之根正在里头——"要往别处寻找它的叶子"（《天国篇》，XXVII，118—120）。在旧哲学里，时间，不用说，是由原动天旋转产生的。不过，考虑一下这个意象——一棵巨大的树，向下生长，伸展一亿一千八百万英里，它的根在星辰里，它的叶子就是我们在地球上度过的日夜和分秒。我几乎说成了"它最高枝的叶子"，因为任何人都会不由自主地把那些树枝看成最高枝：对我们来说处于下方的部位，对树来说，必定是顶部，树液必定是向上传导，树根必定是它的最低点。就这样，但丁开始将宇宙上下翻转过来。接着，在天府之中，但丁看到了一个光点，有九道光围绕着它旋转，离中心最近的那道光旋转速度最快，最外头那道光速度最慢。关于这个中心，贝雅特丽齐说：

---

①　这位作者就是伯纳德斯·希尔韦斯特瑞斯。

②　路易斯的意思是：但丁将空间内外翻转了过来，试图让读者明白在"想象"具有"无空间性"的天府时，不应使用日常的空间思维。

"诸天和自然都维系在那个光点上"（《天国篇》，XXVIII，41-42）；这就是亚里士多德用那么多言辞描述的"不动的推动者"。这个光点是上帝的一种呈现；那九大行星（姑且用这个说法）就是九级天使①；你看我们的宇宙在这里颠倒了过来。在我们可见的世界里，外围，即原动天，旋转得最快，离上帝最近；月亮天旋转最慢，离我们所谓的中心——地球——最近。但是，宇宙的真实性质是恰好相反的。在可见的空间秩序里，地球位于中心；在充满生气的不可见的秩序里，天府才是中心，而我们"居于城墙外"，位于所有事物的尽头。我们所谓的"中心"的中心，即地球的中心，恰是边缘，一切存在和现实正是在这个点上最终消失。这是因为地狱正是在这里头（我们一般这么说），或者说正是在那外头（我们应该这么说）——地狱是最后的前哨，是边缘，是一个存在几近于不存在的地方，一个正值的非存在②（姑且这么说）逐渐趋向于它永远无法抵达的零的地方。

　　这就是中世纪宇宙。它当然有一个严重的缺陷。它不合实情，或者说它很大一部分是不合实情的。我一直恳请你们把它视为一件艺术品；说到底，这也许是中世纪人创造的最伟大的艺术品。不用说，它并非幻想的产物。中世纪人用它来含括他们已经知道的事实，在某种程度上，它确实也能含括这样的事实。我们如今在说它不符合实情时，我们的意思也许有别于自己的先人。他们会简单地认为牛顿式的解释是正确的，而中世纪的解释是错误的。对他们而言，这就像合格的地图与不合格的地图之间的差别。

---

①　"那九大行星"这个说法不够严谨，因为在中世纪宇宙学里，只有七大行星。如果将这个短语换成"九大天球"或"九重天"，更为恰当。"那九大行星……就是九级天使"，换种表述，就是"那九大天球与九级天使相对应"。

②　"正值的非存在"原文为"positive unbeing"。"非存在"应该指的是地狱里受罚的灵魂（以区别于世间的活人，即存在的一种形式）。路易斯把"非存在"比成数学里的正值；"非存在"无限趋向于零，但不会变成零，也就是说不会完全毁灭。

我猜想如今大多数人都会承认，我们构想的任何宇宙图景都不大像我们先人希望的那样"符合实情"。我们更愿意使用"模型"这样的说法。既然所有描述都只是"模型"，我们应该对这样的发现有心理准备：每个模型既含有客体的特征，也体现了艺术家本人的特质。从这个角度来看，研究不同的模型也是很有意思的。我认为中世纪模型和牛顿式模型——其中一个如此有序，如此崇高，如此欢乐，另一个却无路可循，无形可求——各自很好地反映了那个更古老的、形式和理智更突出的世界和后来那个热情而浪漫的世界。我们今天的模型——如果我们可以继续使用模型的话——究竟反映了什么，我们的后人也许自有判断。

译后记

　　在 18、19 世纪英国的文学作品里不常看到康丝坦斯控诉原动天那样的片段。18、19 世纪英国作家在书写王公贵族或平民百姓的爱情故事，或者抒发自己的爱恨悲喜之情时，绝少像乔叟等中世纪诗人那样，只要抓住情节或思绪的空隙，就往里插入关于诸天结构、运转和行星效应的长篇大论。中世纪模型里的天文学说在这两百年里逐渐淡出文学创作的领地，即使偶尔出现在作品中，也大多退居更偏远的后台，成为旁枝末节的修辞，不再发挥支撑、推动和注解前台故事的作用。此时中世纪模型整体上已被新世界观取代，影响微弱，随着科技的发展和理性精神的传播，人们逐渐在各个领域找到能更好地解释人世现象的理论。与此同时，以牛顿定律为基础的新天文学并没有在当时的文学作品里找到多少存在感。与中世纪占星术相比，新天文学对文学创作者并不具备那么强大的魅力，难以被系统地转化为创作资源，有效地起到教导世人、愉悦想象或安抚心灵的作用。也就是说，与中世纪迥然不同，此时天文学不再被普遍视为人类社会文化的内在组成部分。广大文学创作者更常立足于社会机制本身来表现或探讨其笔下人物的关系或命运。如果他们想要赋予社会机制某种形而上的色彩，更倾向于选择以地质学和生物学为基础的进化论（尤其到 19 世纪下半叶以后）。文学创作者的关注总体上出现了从"仰望星空"到"脚踏实地"的转变。

在 18 世纪英国文学里，天文学不再作为"背景幕"的重要组成部分。从事天文研究的科学家反倒频频沦为文艺创作者嘲讽的对象。在《格列佛游记》中，"飞岛"居民很多都是天文学家，他们喜欢聆听诸天音乐，终日耽于玄思，不是害怕地球被太阳吞食，就是担心太阳无法为地球提供光明，或是庆幸地球没有被彗星之尾扫中，逃过一劫。在斯威夫特笔下，这些天文学家成为不切实际追求抽象学理，所作所为无利于民生的人群代表。塞缪尔·约翰逊在哲理小说《拉塞勒斯》中塑造了类似的天文学家形象：离群索居，日夜观测宇宙星象，妄图改变星辰距离、轴线斜度、运转轨道，自以为具有调配风雨、调节四季的神能。拉塞勒斯一行人发现这个人其实是疯子，沉浸于内省孤独的生活，想象力过盛，导致理智丧失。而这一切的肇因就是天文观测。在约翰逊的传记和期刊散文中，天文观测常被描述为一项脱离社会伦理生活、无助于提升人类幸福、好高骛虚的智力活动。从荷加斯的漫画《浪子生涯》第八幅中，我们同样能见到一位因天文观测而失去理智的科学家形象：他正处于精神病院的众多病友中间，手里握着纸筒做成的望远镜，眯眼看着天花板。"发疯的天文学家"可以说是 18 世纪英国文学艺术里相当常见的形象。尽管天文学在 18 世纪是很普遍的科学，连自然神论都要从中寻找援助，但天文学在文学作品中失去了作为伦理价值观的载体的地位，从前述的天文学家形象可见一斑。当然，并非所有 18 世纪的文学作品都不再"仰望星空"。以古典神话为题材的诗作、论述人在宇宙中位置的诗作（如蒲柏的《论人》和爱德华·杨格的《夜思》），都留有一些中世纪宇宙观的痕迹，但这只是题材或主题使然。一旦作家将眼光投向复杂的社会场景或人际关系，就难以见到天文学介入的身影。从丹尼尔·笛福、塞缪尔·理查逊、亨利·菲尔丁、弗兰西丝·伯尼等人创作的长篇小说里，我们就很少看到作者将体现牛顿机械宇宙观的天文学搜入世俗故事的做法。

到了 19 世纪也依然如此。像狄更斯这样维多利亚时期举足轻重的作家，虽然一生作品丰硕，却很少在小说中提及天文学概念或最新发展动向，更没有将天文学作为故事写作的"思想幕布"。英国科学家亚瑟·杰克·梅多斯在《高高的苍穹：英国文学中的天文学概览》(1969 年版) 一书中指出几方面的原因：(1) 在 19 世纪天文学不再是唯一受国家资助的科学，地质学、生物学等学科崛起，分享资源；(2) 天文学曾有实用价值，如用以解释人间的事务或运道，确定时间，判定船只在海上的位置，但随着航海问题的解决，天文学完全失去了实用性；(3) 维多利亚时期知识碎片化严重。虽然 19 世纪作家对天文学的关注和了解不足，但对个别门类的科学或理论还是有清晰的认识。与地质学和生物学紧密相连的进化说广泛出现在维多利亚时期的诗歌和小说中，甚至成为影响或构塑整部作品的思想框架，比如罗伯特·布朗宁的《卡力班论塞提柏斯》、丁尼生的《悼亡集》、乔治·爱略特的《米德尔马奇镇》等。但值得一提的是，维多利亚时期依然有一些作家关注天文学的发展动向，并将其糅入自己对人生与社会的思考中（尽管他们关注的未必是与机械宇宙论直接相关的那些方面）。丁尼生在《悼亡集》中提及当时最新的天文假说：星辰在外太空的运动是盲目无序的，即使太阳也有寿限："从浩瀚的深空中传来一声哭喊，/ 那是垂死的太阳发出的呢喃"。这个假说出现在诗中，并不是偶然产生的联想，而是有机融入哈勒姆之死对诗人世界观所引发的变化中。在维多利亚时代，托马斯·

哈代应该是让天文学最深入参与情节塑造、人物关系设定、意象选择和寓意阐发的小说家之一。他的《塔中情人》是一部以无情、盲目的宇宙力量为背景，以一位业余天文学家为男主人公的爱情小说，旨在突出宇宙的强大永恒与人类关系的脆弱短暂之间的反差。哈代的其他小说，如《远离尘嚣》《苔丝》和《无名的裘德》，都体现了他以天文学作为文学实验工具的意图。也许只有在哈代的小说中，才能约略找到阅读乔叟等中世纪诗人的作品的感觉。

上文粗略回顾了天文学在 18、19 英国文学中存在的身影，并未涉及宇宙模型的其他板块。因篇幅有限，无法将其他方面展开论述，即使只锁定天文学，也还是难免挂一漏万，请读者诸君见谅。此外，还要补充的一点是，C.S. 路易斯在《被弃的意象》中只描述了中世纪宇宙模型及其古代思想源头，拣选与文学创作相关的要素来论述。如果读者想更深入、全面地了解古代西方和其他地区（包括中国）的宇宙模型，宇宙模型中那些与文学想象关联不大的构成要素，可参考爱德华·哈里森（Edward Harrison）的科普著作《世界的面具：宇宙属性观的变迁》（第 2 版，剑桥大学出版社2003 年出版）。

最后，我简要回顾一下翻译《被弃的意象》的始末。我得以认识作为中世纪文学专家的 C.S. 路易斯，多亏了厦门大学外文学院的苏欲晓老师。2013 年我有幸参加苏老师的国家社科基金项目 "C.S. 路易斯的中世纪论研究"，负责翻译路易斯的《被弃的意象》和他同主题的演讲稿《中世纪人的想象和思想》。在接下来的两年多时间里，我尽可能广泛地阅读路易斯的护教书、寓言小说和文学批评论著，到 2015 年 6 月从北大取得英美文学博士学位以后，才着手翻译《被弃的意象》。翻译工作持续了一年多的时间，完成了如今全稿三分之一的内容。为力求准确理解路易斯引述的文字，我大量查阅原文和译文，发现不少引文有注解的必要，注释因此越积越多。有一天我忽然产生了一个想法：为何我不放缓速度，把自己当作路易斯中世纪文学课堂上的一名学生，跟着他慢慢修习中世纪文学，将读书笔记和译文相结合，做一本通识详注本？这样一来，广大学生和普通读者，即使没有任何中世纪英国文学的基础，也能较顺畅地读完全书，收获一些额外的知识，进而拓展阅读的兴趣和空间。于是，我从头开始修改译文，查阅原作、译本和百科资料，添加解释术语、作品、论断或引文的脚注，并继续往前翻译。

从 2016 年 7 月起，我将《被弃的意象》的翻译工作暂停了一年的时间。我一直有将英国拉斐尔前派画家但丁·罗塞蒂的诗歌翻译成中文的计划，恰好有机会与华东师范大学出版社合作，用了一年的时间译出了罗塞蒂的十四行诗集《生命之殿》（2019 年出版）。等我重拾《被弃的意象》时，已是 2017 年 7 月底了。当时，我已经从原先工作的学校调到中国社科院外文所，没有教学负担，可以全身心地投入到资料阅读和翻译中。这部译作的大部分内容是在外文所英美室完成的。等全书完全脱稿，又一年的时间过去了。这就是《被弃的意象》的翻译始末，一个被不断延迟却又充满期待和愉悦的旅程。在广大中文读者和《被弃的意象》之间，我大概就是路易斯所说的"三合一"结构中的"第三方事物"。但愿这座过渡的桥梁足够牢固，也希望日后桥面和桥身需要翻修、打补丁的地方不会太多。过去十多年里，《世界文学》杂志给了我很多难得的历练，让我积累了一些宝贵的翻译经验。在翻译此书的过程中，我从刘雪岚、高天琪、陈姝波、傅燕晖、侯志勇等师友那里得到了倾听和支持，特此表示感谢。

此书的翻译得到国家社科基金资助，
是国家社科项目《C.S. 路易斯的中世纪论研究》
（社科基金项目号 13BWW004）的部分成果。